PETRA HÜLSMANN

Glück ist, wenn man trotzdem liebt

Weitere Titel der Autorin:

Hummeln im Herzen
Wenn Schmetterlinge Loopings fliegen
Das Leben fällt, wohin es will
Wenn's einfach wär, würd's jeder machen
Meistens kommt es anders, wenn man denkt

Titel auch als Hörbuch erhältlich

PETRA HÜLSMANN

Glück ist, *wenn man* trotzdem liebt

ROMAN

lübbe

Dieser Titel ist auch als Hörbuch und E-Book erschienen

Die Bastei Lübbe AG verfolgt eine nachhaltige Buchproduktion. Wir verwenden Papiere aus nachhaltiger Forstwirtschaft und verzichten darauf, Bücher einzeln in Folie zu verpacken. Wir stellen unsere Bücher in Deutschland und Europa (EU) her und arbeiten mit den Druckereien kontinuierlich an einer positiven Ökobilanz.

Unveränderte Neuausgabe

Dieses Werk wurde vermittelt durch die
Literarische Agentur Thomas Schlück GmbH, 30131 Hannover

Lektorat: Stefanie Kruschandl
Umschlaggestaltung: Christin Wilhelm, www.grafic4u.de
unter der Verwendung von Illustrationen von
© shutterstock: Olga_Angelloz | Piyapong89
Satz: hanseatenSatz-bremen, Bremen
Gesetzt aus der Stempel Garamond
Druck und Verarbeitung: GGP Media GmbH, Pößneck
Printed in Germany
ISBN 978-3-404-19195-6

2 4 5 3 1

Sie finden uns im Internet unter:
luebbe.de
Bitte beachten Sie auch: lesejury.de

Für Jamie Oliver, Tim Mälzer, Léa Linster, Ali Güngörmüs und Sarah Wiener, die all das kochen und in ihren Büchern so wunderbar beschreiben, was ich während der Entstehung dieses Romans gerne gegessen hätte.

Für Ekrem Yildirim und sein Team, die besten »Lahmacunistas« Hamburgs, die das gekocht haben, was ich während der Entstehung dieses Romans tatsächlich gegessen habe.

Und für den Sommer natürlich.

Das Suppen-Fiasko

»Da soll mir noch mal einer sagen, dass Veränderungen gut sind«, seufzte ich, während ich lustlos in meiner Yum-Yum-Tütensuppe rührte. »Das hier kann man ja wohl kaum positiv nennen.«

Ich wandte meinen Blick von der bräunlich-trüben Suppe ab und schaute durch das große Schaufenster auf die gegenüberliegende Straßenseite. Vor ein paar Tagen hatte dort anstelle meines Stammvietnamesen Mr Lee ein neues Restaurant aufgemacht, was ich als totale Frechheit empfand. Denn statt Mr Lees Nudelsuppe zu genießen, war ich nun gezwungen, meine Mittagspausen in der kleinen Kaffeeküche des Blumenladens zu verbringen, in dem ich arbeitete. Meine Begeisterung für Instantsuppen schwand von Tag zu Tag, und ich konnte kaum glauben, wie schwer ich es hatte.

»Veränderungen sind aber auch nicht zwangsläufig schlecht, Isabelle«, sagte meine Chefin Brigitte, während sie ohne hinzusehen einen kunstvollen Strauß aus Callas band. »Geh doch mal rüber in dieses Thiels, da findest du bestimmt einen passenden Ersatz für deine geliebte Nudelsuppe.«

»Ich will das *Thiels* aber nicht, ich will Mr Lee wiederhaben! Außerdem sieht der Laden schon von außen total hip und überteuert aus.«

Brigitte stöhnte auf. »Mit deinen siebenundzwanzig Jahren bist du viel zu jung, um so ein Gewohnheitstier zu sein. Sei doch mal spontan.«

Das hatte ich schon oft von ihr gehört. Brigitte war einer dieser Menschen, die Gewohnheiten als etwas Negatives empfanden. Doch mir gaben sie Sicherheit und in dieser unübersichtlichen, chaotischen Welt das gute Gefühl, zu wissen, was kommen würde. Ich ging die Dinge nun mal gerne geplant und gezielt an, statt mich einfach so treiben zu lassen, und meiner Meinung nach hatten Routine und ein geordnetes Leben nichts mit dem Alter zu tun. Außerdem konnte ich durchaus auch spontan sein. Ich hatte schon einige verrückte Dinge getan, wie zum Beispiel …

Jedenfalls, worum es eigentlich ging: Ich schätzte die Gewohnheiten in meinem Leben und wollte gar nicht, dass sich irgendetwas änderte. Meine Arbeit in Brigittes Blumenladen zum Beispiel. Ich liebte Blumen, ich liebte Brigitte, und ich liebte den Laden. Deswegen würde ich ihn auch übernehmen, wenn Brigitte sich zur Ruhe setzte. Darauf sparte ich heute schon, und ich freute mich darauf, dass *Blumen Schumacher* eines Tages *Blumen Wagner* heißen würde. Wichtig waren mir auch all die kleinen Gewohnheiten, wie der erste Kaffee des Tages, den ich immer am Küchenfenster meiner Wohnung trank, während ich dabei zusah, wie Emre, der Besitzer des Kiosks gegenüber, seine Lieferungen entgegennahm. Oder meine Daily Soap *Liebe! Liebe! Liebe!*, die ich mit Feuereifer verfolgte. Und natürlich meine Mittagspause beim guten alten Mr Lee. Elf Jahre lang hatte ich dort jeden Mittag die »Suppe des Tages« gegessen, die jeden Tag Nudelsuppe gewesen war. Doch leider war ich so ziemlich der einzige Gast gewesen, weswegen Mr Lee seinen Laden vermutlich auch schließen musste.

Mit Todesverachtung nahm ich einen Löffel von meiner faden, pappigen Yum-Yum-Suppe. Igitt, was für ein widerlicher Fraß! Schlimmer konnte es im Thiels doch eigentlich auch nicht sein. Ich entsorgte den Rest im Müll, ging wieder ans Schaufenster und schaute rüber zu dem Restaurant. Die

Tische im Außenbereich waren immer vollbesetzt, also war der Laden möglicherweise doch gar nicht so schlecht. Vielleicht gab es dort ja sogar eine Suppe des Tages. Außerdem ... Ob die schon einen Blumenlieferanten hatten? Seit vor ein paar Monaten der neue Blumenladen um die Ecke aufgemacht hatte, sah es bei Brigitte und mir ziemlich mau aus. Einen neuen Stammkunden konnten wir gut gebrauchen.

Bevor ich es mir wieder anders überlegen konnte, verkündete ich: »Na gut, ich mach's. Ich geh ins Thiels.«

Brigitte ließ den Strauß sinken. »Ernsthaft?«

»Klar. Ganz spontan. Wenn der Laden nichts taugt, kann ich wenigstens guten Gewissens lästern. Und außerdem will ich fragen, ob die zufällig noch einen Blumenlieferanten suchen«, sagte ich, wobei ich mit dem Daumen auf mich zeigte.

»Hey, super Idee! Dann viel Erfolg. Und guten Appetit.«

Ich holte meine Handtasche aus der Kaffeeküche und überquerte die Straße. Langsam ging ich am Außenbereich des Thiels vorbei, um den Gästen auf die Teller zu schielen. Viel Grünzeug entdeckte ich dort, Nudeln, hier und da mal ein ziemlich blutiges Stück Fleisch. Ich zog die Nase kraus und sah meine Zweifel an diesem Laden bestätigt. Vor dem Eingang waren auf einer Tafel die Mittagsgerichte aufgeführt. Keine Suppe. Da konnte ich mir das Reingehen eigentlich auch sparen. Doch dann fiel mir ein, dass ich soeben noch vor Brigitte mit meiner Spontanität geprahlt hatte und möglicherweise einen neuen Kunden an Land ziehen konnte. Also gab ich mir einen Ruck und betrat das Restaurant. Weit kam ich jedoch nicht, denn vor lauter Schock blieb ich wie angewurzelt stehen. Hier sah es komplett anders aus als zu Mr Lees Zeiten! Die Wände waren cremefarben gestrichen, nur eine Wand leuchtete in einem dunklen, satten Rotton. Überall hingen gerahmte Fotos, die Motive aus Hamburg zeigten, wie zum Beispiel den Anker am Bug der Rickmer

Rickmers, die Tür eines Hafenspeichers oder das Straßenschild der »Großen Freiheit«. Es gab um die fünfzehn Tische, die mitsamt ihren Stühlen nicht gerade neu aussahen und alle nicht zueinander passten, aber trotzdem insgesamt ein harmonisches Bild abgaben. Was mich am meisten faszinierte, war ein aus Weinflaschen selbst gebauter Kronleuchter, der als Blickfang mitten im Raum hing. Das Restaurant kam überhaupt nicht neumodisch-kalt oder bemüht hip rüber, sondern wirkte auf seltsame Art chaotisch, gemütlich und schick zugleich, und – ob ich wollte oder nicht – das hier war ein Laden, in dem ich mich wohl fühlen konnte. Lediglich über die Tischdeko musste man noch mal nachdenken, denn die fiel mit einem Salz- und Pfefferstreuer doch recht spärlich aus. Anscheinend gab es tatsächlich noch keinen Blumenlieferanten.

»Hi!« Eine hübsche Kellnerin kam auf mich zu und lächelte mich freundlich an. »Ich bin Anne. Herzlich willkommen im Thiels. Setz dich doch. Hier drinnen hast du die freie Auswahl, draußen ist leider alles belegt.«

»Also, eigentlich wollte ich erst mal nur fragen, ob es hier …«

»Siehst du, hier vorne«, unterbrach sie mich eifrig und deutete auf einen kleinen Zweiertisch. »Oder wie wäre es am Fenster?« Sie ging mir voraus zu besagtem Fenstertisch und schob mir den Stuhl zurecht. »Ich glaube, der ist netter. Wenn du schon nicht draußen sitzen kannst, kannst du immerhin rausgucken. Das Wetter ist wunderschön, oder? Ich liebe den Sommer, du nicht auch?«

Völlig überrumpelt folgte ich ihr und nahm Platz. »Doch, ja. Danke. Aber im Grunde wollte ich mich erst mal nur erkundigen, ob es hier eine Suppe des Tages gibt.«

Anne plauderte munter weiter. »Nein, leider nicht. Da vorne an der Tafel siehst du unsere Mittagsgerichte. Diese Woche ist keine Suppe dabei, aber die Tagesgerichte schmecken alle großartig! Kann ich dir schon mal was zu trinken bringen?«

Mist. Keine Suppe des Tages. Aber so leicht würde ich nicht aufgeben. Vielleicht konnte man suppentechnisch ja doch etwas machen. Das Restaurant war neu, die waren sicher noch sehr um das Wohlwollen ihrer Gäste bemüht. »Ja, ich hätte gerne eine Rhabarberschorle.«

Anne notierte meinen Wunsch auf ihrem Block und wollte sich schon davonmachen.

»Warte mal. Ähm, wäre es eventuell möglich, eine Suppe von der Abendkarte zu bekommen?«

Sorgenvolle Falten erschienen auf ihrer Stirn. »Na ja ... Also, ich kann dir den Spargel wirklich wärmstens empfehlen, der ist unglaublich lecker. Die Pasta mit Mangold-Pesto ist auch der Hammer, ich schwöre dir, Jens macht das beste Mangold-Pesto, das du je gegessen hast! Oder du probierst den Salat mit gegrillten Filetstreifen vom Freilandrind? Bei dem Wetter ist das vielleicht eh netter als was Warmes.«

Sie war so eifrig und bemüht, dass ich mir richtig schäbig vorkam, doch es war nun mal so: Ich hatte nicht das geringste Bedürfnis, Mangold zu probieren, Spargel konnte ich nicht ausstehen, und diese fiesen bluttriefenden Rindfleischstreifen, die ich draußen auf den Tellern gesehen hatte, würde ich ganz sicher nicht essen! Verdammt, verdammt, verdammt, ich hatte es doch gewusst! Keine Suppe in diesem Laden, keine annehmbare Suppe im ganzen verdammten Hamburg, wahrscheinlich würde ich nie wieder mittags vietnamesische Nudelsuppe essen können! Welchen Sinn hatte die Mittagspause dann überhaupt noch?! Oh, Mr Lee, warum nur haben Sie mich im Stich gelassen?

»Das klingt alles nicht schlecht, aber ... Hier war vorher ein vietnamesisches Restaurant, und da gab es immer eine

Suppe des Tages. Ich habe hier elf Jahre lang jeden Mittag Suppe gegessen, verstehst du? Jeden Mittag! Elf Jahre lang! Ich meine …« Ich unterbrach mich, weil mir bewusst wurde, wie verzweifelt ich klingen musste. »So ein Süppchen ist bestimmt schnell gemacht. Vielleicht wäre es ja doch möglich?«

Anne sah mich eine Weile nachdenklich an, dann sagte sie ganz sanft, wie zu einem hypernervösen Pferd, das kurz vorm Durchgehen war: »Ich frag mal in der Küche nach und sehe, was ich für dich tun kann, okay? Und dann bring ich dir erst mal eine schöne Rhabarberschorle. In Ordnung?«

Sie hielt mich für geisteskrank. Ganz eindeutig. Ich nickte. »Ja, vielen Dank.«

Anne zog ab, und ich befürchtete schon, dass sie gleich eine Lautsprecherdurchsage machen würde: »Service an Küche, Service an Küche, wir haben hier eine drei-fünf-neun an Tisch sieben. Ich wiederhole, eine drei-fünf-neun an Tisch sieben!« Doch nichts passierte; sie verschwand lediglich durch die Schwingtür, hinter der sich vermutlich die Küche befand.

Schon bald kehrte Anne zurück, ein freudiges Lächeln auf den Lippen. »Weißt du was? Lukas macht dir ein schönes Mangoldsüppchen mit Parmesanchips«, verkündete sie fröhlich. »Oder die Fischsuppe von der Abendkarte. Was dir lieber ist.«

Oh Mann, diese Situation wurde echt immer unerträglicher! »Das ist nett, aber ich esse leider keinen Mangold. Fisch auch nicht. Am besten lassen wir das einfach, und ich …«

»Nein, warte!«, rief Anne, die wahrscheinlich fürchtete, ich würde den Laden überall im Internet als völlig unflexibel bewerten. »Pass auf, ich hole kurz Lukas, dann kannst du direkt mit ihm besprechen, was möglich ist, okay?« Und schon war sie wieder verschwunden, um kurz darauf mit einem jungen Mann in schwarzer Kochjacke zurückzukehren.

Er war um die zwanzig und ganz hübsch mit seinen blonden Haaren und leuchtend grünen Augen. Allerdings verriet sein Gesichtsausdruck eindeutig, dass er ziemlich genervt war. »Hi. Also, wenn du keinen Mangold und keinen Fisch isst, könnte ich dir ein Spargelcremesüppchen machen. Wäre das okay?«

Meine Stimmung kippte immer mehr, und dieser Laden fing ganz allmählich an, mir auf die Nerven zu gehen. »Spargel esse ich leider auch nicht. Tut mir leid.«

»Also, ehrlich gesagt ...«

»Eine Nudelsuppe wäre super«, schlug ich vor. »Sie müsste ja auch gar nicht unbedingt vietnamesisch sein.«

Er hob eine Augenbraue, ganz leicht nur, aber doch erkennbar. »Äh ... ich hol mal den Chef«, sagte er und verschwand durch die Schwingtür.

Gute Idee! Dann konnte ich mich nicht nur beim Boss höchstpersönlich darüber beschweren, dass er Mr Lee vertrieben hatte und dass es heutzutage nirgends mehr eine vernünftige Suppe gab, sondern ihn bei der Gelegenheit auch gleich fragen, ob er noch einen Blumenlieferanten brauchte. Er war bestimmt so ein Lackaffe mit weit aufgeknöpftem lila Hemd und Goldkettchen, der dieses Restaurant als Geldwäschebetrieb nutzte.

»Also *du* bist der Suppenkasper?«

Ich war so vertieft in meine Gedanken, dass ich gar nicht mitgekriegt hatte, wie Lukas' Chef aus der Küche gekommen war. Ich sah zu ihm hoch und stutzte. Vor mir stand ein dunkelhaariger Mann, schätzungsweise um die dreißig. Und er war kein Lila-Hemd-und-Goldkettchen-Typ, sondern Koch, wie seine schwarze Kochjacke und die schwarze Jeans verrieten. Er hielt mir seine Hand hin. »Hi, ich bin Jens Thiel.«

Verdattert schüttelte ich seine Hand. »Isabelle Wagner.«

»Hallo Isabelle, nett, dich kennenzulernen«, sagte er und ließ sich dann mit einem Ächzen auf den Stuhl mir gegenüber fallen. »Eigentlich habe ich überhaupt keine Zeit für dieses Gespräch, aber es ist ja nicht deine Schuld, dass weder meine Serviceleiterin noch mein Souschef mit dir … also, mit diesem Problem fertigwerden. Wenn ich es richtig verstanden habe, hättest du gerne Suppe.«

Ich nickte. »Richtig.«

In diesem Moment stellte Anne ein großes Glas Rhabarberschorle vor mir ab. »Bitte schön.«

»Danke.« Ich wartete darauf, dass sie abzog, doch stattdessen blieb sie stehen und musterte uns interessiert.

Jens runzelte kurz die Stirn, sagte jedoch nichts, sondern wandte sich wieder an mich. »Okay, also hat Lukas dir freundlicherweise drei Suppen angeboten, aber keine ist dir recht. Stattdessen hättest du lieber vietnamesische Nudelsuppe. Auch richtig?«

Aus seinem Mund klang das irgendwie nach einem ziemlich dreisten Wunsch, und so war es ja auch gar nicht gewesen. »Nein, ich habe lediglich Nudelsuppe *vorgeschlagen*, dabei aber extra betont, es müsse keine vietnamesische sein. Obwohl hier vorher ein ausgezeichnetes vietnamesisches Restaurant drin war, und da gab es sehr, sehr gute Nudelsuppe.«

Jens Thiel lachte auf. »Mr Lee. Ja, der war wirklich ganz ausgezeichnet. Hast du bei dem mal einen Blick in die Küche geworfen?«

»Nee, wieso?«

Er winkte ab. »Ach, nur so.«

Ich überlegte kurz, ob ich nachhaken sollte, entschied dann aber, dass ich lieber gar nicht wissen wollte, wie es in Mr Lees Küche ausgesehen hatte. »Jedenfalls, ich arbeite im Blumenladen gegenüber, und ich habe immer bei Mr Lee die Suppe des

Tages gegessen. Also Nudelsuppe, denn die Suppe des Tages war immer Nudelsuppe.«

»Elf Jahre lang«, fügte Anne hinzu.

»Ja. Das klingt jetzt vielleicht seltsam, aber mittags esse ich nun mal immer Suppe.«

»Nein, ich verstehe schon«, sagte Jens mit ernstem Gesichtsausdruck, doch das Funkeln in seinen dunklen Augen verriet, dass er sich über mich lustig machte. »Suppe spielt in deinem Leben eine zentrale Rolle.«

»Genau«, sagte ich trotzig. Sollten sie doch von mir denken, was sie wollten. »Und ich sehe nicht, wo das große Problem sein soll, mir eine zu machen. Ich meine, man muss doch flexibel sein.«

Jens schnaubte und sagte: »Ach ja?«, doch ich fuhr unbeirrt fort. »Ich persönlich bin zum Beispiel nicht so der Rosen-Fan. Aber wenn du in den Laden kommst und einen Rosenstrauß bestellst, dann mach ich dir einen. Weil der Kunde nun mal König ist, verstehst du?«

»Nee, das versteht er nicht«, antwortete Anne an seiner Stelle. »Jens hat in seinem ganzen Leben noch keiner Frau Blumen, geschweige denn Rosen geschenkt. Nicht mal seiner Ehefrau.«

Was, *der* war verheiratet? Die arme Frau konnte einem ja echt leidtun, wenn sie nicht mal ein paar Blumen von ihm bekam!

Jens ging nicht auf Annes Kommentar ein. Stattdessen sagte er zu mir: »Da hast du natürlich vollkommen recht. Der Kunde ist König, und ich muss flexibel sein. Am besten, ich schaff die Speisekarte ganz ab, und jeder bestellt einfach, worauf er gerade Lust hat, egal ob es ein glutenfreier, veganer Bio-Burger, eine laktosefreie Bio-Crème-brûlée oder eine Nudelsuppe sein soll. Okay, Königin Isabelle, ich mach dir deine Nudelsuppe.«

Für zwei Sekunden war ich baff, doch dann sagte ich würdevoll: »Vielen Dank, das ist wirklich nett.«

Jens nickte. »Gut, da du ja ebenfalls flexibel bist, kannst du mir sicher schnell einen Ersatzkoch ranschaffen, der sich um die anderen Gäste kümmert, während ich im Asialaden die Zutaten kaufe und die Suppe koche. Du wirst dich allerdings ein Weilchen gedulden müssen, bis du sie essen kannst, und zwar etwa sechs Stunden, so lange dauert es nämlich, bis eine wirklich gute vietnamesische Nudelsuppe fertig ist.«

Dieser Typ war ja wohl an Dreistigkeit kaum zu überbieten! »Ich habe doch extra gesagt, dass es keine vietnamesische Nudelsuppe sein muss!«

»Aber Spargelcreme-, Mangold- oder Fischsuppe sind dir auch nicht recht.«

»Nein, das esse ich alles nicht.«

»Und wieso nicht?«

»Weil es mir nicht schmeckt.«

»Wie wäre es dann mit einem Teller Wasser?«

»Gerne. Schmeiß noch einen Brühwürfel und ein paar Nudeln rein, und wir sind im Geschäft.«

Jens machte einen Gesichtsausdruck, als hätte ich soeben verkündet, dass ich Osama bin Laden für einen prima Typ hielt. »Einen *Brühwürfel?!* Wenn Brühwürfel und Mr Lees Nudelsuppe deinen kulinarischen Horizont darstellen, dann wundert es mich wirklich nicht, dass du ...«

»Siehst du, da haben wir es!«, fiel ich ihm ins Wort. »Ich kann dir ein sehr gutes Seminar zum Thema Service- und Kundenorientierung empfehlen, sieht so aus, als hättest du das dringend nötig. Der Kunde hat immer recht. Ich kritisiere meine Kunden ja auch nicht dafür, dass sie Rosen mögen.« ›Jedenfalls nicht immer, und wenn, dann sehr subtil‹, fügte ich im Stillen hinzu.

»Was hast du nur immer mit Rosen? Rosen und Suppe, Rosen und Suppe!«, motzte Jens. »Das ist doch nicht normal!«

In diesem Moment räusperte Anne sich vernehmlich. »Bitte, seid doch so nett und kommt zu einem friedlichen Ende, okay? Außerdem, Jens, ich bin mir sicher, Lukas ist da drin alleine inzwischen schon am Rotieren.« Dabei deutete sie in Richtung Küche.

Ich spürte, wie ich rot anlief, und auch Jens schaute betreten drein. Er atmete laut aus und fuhr sich mit der Hand durchs Haar. »Tut mir leid, dass ich dich so angefahren habe. Es ist gerade alles ziemlich stressig, da kannst du aber überhaupt nichts für, und es ist scheiße, das an dir auszulassen.«

»Schon gut. Mir tut es leid, dass ich das Seminar vorgeschlagen habe«, sagte ich kleinlaut.

»Geht doch«, sagte Anne zufrieden und ließ uns alleine, um sich wieder an ihre Arbeit zu machen.

»Dir sollte eher das mit dem Brühwürfel leidtun«, sagte Jens. Er schlug leicht mit den Händen auf die Tischplatte und stand auf. »Also, folgender Plan: Du machst heute Mittag mal was ganz Verrücktes und isst keine Suppe, sondern Pasta mit Mangold-Pesto. Es wird dir schmecken. Vertrau mir.«

Misstrauisch sah ich ihn an. »Wieso sollte ich? Ich kenn dich doch gar nicht.«

»Dann riskier es. Ich mag ja in puncto Service- und Kundenorientierung nicht so bewandert sein wie du, aber ich bin ein verdammt guter Koch. Vertrau mir einfach«, wiederholte er.

Ich wollte schon antworten, dass ich mittags *immer* Suppe aß und dass er sich seinen Mangold sonst wohin stecken konnte, doch dann hörte ich irgendwo tief in mir eine Stimme rufen: *›Wenn das mit den Blumen noch was werden soll, versau es dir mit diesem Typen nicht!‹*

»Na schön«, sagte ich schließlich. »Ich komme mir zwar ein

bisschen vor, als wäre ich ein wildes Tier, das angefüttert und gezähmt werden soll, aber egal.«

»Großartig«, erwiderte Jens mit einem Lächeln. »Für Extrawürste habe ich jetzt nämlich keine Zeit mehr.« Dann ließ er mich alleine zurück.

Keine zehn Minuten später kam mein Essen. Zu meiner Überraschung brachte nicht Anne, sondern Jens höchstpersönlich den überdimensional großen Pastateller an den Tisch. Er stellte ihn mit den Worten »So, bitte sehr, die Dame« vor mir ab und sah mich erwartungsvoll an.

Ach herrje, ich hatte gehofft, ich könnte mein Essen in einer Serviette verschwinden lassen und heucheln, dass es köstlich gewesen sei. Notgedrungen wandte ich mich meinem Teller zu. Hm. Auf den ersten Blick sah das gar nicht mal so schlecht aus. Der Mangold war als solcher kaum noch erkennbar, nur ein paar kleine Blätter konnte ich entdecken, die frisch und knackig wirkten. Kirschtomaten und geröstete Pinienkerne vervollständigten das Pesto.

»Wenn du das Essen noch länger anstarrst, wird es kalt«, meinte Jens.

Ich griff nach meiner Gabel und piekte ein paar Nudeln auf. »Das sieht wirklich gut aus. Und es riecht auch lecker.« Letzteres war gelogen. In meine Nase strömten so viele verschiedene Duftstoffe und Aromen, dass sie völlig überfordert war. Knoblauch, Parmesan, Olivenöl, und alles wurde getoppt von einem ungewohnten, intensiven Geruch, der vom Mangold kommen musste. »Du hast ein sehr hübsches Restaurant«, sagte ich, statt mir die Gabel in den Mund zu schieben.

Jens sah mich irritiert an. »Äh … Danke.«

»Bitte. Die Bilder gefallen mir. Und der Flaschenkronleuchter ist echt der Hammer. Hast du den selbst gemacht?«

»Nein, ein Kumpel von mir.«

»Ach so. Sehr cool.«

Mit einer ungeduldigen Handbewegung in Richtung meines Tellers sagte er: »Jetzt probier doch.«

Einen Teufel würde ich tun! »Mir ist nur aufgefallen, dass hier noch was am Ambiente gemacht werden könnte.« Mit der beladenen Gabel deutete ich auf die Tischmitte. »Ein bisschen Deko. Kerzen oder Windlichter. Ein paar Blümchen.«

»Blümchen?«, fragte Jens ungläubig. »Hat dir eigentlich schon mal jemand gesagt, dass du ziemlich schräg rüberkommst?«

»Nein, noch nie«, log ich.

»Es fällt mir schwer, das zu glauben. Und gehe ich recht in der Annahme, dass natürlich du mit deinem Blumenladen dich künftig um das Ambiente hier kümmern möchtest?«

»Es ist zwar streng genommen nicht *mein* Blumenladen, also, noch nicht, aber ja. Genau.« Ich legte meine Gabel auf den Teller. »Du musst wissen, dass ich wirklich gut darin bin. Ich mach schon seit Jahren die Deko für Hochzeiten und Beerdigungen, und meine Kunden sind immer sehr ...«

»Das mag ja sein, aber hier soll es weder nach Hochzeit noch nach Beerdigung aussehen«, unterbrach Jens mich. »Ich will hier kein kitschiges, spießiges Gestrüpp auf den Tischen haben, das die Leute vollstinkt und vom Essen ablenkt.«

»Meine Deko ist überhaupt nicht kitschig, und spießig schon gar nicht! Du könntest es dir ja wenigstens höflichkeitshalber mal anschauen.«

»Und du könntest wenigstens höflichkeitshalber mal mein Essen probieren«, entgegnete er kühl.

»Ich hab dir doch gleich gesagt, dass ich Mangold nicht mag!«

»Und ich hasse Blumen!«

In meinem Kopf erklang die berühmte Melodie aus Beethovens Fünfter: Dadadadaaaa Dadadadaaaa. Er *hasste* Blumen?! Das ging zu weit! Ich kramte einen Zehn-Euro-Schein aus meinem Portemonnaie und knallte ihn auf den Tisch. »Es ist zwecklos, mit einem Menschen zu reden, der Blumen hasst.« Damit erhob ich mich und stand nun unmittelbar vor Jens, wobei mir auffiel, dass er ein ganzes Stück größer war als ich. »Echt jetzt, wie kann man Blumen hassen?«

»Wie kann man keinen Mangold essen?«

»Der war garantiert nicht bio«, sagte ich schnippisch, weil ich die starke Vermutung hatte, dass ihn das ärgern würde. Tatsächlich verengten seine Augen sich zu schmalen Schlitzen, doch bevor er etwas darauf entgegnen konnte, drehte ich mich um und verließ dieses suppen-, menschen- und blumenverachtende Restaurant. Sollte der Typ doch mit seinem tristen Laden und seinem affigen Mangold-Pesto glücklich werden. Mich würde er jedenfalls nie wiedersehen!

»Du warst ja lange weg«, begrüßte Brigitte mich. »War es schön?«

»Sehe ich etwa so aus?« Ich knallte meine Tasche unter den Bindetisch und fing an, mit groben Bewegungen Rosen zu entdornen.

»Es gab dort keine Suppe, nehme ich an?«

»Nein, gab es nicht. Stattdessen hat dieser dreiste Jens-Thiel-Koch mir Pasta mit *Mangold*-Pesto aufgezwungen. Und mein Angebot, die Blumendeko für seinen Laden zu machen, hat er abgelehnt, weil er, halt dich fest, Blumen *hasst!* Ich hab's echt versucht, aber dieser Typ ist so stur!«

»Schade. Ein neuer Stammkunde wäre nicht schlecht gewesen.«

Ich warf die fertig entdornte Rose achtlos auf den Tisch und griff nach der nächsten. »So schlimm, dass wir auf einen wie ihn angewiesen sind, kann es gar nicht sein.«

»Nein, natürlich nicht«, sagte Brigitte schnell.

»Der kann sich jedenfalls schon mal drauf gefasst machen, dass ich überall sein Restaurant schlecht bewerten werde. Im ganzen Internet, überall!« Mir war selbst klar, dass ich das nicht tun würde, aber die Vorstellung, einen fiesen Verriss nach dem anderen zu schreiben, verschaffte mir eine gewisse Genugtuung.

Im Laufe des Nachmittags lenkte mich die Arbeit dann aber so sehr ab, dass ich die unselige Begegnung mit Jens Thiel gegen Feierabend schon wieder vergessen hatte.

Um neunzehn Uhr legte Brigitte den Kassenbon, auf dem die Tageseinnahmen aufgeführt waren, mit einem lauten Seufzer in die Schublade. »So, Feierabend.« Gemeinsam verließen wir den Laden, und während ich mein Fahrrad aufschloss, fragte sie: »Wie sieht's aus, hast du Lust, noch mit zu uns zu kommen?«

»Tut mir leid, aber ich kann heute nicht«, sagte ich bedauernd, denn gegen ein paar Tomatenbrote bei Brigitte und ihrem Mann Dieter hätte ich nichts einzuwenden gehabt. Ihre beiden Töchter waren erwachsen und schon lange aus dem Haus, und ich wusste, dass Brigitte sie furchtbar vermisste. »Mama hat vorhin angerufen. Irgendwas stimmt mit Papas Rhododendron nicht. Da sollte ich mal besser nachsehen.«

»Na, dann grüß mir den Rhododendron.«

Ich winkte Brigitte zum Abschied zu, schwang mich auf mein Fahrrad und machte mich auf den Weg. Es war ein sonniger Juniabend, und wie immer, wenn das Wetter in Hamburg schön war, zog es die Menschen ins Freie. Brigittes Laden, genau wie auch meine Wohnung, lag in Winterhude, einem lebhaften und bunten Stadtteil, der in den letzten Jahren immer angesagter geworden war. Szenige Designerläden, Cafés und Restaurants hatten nach und nach die alteingesessenen Einzelhändler von ihren Plätzen vertrieben, und die Mieten waren sprunghaft angestiegen. Meine beste Freundin Kathi hatte schon ein paarmal vorsichtig angemerkt, dass *Blumen Schumacher* inzwischen vielleicht ein bisschen zu piefig rüberkam und dass der neue Blumenladen um die Ecke eindeutig hipper war. Den Winterhudern schien er jedenfalls zu gefallen. Doch Brigitte stand voll und ganz hinter ihrem Konzept. Sie wollte kein Chichi, sondern Bodenständigkeit und faire Preise. Ich konnte sie verstehen, und außerdem mochte ich unseren Laden ja auch genau so, wie er war. Aber manchmal hatte ich Angst, dass Kathi recht haben könnte und es sich irgendwann böse rächen würde, wenn wir uns den veränderten Gegebenheiten nicht anpassten.

›Schluss mit dieser Schwarzmalerei, Isa‹, dachte ich. ›Dafür ist das Wetter viel zu schön.‹ Der Fahrtwind wehte mir ins Gesicht und durchs Haar und bauschte den Rock meines Kleids auf, die Sonne wärmte meine Haut. Ich liebte diese Jahreszeit mit dem frischen, satten Grün der Bäume und den üppig blühenden Rhododendron- und Hortensiensträuchern. An so einem wunderschönen Tag wie heute war einfach kein Platz für negative Gedanken, beschloss ich, als ich auf den Hauptweg des Ohlsdorfer Friedhofs einbog. Ich stieg vom Fahrrad ab und schob es durch die Gräberreihen, bis ich an dem hintersten, sonnigsten Platz in diesem Bereich angekommen war.

»Wie heißt es noch mal: Am Ende wird alles gut. Und wenn es nicht gut ist, ist es noch nicht das Ende. Stimmt's, Papa?«, sagte ich zu seinem Grabstein und stellte mein Fahrrad ab. »Oh, sorry, das war jetzt irgendwie taktlos.«

Eigentlich war diese Entschuldigung unnötig, denn mein Vater war ein toller Mensch gewesen und würde mir meine Bemerkung bestimmt nicht krummnehmen. Ich hatte ihn zwar nie wirklich kennengelernt, aber meine Mutter hatte mir alles über ihn erzählt. Als ich meine Ausbildung zur Floristin begonnen hatte, hatte sie mir die Grabpflege übertragen, und so kam ich seit Jahren jeden Donnerstagabend hierher.

»Ich hab gehört, du hast ein Problem mit deinem Rhododendron?«, murmelte ich, während ich ein Friedhofs-Gartengerät hinter dem Grabstein hervorzog. »Dann lass mal sehen.« Ich begutachtete den Strauch, den ich schon vor sechs Jahren gepflanzt hatte. »Ach du Schande!«, rief ich erschrocken, als ich die braunen Flecken auf den Blättern und die vertrockneten Äste und Knospen bemerkte. Pilzbefall, ganz eindeutig. Aber was für einer? Oh mein Gott, hoffentlich nicht dieser Horror-Pilz, der für das Eichensterben in den USA verantwortlich war! Angeblich sollte er auch Rhododendren befallen. Erst neulich hatte ich in einer Zeitschrift gelesen, dass der inzwischen auch in Norddeutschland …

»Hi Isabelle«, hörte ich hinter mir eine Stimme, die mich aus meinem Schreckensszenario riss. Ich drehte mich um und entdeckte Tom, den jungen Friedhofsgärtner, der für die Gräber in diesem Bereich verantwortlich war. Er hatte mir schon den ein oder anderen fachmännischen Rat gegeben, und in diesem Moment kam es mir so vor, als hätte der Himmel ihn geschickt. »Alles gut?«, wollte er wissen.

»Nein! Kannst du dir das hier mal bitte ansehen?«

Tom ließ die Schubkarre mit Gartenabfällen auf dem Weg stehen und kam zu mir rüber.

Ich deutete auf den Rhododendron. »Was ist das für ein scheiß Pilz? Doch wohl nicht dieser Phytophtora ramorum?«

»Ach Quatsch.« Tom beugte sich herab, um die Pflanze

genauer in Augenschein zu nehmen. »Das ist ein ganz schnöder Feld-, Wald- und Wiesenpilz.«

»Wie kannst du dir da so sicher sein? Muss man nicht erst mal eine Probe nehmen und ins Labor schicken und, keine Ahnung, den Seuchenschutz informieren, und …«

»Weil der Phytophtora ramorum hier nicht vorkommt, ganz einfach«, unterbrach Tom mich. »Glaub mir, wenn sich dieser Pilz auf meinem Friedhof breitgemacht hätte, wüsste ich das.« Er zog eine Zigarette hervor, die hinter seinem Ohr gesteckt hatte, und zündete sie an – ganz wie in einem alten Western, wenn der Sheriff verkündete, dass es in seiner Stadt kein Verbrechen gab. »Schneid einfach alle befallenen Stellen ab, und sprüh ein Fungizid drauf, dann wird er schon wieder.«

Erleichterung machte sich in mir breit, denn es hätte mir das Herz gebrochen, diesen Strauch rausreißen zu müssen. Er war noch so klein gewesen, als ich ihn damals gepflanzt hatte, und außerdem hatte mein Vater speziell diese Rhododendron-Sorte geliebt, wie ich von meiner Mutter wusste. »Gott sei Dank!«, rief ich und strahlte Tom an.

Er nahm einen tiefen Zug von seiner Zigarette und musterte mich nachdenklich. »Wenn du willst, mach ich das morgen für dich.«

»Echt jetzt?«

»Klar. Nette Frisur übrigens.«

»Oh.« Geschmeichelt strich ich mir eine Haarsträhne aus der Stirn. »Die ist eigentlich gar nicht neu, aber trotzdem danke schön.«

»Mhm. Sag mal …« Er machte eine kleine Pause. »Hättest du Lust, mal was mit mir essen zu gehen?«

Huch! War es nicht ziemlich schräg, eine Frau auf dem Friedhof um ein Date zu bitten? Andererseits – wo hätte er es sonst tun sollen, immerhin kriegten wir uns nur hier zu Gesicht. Und

Tom war doch eigentlich sehr nett und hilfsbereit. Er hatte Ahnung von Pflanzen. Und er sah ziemlich gut aus. So stark irgendwie. Also warum eigentlich nicht? »Klar«, sagte ich schließlich. »Gerne.«

»Cool.« Er drückte seine Zigarette auf dem Boden aus und warf sie anschließend in die Schubkarre. »Okay, dann ruf ich dich mal an. Und morgen mach ich mich gleich an den Rhododendron.«

»Vielen Dank, Tom, das ist supernett.«

Wir tauschten unsere Nummern aus, dann ging er mitsamt seiner Schubkarre davon.

Ich zupfte noch ein bisschen Unkraut und goss die Pflanzen, sowohl auf Papas Grab als auch auf dem seines Nachbarn Walter Fritzschner. »Geliebt und unvergessen«, stand als Zusatz unter dem Namen auf seinem Grabstein, doch das Grab wirkte immer so furchtbar verlassen und verwahrlost, dass ich arge Zweifel daran hatte und gar nicht anders konnte, als mich darum zu kümmern.

Eine Stunde später schloss ich mein Fahrrad vor meinem Wohnhaus an und erklomm die fünf Etagen bis ins Dachgeschoss. Ich kickte meine Ballerinas von den Füßen, riss die Fenster auf und machte mir in der winzigen Küche einen Eistee. In dieser Wohnung war alles klein, und sie bestand fast ausschließlich aus Dachschrägen. Aber ich liebte sie, sie war meine Burg, mein Zuhause und außerdem wunderschön. Die alten Holzdielen knarrten unter meinen Schritten, jeden Raum hatte ich in einer anderen Farbe gestrichen, und durch das Küchenfenster und vom Balkon aus konnte ich wunderbar das Treiben auf der Straße beobachten.

Im Wohnzimmer machte ich es mir auf der Couch bequem.

Ich nahm meinen Laptop, loggte mich ins Internet ein und suchte in der Mediathek die heutige Folge von meiner Daily Soap *Liebe! Liebe! Liebe!*, die ich wegen des Friedhofsbesuchs verpasst hatte. Schon bald war ich völlig vertieft in die Geschichte von Lara und Pascal, die sich so sehr liebten und doch nicht zueinander fanden. Seit 578 Folgen scharwenzelten sie umeinander herum, ohne endlich mal Klartext zu reden. Ich fragte mich häufig, wie man so abgrundtief dämlich sein konnte. Wenn man seiner großen, einzig wahren Liebe begegnete, dann wusste man das doch sofort. So war es auch bei meinen Eltern gewesen. Sie hatten sich in den Achtzigerjahren in einer Hamburger Disco kennengelernt. Meine Mutter hatte zu *Nur geträumt* von Nena getanzt und dabei einen Mann angerempelt, der am Rand der Tanzfläche stand. Er fing sie auf, die beiden schauten sich in die Augen und … BÄMM! Die große Liebe! Vom ersten Moment an war zwischen ihnen alles klar gewesen. Und genau so sollte es sein.

Ich selbst wartete leider schon seit siebenundzwanzig Jahren, drei gescheiterten Beziehungen und gefühlt tausend Dates auf ebenjenen Moment: den BÄMM. Auch bei Tom vorhin auf dem Friedhof war der ausgeblieben. Andererseits: Bei aller Romantik sollte man sich doch einen Restfunken von Pragmatismus bewahren. Tom war nett und hatte eine Chance verdient.

Mein Blick fiel auf mein Glücksmomente-Glas, das im Regal neben einem Foto meines Vaters stand. Kathi hatte mir zu meinem Geburtstag ein hübsches Bonbonglas und einen Stapel bunter Notizzettel überreicht und gesagt: »Von jetzt an notierst du jeden glücklichen Moment und wirfst ihn ins Glas. In einem Jahr liest du dir all die schönen Dinge durch, und dann wirst du sehen, dass das Leben gar nicht mal so scheiße ist.«

Zu der Zeit hatte ich mich gerade von meinem damaligen Freund getrennt und überhaupt eine ziemlich deprimierte Phase durchgemacht. Seitdem führte ich mein Glücksmomente-Glas, und ich freute mich schon jetzt darauf, es an meinem achtundzwanzigsten Geburtstag im Oktober zu öffnen. Für heute fielen mir sogar zwei Glücksmomente ein. Auf einen gelben Zettel schrieb ich: ›*Papas Rhododendron ist von einem Pilz befallen, aber es ist nicht der Phytophtora ramorum. Glück im Unglück.*‹ Dann nahm ich mir einen blauen Zettel. ›*Tom hat mich um ein Date gebeten. Auf dem Friedhof! Schräger Moment, aber ich freu mich, dass er's gemacht hat.*‹ Ich warf die Zettel ins Glas, schraubte den Deckel zu und stellte es zurück ins Regal.

Liebe 3

Am Dienstagnachmittag war ich im Laden damit beschäftigt, einen riesigen Blumenstrauß zu binden, den unser Stammkunde Herr Dr. Hunkemöller seiner Praxisleiterin Frau Nickel zum dreißigjährigen Jubiläum schenken wollte. Er war Augenarzt und außerdem ein Charmeur und Kavalier der alten Schule – immer tadellos gekleidet (manchmal trug er sogar einen Dreiteiler mit Einstecktuch) und die vollen weißen Haare adrett zur Seite gekämmt, weswegen ich ihn heimlich »das Adonisröschen« nannte. Er überschüttete Brigitte und mich immer mit so vielen Komplimenten, dass wir uns jedes Mal freuten, wenn er vorbeikam. Eigentlich hatte ich dienstags frei, aber Brigitte und ich hatten unsere Tage in dieser Woche getauscht, und Dr. Hunkemöller hatte richtig enttäuscht ausgesehen, als ich ihm gesagt hatte, dass sie nicht im Laden war.

»Bitte schön«, sagte ich und präsentierte Herrn Dr. Hunkemöller den fertigen Strauß.

»Der ist prachtvoll, Frau Wagner!«, rief er begeistert. »Ein wahres Meisterwerk! Darüber wird Frau Nickel sich bestimmt freuen.« Er bezahlte den Strauß und machte sich auf den Weg.

Ich wäre gerne dabei gewesen, wenn er ihr die Blumen überreichte. Frau Nickel kam manchmal hier vorbei, wenn sie einen Strauß abholen sollte, weil ihr Chef es nicht schaffte. Sie war Mitte fünfzig, unverheiratet, und in einem fünfminütigen Gespräch sagte sie mindestens zwanzigmal: »Herr Dr. Hunkemöller sagt, Herr Dr. Hunkemöller meint, wenn es nach Herrn Dr. Hunkemöller geht«, was mich zu der Überzeugung gebracht hatte, dass sie heimlich in ihn verliebt war. Und das nun schon seit dreißig Jahren! Nach längerer Überlegung hatte ich mich entschieden, ihr einen Strauß aus Pfingstrosen, Flieder und Wicken zu binden. Pfingstrosen und Flieder, weil sie so wunderschön waren, dass es einen fast sprachlos machte – und Frau Nickel hatte sich etwas Schönes wirklich verdient. Die Wicken hatte ich ausgesucht, weil Frau Nickel für mich eine Wicke, genauer gesagt eine Vicia grandiflora, war. Wicken wurden meiner Meinung nach vollkommen unterschätzt, dabei waren sie so hübsch. Im Strauß wirkten sie neben den Pfingstrosen und dem Flieder auf den ersten Blick fast unscheinbar. Aber wer genau hinsah, musste erkennen, dass dieser Strauß erst durch die Wicken zu etwas ganz Besonderem wurde, ja, dass im Grunde genommen die Wicken die Stars dieses Straußes waren, und ich hoffte sehr, dass Frau Nickel die Botschaft verstand.

Das Bimmeln der Türglocke verkündete, dass Kundschaft im Anmarsch war. Ich blickte auf und sah Kathi hereinkommen, von Kopf bis Fuß in Arbeitskleidung. Sie war Zugbegleiterin bei der Deutschen Bahn und pflegte deswegen zu sagen, sie sei »Kummer gewöhnt«. Aber ihre Uniform stand ihr so gut, dass mir jedes Mal das Herz aufging, wenn ich sie mit dem kecken Hütchen und dem süßen roten Halstuch sah. »Hey Kathi!«, rief ich und ging auf sie zu, um sie zu umarmen. »Bist du auf dem Weg zur Arbeit oder hast du's schon hinter dir?«

»Ich hab's hinter mir.« Sie nahm ihr Hütchen ab und warf es achtlos auf den Tresen. »Fünfundsiebzig Minuten Verspätung, und ich bin nur dreimal angemault worden. Ein guter Tag also.«

»Das freut mich«, sagte ich lachend. »Kaffee?«

»Auf jeden Fall. Immer her mit dem Zeug, ich bin soo müde! Aber warte noch kurz, ich muss dir erst etwas Megawichtiges sagen.« Kathis blonde Haare waren leicht zerzaust, und unter ihren Augen lagen Schatten, trotzdem strahlte sie so sehr, dass alles um sie herum heller zu werden schien.

»Was denn?«, fragte ich, obwohl ich es mir eigentlich schon denken konnte.

»Dennis und ich ziehen um!«, rief sie aufgeregt.

Hä? Ich hatte angenommen, sie würden heiraten! »Ihr zieht um? Wohin denn?«

»Wir kaufen das Haus von Dennis' Tante, zu einem megagünstigen Preis. Sie kommt nämlich ins Heim. Ist das nicht der Hammer, Isa?«

»Und wo ist das Haus?« Ein ungutes Gefühl breitete sich in meinem Magen aus, denn ein Großteil von Dennis' Familie wohnte nicht in Hamburg.

»In Bullenkuhlen«, sagte Kathi prompt.

»Wo?«

»Das ist im Landkreis Pinneberg. In der Nähe von Elmshorn.«

Entsetzt schnappte ich nach Luft. »Elmshorn?! *Pinneberg?!* Seid ihr verrückt?«

Kathis Strahlen verblasste. »Das Haus ist total süß, Isa. Und vom Hauptbahnhof fährt man mit dem Zug nicht mal eine halbe Stunde bis Elmshorn.«

»Ja, und wie lange dauert es dann noch, bis man in eurer Bullenkuhle ist? Fahren dort überhaupt öffentliche Verkehrsmittel hin? Gibt es da Straßen?« Ich spürte, dass eine ausgewachsene Panikattacke im Anmarsch war.

»Natürlich gibt es da Straßen, Isa. Also echt!«

»Wenn ihr da wohnt, sehen wir uns nie mehr, nie! Ihr könnt doch nicht einfach abhauen. Du hast mir noch nicht mal gesagt, dass ihr umziehen wollt, ich konnte mich überhaupt nicht darauf vorbereiten. Warum zieht ihr nicht innerhalb von Hamburg um?«

Kathi seufzte. »Weil wir uns hier niemals ein Haus leisten könnten. Bullenkuhlen ist nicht so weit weg. Natürlich werden wir uns trotzdem noch regelmäßig sehen.«

»Werden wir nicht«, beharrte ich. »Wenn ihr erst mal auf eurem Dorf wohnt, kommt ihr da nie mehr raus. Das frisst euch mit Haut und Haaren auf, schwuppdiwupp bist du bei den Landfrauen und Dennis bei der freiwilligen Feuerwehr, und schon habt ihr mich vergessen.«

Sie starrte mich für ein paar Sekunden verblüfft an, dann brach sie in lautes Gelächter aus. »Süße, du spinnst doch. Ich verspreche dir hoch und heilig, dass ich niemals zu den Landfrauen gehen werde. Und vergessen werde ich dich auch nicht.«

Mir war überhaupt nicht zum Lachen zumute. Im Gegenteil. Trotzdem wurde mir bewusst, dass ich ziemlich mies auf Kathis Neuigkeit reagiert hatte. »Tut mir leid«, sagte ich und nahm sie in den Arm. »Ich freu mich ja für euch, irgendwie, aber ... das kam so unerwartet.«

»Ich weiß, für uns doch auch. Aber das ist so eine tolle Gelegenheit, die müssen wir einfach nutzen.« Sie zerstrubbelte mir liebevoll die Haare. »Und du hast noch sehr viel Zeit, dich an den Gedanken zu gewöhnen, du Freak. Vor Ende des Jahres wird es nichts mit dem Umzug.«

Obwohl ich immer noch auf der Stelle in Tränen hätte ausbrechen können, beruhigte es mich ein bisschen, dass die beiden noch für ein paar Monate in Hamburg bleiben würden. »Dann erzähl mir mal alles von Bullenkuhlen. Und vor allem vom Haus. Hast du Fotos? Oh, und weißt du was? Zur Entschädigung für meine doofe Reaktion geb ich einen aus, okay?« Ich öffnete eine Flasche Sekt, die von Brigittes Geburtstagsumtrunk übrig geblieben war, und wir machten es uns auf den Hockern am Bindetisch bequem. Kathi holte ihr Handy hervor und zeigte mir Fotos von einem sehr hübschen, weiß verputzten

Haus mit blauen Fensterläden. Es gab einen großen Garten mit Obstbäumen und rundherum Felder und Wiesen. Und obwohl ich persönlich mir nicht vorstellen konnte, jemals woanders als in Hamburg zu leben, und auch Kathi eigentlich ein totales Stadtkind war, tauchten sofort idyllische Bilder in meinem Kopf auf. Kathi, die Apfelmus kochte, Dennis, der den Rasen mähte, und die beiden zusammen auf einer Gartenbank in der Abendsonne, ein Bernhardiner, der ihnen zu Füßen lag. Ach, das war doch eigentlich ganz romantisch.

Wir plauderten über bevorstehende Notartermine und Renovierungsmaßnahmen und blätterten in einer Wohnzeitschrift, die sie aus ihrer Handtasche gezogen hatte, als es an der Tür bimmelte. Ein großes, schlaksiges Teeniemädchen betrat den Laden. Sie hatte lange dunkle Haare, trug einen schwarzen Rock, einen überdimensional großen schwarzen Pullover und klobige Doc Martens.

»Hallo«, begrüßte ich sie. »Kann ich dir helfen?« Wahrscheinlich wollte sie hundert schwarze Rosen kaufen, um sie bei einem Evanescence-Konzert auf die Bühne zu werfen.

»Nein danke.« Ihre Lippen waren dunkellila nachgezogen und die Augen dick mit Kajal umrandet. »Ich schau mich nur ein bisschen um.«

»Okay. Wenn du was brauchst, ich bin hier.«

Sie nickte und schob sich den viel zu langen Pony aus den Augen. Dann schlenderte sie in die Ecke, in der wir die Dekoartikel präsentierten: Blumenvasen und -töpfe, Kerzenständer, hübsche Servietten und Obstschalen, und als besonderes Highlight ein paar wunderschöne Plastiken des Künstlers Mario Kunzendorf. Brigitte war mit ihm befreundet und hatte sich bereit erklärt, seine Werke in unserem Laden auszustellen, doch leider hatten wir seit zwei Jahren kein einziges verkauft. Das Mädchen schien sich ganz besonders für seine Arbeiten zu interessieren. Immerhin, sie hatte Geschmack und Kunstverstand.

Beim Anblick dieses kleinen Grufti-Girls fiel mir ein, dass Kathi noch gar nichts von Tom wusste. »Übrigens, ich habe bald ein Date!«

»Das ist ja schön«, erwiderte Kathi erfreut. »Mit wem denn?«

»Ich hab ihn auf dem Friedhof kennengelernt. Tom. Er arbeitet da als Gärtner und ist sehr nett und hilfsbereit.«.

Kathi sah mich für ein paar Sekunden sprachlos an und brach dann in Gelächter aus. »Du hattest einen Friedhofs-Flirt? Wie schräg ist das denn? Und wann ist das Date?«

»Donnerstag in zwei Wochen.«

»Wow, das ist für deine Verhältnisse ja geradezu spontan.« Kathi grinste.

»Wieso für meine Verhältnisse? Ich kann total ...« Ich unterbrach mich mitten im Satz, denn was ich in diesem Moment in der Deko-Ecke beobachtete, ließ mich fassungslos erstarren: Die kleine Lady in Black ließ in aller Seelenruhe die Plastik *Liebe 3* von Mario Kunzendorf in ihrer Umhängetasche verschwinden und schlenderte anschließend ganz gemächlich Richtung Ausgang. »War leider nichts dabei. Tschühüs!«

Ich war so perplex, dass ich mich für ein paar Sekunden nicht rühren konnte. Erst, als sie schon fast an der Tür war, kam endlich wieder Leben in mich. »Hey, Gothic Girl! Bist du nicht mehr ganz dicht?!« Bevor sie flüchten konnte, stürzte ich zu ihr und quetschte mich zwischen sie und die Tür. »Du hast eine Kunzendorf-Plastik geklaut!«, schnauzte ich das Mädchen an und griff nach ihrer Tasche.

Sie riss sich energisch von mir los. »Du hast kein Recht, in meine Tasche zu gucken! Das darf nur die Polizei!«

»Pff, also, das ist ja wohl … Ich meine, das …« Wenn ich ganz besonders wütend war, hatte ich leider immer Schwierigkeiten, mich zu artikulieren. »Polizei, richtig«, stieß ich schließlich hervor. »Die ruf ich an, jetzt, sofort!«

Ich wollte schon zum Telefon stapfen, doch in diesem Moment rief das Gruftimädchen: »Nein! Nicht die Polizei!« Dann brach sie in Tränen aus. »Bitte, nicht die Polizeeiii!« Sie verbarg ihr Gesicht in den Händen und schluchzte laut. »Meine Eltern bringen mich uhuum, und dann muss ich …«, an dieser Stelle schniefte sie herzzerreißend, »ins Internahaaat oder … nach Jordaaaanieeeen!«

»Bitte?«, fragte ich verdattert. »Nach *Jordanien?* Wieso das denn?«

Daraufhin fing sie nur noch lauter an zu weinen.

Kathi schnalzte mitleidig mit der Zunge. »Oh Gott, das kann man ja nicht mit angucken.«

»Die will mich doch verarschen«, sagte ich.

»Nein, echt nicht!« Aus den Augen des Mädchens sprach die reine Verzweiflung. Ihr Gesicht war tränenüberströmt und der schwarze Kajal und ihre Wimperntusche inzwischen so verlaufen, dass sie mich an Cro mit seiner Pandamaske erinnerte. Ich seufzte und ging nach hinten, um eine Packung Taschentücher zu holen. »Hier, schnäuz dich mal.«

Nachdem sie sich etwa fünf Minuten lang ausgerotzt hatte, sagte sie zerknirscht: »Es tut mir leid. Ganz ehrlich.«

»Jaja, schon klar«, sagte ich. »Und gleich erzählst du mir noch, dass du das eigentlich gar nicht wolltest. Klauen ist scheiße! Richtig scheiße! Hast du eine Ahnung, wie schwer es heutzutage ist, im Einzelhandel zu überleben?« Bevor sie antworten konnte, fuhr ich fort: »Wer etwas haben will, muss dafür bezahlen, so und nicht anders funktioniert unsere Gesellschaft nun mal!«

»Du hast selbst mal eine Packung Tampons mitgehen lassen, weißt du noch, Isa?«, mischte Kathi sich ein.

»Also echt!«, rief ich empört. »Da war ich dreizehn, das war ja wohl etwas völlig anderes und tut hier jetzt außerdem überhaupt nichts zur Sache.«

»Sorry.«

»Wie heißt du?«, fragte ich das Mädchen.

»Merle.«

»Und weiter?«

Sie zögerte einen Moment, doch schließlich sagte sie leise: »Thiel.«

Thiel?! Wie dieser Mangoldfetischist? Das musste ein Zufall sein, immerhin war das ja nicht gerade ein seltener Name. Sollte es sich doch um den Blumenhasser handeln, hatte er sich entweder erstaunlich gut gehalten oder er war schon extrem jung Vater geworden. »Ich werde jetzt deine Eltern anrufen.«

»Aber meine Eltern sind nicht da«, schniefte Merle. »Sie sind beruflich in Jordanien, als Archäologen bei einer Ausgrabung, ohne Scheiß!«

Okay, also nicht der Blumenhasser. »Wann kommen sie denn wieder?«

»In zwei Jahren.«

»Was?!«, rief Kathi. »Und sie haben dich einfach zurückgelassen?«

Merle blickte zu Boden und nickte. »Ja. Der Job ist ihnen halt wichtiger als ich.«

»Aber du musst doch irgendwo wohnen«, sagte ich. »Sie können dich doch nicht so lange ganz alleine lassen.«

Merle wischte sich mit der Hand die Tränen ab. »Ich wohne bei meinem Bruder, also meinem Halbbruder, aber der hat nie, *nie* Zeit, und wenn er das hier hört, dann steckt er mich ins Internat!« Sie blickte mich aus ängstlichen Augen an.

»Oder er schickt dich nach Jordanien«, folgerte Kathi.

Merle nickte.

Oh Mann, dieses Mädchen war wirklich bedauernswert. Wo genau war Jordanien überhaupt? War das nicht mitten in einer Krisenregion? Andererseits hatte sie nun mal geklaut, daran gab es nichts zu rütteln, und ich konnte ihr das nicht einfach so durchgehen lassen. »Das hättest du dir vorher überlegen sollen. Ich bräuchte mal seinen Namen und seine Telefonnummer.«

Merle kramte ihr Handy aus der Umhängetasche. »Er heißt Jens.« Ihre Stimme zitterte leicht.

Ich stöhnte auf. Jens Thiel. Also doch. »Vom Restaurant gegenüber, richtig?«

Sie nickte. »Wenn ich dir hoch und heilig verspreche, dass ich das nie wieder tun werde, könntest du dann nicht noch mal ein Auge zudrücken?«

Ich war tatsächlich kurz geneigt, sie laufen zu lassen. Andererseits hatte ich nicht übel Lust, Jens Thiel mal ordentlich was zu erzählen. Es passte zu ihm, dass er seine Schwester vernachlässigte und ihr damit drohte, sie nach Jordanien abzuschieben, und das war ja wohl wirklich das Allerletzte! »Ich habe keine andere Wahl, ich muss mit deinem Bruder reden. Am besten gehen wir gleich rüber.«

Ich verabschiedete mich von Kathi und drehte das Schild in der Tür auf ›*Bin in zehn Minuten wieder da*‹ um. »Na dann, gehen wir«, sagte ich zu Merle.

Kurz darauf betraten wir das Thiels. Es war halb vier Uhr nachmittags, und um diese Zeit zwischen Mittags- und Abendgeschäft war das Restaurant vollkommen leer.

»Jens ist bestimmt in der Küche«, sagte Merle, und wie aufs Stichwort öffnete sich die Schwingtür, und er kam heraus. Beim Anblick seiner Schwester blieb er überrascht stehen. »Wie siehst du denn aus?« Dann fiel sein Blick auf mich. »Der Suppenkasper!«, entfuhr es ihm, und ein ungesagtes ›Auch das noch‹ flog im Raum herum, bis es durchs geöffnete Fenster verschwand.

»Eigentlich heiße ich Isabelle«, sagte ich möglichst würdevoll.

»Isabelle Wagner, ich weiß. Und wie kommt es, dass ihr beide hier gemeinsam auftaucht, wenn ich fragen darf?«

»Ich habe deine Schwester beim Klauen erwischt. In dem Blumenladen, in dem ich arbeite.«

»Beim Klauen? In einem *Blumenladen?!*« Seinem Gesicht war deutlich anzusehen, dass es ihm schwerfiel, das zu glauben. »Und was hast du geklaut?«, fragte er Merle.

Sie öffnete ihre Tasche, holte die Plastik hervor und hielt sie Jens hin, konnte ihm dabei aber kaum in die Augen sehen.

Er ergriff *Liebe 3* und betrachtete das Werk von allen Seiten. »Was willst du denn *damit?*«

»Äh, hallo?!«, rief ich empört. »Es geht hier doch nicht darum, was für einen Nutzen das Diebesgut hat!«

»Stimmt, Entschuldigung. Also, warum zur Hölle hast du dieses Teil geklaut?«, fragte er Merle streng. »Ach verdammt, ich meine, warum hast du geklaut?«

Merles Kinn begann zu zittern. »Ich weiß es doch auch nicht. Ich fand die Skulptur so schön, weil dieses Paar mich an Mama und Papa erinnert. Ich bin so oft alleine, du hast ja nie Zeit für mich, nie, und ich bin dir nur lästig!« Sie brach in bittere Tränen aus und stand wie ein Häufchen Elend da.

Ich wartete darauf, dass Jens sie in den Arm nehmen und sich tausendfach für seine Missachtung bei ihr entschuldigen würde, doch stattdessen sah er sie nur wütend an. »Merle, nicht schon wieder diese Nummer.«

Boah, was für ein fieser, hartherziger Kotzbrocken! »Ich

will mich ja nicht einmischen, aber …«, begann ich, wurde jedoch sofort von Jens unterbrochen.

»Dann lass es auch«, sagte er scharf.

»Okay, dann will ich mich eben einmischen! Ich glaube, dass deine Schwester geklaut hat, ist nichts anderes als ein Schrei nach Aufmerksamkeit. Ihre Eltern lassen sie einfach zurück, weil ihnen irgendeine Ausgrabung wichtiger ist als die eigene Tochter, und ihr fieser Bruder hängt nur in seinem Restaurant rum und droht ihr damit, sie nach Jordanien abzuschieben!«

Er lachte bitter auf. »Genau, und sie muss auf dem Küchenboden schlafen, und manchmal, wenn ich einen ganz besonders fiesen Tag habe, vermische ich Linsen und Erbsen und lasse sie anschließend alles wieder auseinandersortieren! Und zum Ball darf sie auch nicht mit!« Jens kam ein paar Schritte auf mich zu und blieb mit funkelnden Augen vor mir stehen. »Ich will dir mal was über dieses arme, unschuldige Mädchen erzählen. Sie wollte unbedingt bei mir wohnen, statt in ein Internat zu gehen, dabei habe ich ihr gesagt, dass das nicht geht, weil ich ein Restaurant eröffne und keine Zeit für sie habe. Aber da Merle ja so lieb und reif und selbstständig ist und sowieso jeder nach ihrer Pfeife tanzt, habe ich mich breitschlagen lassen. Und kaum ist sie bei mir eingezogen, trägt sie komische Grufti-Klamotten, und jetzt klaut sie auch noch!« Jens deutete mit dem Finger auf Merle. »Meine kleine Schwester ist die Meisterin der Manipulation. Oh, und übrigens kann sie auf Kommando anfangen zu heulen, und das macht sie verdammt noch mal auch mindestens dreimal am Tag! Darauf bin ich am Anfang noch reingefallen, aber inzwischen steht es mir bis hier!« Mit der Hand fuchtelte er über seinem Kopf herum.

Merle hatte während seiner Ansage aufgehört zu weinen, und nun standen sowohl sie als auch ich kleinlaut da. Für eine Weile herrschte Stille im Raum.

Jens stemmte die Hände in die Hüften und starrte finster in Richtung Küche. Schließlich atmete er laut aus und fuhr sich mit beiden Händen über das Gesicht. »Tut mir leid«, sagte er zu mir. »Ich wollte dich nicht anschnauzen.« Dann ging er zu seiner Schwester und legte ihr die Hände auf die Schultern. »Merle, ernsthaft: Klauen? Was soll das? Ich hätte nie im Leben gedacht, dass du dazu fähig bist!«

»Es tut mir so leid, Jens«, sagte sie leise, und unter all ihrem zerlaufenen Make-up sah sie plötzlich aus wie ein trauriges kleines Kind. »Ich schwöre bei allem, was mir heilig ist, dass ich das niemals wieder tun werde.«

»Dir ist doch gar nichts heilig, du kleine Spinnerin«, seufzte er und zog sie an sich.

Merle klammerte sich fest an ihn und verbarg ihr Gesicht an seiner Brust. Ich hatte den leisen Verdacht, dass es zumindest eine Sache gab, die ihr heilig war. Beziehungsweise, eine Person.

Es war wohl nicht länger von der Hand zu weisen, dass ich Jens Thiel unrecht getan hatte. Aber ich würde einen Teufel tun, das vor ihm zuzugeben. Ich räusperte mich. »Und was machen wir jetzt wegen dieser Klaugeschichte? Ich meine, eigentlich muss ich das zur Anzeige bringen.«

Merle und Jens blickten erschrocken drein. »Das verstehe ich natürlich, aber ...« Jens hielt einen kleinen Moment inne. »Sie hat doch gesagt, dass sie es nie wieder tun wird.«

»Werde ich nicht«, sagte Merle, heftig mit dem Kopf schüttelnd. »Bitte ruf nicht die Polizei. Okay?«

Im selben Moment wurde mir klar, dass ich nie wirklich vorgehabt hatte, Merle anzuzeigen, und dass ich das auch nicht tun würde. Ich wollte gerade zurückrudern, als mir eine Idee kam. Eine äußerst schäbige Idee, aber andererseits ... War Klauen nicht auch schäbig? »Hmmm. Sag mal, Jens ... Hast du dir die

Sache mit der Blumendeko eigentlich noch mal überlegt?«, fragte ich und sah ihm unverwandt in die Augen.

Er runzelte verwirrt die Stirn, doch dann begann er zu verstehen, und sein Gesichtsausdruck wurde ungläubig. »Das ist nicht dein Ernst.«

»Oh doch. Das ist ein wirklich gutes Angebot.«

Jens lachte auf. »Ein Angebot, das ich nicht ablehnen kann, was?«

»Hey, hier geht es nur um Blumen. Ich bin doch nicht die Mafia«, sagte ich, obwohl ich mich tatsächlich gerade ein bisschen mafiös fühlte.

»Ach nein? Kommt mir aber so vor.«

»Isabelle macht wirklich schöne Sträuße«, warf Merle ein, die nicht zu verstehen schien, was hier gerade vor sich ging. »Hab ich in ihrem Laden gesehen. Und sie ist echt cool, Jens. Sie trinkt während der Arbeit Alkohol, und neulich hat sie auf dem Friedhof ein Date klargemacht. Und mit dreizehn hat sie selbst schon mal Tampons geklaut.«

Jens' Augenbrauen wanderten in Richtung Haaransatz. »Na, sieh mal einer an.«

Ich spürte, wie mir die Hitze ins Gesicht stieg. »Das mit dem Alkohol war eine Ausnahme, weil es was zu feiern gab. Und das mit den Tampons war ein Versehen. Ich hab mich nicht getraut, sie zu kaufen, weil mein großer Schwarm genau in dem Moment reingekommen ist. Da hab ich sie schnell in meiner Tasche verschwinden lassen und später vergessen, sie zu bezahlen.«

»So genau wollte ich es eigentlich gar nicht wissen«, sagte Jens.

»Dann geht das also klar mit der Deko?«

Er zögerte für ein paar Sekunden, doch schließlich sagte er: »Blumen für maximal fünfzig Euro die Woche.«

»Deal.« Ich hielt ihm die Hand hin.

»Kein Kitsch«, sagte er, als er sie ergriff. »Kein Rosa. Kein aufdringlicher Gestank.«

»Natürlich nicht.«

»Und was ist mit der Polizei?«, fragte Merle. »Zeigst du mich jetzt an oder nicht?«

»Nein«, antwortete Jens an meiner Stelle. »Macht sie nicht.«

Merle sah mich nachdenklich an. »Vielleicht sollten wir die Skulptur kaufen, Jens. Als Entschädigung.«

Ich wollte gerade einwerfen, dass sie sie auch einfach zurückgeben könnte, als Jens sein Portemonnaie aus der Hosentasche zog und einen Fünfzig-Euro-Schein hervorholte. »Das sollte für dieses Ding ja wohl reichen.«

Ich wusste nicht genau, was es war, doch irgendetwas an ihm schien mich permanent herauszufordern. »Das ist kein *Ding*, sondern die wunderschön und filigran gearbeitete Plastik *Liebe 3* aus dem Zyklus *Liebe* des äußerst talentierten Bildhauers Mario Kunzendorf. Und sie kostet zweihundertfünfzig Euro.«

Jens entglitten die Gesichtszüge. »Wie bitte?!«

»Zweihundertfünfzig Euro«, wiederholte ich. Nach außen hin gab ich mich gelassen, doch mein Herz schlug schneller. Oh mein Gott, ich würde doch nicht wirklich Marios erstes Werk verkaufen?

»Für diesen Schrott?«

»Für diese wundervolle Plastik.«

»Ich fass es nicht.« Zu Merle sagte er: »Das wirst du alles hier im Restaurant abarbeiten, mein Fräulein. Zweihundertfünfzig Euro, so viele Erbsen kannst du gar nicht pulen!« Er kramte zwei weitere Fünfziger aus dem Portemonnaie und hielt sie mir hin. »Den Rest muss ich aus der Kasse holen.«

»Schon gut. Passt schon. Immerhin bist du jetzt Stammkunde, da bekommt ihr die Plastik zum Freundschaftspreis.« Ich nahm das Geld entgegen und musste mich schwer zusammenreißen, nicht vor Freude auf und ab zu hüpfen. Was für ein Tag! Einen neuen Stammkunden gewonnen und *Liebe 3* zu einem genialen Preis verkauft – wenn das mal nicht zwei knallrote Zettel in meinem Glücksmomente-Glas bedeutete!

Jens sah mich aus zusammengekniffenen Augen an. Dann beugte er sich zu mir vor und sagte leise: »Ich hab so das dumme Gefühl, dass ich in den letzten zehn Minuten gleich zweimal ganz gewaltig von dir verarscht wurde.«

»Lass es dir eine Lehre sein, künftig mehr auf deine Schwester zu achten«, raunte ich zurück.

»Ich hab dich unterschätzt, Isabelle Wagner. Du wirkst total versponnen, aber du bist echt mit allen Wassern gewaschen.«

Für einen kleinen Moment sahen wir uns schweigend in die Augen. »Das nehme ich mal als Kompliment«, sagte ich schließlich.

Jens schnaubte. »Glaub mir, das war keins. Hätten wir dann endlich alles geregelt, oder willst du mir noch mehr Kohle aus der Tasche ziehen?«

»Nein, für heute war's das«, sagte ich freundlich. »Ich würde sagen, ich komm gleich morgen früh vorbei. Gegen zehn? Bist du dann hier?«

»Jens ist immer hier«, antwortete Merle. »Entschuldigung noch mal, Isabelle.«

»Schon gut.« Ich lächelte sie an und winkte Jens zum Abschied zu, dann drehte ich mich um und verließ gut gelaunt das Restaurant.

Upcycling

»Wo ist *Liebe 3* geblieben?«, fragte Brigitte, als ich am nächsten Morgen in den Laden kam. Mit einem Staubtuch in der Hand stand sie in der Deko-Ecke und sah mich ratlos an.

»Verkauft«, sagte ich stolz.

Brigitte ließ das Tuch sinken. »Nein!«

»Doch! Für hundertfünfzig Euro.«

»Das gibt's doch nicht. Oh Gott, Mario wird so glücklich sein! Aber wie und vor allem wer ...«

»Der Typ vom Restaurant gegenüber. Jens Thiel. Oh, und stell dir mal vor: Er hat es sich anders überlegt und uns doch den Auftrag für die Blumendeko gegeben.«

Nun sah Brigitte endgültig aus, als würde sie die Welt nicht mehr verstehen. »Was, der Blumenhasser? Wie hast du das denn hingekriegt?«

Ich hatte schon gestern Abend überlegt, ob ich ihr von Merles Diebstahlversuch erzählen sollte, mich letzten Endes aber dagegen entschieden. Brigitte musste ja nicht unbedingt wissen, wie genau es zu Jens' Meinungswandel gekommen war. Ich brachte meine Tasche ins Hinterzimmer und setzte Kaffee auf. »Seine Schwester war gestern hier im Laden, und letzten Endes haben wir beide es irgendwie geschafft, ihn zu überzeugen«, rief ich Brigitte durch die offene Tür zu. »Sowohl von *Liebe 3* als auch von der Sache mit der Deko.« Das war nicht mal gelogen, sondern nur sehr verknappt zusammengefasst.

Brigitte kam auf mich zu und drückte mir einen dicken Kuss

auf die Wange. »Das ist großartig, Isabelle! Neue Stammkunden sind so wichtig für uns!«

»Ja, aber so groß ist der Auftrag nicht. Fünfzig Euro die Woche.«

Ein Schatten huschte über Brigittes Gesicht, doch sie fing sich schnell wieder. »Fünfzig Euro sind doch super. Besser als nichts.«

Ich bekam ein flaues Gefühl im Magen. »Wie schlimm steht es eigentlich um den Laden? Wir sind doch nicht pleite, oder?«

»Nein, nein«, beeilte Brigitte sich zu sagen. »Aber du weißt ja, dass es momentan schwierig ist, und dann steht auch noch die Sommerflaute vor der Tür. Da sind feste, verlässliche Einnahmen unheimlich wertvoll.« Sie klatschte in die Hände. »Dann mal frisch ans Werk!«, rief sie so begeistert, dass ihre Stimme sich fast überschlug.

Misstrauisch beobachtete ich sie dabei, wie sie sich am Bindetisch an die Arbeit machte, ein fröhliches Liedchen summend. Da stimmte doch was nicht. Brigitte machte allerdings nicht den Anschein, als hätte sie vor, mir reinen Wein einzuschenken, und ich wusste, dass es sinnlos war, weiter nachzubohren. »Alles klar«, sagte ich daher nur. »Ich muss gleich um zehn rüber ins Restaurant, aber das wird nicht lange dauern.«

Ich durchstöberte unseren Fundus an Floristen- und Dekobedarf und ließ mir die Sache mit dem Laden nochmals durch den Kopf gehen. Im Laufe der Jahre hatte es sich so ergeben, dass ich mich hauptsächlich um Stammkunden, Hochzeiten und Beerdigungen kümmerte, während Brigitte die Laufkundschaft bediente und die Buchführung machte, sodass ich tatsächlich wenig über den Umsatz oder genaue Zahlen wusste. Ich musste Brigitte bei Gelegenheit unbedingt noch mal auf den Zahn fühlen. Andererseits, wenn der Laden ernsthaft in Schwierigkeiten steckte, hätte sie mir das doch schon längst gesagt.

Endlich hatte ich die passenden Vasen und Windlichter gefunden, packte sie ein und ging nach vorne. »Hast du hiervon irgendwas für die nächste Zeit verplant?«

Sie warf einen Blick in die Kiste. »Was hast du da denn für Müll rausgesucht? Nee, davon brauche ich nichts.«

»Das ist kein Müll, das nennt man Upcycling«, belehrte ich sie, während ich ein paar Blumen einwickelte. Ich legte sie auf die Kiste und machte mich auf den Weg ins Thiels.

Die Tür war offen, aber im Restaurant war kein Mensch zu sehen. Offenbar war gerade gereinigt worden, denn die Stühle standen noch umgedreht auf den Tischen. Seufzend stellte ich meine Kiste ab und fing an, die Stühle runterzunehmen.

»Oh Schreck, die Mafia ist da«, hörte ich plötzlich Jens' Stimme hinter mir. Ich drehte mich um und sah ihn mit zwei Weinkartons auf dem Arm durch die Eingangstür kommen.

»Genau. Die Blumen-Mafia. Glaub mir, du musst keine Angst vor mir haben.«

»Hab ich auch gar nicht. Ich stelle nur deine Geschäftsmethoden in Frage.«

»Normalerweise mache ich so was nicht«, sagte ich, obwohl es mir eigentlich völlig egal sein konnte, was er von mir hielt.

»Oho, ich wecke also das Böse in dir.« Er parkte die Kartons auf dem Tresen und kam dann zu mir, um mir mit den Stühlen zu helfen. Es war das erste Mal, dass ich Jens ohne seine Kochjacke sah. Er trug Sneakers, eine schwarze Jeans und ein schwarzes T-Shirt, das relativ eng anlag, und es irritierte mich, dass er so sportlich wirkte. Er war Koch, eigentlich hätte er gerechterweise fett sein müssen!

»Was ist?«, fragte Jens, der offenbar bemerkt hatte, dass ich ihn anstarrte.

»Nichts.« Schnell wandte ich den Blick von ihm ab und griff nach dem nächsten Stuhl. »Ich dachte nur gerade, dass du und deine Schwester offenbar beide eine Vorliebe für schwarze Klamotten habt«, sagte ich, froh, dass mir das so spontan eingefallen war.

»Ja, wir haben den gleichen Style. Wir reden oft darüber, und manchmal stehen wir gemeinsam vor unseren Kleiderschränken, beraten uns gegenseitig und tauschen ein paar Teile aus.«

»Haha«, meinte ich nur und fragte mich, ob er immer so enervierend ironisch war oder ob er irgendwann auch mal etwas ernst meinte.

Für eine Weile räumten wir schweigend die Stühle von den Tischen, bis Jens unvermittelt sagte: »Ich meine, jetzt mal im Ernst. Du bist doch eine Frau. Was für ein Look soll das bei Merle eigentlich sein? Muss ich mir Sorgen machen, dass sie nachts auf Gräbern tanzt? Noch bis vor ein paar Wochen sah sie aus wie ein ganz normales Mädchen, und jetzt ...« Er ließ den Satz unvollendet in der Luft schweben.

»Ich weiß es nicht. Vielleicht denkt sie sich gar nichts dabei und probiert sich einfach nur aus. Als Teenie hatte ich auch mal eine Phase, in der ich ...« Gerade noch rechtzeitig unterbrach ich mich. Ich würde ihm ganz sicher nichts von meiner Hip-Hop-Style-Phase erzählen, mir war ja selbst nicht klar, wie es dazu hatte kommen können! »... ziemlich schräg drauf war.«

»Was, noch schräger als jetzt?«

Statt einer Antwort sah ich ihn lediglich strafend an. Dann griff ich nach meiner Kiste und ging hinter den Tresen, um die Vasen auszupacken und mit Wasser zu füllen.

Jens räumte die letzten beiden Stühle von den Tischen und kam zu mir, um einen Blick über meine Schulter zu werfen. »Was sind das denn für Dinger?«

»Ehemalige Likör- und Salatdressingflaschen. Ich hab die Flaschenhälse mit einem Glasschneider abgeschnitten und anschließend die Kanten glatt poliert. Siehst du?« Ich hielt ihm eine der Flaschen entgegen. »Jetzt sind es richtig coole Blumenvasen.«

»Und was für Kraut kommt da rein?«

Ich wickelte die Blumen aus. »Margeriten, Wicken und Frauenmantel.«

»So viel?«, fragte er entsetzt. »Ich habe doch gesagt, kein Kitsch!«

»Das ist kein Kitsch. Guck mal.« Ich arrangierte jeweils eine Blüte mit ein paar Gräsern und steckte sie in eine Vase. »Das war's schon. Fällt doch fast gar nicht auf.«

»Na ja. Und wofür sollen die da gut sein?« Er zeigte auf eins der Windlichter.

»Das sind Senf- und Marmeladengläser, die ich mit weißer Glasfarbe angesprüht habe. Da kommen Mini-Stumpenkerzen rein, das gibt ein tolles Licht.«

»Also ist das alles Müll?«

»Das ist kein Müll, sondern Upcycling«, erklärte ich bereits zum zweiten Mal an diesem Morgen. »Genau wie dein Flaschenkronleuchter, okay? Jetzt entspann dich mal und lass mich machen. Das hier ist mein Arbeitsbereich, und es nervt, wenn du mir die ganze Zeit reinredest.«

»Ja, aber das hier«, dabei deutete er weitläufig um sich, »ist *mein* Restaurant, und einer der Gründe, weswegen ich mich hoch verschuldet habe, um diesen Laden zu eröffnen, ist, dass hier alles so laufen soll, wie ich es haben will. Doch jetzt muss ich mir nicht nur ständig von irgendwelchen veganen Biofanatikern reinreden lassen, sondern zu allem Überfluss auch noch von dir. Erkennst du mein Problem?«

So gesehen konnte er einem ja schon ein bisschen leidtun.

Ein schlechtes Gewissen hatte ich allerdings trotzdem nicht. »Ja, durchaus, aber es gibt nun mal Bereiche, von denen du keine Ahnung hast und die du besser Fachleuten wie mir überlassen solltest. Und überhaupt: Hast du nichts zu tun?«

»Quatsch, ich häng hier nur zwölf bis vierzehn Stunden am Tag rum«, sagte Jens spöttisch. Dann wandte er sich ab und packte die Weinflaschen aus, während ich die Vasen und Windlichter auf den Tischen arrangierte. Die restlichen Blumen kamen auf den Tresen, zwei Windlichter daneben, fertig. »Sieht doch gut aus«, sagte ich selbstzufrieden und wartete darauf, dass Jens sein Urteil abgab.

Mit kritischem Blick ging er von Tisch zu Tisch. »Hm. Ganz schön viel Chichi.«

Ich wollte gerade zu einem längeren Vortrag über den Unterschied zwischen Chichi und schlichter, stylischer Dekoration ansetzen, als die Tür aufging und Anne hereinkam.

»Moin!«, rief sie fröhlich und blieb bei meinem Anblick überrascht stehen. »Hey, ich hätte nicht gedacht, dich jemals wieder hier zu sehen, nachdem Jens so scheiße zu dir war.«

Er wollte etwas einwerfen, doch Anne redete schnell weiter. »Ja, warst du, und das weißt du auch.« Ihr Blick fiel auf die dekorierten Tische. »Wow! Hast du das gemacht? Das sieht ja toll aus!«

»Danke«, sagte ich geschmeichelt und warf Jens einen triumphierenden Blick zu.

»Wie hast du ihn dazu überreden können, das zuzulassen?«

»Ähm, ich ...« Hilflos brach ich ab.

»Kriminelle Machenschaften«, sagte Jens.

Anne musterte ihn verständnislos, doch dann winkte sie ab. »Ach, egal. Ich hoffe, du machst das jetzt regelmäßig?«

»Oh ja«, antwortete er an meiner Stelle. »Macht sie.«

»Perfekt! Dann sehen wir uns ja jetzt öfter. Freut mich.« Sie schenkte mir noch ein freundliches Lächeln und verschwand in der Küche.

Ich packte meine Sachen zusammen, rief Jens ein »Ciao« zu und wollte gerade gehen, als er mich an der Schulter zurückhielt und mir mit mürrischem Gesichtsausdruck einen Fünfziger hinhielt. »Bitte schön. Fünfzig Euro für Müll. Super.«

Ich ließ mir ja vieles bieten, aber irgendwann war es auch mal gut! Für drei Sekunden betrachtete ich den Geldschein, ohne ihn anzunehmen. »Da fehlt die Mehrwertsteuer. Du kriegst ganz ordnungsgemäß eine Rechnung von mir, denn selbst wenn du mich für eine Mafiabraut hältst, mach ich das hier ganz bestimmt nicht schwarz.«

Damit drehte ich mich um und verließ hocherhobenen Hauptes das Restaurant.

Als ich zurück in den Laden kam, fand ich Brigitte vertieft in ein Gespräch mit Dr. Hunkemöller vor. Sie lachte und spielte mit einer Hand in ihrem langen, von grauen Strähnen durchzogenen Haar, während er sich seine Krawatte zurechtrückte. Bei meinem Anblick rief er: »Ah, Frau Wagner! Frau Nickel hat sich sehr über die Blumen gefreut. Ein Traum von Strauß. Fast so schön wie Sie und Frau Schumacher.«

Brigitte kicherte geschmeichelt.

»Freut mich, dass der Strauß ihr gefällt.«

»Außerordentlich gut sogar. Ach, aber ich bin so unaufmerksam!« Dr. Hunkemöller eilte zu mir und nahm mir die Kiste ab. »So zerbrechlich wie Sie sind, sollten Sie nichts Schweres tragen müssen.«

Fast hätte ich laut aufgelacht, denn ich war es gewohnt, sehr viel schwerere Sachen zu tragen. Doch ich konnte nicht leugnen, dass ich es auch mal ganz schön fand, wie eine zerbrechliche Prinzessin behandelt zu werden. »Danke, das ist sehr nett.«

Nachdem Herr Dr. Hunkemöller die Kiste auf den Bindetisch gestellt hatte, machte er einen formvollendeten Diener erst in Brigittes und anschließend in meine Richtung. »Auf Wiedersehen, die Damen. Es war mir wie immer eine Freude.«

Wir beobachteten durchs Schaufenster, wie er mit langen Schritten davonging.

»Wenn er einen Hut aufgehabt hätte, hätte er ihn bestimmt gelupft«, sagte ich.

»Er ist so ein charmanter Mann«, seufzte sie.

»Mhm. Seine Frau kann sich wirklich glücklich schätzen, was?«

Brigitte wandte sich von mir ab und rückte die großen Blumenvasen im Schaufenster zurecht. »Ja, allerdings.«

»Aber du hast es mit Dieter ja auch nicht schlecht getroffen«, meinte ich. »Okay, er ist vielleicht nicht ganz so ein Charmeur, aber ihr seid das perfekte Paar.« Ich dachte an den molligen, gutmütigen Dieter, den nichts aus der Ruhe bringen konnte. Brigitte bildete mit ihrer kreativ-chaotischen und quirligen Art den Gegenpol, und die beiden ergänzten sich großartig.

»Ja«, sagte sie zu den Lilien. »Das sind wir.«

Nachdenklich sah ich sie an. »Ist irgendwas? Du bist heute so komisch.«

Bevor sie antworten konnte, wurde unsere Aufmerksamkeit auf den Parkstreifen vor dem Laden gelenkt, wo mit quietschenden Reifen ein Taxi hielt und dabei leicht einen Poller anditschte. Kurz darauf stieg der Fahrer aus: ein großer, kräftiger, langhaariger Rocker mit St.-Pauli-Retter-T-Shirt, Lederweste und löchriger Jeans.

»Knut«, sagten Brigitte und ich gleichzeitig.

Kurz darauf betrat Knut den Laden. »Moinsen!«, rief er fröhlich. »Na, alles im Lack?«

»Klar!« Ich lief auf ihn zu, um ihn zu umarmen.

Wie immer schlug er mir kräftig auf die Schulter und sagte in seinem typischen Hamburger Tonfall: »Menschenskinners, wie lang ham wir uns nich mehr gesehen?«

Knut und ich waren seit acht Jahren befreundet. Ich war damals direkt nach meiner Ausbildung in eine ziemlich zwielichtige Ecke St. Paulis gezogen, weil ich das als Neunzehnjährige irgendwie cool gefunden hatte. Bald schon merkte ich jedoch, dass es dort für mich eher beängstigend war, und fühlte mich furchtbar unwohl. Irgendwann stand Knut vor meiner Wohnungstür, stellte sich als mein Nachbar vor und fragte mich, ob ich ihm etwas Milch leihen könne. Von diesem Tag an kam er immer mal wieder »auf einen Schnack« vorbei. Anfangs war ich ihm gegenüber misstrauisch und verstand nicht, was er von mir wollte. Doch wie sich herausstellte, war er schlicht und ergreifend der festen Überzeugung, dass ich ihn brauchte und dass er »'n büschn auf mich aufpassen« musste, wie er es ausdrückte. Nach ein paar Monaten zog ich von St. Pauli nach Winterhude, doch unsere Freundschaft blieb bestehen.

»Willst du einen Kaffee, Knut?«, fragte Brigitte.

»Da sach ich nich nein. Hab noch 'ne lange Schicht vor mir.«

Brigitte ging nach hinten, um Kaffee zu holen, während Knut und ich uns an den Bindetisch setzten, wo er mir dabei zusah, wie ich den Kranz für eine Beerdigung band.

»Und, was gibt's Neues?«, wollte er wissen. »Haste 'nen Macker am Start?«

»Nicht so wirklich. Aber ich habe in zwei Wochen ein Date«, sagte ich, während ich die Schleife um den Kranz band.

»Und? Wie is der Typ so?«

»Sehr nett. Er ist Friedhofsgärtner und kann gut mit Pflanzen. Aber irgendwie …« Ich zuckte mit den Achseln. »Mir fehlt da noch dieser BÄMM. Bisher zumindest. Verstehst du?«

Knut lachte laut auf. »Du und dein BÄMM. Du bist viel zu wählerisch, Isa. Gib dem armen Jungen doch 'ne Schangse.« Knut liebte es, anderen Leuten in ihr Leben reinzureden. Ganz besonders mir. Ich vermutete, dass er genau deswegen als Taxifahrer arbeitete. So konnte er seinen Fahrgästen die ganze Zeit ungebeten Ratschläge erteilen und bekam auch noch Geld dafür.

»Tu ich ja. Sonst würde ich mich doch nicht mit ihm treffen.«

Brigitte kam zu uns und drückte Knut einen Becher Kaffee in die Hand. »Tut mir leid, ich würde gerne ein bisschen schnacken, aber ich muss noch ein paar Besorgungen machen. Bis zum nächsten Mal, Knut.«

»Jo, bis denne«, antwortete er, und während Brigitte verschwand, wandte er sich wieder an mich. »Du, Isa, weswegen ich auch hier bin … Ich hädde da 'ne Bidde.« Er zupfte verlegen an seiner Lederweste herum.

»Na, dann raus damit«, forderte ich ihn auf. Es war völlig untypisch für ihn, so rumzudrucksen.

Er räusperte sich. »Könntest du mir 'nen schönen Strauß machen? Irgendwie so was Rosenmäßiges? Nich für mich natürlich, mehr so … für 'ne Frau?«

»Oh mein Gott!«, rief ich. »Bist du etwa verliebt?«

Es war schon seltsam, diesen über fünfzigjährigen, äußerlich so harten Rocker rot anlaufen zu sehen. »Pff, verliebt«, winkte er ab, doch dann breitete sich ein Lächeln auf seinem Gesicht aus, und seine schwarzen Knopfaugen leuchteten verdächtig. »Na ja, schon irgendwie. So 'n büschn.«

»Das ist doch großartig! Ich freu mich so für dich! Seit wann bist du mit ihr zusammen? Und wer ist sie überhaupt?«

Knut räusperte sich verlegen. »Streng genommen bin ich gar nich mit ihr zusammen. Wir kennen uns schon ewig, aber in letzter Zeit merk ich, dass sie mir doch irgendwie ans Herz gewachsen is. Sie heißt Irina und arbeitet am Hans-Albers-Platz.«

Die rosa Wölkchen, die soeben noch über uns geschwebt waren, zerplatzten. Fassungslos starrte ich ihn an. »Boah, Knut, das ist nicht dein Ernst! Am Hans-Albers-Platz? Das kann doch nur in einer Tragödie enden. Ich meine, da wird doch früher oder später ihr Lude ...«

»Also echt jetzt, was du gleich wieder denkst!«, rief Knut entrüstet. »Ihr gehört der Kiezhafen.«

»Oh. Ach so. Tut mir leid.« Der Kiezhafen war zwar eine ziemlich schäbige, aber momentan sehr angesagte Kneipe. »Also willst du ihr mit den Blumen eine Liebeserklärung machen?«

Knut riss entsetzt die Augen auf. »Nee, um Gottes willen! Ich will da nich so offensiv vorgehen, weißte? Sondern ganz sutsche piano. Wir hadden noch nich mal 'n Rangdewuh.«

Er sprach es immer Rangdewuh aus. Ich hatte ihm schon tausendmal erklärt, dass es heutzutage Date hieß, und wenn schon Rangdewuh, dann bitte schön Rendezvous, aber davon wollte er nichts hören. »Sie hat sich zwar schon vor Ewigkeiten von ihrem Mann getrennt, is aber immer noch verheiratet und sagt, dass sie bis auf Weiteres keinen Bock hat auf Kerle. Ihr Ex is echt 'n Arsch«, fügte Knut mit Todesverachtung hinzu. »Arbeitet inner Ritze als Türsteher, macht aber nebenbei auch noch Im- und Export, wennde verstehst, was ich mein.«

»Ja, ich hab so eine Ahnung.« Ich hatte mich schon oft gefragt, wie es kam, dass Knut sämtliche zwielichtige Gestalten auf dem Kiez zu kennen schien, doch er machte ein großes

Geheimnis aus seiner Vergangenheit. »Das klingt alles ganz schön kompliziert.«

»Ich weiß. Aber was willste machen? Jedenfalls, sie hat heude Geburtstach, und da wollde ich einfach nur so als kleine Aufmerksamkeit …« Verlegen kratzte er sich an der Nase.

»Ach Knut, das ist echt süß. Aber ich würde dir von Rosen abraten, die sind so abgedroschen. Wie wäre es mit …« Ich ließ meinen Blick über die Blumen im Laden schweifen. »Iris, Schneeball und Flieder? Das sieht total hübsch aus.«

Sein Gesicht war ein einziges Fragezeichen. »Äh … mach du nur.«

Ich holte die Blumen aus den Vasen und band mit besonders viel Liebe einen Strauß daraus. »Und?«, fragte ich und hielt ihm das fertige Werk hin. »Werden die Blumen ihr gerecht?«

Er strahlte breit. »Mann, du hast es echt drauf!«

»Ich weiß«, grinste ich und wickelte den Strauß ein.

»Du, sach mal … Meinste, ich hab 'ne Schangse bei Irina?«

Mein Herz schmolz, als ich Knut so verunsichert vor mir stehen sah. Ich gab ihm den eingewickelten Strauß und legte ihm die Hände auf die Schultern. »Knut, du bist einer der nettesten und liebenswertesten Menschen, die ich kenne, und wenn sie sich nicht hoffnungslos in dich verliebt, hat sie kein Herz, hörst du?«

Die Besorgnis verschwand allmählich aus seinem Gesicht. »Na gut, wennde meinst.« Er klopfte mir kräftig auf die Schulter. »Wir sehen uns, Lüdde. Und danke noch mal für den Strauß!«

»Gern geschehen. Ach, und Knut? Lass dich nich feddichmachen!« Ich grinste ihn an, denn genau diese Worte hatte er schon mindestens tausendmal zu mir gesagt.

Knut lachte. »Nee, ich doch nich.« Damit ging er zur Tür hinaus, stieg in sein Taxi und fuhr mit quietschenden Reifen davon.

Nachbarschaftshilfe

Völlig erledigt kam ich am Samstag nach der Arbeit in meiner Wohnung an, stopfte mir schnell ein Brot rein und machte mich partytauglich, denn Kathi und Dennis wollten heute einen auf ihr neues Haus ausgeben. Missmutig betrachtete ich mich im Spiegel. An guten Tagen war ich durchaus zufrieden mit meinem Äußeren. Dann kamen mir meine Haare karamellblond, meine Augen strahlend blau und meine Figur megasexy vor. An solchen Tagen mochte ich die zahlreichen Sommersprossen, die sich in meinem Gesicht tummelten. An schlechten Tagen hingegen hasste ich sie. Heute war leider ein schlechter Tag. Ich schnitt meinem Spiegelbild eine böse Grimasse und machte mich auf den Weg zum Kiez.

Kathi und Dennis hatten einen Tisch vor unserer Stammkneipe am Hein-Köllisch-Platz ergattert, obwohl hier an diesem warmen Juniabend die Hölle los war. Außer Kathi und Dennis saßen noch Nelly, Bogdan und seine Freundin Kristin am Tisch. Bis auf Kristin kannten wir alle uns schon ewig.

Kathi und ich waren schon seit dem Kindergarten beste Freundinnen. Nelly war in der achten Klasse neu auf unsere Schule gekommen, und nachdem Kathi und ich sie etwa drei Monate lang gehasst hatten (wieso, wussten wir heute nicht mehr), waren wir drei nach einer gemeinsam verbrachten Stunde Nachsitzen zu Freundinnen geworden. Mit fünfzehn war Kathi mit Dennis zusammengekommen, der immer seinen besten Kumpel Bogdan im Schlepptau gehabt hatte, und so war aus uns irgendwie eine Clique geworden.

Nachdem ich alle begrüßt hatte, ließ ich mich auf den freien Stuhl neben Kathi fallen. »Wow, sexy siehst du aus«, sagte ich mit bewunderndem Blick auf ihren Jumpsuit.

»Danke«, sagte sie mit einem zufriedenen Grinsen. »Du aber auch.«

»Findest du?« Ich zupfte an meinem Kleid herum. »Ich weiß nicht so recht, ich fühl mich mit diesem Outfit irgendwie völlig fehl am Platz.«

»Bist du auch«, warf Nelly ein, grinste dabei aber so breit, dass ich unmöglich beleidigt sein konnte. Ihre Eltern kamen aus Nigeria, und mit ihren großen, strahlenden Augen und der unbändigen Afrofrisur war sie eine der hübschesten Frauen, die ich kannte. »Seit Jahren versuchen wir dir einzubläuen, dass man auf dem Kiez Schwarz trägt, aber du willst ja nicht auf uns hören.«

»Ich fühl mich halt nicht wohl in Schwarz.«

»Dann trag weiterhin deine romantischen Vintage-Kleider, aber trag sie mit Stolz«, sagte Nelly mit erhobenem Finger.

»Mach ich ja, es ist nur ... Ach, heute ist einfach ein schlechter Tag. Selbstzufriedenheitsmäßig.«

»Wir haben dich sowieso lieb, egal was du anhast«, sagte Kathi und legte mir einen Arm um die Schulter. »So, und jetzt will ich keine negativen Schwingungen mehr empfangen, sondern nur noch Freude und Glück!«

Wie aufs Stichwort kam die Kellnerin an unseren Tisch und brachte jedem einen Sekt auf Eis und einen Mexikaner-Shot.

»Diese Runde geht auf uns«, verkündete Dennis und hob sein Schnapsglas.

»Auf Kathi und Dennis!«, rief Bogdan.

»Auf Bullenhausen«, fügte ich hinzu.

Kathi stieß mich in die Seite. »Bullenkuhlen«, korrigierte sie. »Und auf das Haus.«

»Auf das Haus!«, wiederholten wir alle, stießen in der Tischmitte an und tranken den Mexikaner auf ex. Ich schüttelte mich, als der mit Tabasco, Sangrita und Tomatensaft gemischte Tequila meine Kehle runterrann, und spülte schnell mit Sekt nach.

Ein paar Stunden und Drinks später wechselten wir die Location und zogen um in die Hasenschaukel, eine unserer Stammkneipen auf dem Kiez. Bogdan holte uns eine Runde Astra und – wie ich mit gerümpfter Nase zur Kenntnis nahm – weitere Mexikaner. »Einen trinke ich noch mit, aber dann ist echt Schluss«, sagte ich, als ich mit den anderen anstieß. »Ihr wisst doch, dass ich peinlich werde, wenn ich Schnaps trinke.«

»Ach komm, Isa«, sagte Bogdan. »Wer weiß, wie oft wir noch die Gelegenheit haben, mit Kathi und Dennis feiern zu gehen. Wenn die erst mal auf ihrem Dorf hocken, kriegen wir sie bestimmt nie mehr zu Gesicht.«

»Ja, davor habe ich auch Angst«, meinte ich. »Also dann, Prost.«

»Nee, nee!«, rief Kathi, die inzwischen schon ganz schön einen in der Krone hatte. »Wir werden immer ssusammen feiern gehen! Immer und ewig!«

Für die nächsten Stunden taten wir genau das, und zwar ziemlich ausgelassen. Gegen zwei Uhr verkündete Nelly: »Ich will tanzen! Los, gehen wir ins Quer.«

»Nee, da sinn doch jess alle besoffn«, lallte Kathi.

»Na, dann bist du ja in bester Gesellschaft«, meinte Dennis und legte ihr einen Arm um die Taille.

»Im Quer spielen sie bestimmt wieder Achtziger«, meinte Kristin. »Ich hasse die Achtziger.«

»Bitte? Wie kann man die denn hassen?«, fragte ich entsetzt. »Okay, kleidungsmäßig verstehe ich das, aber die Musik war doch grandios! Nena, zum Beispiel, ich vergöttere Ne...« Mitten im Wort unterbrach ich mich, denn in diesem Moment zog eine Gruppe Mädels in rosa Glitzer-T-Shirts (offensichtlich ein Junggesellinnenabschied) an uns vorbei und gab den Blick frei auf eine Sofaecke. Dort lümmelte ein dünnes Teeniemädchen mit schwarzen Hotpants und schwarzem Top, offensichtlich völlig hinüber. »Ach du Schande!«

»Wasn?« Kathi folgte meinem Blick und musste die Augen stark zusammenkneifen, um etwas zu erkennen. »Oje, die sssieht aber mitgenommen aus. Wart ma ... Is das nicht die kleine Diebin?«

Ich nickte. Merles Augen waren geschlossen, und sie rührte sich nicht. In der rechten Hand hielt sie eine Flasche Bier, die bedenklich schief hing. Die Typen, die mit ihr in der Sofaecke saßen, schien das jedoch nicht sonderlich zu interessieren. Sie beachteten sie gar nicht. Eigentlich war ich nicht für dieses Mädchen verantwortlich, und wenn Jens Thiel kein Problem damit hatte, dass seine minderjährige Schwester nachts um zwei besoffen in einer Kneipe auf dem Kiez saß, sollte mich das auch nicht interessieren. Andererseits ... »Ich glaube, ich seh mal nach ihr.«

Ich ging zur Sofaecke und sprach den jungen Mann neben Merle an. »Geht's ihr gut?«, fragte ich und deutete auf sie.

Er hob gleichgültig die Schultern. »Keine Ahnung. Wir haben nix mit der zu tun. Die saß hier schon, als wir vor 'ner Stunde gekommen sind.«

»Und wo sind ihre Leute?«

»Was weiß ich?«

Oh Mann. Das war übel. »Hey!«, rief ich und rüttelte sie an der Schulter. »Merle!«

Sie schreckte hoch, wobei ihr die Bierflasche aus der Hand glitt, und sah mich aus blutunterlaufenen Augen an. Ihr Blick war so verschleiert, dass sie wahrscheinlich kaum etwas sehen konnte. »Wssn?«, nuschelte sie. »Bissu nich die middn Blumn?«

»Ja, genau die.«

Sie sah zur Seite. »Unwersdas?«

»Keine Ahnung. Bist du alleine hier?«

»Nee, mit mein Freundn. Wo sindn die?« Sie sah sich suchend um, dann presste sie eine Hand an ihren Magen. »Mirsschlecht«, sagte sie kläglich.

»Komm, wir gehen mal raus an die frische Luft.« Ich versuchte, sie hochzuwuchten, doch kaum stand sie auf den Beinen, sackte sie auch schon in sich zusammen und fiel wieder auf das Sofa. Zum Glück half Bogdan mir dabei, Merle rauszubringen und auf eine Bank zu verfrachten.

Kurz darauf kam Nelly mit einem großen Glas Wasser zu uns raus. »Hier«, sagte sie und drückte es Merle in die Hand. »Trink mal einen Schluck.«

Sie tat wie ihr geheißen. Anschließend hielt sie sich den Kopf, lehnte sich an meine Schulter und wimmerte: »Mirssoschlecht, das soll aufhörn.«

Ich legte einen Arm um sie und sah Nelly an. »Ich kann sie unmöglich alleine nach Hause fahren lassen.«

»Wer ist das überhaupt? Kennst du sie?«, fragte Nelly.

»Ihrem Bruder gehört das Restaurant gegenüber vom Blumenladen, wir sind quasi Nachbarn. Ich ruf jetzt Knut an, vielleicht kann er mir helfen, sie nach Hause zu bringen.«

»Nichnahause«, jammerte Merle. »Jens darf mich nich so sehn, der wird sauer sein, sooo sauer.« Sie hob ihren Kopf. »Kann ich nich ssu dir?«

»Nein, kannst du nicht. Dein Bruder macht sich bestimmt Sorgen.« Ich holte mein Handy hervor und wählte Knuts Nummer. Schon nach dem zweiten Klingeln meldete er sich. »Moin Isa! Was is los?«

»Hallo Knut, ich hab hier einen echten Notfall. Einer Bekannten geht es nicht gut, also wirklich gar nicht gut. Wir sind vor der Hasenschaukel. Kannst du kommen oder ist es gerade …«

»Bin in zehn Minuten da.«

Inzwischen waren auch Kathi, Dennis und Kristin rausgekommen und leisteten uns Gesellschaft, während wir auf Knut warteten.

Merle legte sich auf die Bank, nur um gleich darauf noch mehr zu jammern. »Alles dreht sich, mirssoooschlecht.«

Bogdan sagte laut und überdeutlich: »Du musst einen Fuß auf den Boden stellen!«

Nelly musterte Merle nachdenklich. »Ich setz fünf Euro, dass sie noch kotzt, bis Knut hier ist.«

»Fünf Euro dagegen!«, rief Kristin.

»Ich steig ein. Fünf Euro aufs Kotzen«, sagte Dennis und fummelte schon an seinem Portemonnaie herum.

»Alllso, dasjawohl fies«, lallte Kathi. »In ihrer Haut möchtch nich steckn.«

»Wir sprechen uns morgen, Schatz«, sagte Dennis trocken.

In diesem Moment wurden wir dadurch aufgeschreckt, dass Knut unmittelbar vor uns sein Taxi zum Stehen brachte, wobei die äußerst zwielichtige Flüssigkeit in einer Pfütze (vermutlich ein Gemisch aus Bier und Wischwasser) aufspritzte.

Kristin, die der Pfütze am nächsten stand, sprang zur Seite. »Boah, Knut!«, rief sie. »Jedes Mal!«

»Moinsen, ihr Flachpfeifen«, begrüßte Knut uns grinsend, dann ließ er seinen Blick schnell über Kristin, Nelly und Kathi schweifen, bis er an Merle hängen blieb. »Also, das is der Notfall«, stellte er fest und hockte sich vor sie. »Na, junge Dame?«, rief er und klopfte ihr leicht auf die Wangen. »Nich so ’n guder Tach heude, wa?«

Merle schlug die Augen auf und musterte Knut angestrengt. »Nee, nich so.«

»Hast gesoffen, wa?«, fragte er.

Sie nickte.

»Gekifft?«

Sie schüttelte den Kopf.

»Sonstiges Zeug eingeworfen?«

Erneutes Kopfschütteln.

»Schon gekotzt?«

»Nee, habchnich.«

»Bis jetzt nicht«, fügte Nelly hinzu.

Knut seufzte. »War klar. Na gut, Lüdde, denn bring ich dich mal nach Hause. Ansprechbar biste ja noch.« Er packte sie an den Schultern und half ihr, aufzustehen. Sie wankte so stark, dass er sie kurzerhand hochhob, zum Taxi trug und auf die Rückbank verfrachtete.

Ich umarmte Kathi und winkte den anderen zum Abschied zu. »Viel Spaß noch. Wünscht euch Nena für mich.« Dann nahm ich neben Merle Platz, und kaum dass ich saß, brauste Knut los. »Wo soll's denn eigentlich hingehen, junge Dame?«, fragte er Merle.

Sie nuschelte ihre Adresse und ließ den Kopf dann erschöpft an die Rückenlehne sinken.

Innerlich stöhnte ich auf. »Das ist bei mir um die Ecke.«

»Jo, ich weiß«, erwiderte Knut. Er zündete sich eine Zigarette an und übersah dabei eine rote Ampel. Seine Fahrweise war immer schon sehr abenteuerlich gewesen. Wahrscheinlich war er der schlechteste Fahrer Hamburgs, wenn nicht sogar der ganzen Welt, was für seinen Job natürlich nicht die ideale Voraussetzung war.

»Mann, Knut, die Ampel war rot!«

»Ach Quatsch. Kirschgrün«, sagte er, während er durch die Straßen brauste, im Handschuhfach wühlte und mir eine Plastiktüte reichte. »Hier. Für alle Fälle.«

»Guck auf die Straße!«, schimpfte ich und wollte Merle die Tüte in die Hand drücken. Inzwischen war sie allerdings eingeschlafen.

»Is ja gut.« Er musterte Merle im Rückspiegel. »Wer is' die Lüdde denn überhaupt?«

»Ihr Bruder hat Mr Lees Restaurant übernommen.« Ich erzählte von meinen Begegnungen mit Jens und Merle, und dank Knuts schneidigem Fahrstil waren wir schon bald vor dem Zuhause der beiden Thiels angekommen. Wir stiegen aus, und Knut schmiss sich Merle wieder über die Schulter. Ich klingelte, und nur ein paar Sekunden später ertönte Jens' Stimme aus der Gegensprechanlage. »Ja?«

»Hallo, hier ist Isabelle. Also, Isabelle Wagner. Die mit den Blumen. Ähm, und Merle. Kannst du bitte aufmachen?«

Der Summer ertönte, und wir stiegen die Treppen hoch.

»Wievielter Stock?«, ächzte Knut.

»Ssweiter«, nuschelte Merle, die wie leblos über seiner Schulter hing, ihr Kopf zwischen den Armen baumelnd. »Ich mussspuckn.«

»Aber nich jetzt«, sagte Knut warnend und beschleunigte seinen Schritt.

Jens stand bereits in der geöffneten Tür und erwartete uns. Sein Blick wanderte blitzschnell von Merles Hinterteil zu Knuts Gesicht und dann zu mir, wobei sein Ausdruck zwischen tiefer Besorgnis, Erleichterung und Unverständnis schwankte.

»Moinsen!«, rief Knut fröhlich. »Ich hab hier 'ne Lieferung besoffenes Teeniemädchen abzugeben.«

Jens schüttelte fassungslos den Kopf. »Danke, aber ich … Merle! Verdammt noch mal, wo warst du? Ich hab mir solche Sorgen gemacht!«

Statt einer Antwort trommelte sie mit den Fäusten auf Knuts Rücken. »Chmussrunner, schnell!«

Knut setzte Merle auf dem Boden ab. Sie stolperte völlig unkoordiniert den Flur entlang, wobei sie erst gegen eine Kommode stieß und anschließend den Garderobenständer umwarf, bis sie hinter einer der Türen verschwand. Ich vermutete (und hoffte), dass sich dort das Bad befand, denn schon kurz darauf hörten wir wilde Würgegeräusche.

»Immerhin, sie hat damit gewartet, bis sie zu Hause is«, kommentierte Knut. »Da kann sich so mancher 'ne Scheibe von abschneiden.«

Jens, der Merle nachgesehen hatte, drehte sich wieder zu uns um. »Kann mir mal bitte jemand erklären, was hier vor sich geht?«

Knut rührte sich nicht, und so ergriff ich das Wort. »Ich war mit Freunden in der Hasenschaukel und hab zufällig Merle gesehen, die dort total besoffen auf einem der Sofas saß. Und weil sie offenbar ganz alleine war, hab ich mich um sie gekümmert und Knut angerufen«, dabei deutete ich mit dem Daumen auf ihn. »Er ist ein alter Freund von mir und fährt Taxi.«

Jens brauchte ein paar Sekunden, um diese Informationen zu verarbeiten. »In der Hasenschaukel?«, fragte er schließlich. »Alleine? Aber ... sie wollte mit einer Freundin ins Kino und spätestens um elf wieder hier sein, und ...« Hilflos brach er ab.

Die entstandene Stille wurde von Merles wenig appetitlichen Geräuschen durchbrochen.

»Sieht wohl so aus, als hätt's da 'ne spontane Planänderung gegeben, wa?«, meinte Knut. Dann sah er von Jens zu mir und wieder zurück zu Jens. Schließlich grinste er zufrieden und klatschte in die Hände. »So Leude, nix für ungut, aber ich muss denn auch mal wieder.«

Jens holte sein Portemonnaie aus der Hosentasche. »Vielen Dank für Ihre Hilfe. Was macht das denn?«

Knut hob abwehrend die Hände. »Nee, nee, nee, davon will ich nix wissen. Vom Siezen auch nich. Und bedank dich nich bei mir, sondern bei Isa.« Damit wandte er sich an mich. »Du kommst alleine nach Hause, is ja gleich ums Eck, nä?« Dann drehte er sich um, rief uns ein fröhliches »Tschüs denn« zu und stieg die Treppe hinab.

Unschlüssig sah ich Jens an.

»Vielen Dank, dass du dich um Merle gekümmert hast. Das war echt nett«, sagte er.

Ich nickte nur stumm und fragte mich, wieso ich wie angeklebt auf der Türschwelle stehen blieb, statt einfach nach Hause zu gehen. Wahrscheinlich lag es daran, dass ich Merle aufgelesen und hierhergebracht hatte. Da wollte ich mich natürlich auch davon überzeugen, dass sie sicher in ihrem Bett landete. Das war's dann aber auch schon mit der Nachbarschaftshilfe. Danach würde ich gehen, wieder meine Ruhe haben und mich nur noch um meine eigenen Angelegenheiten kümmern.

Jens schien darauf zu warten, dass ich irgendetwas sagte oder tat, aber ich rührte mich nicht. »Ja, ähm ... Weiß ich jetzt auch nicht«, sagte er nach einer Weile. »Willst du reinkommen?«

Ohne ein Wort setzte ich mich in Bewegung und betrat die Wohnung. »Du solltest mal nach Merle sehen.« Ich legte meine Handtasche auf die Kommode und folgte ihm ins Bad. Merle kauerte vor der Kloschüssel, die Arme über der Brille verschränkt und den Kopf darauf abgelegt. Inzwischen spuckte sie nicht mehr, sondern weinte nur noch kläglich. Jens hockte sich neben sie und strich ihr über den Rücken. »Was machst du nur für einen Scheiß, hm?«, flüsterte er.

Ich öffnete das Fenster und befeuchtete am Waschbecken ein Handtuch mit kaltem Wasser. Seltsam, hatte Anne nicht behauptet, Jens sei verheiratet? Hier gab es überhaupt keine Anzeichen dafür, dass eine erwachsene Frau das Bad mitbenutzte. Da waren nur zwei Zahnbürsten, Rasierutensilien und ein paar Teenie-Gesichtspflegeprodukte. Wahrscheinlich war seine Frau geschäftlich unterwegs. Ich gab Merle das feuchte Handtuch, und sie verbarg ihr Gesicht darin.

»Meinst du, da kommt noch mehr, oder war's das?«, fragte Jens.

»Ich glaub, da kommt nix mehr.«

»Dann steh mal auf«, sagte er, und gemeinsam halfen wir ihr hoch zum Waschbecken. Jens hielt Merle fest, während ich ihr beim Zähneputzen assistierte. Noch immer konnte sie sich kaum auf den Beinen halten.

Wir brachten sie in ihr Zimmer, wo sie wie ein nasser Sack aufs Bett plumpste. »Es dreht sich immer noch alles«, murmelte sie undeutlich. »Es dreht sich und dreht sich und dreht sich.«

»Such dir einen Fixpunkt«, riet ich ihr. »Mach nicht die Augen zu, sondern konzentrier dich darauf.«

Ihr Blick glitt durch den Raum, bis er an Jens hängen blieb. »Bist du gar nicht sauer?«

»Oh doch, ich bin stinksauer! Glaub mir, du kannst dich schon mal auf morgen freuen.«

»Entschuldige«, murmelte sie. »Es tut mir so leid.«

»Ja, das hab ich schon tausendmal gehört«, murrte er. »Jetzt schlaf erst mal deinen Rausch aus.«

Jens löschte das Licht und ging mir voraus in eine gemütliche Wohnküche, wo er sich auf einen der Stühle fallen ließ, die um einen großen alten Holztisch standen. »Oh Mann«, sagte er und verbarg sein Gesicht in den Händen. »Es ist gefühlt gerade erst ein paar Monate her, dass ich mit ihr im Tierpark Hagenbeck die Giraffen gefüttert habe, und jetzt kotzt sie sich volltrunken die Seele aus dem Leib. Sie ist doch noch ein Kind!«

Ich zögerte einen Moment lang. Merle lag im Bett, ich hatte

meine Pflicht getan und konnte jetzt eigentlich gehen. Doch stattdessen setzte ich mich zu ihm. »Wie alt ist sie denn überhaupt?«

»Sechzehn. Sie geht in die zehnte Klasse.«

»Sechzehn ist ein schwieriges Alter. Da kommt es doch mal vor, dass man Mist baut.«

Er richtete sich wieder auf und sah mich finster an. »Ich finde, dass Klauen und Saufen bis zur Besinnungslosigkeit schon etwas mehr als harmlose Teenager-Dummheiten sind. Vor allem, wenn man bedenkt, dass sie immer total lieb war und so was noch nie gemacht hat.«

»Ja, aber ...« Ich suchte nach Worten und fuhr schließlich vorsichtig fort: »Das ist auch alles nicht so einfach für sie. Ihre Eltern sind nicht da, und du hast so viel zu tun mit dem Restaurant. Vielleicht fühlt sie sich alleingelassen.«

Er schnaubte wütend. »Was weißt du denn schon? Du kannst doch überhaupt nicht beurteilen, wie es ist, wenn man vierzehn Stunden am Tag arbeitet und sich dann auch noch um einen Teenager kümmern soll!«

Bilder tauchten vor mir auf, die ich längst vergessen zu haben geglaubt hatte. Wie ich nach dem Hort nach Hause gekommen war, aufgeräumt, das Abendessen gekocht und die Wäsche gemacht hatte. Abende, an denen ich alleine auf dem Sofa gesessen und ferngesehen hatte, die Türen und Fenster verriegelt, weil ich Angst vor Einbrechern gehabt hatte. Meine Mutter, die müde und abgekämpft nach einer Doppelschicht im Altersheim nach Hause gekommen war und sich so sehr bemüht hatte, nicht auf der Stelle einzuschlafen, sondern mir zuzuhören und sich von meinem Tag erzählen zu lassen. »Doch, ich kann das besser beurteilen, als du denkst«, sagte ich schließlich leise.

Jens sah mich aufmerksam an und schien darauf zu warten,

dass ich weiterredete, aber ich hatte ganz sicher nicht vor, ihm meine Lebensgeschichte zu erzählen. »Wie auch immer, ich muss mal langsam nach Hause.« Ich stand auf und schob den Stuhl zurück an den Tisch. »Hör zu, ich will mich gar nicht bei euch einmischen. Lass mich dir nur eins sagen: Meiner Meinung nach ist das Hauptproblem nicht, dass Merle heute betrunken war. Sondern, dass ihre Freunde sie in diesem Zustand einfach sitzen lassen haben, und du solltest dir wirklich mal genau anschauen, mit wem sie so rumhängt. Das scheinen nämlich ziemliche Arschlöcher zu sein.« Ich ging in den Flur und nahm meine Handtasche von der Kommode. Als ich mich umdrehte, stand Jens hinter mir.

»Ich bin dir wirklich dankbar dafür, dass du dich heute um Merle gekümmert hast«, sagte er ernst. »Das rechne ich dir hoch an, auch deinem Freund Knut, und wenn ich mich irgendwie revanchieren kann, dann sag mir, wie.«

Ich blickte zu ihm hoch, und plötzlich fiel mir auf, dass seine Augen gar nicht eindeutig braun waren, sondern momentan eher grün wirkten. Als könnten sie sich nicht für eine Farbe entscheiden. »Du musst dich nicht revanchieren. Das hätte jeder gemacht. Nachbarschaftshilfe halt.« Ich ging an ihm vorbei zur Tür. »Na dann. Wir sehen uns Mittwoch.«

»Hey«, sagte er, als ich schon an der Treppe war. »Soll ich dich nach Hause begleiten?«

»Nein, nicht nötig. Wie Knut schon sagte, ich wohne gleich um die Ecke.«

Wir tauschten noch einen Blick, dann drehte ich mich um und machte mich endgültig auf den Weg.

In meiner Wohnung holte ich mir eine Flasche Wasser aus dem Kühlschrank und ließ mich auf die Couch fallen. Ein Blick auf die Uhr zeigte mir, dass es halb vier war. Ich legte die Beine auf den Tisch und lehnte den Kopf zurück. Die Geräusche der

Straße drangen zu mir rauf: ab und zu ein Auto oder das Martinshorn eines Krankenwagens, ein Mann und eine Frau, die laut miteinander lachten. Über mir knackte es gelegentlich im Gebälk des Dachbodens, in der Wasserflasche sprudelte die Kohlensäure, und ich hörte meinen eigenen Atem. Ansonsten nichts. Meine Gedanken schweiften zu Merle und Jens. Ich fragte mich, wie es ihr morgen gehen und wie heftig seine Standpauke ausfallen würde. Doch dann zwang ich mich, an etwas anderes zu denken. Ich hatte meine Mutter, Brigitte, Knut und meine Freunde. Das reichte mir vollkommen. Merle und Jens Thiel gingen mich nichts an, ich lebte mein Leben und sie ihres.

Den Sonntagvormittag verbrachte ich wie immer damit, im Bett zu frühstücken und mir in der Mediathek die während der Woche verpassten Folgen von *Liebe! Liebe! Liebe!* herauszusuchen und anzuschauen. Anschließend sprang ich unter die Dusche und zog mich an, um mich auf den Weg zu meiner Mutter zu machen. Ein weiterer fester Bestandteil meiner Sonntage, zumindest wenn Mamas Schichtplan es erlaubte und sie nicht arbeiten musste. Mit dem Fahrrad fuhr ich durch das sonnige, sonntagsträge Hamburg nach Bramfeld, wo unsere kleine Zweizimmerwohnung lag.

Ich schloss die Wohnungstür auf und rief: »Hallo Mama!« Es kam keine Antwort. Während ich in die Küche ging, wickelte ich den Strauß Pfingstrosen, den ich mitgebracht hatte, aus dem Papier. »Mama? Bist du da?« Ich ließ Wasser in eine Vase laufen, arrangierte die Blumen darin und stellte sie auf den Tisch im Wohnzimmer. Durchs Fenster sah ich meine Mutter in ihrem Liegestuhl auf dem Balkon, wo sie offenbar ein Nickerchen hielt. Sie war im Januar fünfzig Jahre alt geworden, wirkte aber älter. Ihre Haare färbte sie zwar, doch ihr Gesicht war von Falten durchzogen, und unter ihren Augen lagen meist tiefe Schatten. Ich konnte mich nicht daran erinnern, dass meine Mutter irgendwann einmal nicht müde gewesen war. Sie hatte mich mit dreiundzwanzig bekommen, nur ein halbes Jahr darauf war mein Vater gestorben, und den Verlust ihrer großen Liebe hatte sie nie überwunden. Meine Mutter und ich waren immer ein gutes Team gewesen, wir hatten fest zusammengehalten und uns gemeinsam durch den Alltag geboxt, und wenn sie zu Hause gewesen war, dann hatte ihre gesamte Aufmerksamkeit mir gehört. Nur müde war sie immer gewesen, und mein Herz quoll über vor Zärtlichkeit, als ich sie jetzt schlafend in der Sonne sitzen sah, einen Liebesroman auf dem Bauch ausgebreitet.

Kurzerhand ging ich in die Küche und kochte Kaffee. Mit einem Becher in der einen und einem Teller Kekse in der anderen Hand kehrte ich zurück auf den Balkon und gab ihr einen Kuss auf die Wange. »Hallo Mama«, flüsterte ich.

Langsam schlug sie die Augen auf und sah mich verschlafen an. »Hallo Süße.« Sie lächelte träge und reckte und streckte sich ausgiebig.

»Kaffee?«

»Unbedingt.« Sie griff nach der Tasse, pustete hinein und trank einen Schluck. »Seit wann bist du hier?«

»Noch nicht lange. Ich hab dir Pfingstrosen mitgebracht«, sagte ich und deutete auf den Tisch im Wohnzimmer.

»Oh, wie hübsch. Vielen Dank!«

»Gern geschehen. Übrigens hast du schon wieder deinen Ficus viel zu lange nicht gegossen«, sagte ich anklagend. »Stattdessen ersäufst du deine Orchidee.«

»Ach Isa, du weißt doch, dass ich nicht mit Blumen umgehen kann. Ich hab einfach nicht so einen grünen Daumen wie du und dein Vater, also warum schleppst du immer wieder welche hier an? Plastikpflanzen sind doch auch sehr schön!«

In gespieltem Entsetzen hielt ich mir eine Hand ans Herz. »Plastikpflanzen?! Willst du mich beleidigen? Wäre dir eine Gummitochter etwa auch lieber als eine aus Fleisch und Blut?«

»Manchmal schon«, erwiderte sie schmunzelnd. »Du warst ein furchtbar anstrengendes Baby. Wirklich, furchtbar anstrengend. In deinen ersten Lebensmonaten hast du ...«

»... vierundzwanzig Stunden am Tag nur geheult, ich weiß«, lachte ich. Das war die Lieblingsgeschichte meiner Mutter, und ich hatte sie schon oft gehört.

»Genau. Manchmal wäre ich fast verzweifelt. Aber deinen Vater konnte nichts aus der Ruhe bringen. Er hat dich stundenlang getragen, dir Nena-Songs vorgesungen und Geschichten erzählt, und du warst immer seine kleine süße Prinzessin. Obwohl du offen gestanden eher aussahst wie ein verschrumpelter, wütender Gartenzwerg.«

»Aber auch ein süßer Gartenzwerg.«

»Sehr süß, ja.«

Für eine Weile schwiegen wir und hingen unseren Gedanken nach. Meine Mutter redete noch immer viel von meinem Vater. Ich liebte die Geschichten über ihn, obwohl ich jedes Mal tief in mir einen Stich der Wehmut spürte, weil ich ihn niemals kennenlernen würde. Er war so ein toller Mensch gewesen.

»Jetzt erzähl mal, was gibt es Neues bei dir?«, fragte meine Mutter.

»Kathi und Dennis ziehen in die Pampa«, erzählte ich. »Sie können das Haus von seiner Tante kriegen. Ich weiß gar nicht, was ich ohne sie machen soll.«

»Aber das ist doch schön für die beiden.«

»Ja, weiß ich. Aber ich kann mich nur schwer an den Gedanken gewöhnen, dass sie wegziehen.«

»Heiraten sie denn auch?«

»Nö.« Ich suchte mir einen Schokoladenkeks vom Teller. »Die beiden haben doch noch Zeit.«

»Dein Vater und ich haben uns jedenfalls keine Zeit gelassen«, sagte sie lächelnd.

»Ja, aber bei euch beiden war ja auch vom ersten Moment an alles klar.« Meine Mutter hatte einen ganz besonderen Antrag bekommen, davon hatte sie mir schon oft erzählt. Sie war nichts ahnend von der Arbeit nach Hause gekommen, wo mein Vater, der alte Romantiker, ein riesiges Herz aus brennenden Teelichtern auf dem Wohnzimmerboden aufgebaut hatte. Er hatte ihr eine wunderschöne Liebeserklärung gemacht, war vor ihr auf die Knie gefallen und hatte sie gefragt, ob sie seine Frau werden wolle. Es war eine saumäßige Arbeit gewesen, den Kerzenwachs vom Holzdielenboden zu entfernen, aber das war es wert gewesen, sagte meine Mutter oft.

Für den Rest des Nachmittags saßen wir friedlich über Gott und die Welt plaudernd auf dem Balkon. Als ich abends mit dem Fahrrad nach Hause fuhr, fiel mir auf, dass ich ihr gar nichts von Tom und dem anstehenden Date erzählt hatte. Na ja, sie hätte mich sowieso nur ausgequetscht, ob er denn auch der Richtige für mich wäre, und mich ermahnt, dass ich bloß nicht meine Zeit mit dem Falschen verschwenden solle. Womit sie ja möglicherweise auch recht hatte.

Die Stalkerin

Am Montagnachmittag kam zu meiner großen Überraschung Merle in den Laden. Sie war wieder ganz in Schwarz gekleidet, die Augen dick mit Kajal umrandet. Für ein paar Sekunden blieb sie im Eingang stehen, als könne sie sich nicht entscheiden, ob sie rein- oder gleich wieder rausgehen sollte. Schließlich schloss sie die Tür hinter sich und kam zögerlich auf mich zu. »Hallo«, sagte sie, konnte mir dabei aber kaum in die Augen schauen.

»Hallo Merle«, erwiderte ich und stellte sie und Brigitte einander kurz vor. Nachdem das erledigt war und Merle eine Weile schweigend dagestanden und intensiv ihre Schuhspitzen betrachtet hatte, fragte ich: »Kann ich dir irgendwie helfen?«

Sie räusperte sich und sah zu mir auf. »Nein, ich ... Eigentlich bin ich nur hier, weil ich mich bei dir bedanken wollte. Dafür, dass du dich am Samstag um mich gekümmert und mich nach Hause gebracht hast. Das war echt nett.«

Brigitte horchte auf und musterte uns neugierig. Von dem Vorfall in der Hasenschaukel hatte ich ihr nichts erzählt.

»Kein Problem«, sagte ich. »Hab ich gerne gemacht.«

»Mir ist das derbe peinlich!«, stieß Merle aus. »Ich kann mich an fast nichts erinnern und hab mich gestern den ganzen Tag lang übergeben. Und dann hat Jens mich auch noch mindestens drei Stunden lang angemotzt. Der motzt mich sowieso ständig an. Dabei sauf ich sonst nie, echt nicht! Das war nur ein einziges Mal, und ich trink garantiert nie wieder Alkohol!«

Brigitte brach in Gelächter aus. »Ja, das haben meine Töchter auch schon manches Mal gesagt.«

»Ich mein das aber echt ernst«, sagte Merle in gewichtigem Tonfall. »Das hab ich Jens hoch und heilig versprochen. Jedenfalls, ich möchte dir gerne was schenken, Isabelle. Als Dankeschön. Magst du Karamellbonbons?«

Erstaunt beobachtete ich sie dabei, wie sie ein Bonbonglas aus ihrer Umhängetasche holte. »Ja, klar.«

Merle drückte mir das Glas in die Hand. »Die hab ich selbst gemacht. Heute Morgen, ganz frisch.«

»Warst du nicht in der Schule?«

»Doch«, erwiderte sie schnell. »Aber wir hatten ein paar Freistunden, deswegen musste ich erst später hin.«

Ich nahm ein ziemlich klebriges, unförmiges Teil aus dem Glas und betrachtete es unschlüssig.

»Die sehen vielleicht nicht so toll aus, aber sie schmecken gut. Probier doch mal«, sagte sie und erinnerte mich damit irgendwie an ihren Bruder.

Ich steckte das Bonbon in den Mund und lutschte daran herum. Hm, die schmeckten wirklich besser, als sie aussahen. Süß und sahnig, genau so, wie Karamellbonbons sein sollten. »Megalecker! Vielen Dank.«

Merle strahlte stolz. »Ja, oder?« In diesem Augenblick glich sie eher einem kleinen Mädchen als einem Teenie außer Rand und Band. Ich hielt Brigitte das Glas hin. »Hier, nimm mal eins.«

Brigitte fischte sich ein Bonbon heraus und fing ebenfalls augenblicklich an zu schwärmen. »Die sind ja köstlich!«

Für einen Moment sah Merle uns beide unschlüssig an, und es schien, als wolle sie noch etwas sagen. Doch dann überlegte sie es sich offenbar anders. »Ich geh dann mal. Nochmals danke, Isabelle.« An der Tür drehte sie sich um und winkte uns zu. »Bis bald!«

»Nettes Mädchen«, sagte Brigitte, als Merle verschwunden war.

»Nett? Hast du ’ne Ahnung.« Okay, es war wirklich süß und auch sehr höflich, dass Merle vorbeigekommen war, um mir Karamellbonbons zu schenken. Aber als nett würde ich sie trotzdem nicht bezeichnen. Genauso wenig wie ihren Bruder. Wie auch immer, sie hatte sich bedankt, damit war unser Kontakt beendet, und ich brauchte mir keine Gedanken mehr um sie zu machen.

Mit der Annahme, dass Merles und mein Kontakt sich mit ihrem Besuch im Laden erledigt hatte, lag ich mächtig daneben. Von da an lief sie mir nämlich ständig über den Weg. Anfangs glaubte ich noch, dass das rein zufällig passierte, wie zum Beispiel unser Treffen in der Alsterschwimmhalle, wo ich jeden Dienstagabend eine Stunde lang meine Bahnen zog. Ich war total in Gedanken versunken und bekam den Schreck meines Lebens, als sie urplötzlich vor mir im Wasser auftauchte. Da sie ungeschminkt war, hätte ich sie beinahe nicht erkannt. Ihre Augen wirkten ohne den Kajal viel größer, die dunklen, nassen Haare klebten an ihrem Kopf fest, und eine wirre Strähne zog sich quer über ihre Stirn. »Ach, Isabelle!«, rief sie bei meinem Anblick. »Na? Du auch hier?«

»Ja. Offensichtlich. Hallo Merle.«

»Ich geh öfter hier schwimmen.«

»Mhm. Ich auch.«

»Wollen wir nicht nebeneinander schwimmen? Dann können wir ein bisschen quatschen, und es ist nicht so langweilig.«

Wenn ich eins nicht ausstehen konnte, dann war es, während des Schwimmens zu quatschen. Außer meinem eigenen Atem und dem Plätschern des Wassers wollte ich dann gar nichts hören, sondern mich auf nichts anderes konzentrieren als auf mich und meine Schwimmzüge. Doch dies war ein freies Land, und ich konnte Merle kaum verbieten, neben mir herzuschwimmen. Oder zu quatschen. Und das tat sie. Ununterbrochen, vierunddreißig Minuten lang, schwamm sie neben mir her und erzählte. Von der Schule, von ihrer Lehrerin, von einem neuen Rezept für Spaghetti, von einer Freundin, die seit neuestem ein Rosen-Tattoo im Dekolleté trug, und so weiter und so fort. Selbst unter der Dusche plauderte sie munter weiter auf mich ein. Zum Glück hatte ich wenigstens in der Einzelumkleidekabine meine Ruhe, doch vor der Halle wartete sie bereits auf mich. »Ich bin mit dem Fahrrad da, und du?«

»Ich auch«, seufzte ich.

»Dann können wir ja zusammen fahren. Jens meinte, du wohnst in unserer Nähe.«

Wir schlossen unsere Räder auf und machten uns auf den Weg durchs abendliche Hamburg.

»War nett, mit dir zu schwimmen. Können wir ja jetzt öfter machen«, sagte Merle, als endlich ihr Wohnhaus in Sicht kam und sie ihr Tempo verlangsamte. »Tschüs, Isabelle. Bis bald.«

»Tschüs, bis irgendwann mal.« Oh Mann. Wenn von jetzt an jeden Dienstag die dauerplappernde Merle in der Alsterschwimmhalle aufkreuzen würde, musste ich ernsthaft in Erwägung ziehen, meinen Schwimmtag zu ändern. Aber das würde meinen kompletten Wochenplan durcheinanderbringen! Nein, nein, ich ging seit vier Jahren jeden Dienstagabend schwimmen, und ich würde mich von Merle Thiel ganz sicher nicht aus dem Konzept bringen lassen.

Am nächsten Abend traf ich sie im Supermarkt, genauer gesagt im Gang mit den Süßigkeiten. Ich stand unschlüssig mit einer Packung Schokoküsse in der Hand da und überlegte, ob ich die Dinger wirklich mitnehmen sollte. Es blieb nie bei einem, egal wie fest ich mir das auch vornahm. Andererseits wäre es ein guter Abend für einen Schokokuss. Heute Morgen hatte Jens sich bei meiner Lieferung erst nochmals ausdrücklich dafür bedankt, dass ich Merle geholfen hatte, nur um anschließend die ganze Zeit an meinen Blumen rumzumäkeln. Und als ich in der Friedhofskappelle einen Sarg geschmückt hatte, war der Kranz ständig wieder abgeflogen.

»Hi Isabelle!«, hörte ich Merles Stimme neben mir, und ich zuckte zusammen. »Na? Du auch hier?«, erkundigte sie sich und warf einen äußerst indiskreten Blick auf meine Einkäufe sowie die Schokoküsse in meiner Hand. »Wusstest du, dass man die auch ganz leicht selbst machen kann? Du musst einfach Eiweiß steifschlagen und …«

»Danke, aber ich denke, ich lass das besser mit dem Selbermachen«, sagte ich und stellte die Schokoküsse zurück ins Regal. Und als ich später zu Hause vor dem Fernseher saß und *Liebe! Liebe! Liebe!* guckte, ärgerte ich mich, dass ich die Schokoküsse nicht doch mitgenommen hatte.

Zwei Tage später kam Merle in die Pommesbude, in der ich anstand, um mir eine Portion Fritten zu holen. Da wurde ich langsam misstrauisch, ob es sich bei unseren Treffen wirklich immer um Zufälle handelte. Und spätestens, als sie am Montagabend an der Kneipe vorbeischlenderte, vor der ich mit Kathi und Nelly saß und Cocktails schlürfte, war mir klar, dass die Welt unmöglich so klein sein konnte.

»Hi Isabelle!«, rief Merle mit so offensichtlich gespielter Überraschung, dass mir fast das Glas aus der Hand fiel. »Na? Du auch hier?«

»Äh … Ja. Ich bin dann wohl auch hier.«

»Hey, das ist doch die besoffene Diebin!«, rief Kathi.

»Ich glaube, die stalkt mich«, flüsterte ich, doch bevor ich mich näher erklären konnte, war Merle auch schon an unseren Tisch gekommen.

Nelly grinste sie breit an. »Na, wieder nüchtern?«

»Wieso?«, fragte sie irritiert.

»Ich war neulich auch dabei, in der Hasenschaukel.«

Merle lief rot an. »Oh, ach so.« Nach einem kleinen Räuspern fragte sie: »Und was macht ihr hier so?«

»Wir trinken Cocktails, das siehst du doch«, antwortete ich. Allmählich kam sie mir vor wie ein kleines Hündchen, das mir zugelaufen war und mir nun überallhin folgte. Ich wollte aber gar keinen Hund! Demonstrativ warf ich einen Blick auf die Uhr. »Musst du nicht nach Hause, Merle? Hausaufgaben machen oder schlafen? Morgen ist doch Schule.«

»Nö. Die hab ich alle schon, und Jens ist meistens sowieso nicht vor halb zwölf zu Hause.«

»Wer ist denn Jens?«, wollte Nelly wissen.

»Mein älterer Bruder. Ich wohne zurzeit bei ihm. Ihm gehört das Thiels, gleich hier um die Ecke. Du musst unbedingt mal hingehen, er kocht megagut«, sagte sie mit unverhohlenem Stolz in der Stimme. »Er hat schon in Sternerestaurants gearbeitet. Und im Restaurant eines Fernsehkochs. Aber der war ein totales Arschloch und immer nur in irgendwelchen Kochshows, und wenn er doch mal in seinem Laden war, hat er andauernd rumgemotzt und seine Freundin gevögelt. Also, Jens' Freundin. Deswegen ist er von da weggegangen. Aber ich sage nicht, welcher Koch das war«, fügte sie hinzu, um wohl gleich der Frage entgegenzuwirken, die uns garantiert allen auf den Lippen lag.

Also war Jens' Exfreundin mit einem Fernsehkoch fremdgegangen? Das war ja mal starker Tobak. Es tat mir ja schon irgendwie leid für ihn, andererseits war er inzwischen verheiratet, also hatte er sein Glück dann ja doch gefunden, und außerdem ... Oh mein Gott, ich musste einfach wissen, welcher Fernsehkoch, ich musste es wissen, ich musste!

Nelly, die sogar noch neugieriger war als ich, zückte umgehend ihr Handy, und ich war mir sicher, dass sie versuchte, die Information zu ergoogeln.

»Öffentlich-rechtliches Fernsehen oder privat?«, fragte Kathi.

Merle lächelte geheimnisvoll. »Kein Kommentar.«

»Um mal wieder zum Thema zurückzukommen«, sagte ich entschieden. »Selbst wenn Jens erst um halb zwölf zu Hause ist, heißt das doch nicht, dass du ebenfalls so lange wegbleiben kannst.«

Sie biss sich auf die Unterlippe. »Na gut. Ich wollte mich eh gerade auf den Weg machen.« Sie verabschiedete sich, winkte uns noch einmal zu und ging davon.

»Süß, Isa ist Mama geworden«, sagte Nelly breit grinsend.

»Ach, hör auf«, fuhr ich sie an. »Seit ich sie aus der Hasenschaukel mitgenommen habe, verfolgt sie mich!«

Kathi blickte Merle nach. »Die Eltern sind im Ausland, der Bruder arbeitet ununterbrochen …«, sagte sie nachdenklich. »Sie fühlt sich bestimmt einsam.«

»Das tut mir ja auch leid, aber was will sie von mir? Hat sie keine gleichaltrigen Freunde?«

»Sie mag dich halt. Warum bist du denn so abweisend?«

Ich nahm einen großen Schluck von meinem Cocktail. »Ach, ich weiß auch nicht. Es gibt genug Menschen in meinem Leben, da ist kein Platz mehr für einen schwer erziehbaren Teenie.«

Nelly streckte Kathi und mir ihr Handy entgegen. Auf dem Display war ein Foto von Jens zu sehen, das sie offenbar auf der Homepage seines Restaurants entdeckt hatte. »Und das hier ist also der gehörnte Küchenchef, der den Papa in diesem Szenario gibt?«

»Er ist nicht der Papa, sondern der Bruder«, korrigierte ich.

Kathi warf einen Blick auf das Display. »Hui! Also, dem wäre *ich* garantiert nicht fremdgegangen!«

»Interessante Geschichte, die du da am Laufen hast«, meinte Nelly. »Wirklich, sehr interessant.«

»Ich hab überhaupt nichts am Laufen!«, rief ich empört.

Nelly lachte. »Ist ja gut. Aber bitte, finde um jeden Preis heraus, um welchen Fernsehkoch es sich handelt, notfalls prügle es aus dem Mädchen raus. Ich dreh sonst durch!«

»Ich tue mein Bestes«, sagte ich. »So, können wir jetzt bitte über was anderes reden?«

Am nächsten Abend wartete ich beim Schwimmen schon geradezu darauf, dass Merle neben mir auftauchte, doch anscheinend hatte sie heute etwas Besseres vor. Oder sie hatte sich jemand anderen gesucht, den sie verfolgen konnte.

Zu Hause überlegte ich vor meinem Kleiderschrank, was ich am Donnerstag zu meinem Date mit Tom anziehen sollte. Obwohl mir eine leise Stimme *›Lass es, lohnt sich nicht!‹* zurief, hielt ich einen schwarzen Spitzen-BH in den Händen. Nicht, dass ich auch nur im Traum daran dachte, Tom diesen BH gleich beim ersten Date sehen zu lassen, aber ich fühlte mich sexy, wenn ich ihn trug. Und das konnte ja nicht schaden, wenn ich einen guten Eindruck vermitteln wollte. Meine Gedanken wurden jäh von einem Klingeln an der Wohnungstür unterbrochen. Ich ging in den Flur und nahm den Hörer der Gegensprechanlage ab. »Hallo?«

»Hier ist Merle«, ertönte es kratzig vom anderen Ende der Leitung. »Kann ich raufkommen?«

Merle. Natürlich. Wer auch sonst? Das Verwunderlichste daran war, dass mich ihr Aufkreuzen nicht einmal verwunderte. Ohne ein weiteres Wort drückte ich auf den Summer, und ein paar Sekunden später stand sie vor mir. Ihre Augen waren gerötet, als hätte sie geweint, doch sie schien so tun zu wollen, als sei alles in bester Ordnung. »Hi Isabelle.« Sie hielt mir eine Tupperdose entgegen. »Ich hab Schokoküsse gemacht und dachte, du willst vielleicht ein paar.« Immerhin fragte sie mich dieses Mal nicht, ob ich auch hier war.

»Das ist aber nett. Vielen Dank.« Ich nahm ihr die Dose ab.

Wie selbstverständlich ging sie an mir vorbei durch die geöffnete Tür ins Wohnzimmer und setzte sich aufs Sofa.

»Komm doch rein und setz dich«, sagte ich mit erhobenen Augenbrauen. »Und dann erklär mir bitte, woher du weißt, wo ich wohne.«

»Ich wusste es nicht genau. Als wir nach dem Schwimmen zusammen nach Hause gefahren sind, hast du gesagt, dass du gleich links ab musst, also habe ich daraus geschlossen, dass es diese Straße ist. Und da ich weiß, dass du Wagner mit Nachnamen heißt, bin ich einfach die Klingelschilder an allen Häusern durchgegangen.«

Für einen Moment war ich sprachlos. Ich setzte mich neben Merle und stellte die Tupperdose auf dem Wohnzimmertisch ab. »Das ist ziemlich gruselig, Merle. Und was kann ich für dich tun?«

Sie knibbelte an ihren Fingernägeln. »Ich hab derbe Ärger mit Jens.«

Innerlich stöhnte ich auf. »Das ist ja mal was ganz Neues. Und warum dieses Mal?«

»Er hatte heute Morgen ein Gespräch mit meiner Lehrerin. Und da hat er dann wohl erfahren, dass ich ... nicht mehr so richtig oft zur Schule gehe.«

Klar. Es passte alles zusammen. Dass sie so viel Zeit hatte und Fragen nach Schule und Hausaufgaben jedes Mal auswich. »Und was soll ich da jetzt machen?«

Sie sah mit verheulten Augen zu mir auf. »Ich dachte, du

wärst vielleicht auf meiner Seite und könntest das verstehen. Du warst doch auch mal so alt wie ich.«

Na, die hatte ja Nerven. »Als ich so alt war wie du, habe ich bereits eine Ausbildung gemacht. Da konnte ich es mir überhaupt nicht leisten, die Berufsschule zu schwänzen.«

In Merles Umhängetasche fing es an zu brummen, doch sie tat so, als würde sie es nicht bemerken.

»Wie wäre es, wenn du mal ans Telefon gehst?«, fragte ich gereizt.

»Lieber nicht. Das ist bestimmt Jens, der mich anmotzen will.« Das Handy hörte auf zu brummen.

Allmählich keimte ein Verdacht in mir auf. »Hat er das denn noch nicht getan?«

»Nein, nicht so richtig. Nachdem meine Lehrerin ihn angerufen hatte, wollte er, dass ich sofort zu ihm ins Restaurant komme, aber ... ich trau mich nicht.«

»Oh Mann, Merle, das fass ich einfach nicht!«, rief ich und sprang vom Sofa auf. »Wie kann man so bescheuert sein?« Nach einer kleinen Pause sagte ich etwas sanfter: »Los, ruf ihn an.«

»Nein«, sagte sie stur.

»Dann mach ich das.« Ich ging zum Telefon, doch bevor ich den Hörer abnehmen konnte, sagte Merle: »Okay, okay! Ich mach's ja schon.« Was auch ganz gut so war, denn ich hatte Jens' Nummer gar nicht, und wenn ich erst umständlich danach hätte googeln müssen, hätte mein Auftritt einiges an Dramatik eingebüßt.

Merle drückte auf ihrem Handy herum und hielt es sich ans Ohr. »Hi Jens, ich ...« Sie wurde von einem Wortschwall unterbrochen, der selbst aus einiger Entfernung nicht zu überhören war. Als der Wortschwall geendet hatte, sagte Merle: »Nein, ich bin bei Isabelle. Am besten kommst du auch hierher.« Dann nannte sie ihm meine Adresse und beendete das Gespräch. Kurz darauf fing ihr Handy erneut an zu brummen, doch sie ignorierte es.

Fassungslos starrte ich sie an. »Spinnst du? Dadurch machst du es doch nur noch schlimmer! Und wieso ziehst du mich in diese Sache rein? Wieso, Merle? Warum ich?«

»Ich weiß es doch auch nicht!«, rief sie verzweifelt. »Ich mag dich und hab mir halt irgendwie gewünscht, du wärst meine Freundin!«

Um bei diesen Worten ungerührt zu bleiben, musste man ein Herz aus Stein haben. Das hatte ich ganz sicher nicht, weshalb ich prompt dahinschmolz wie Eis an einem heißen Sommertag. Jens hatte zwar gesagt, dass Merle eine Meisterin der Manipulation sei, aber ich glaubte nicht, dass das hier nur ein Täuschungsmanöver war. Sie hatte jedes Wort ernst gemeint, und dabei so unfassbar verloren gewirkt, dass ich gar nicht anders konnte, als mich neben sie zu setzen und ihr einen Arm um die Schulter zu legen. Ich dachte daran, wie abweisend ich in der letzten Woche zu ihr gewesen war, wie sehr sie mich genervt hatte, und ich fühlte mich furchtbar deswegen. »Ach Merle«, sagte ich leise. »Ich *bin* deine Freundin, okay?«

Nach nur fünf Minuten klingelte es an der Tür, und Merle zuckte zusammen. Ermutigend tätschelte ich ihren Oberschenkel und stand auf, um Jens hereinzulassen. Ohne ein Wort zu sagen, stürmte er wutschnaubend an mir vorbei ins Wohnzimmer. Warum hatten die Thiels es eigentlich nicht nötig, hereingebeten zu werden, und wieso wussten sie so genau, wo mein Wohnzimmer war? Seufzend schloss ich die Tür und folgte Jens.

»Sag mal, hast du sie noch alle?«, herrschte er Merle an. »Meinst du nicht, dass du genug Scheiße gebaut hast?«

Sie sah mit Hundewelpenblick zu ihm auf und piepste: »Es tut mir leid, Jens.«

Daraufhin flippte er erst recht aus. »Hör auf mit dieser verfickten ›Es tut mir leid‹-Kacke, ich kann es nicht mehr hören! Es tut dir doch überhaupt nicht leid! *Mir* tut es leid, und zwar ganz gewaltig, dass ich mich auf diese Sache eingelassen habe!«

Merle setzte zu einer Antwort an, doch Jens polterte erneut los: »Nein, ich will nichts hören, ich glaube dir nämlich kein Wort mehr! Du wolltest doch nur zu mir, weil du gedacht hast, dass du bei mir machen kannst, was du willst! Ich hab die Schnauze voll, Merle, echt!«

Da es mir mehr als unangenehm war, Zeugin dieser Szene zu sein, beschloss ich, still und heimlich in die Küche zu verschwinden. Ich war noch nicht mal halb zur Tür raus, als Jens scharf fragte: »Wie kommt es eigentlich, dass Merle hier ist?!«

Vor ihr fiel es mir schwer, das Wort »Stalkerin« in den Mund zu nehmen, immerhin waren wir soeben ganz offiziell Freundinnen geworden. Nicht gerade »BFFs« zwar, aber eben doch Freundinnen. Ich suchte nach Worten, was mir auch angesichts seines strengen Blickes nicht gerade leichtfiel. »Wir sind uns seit dem Abend in der Hasenschaukel relativ oft über den Weg gelaufen. Also, Merle ist *mir* über den Weg gelaufen.«

Er runzelte die Stirn. »Wie meinst du das? Ist sie dir hinterhergerannt, oder was?«

»Ähm … nein, so würde ich das nicht ausdrücken. Und darum geht es hier doch im Grunde genommen auch gar nicht.«

Jens atmete laut aus. »Okay, wie auch immer.« Dann wandte er sich wieder an Merle. »Deine Lehrerin hat mir heute gesagt, dass du ganze zwanzig Tage in der Schule gefehlt hast, seit du bei mir wohnst. Du hast an zwanzig Tagen die Schule geschwänzt, Merle, was denkst du dir eigentlich dabei? Falls du überhaupt jemals nachdenkst!«

Trotzig schob sie das Kinn vor. »Mich interessiert das einfach alles nicht mehr! Das hat mit dem wahren Leben doch überhaupt nichts zu tun. Wieso soll ich meine Zeit damit verschwenden?«

»Oh, dann sag mir doch mal bitte, was du an diesen zwanzig Tagen so *Sinnvolles* getrieben hast.«

»Ich war mit meinen Freunden unterwegs.«

»Mit welchen Freunden?«, fragte Jens. »Ich gehe nicht davon aus, dass du Paula und Sofie meinst, denn die schwänzen garantiert nicht.«

Merle machte eine wegwerfende Handbewegung. »Nein, mit denen hab ich nichts mehr am Hut. Die reden die ganze Zeit nur über Jungs, Nagellack und ihre beknackte Handballmannschaft. Ich hab dir doch gesagt, dass ich neue Freunde außerhalb der Schule gefunden habe.«

Jens schnaubte abfällig. »Dann meinst du damit also diese Typen, die dich besoffen und hilflos in der Kneipe hängen lassen haben. Das sind keine Freunde, Merle, das Thema hatten wir doch schon.«

Merles Gesicht verdüsterte sich. »Ja, ich weiß, deswegen hab ich in der letzten Woche ja auch Abstand zu ihnen genommen. Paula und Sofie sind aber auch keine Freundinnen mehr.«

Ah, jetzt wurde mir einiges klar. Deswegen also hatte Merle sich an mich gehängt.

Für eine Weile kehrte Schweigen ein, und jeder für sich hing seinen Gedanken nach. Schließlich sagte Merle mit zittriger Stimme: »Was hast du denn jetzt vor, Jens? Schickst du mich weg?«

Er sah sie lange an, und mir schien es, als könnte ich ihr Herz klopfen hören. »Ein Internat scheint mir die einzige Lösung zu sein«, sagte er schließlich. »Denn wenn du bei mir wohnen bleibst und so weitermachst wie bisher, haben wir bald das

Jugendamt am Hals. Und da hab ich echt überhaupt keinen Bock drauf!«

Jens und Merle sahen sich stumm in die Augen. Tränen liefen über ihre Wangen, und sie sah aus, als wäre soeben ihr Herz gebrochen. Sie versuchte etwas zu sagen, doch kein Wort kam über ihre Lippen. Stattdessen stand sie auf und lief in den Flur.

»Das Bad ist gleich links«, rief ich ihr nach, doch da knallte sie schon die Tür hinter sich zu und schloss ab.

Jens und ich blieben alleine zurück. Reglos starrte er ins Leere, bis er sich völlig erschöpft auf das Sofa fallen ließ. »Verdammt noch mal, ich bin einfach scheiße in so was. Ich kann nicht mit ihr reden, ohne dass sie anfängt zu heulen!«

Ich setzte mich mit einigem Abstand neben ihn. »Das war ja auch starker Tobak«, sagte ich vorsichtig. »Ich meine, ich heul auch gleich.«

Jens musterte mich nachdenklich.

»Ich weiß, wie das ist, wenn man früh Verantwortung übernehmen muss«, fuhr ich fort. »Meine Mutter war alleinerziehend und hat wahnsinnig viel gearbeitet. Ich war auch oft alleine, daher kann ich Merle schon verstehen. Dich verstehe ich aber auch.«

Aus dem Bad drangen Geräusche zu uns, die darauf schließen ließen, dass Merle sich ausgiebig schnäuzte. »Willst du sie wirklich in ein Internat stecken?«

Jens schüttelte den Kopf. »Nein. Nicht wirklich. Auch wenn es vielleicht nicht so scheint, und auch wenn sie es einem verdammt schwer machen kann – ich mag meine kleine Schwester. Sehr. Aber so wie es aussieht, geht es nicht anders.«

»Was ist denn eigentlich mit deiner Frau?«, fiel mir plötzlich ein. »Kann die nicht etwas mehr mit einspringen?«

»Welche Frau?«

»Na, deine. Anne hat doch neulich im Restaurant davon gesprochen, dass du nicht mal deiner Ehefrau Blumen …«

»Wir sind geschieden«, unterbrach er mich knapp.

Oh. Geschieden also. Krass, der Typ hatte ja anscheinend schon einiges mitgemacht. Um die dreißig, schon geschieden und von der Exfreundin mit einem Fernsehkoch betrogen.

Merle kam zurück ins Wohnzimmer, die Augen noch rot vom Weinen, doch mit entschlossenem Gesichtsausdruck. »Hör zu, Jens. Ich hab dich lieb, und ich will wirklich bei dir bleiben. Ich werde keinen Mist mehr bauen. Das ist mein voller Ernst. Und das meine ich auch so«, fügte sie überflüssigerweise hinzu.

Jens schwieg eine Weile und schien sich die ganze Sache noch mal durch den Kopf gehen zu lassen. Schließlich sagte er: »Wenn ich das auch nur ansatzweise in Erwägung ziehen soll, dann nur, wenn du meine Spielregeln akzeptierst.«

Merle nickte eifrig. »Ja, mach ich.«

»Hör sie dir lieber erst mal an. Erstens: Solltest du es noch einmal wagen, die Schule zu schwänzen, werde ich dich höchstpersönlich jeden Morgen bis ins Klassenzimmer bringen. Und das wird richtig peinlich für dich, das kann ich dir versprechen.«

Merle verzog schmerzhaft das Gesicht, sagte aber nichts.

»Zweitens: Nach der Schule kommst du ins Restaurant. Und zwar jeden Tag. Da wirst du etwas essen, deine Hausaufgaben machen und für Klausuren lernen. Und drittens: Du wirst jetzt endlich anfangen, deine Schulden wegen dieser Klaugeschichte bei mir abzuarbeiten, und zwar an drei Abenden in der Woche. Das sind meine Bedingungen. Angenommen?«

Merle war deutlich anzusehen, dass sie mit sich rang, doch schließlich nickte sie. »Ja. Angenommen.«

»Gut. Und ich schwöre dir, das ist der letzte Versuch.«

»Okay«, nickte sie. »Also … vertragen wir uns jetzt wieder?«

Jens stand seufzend vom Sofa auf und nahm sie in den Arm. »Ja, bis auf Weiteres vertragen wir uns wieder.«

Ich merkte, wie sich ein gerührtes Lächeln auf meine Lippen stahl. Schnell setzte ich eine neutrale Miene auf. Ich hatte mich gefühlsmäßig viel zu sehr in diese Sache reinreißen lassen.

Jens zerwuschelte Merles Haar. »Na los, lass uns mal abhauen und die arme Isabelle nicht länger belästigen.«

Merle löste sich aus seinen Armen und kam auf mich zu, um mich an sich zu drücken. »Danke, Isabelle.«

Völlig überrumpelt erwiderte ich ihre Umarmung. »Wofür?«

»Für alles.«

Wir gingen in den Flur, und Jens öffnete die Wohnungstür. »Tut mir leid, dass das alles hier vor deinen Augen stattgefunden hat.«

»Ach Quatsch, das war doch ganz unterhaltsam.«

Er grinste leicht gequält. »Freut mich, dass wir zu deiner Unterhaltung beitragen konnten. Tschüs, Isabelle.«

Ich erwiderte sein Lächeln. »Tschüs. Und tschüs, Merle.«

Die beiden gingen die Treppen runter, und ich schloss die Tür hinter ihnen. Auf einmal kam mir meine Wohnung unnatürlich still vor. Ich setzte mich aufs Sofa, und mein Blick fiel auf die Tupperdose mit den Schokoküssen, die Merle für mich gemacht hatte. Ich nahm einen raus und biss hinein. Mmmh, wirklich gut. Nachdem ich den ersten aufgefuttert hatte, nahm ich mir gleich einen zweiten vor. Es freute mich, dass Jens und Merle sich wieder zusammengerauft hatten, und dass sie nicht ins Internat musste, sondern bei ihm bleiben durfte. Ganz automatisch griff ich nach einem Zettel und schrieb die Sache für mein Glücksmomente-Glas auf. Im selben Moment wurde mir etwas bewusst, und mir blieb fast der Schokokuss-Bissen im Hals stecken. Verdammt. Ich mochte die beiden. Wie war das denn passiert?

Chaos im Anmarsch

Am nächsten Morgen war meine wöchentliche Blumenlieferung für Jens fällig. Meine gestrige Erkenntnis, dass ich ihn und Merle mochte, hatte mich ganz schön durcheinandergebracht, daher betrat ich das Restaurant ein bisschen verunsichert. Es kam nicht so häufig vor, dass sich neue Menschen in mein Herz stahlen, und ich verstand nicht, wieso das ausgerechnet Jens und Merle Thiel gelungen war.

Jens saß mit einem Laptop am Tisch und sah vollkommen übernächtigt aus. Die braunen Haare standen ihm strubbelig vom Kopf ab, an seinem Kinn waren Bartstoppeln erkennbar. Seine Augen wirkten dunkler als sonst, und ich fragte mich, ob die zwischen grün und braun wechselnden Farbnuancen seine jeweilige Stimmung reflektierten. Je schlechter er drauf war, desto dunkler waren seine Augen? Möglich wäre es. »Hallo Jens. War 'ne kurze Nacht, was?«

»Ja, ich habe gestern noch die halbe Nacht mit Merle geredet und dann bis zum Morgengrauen wachgelegen.«

Ich sammelte die Vasen von den Tischen ein und ging hinter den Tresen, um die alten Blumen im Müll zu entsorgen.

Er folgte mir, lehnte sich mit verschränkten Armen an den Weinschrank und beobachtete mich. »Ich meine, je mehr ich darüber nachdenke … Ich kann Merle doch nicht die ganze Zeit in meinem Restaurant einsperren.« Er rieb sich sein stoppeliges Kinn, sodass ein kratzendes Geräusch ertönte. »Ich würde ja gerne mehr Zeit zu Hause verbringen, aber ich bin nun mal Gastronom mit einem Laden, in dem ich tatsächlich auch arbeite, statt nur meine Fresse in die Fernsehkameras zu halten.«

So wie Jens' ehemaliger Chef, mit dem seine Freundin ihn betrogen hatte? Auch wenn das jetzt gerade ein ziemlich unpassender Moment war – ich musste einfach herauskriegen, um welchen Fernsehkoch es sich handelte! »Aber das ist doch auch Arbeit«, sagte ich betont beiläufig. »Der Lafer zum Beispiel ist doch garantiert nie zu Hause. Warst du nicht mal bei dem angestellt?« Innerlich gratulierte ich mir zu diesem subtilen Verhör-Manöver. Ich sollte als Tatort-Kommissarin anfangen!

»Wie kommst du denn darauf?«, fragte er verdutzt.

Okay, also nicht Lafer. »Ach, dann muss ich ihn wohl mit Schuhbeck verwechselt haben. Der war es, oder? Also ich meine, warst du nicht mal Küchenchef bei dem? Oder Souschef?« Sehr gut. Ein paar Fachbegriffe einstreuen, das machte dieses Nachbohren gleich viel weniger auffällig.

»Nein, war ich nicht. Wieso?«

Mist. Ich wich seinem Blick aus und schämte mich ein bisschen für mich selbst. Jens erzählte mir von seinen Problemen mit Merle, und ich hatte nichts Besseres zu tun, als ihn über einen blöden Fernsehkoch auszuquetschen, der ihm auch noch seine Freundin ausgespannt hatte. Hastig begann ich, die Gerbera in den Vasen zu arrangieren, und konzentrierte mich wieder auf unser eigentliches Gesprächsthema. »Hat Merle denn eigentlich keine Verwandten in der Stadt?«

»Nein, die leben alle woanders.«

Genau wie bei meiner Mutter und mir. Wir hatten auch keine Verwandten in Hamburg und damals alles zu zweit schaffen müssen. »Merle könnte ja ab und zu mal zu mir kommen, wenn sie sich abends einsam fühlt«, hörte ich eine Stimme sagen, die direkt aus meinem Bauch kommen musste. Hä? Wieso hatte ich das denn gesagt?

Jens schien sich das ebenfalls zu fragen, wie sein entgeisterter Gesichtsausdruck verriet. »Ernsthaft? Wäre es nicht ziemlich dreist, dich da so mit reinzuziehen? Immerhin kennen wir uns kaum, und ...«

»So wie es aussieht, häng ich doch eh schon voll drin«, sagte ich leise.

Für ein paar Sekunden blieb es still, dann rief er: »Das wäre großartig, Isabelle! Merle mag dich sehr und würde sich bestimmt freuen.«

Oh Mann, wo hatte ich mich da nur reingeritten? »Aber sie kann nicht einfach jederzeit bei mir auftauchen, wann es ihr passt.«

»Nein, natürlich nicht«, beeilte Jens sich zu sagen.

»Es muss ein fester Abend in der Woche sein, aber das ist gar nicht so einfach, weil ich ziemlich verplant bin.« Ich tauschte ein paar Gerbera aus, weil mir die Farbkombinationen so nicht gefielen. »Montags erledige ich meine Einkäufe, dienstags gehe ich schwimmen, mittwochs wasche ich Wäsche, donnerstags bin ich auf dem Friedhof, freitags habe ich einen Sportkurs, samstags putze ich die Wohnung und treffe mich mit Freunden, sonntags sehe ich immer meine Mutter, dann mach ich meine Fingernägel und gehe früh ins Bett, weil ich montags auf den Großmarkt muss. Also wäre eigentlich der ... Tja, ich weiß auch nicht. Ich kann ja jetzt nicht einfach meinen ganzen Alltag durcheinanderschmeißen.« Ich sah von den Blumen auf, direkt in Jens' Augen, die mich ungläubig und gleichzeitig belustigt musterten.

»Nein, ich sehe schon, dein Leben ist streng durchgetaktet.«

»Heute«, sagte ich entschlossen. »Sie kann mittwochs kommen.«

Ein erleichtertes Lächeln breitete sich auf seinem Gesicht aus. »Vielen Dank, das ist unglaublich nett von dir! Und es ist ja auch nur eine Übergangslösung, bis sie sich wieder gefangen hat. Hey, weißt du was? Dafür darfst du bis an dein Lebensende umsonst bei mir im Restaurant essen. Komm gleich heute Mittag vorbei. Ich mach dir auch Suppe.«

»Ach, ein *Mangold*süppchen?«

»Was du willst.« Ich wollte gerade etwas erwidern, doch er kam mir zuvor. »Außer vietnamesische Nudelsuppe.«

Verdammt. »Okay, also sagen wir, ich komme heute Mittag vorbei und bestelle ... Kartoffelsuppe.«

Jens verzog das Gesicht, fing sich jedoch schnell wieder. »Dann kriegst du Kartoffelsuppe. Ich könnte sie ein bisschen mit Krabben, Sahne und Kräutern pimpen, und vielleicht noch einen Schuss ...«

»Nein«, sagte ich entschieden. »Bloß keine Krabben, ich hasse diese Viecher, die sehen aus wie Maden! Ich will gute alte Kartoffelsuppe mit Würstchen, wie schon meine Mutter sie früher gemacht hat.« Genauer gesagt, die Herren Unox oder Erasco und ich hatten sie quasi in Teamarbeit *für* meine Mutter gemacht.

»Mit Würstchen?«, fragte Jens entsetzt.

»Ja, aber nur die dünnen aus der Dose, andere mag ich nicht.«

Er stöhnte auf. »Mein Gott! Wie soll ich für jemanden kochen, der so krüsch ist wie du?!«

»Lass dir was einfallen«, erwiderte ich und kümmerte mich wieder um die Blumen. Noch immer fragte ich mich, was zur Hölle hier eigentlich gerade passiert war. Hatte ich allen Ernstes Merle und Jens Thiel Eintritt in mein Leben gewährt? Freiwillig?! Das war doch wirklich mehr als merkwürdig.

Als ich mittags erneut zu Jens ging, wurde ich herzlich von Anne begrüßt. »Hey Isabelle. Willst du es doch noch mal mit unserer Mittagskarte probieren? Ich kann dir die Pasta mit Spargel und Erdbeeren wärmstens ans Herz legen.«

»Das klingt … äh, gut«, behauptete ich. »Aber Jens hat mir Kartoffelsuppe versprochen. Also nehme ich die, bitte.«

Anne sah mich überrascht an. »Okay. Dann gebe ich mal in der Küche Bescheid.«

Zehn Minuten später stellte sie einen großen Suppenteller vor mir ab. »Das Folgende geht eigentlich gegen meine Ehre als Servicekraft, aber …« Sie machte ein betretenes Gesicht. »Ich soll dir von Jens ausrichten, dass er keine Zeit hat, mit dir über deine Essgewohnheiten im Allgemeinen oder diese Suppe im Besonderen zu diskutieren, und dass du dich nicht anstellen, sondern sie einfach essen sollst.«

Misstrauisch betrachtete ich die Suppe. Möglich, dass es sich um Kartoffelsuppe handelte. Aber das, was sich da auf meinem Teller befand, war als solche definitiv nicht zu erkennen. Dieses Etwas war viel gelber, und obendrauf schwamm ein weißer Klecks, von dem kunstvoll Verzierungen abgingen. Auf dem weißen Klecks befanden sich kleingehackte Kräuter und … Krabben. Ich rümpfte die Nase. »Jens weiß genau, dass ich Krabben nicht mag!«

Anne nickte. »Aber ich kann dir versichern, dass er wirklich, *wirklich* gut kocht, Isabelle. Probier doch erst mal, hm?« Sie lächelte mich noch mal aufmunternd an und eilte dann davon.

Ich wandte mich wieder meinem Teller zu. Okay, eigentlich sah das nicht *so* schlecht aus. Es roch auch nicht unangenehm. Sondern sogar ziemlich lecker. Ob die Suppe sich so samtig anfühlte, wie sie aussah? Ich tauchte die Spitze meines Löffels ein und schob ihn mir vorsichtig in den Mund. Oh mein Gott, ja, die Suppe fühlte sich ganz genau so samtig an, wie sie aussah. Und wie sie schmeckte! Irgendwie exotisch und vertraut zugleich, ich nahm Aromen wahr, die ich noch nie zuvor kennengelernt hatte, ohne mich dadurch überfordert zu fühlen. Ich probierte etwas mehr und erlaubte sogar zwei Krabben, sich auf meinen Löffel zu mogeln. Nicht mal die störten mich, im Gegenteil, sie schmeckten mir und harmonierten wunderbar mit der köstlichen Suppe. Ich schloss meine Augen und versuchte herauszufinden, was genau es war, welche Gewürze oder Kräuter diese perfekte Kombination bildeten. Nein, keine Chance, ich konnte es nicht sagen. Aber ich wollte mehr davon, und ehe mir bewusst geworden war, was ich da tat, hatte ich den Teller leergegessen. Verdammt. Ich hätte wenigstens einen Protest-Rest übrig lassen sollen. Genervt legte ich meinen Löffel beiseite.

»Ärgerst du dich darüber, dass du aufgegessen hast?«

Ich zuckte erschrocken zusammen und bemerkte, dass Jens zu mir an den Tisch gekommen war und amüsiert auf mich herabblickte. »Ja, allerdings«, sagte ich schnippisch. »Und ich möchte ganz deutlich zum Ausdruck bringen, dass ich das nur unter entschiedenem Protest getan habe!«

»Okay«, erwiderte er gelassen. »Ich nehme deinen entschiedenen Protest zur Kenntnis. Freut mich, dass es dir geschmeckt hat.«

Boah, wie selbstgefällig dieser Typ war! Er sah aus wie ein Kater, der sich auf dem Schoß seines Frauchens zusammengerollt hatte und genau wusste, dass er nun ein paar Streicheleinheiten bekommen würde. »Es hat mir überhaupt nicht …«, setzte ich an, brach jedoch ab. Leugnen war angesichts meines leeren Tellers wohl zwecklos. »Na schön, es hat mir *ganz okay* geschmeckt.«

Jens lachte. »Klar.«

»Wird es jetzt immer so ablaufen, dass ich was bestelle und etwas ganz anderes kriege?«, fragte ich in spitzem Tonfall.

»Wieso etwas ganz anderes? Du hast Kartoffelsuppe bestellt und Kartoffelsuppe bekommen.«

»So wollte ich sie aber nicht!«

»So schmeckt sie aber besser.«

»Das heißt, du bestimmst, was mir zu schmecken hat? Beziehungsweise, was ich esse?«

Er zuckte mit den Achseln. »Wenn du es so sehen willst, ja. Allerdings solltest du dir vielleicht eingestehen, dass es Dinge gibt, von denen du keine Ahnung hast und die du besser Fachleuten wie mir überlässt. So wie ich dir in deine Blumendeko nicht reinreden darf. Dein Arbeitsbereich, mein Arbeitsbereich, weißt du noch?«

Verdammt, jetzt spielte er auch noch mein eigenes Argument gegen mich aus! »Ab jetzt kriegst du nur noch mit Glitzer besprühte rosa Rosen«, stieß ich zwischen zusammengepressten Zähnen hervor.

»Dann kriegst du ab jetzt nur noch Mangold.«

Wir sahen uns für ein paar Sekunden stumm in die Augen. Doch dann kam mir diese Situation so absurd vor, dass ich nicht länger ernst bleiben konnte. Ich fing an zu kichern. »Okay, diese Runde geht an dich. Gut gespielt, das muss ich schon zugeben.«

Jens grinste breit. »Danke. Schönen Tag noch, Isabelle. Wir sehen uns morgen Mittag.«

»Mhm. Sieht so aus.«

»Und das mit Merle heute Abend geht klar?«

»Ja, das geht klar.«

Mein »Babysitterdienst« bei Merle begann gleich mit einer Unannehmlichkeit. Da morgen mein Date mit Tom war, musste ich den Friedhofsbesuch auf den heutigen Mittwoch vorverlegen. Das führte zum einen dazu, dass ich nun erst am Wochenende meine Wäsche waschen konnte – was mir überhaupt nicht behagte, aber noch zu verkraften gewesen wäre –, und zum anderen bedeutete es, dass ich Merle zum Friedhof mitnehmen musste – was weitaus schlimmer war. Noch nie hatte ich jemanden zum Grab meines Vaters mitgenommen. Das war meine Zeit, die ich ganz alleine mit ihm verbrachte und in der ich zur Ruhe kommen, meine Gedanken sortieren und mit ihm teilen konnte. Ich wollte nicht, dass jemand dabei war, und schon gar kein aufmüpfiger Teenager, der sich garantiert darüber lustig machen würde, wenn ich mit ihm sprach. Nicht, dass ich vorhatte, das vor Merle zu tun, aber ich kannte mich gut genug, um zu wissen, dass mir das durchaus versehentlich passieren konnte.

Um Punkt neunzehn Uhr tauchte sie im Laden auf. »Hi Isabelle, ich hab gehört, du bist mein neuer Babysitter«, begrüßte sie mich. »Lässt du mich auch fernsehen? Oder spielst du UNO mit mir?«

Mir war nicht klar, ob ihr das Ganze zuwider war oder ob sie einfach nur genauso ironisch war wie ihr Bruder. »Nö. Wir gehen auf den Friedhof.«

Merle stutzte. »Wieso das denn?«

»Ich hab da was zu tun«, sagte ich ausweichend.

Sie deutete auf das Sarggesteck, das ich soeben fertiggestellt hatte. »Musst du das abgeben? In der Leichenhalle?«, fragte sie mit einer Mischung aus Faszination und Grusel.

»Wenn überhaupt, dann in der Friedhofskapelle, und das mach ich erst morgen früh.« Ich räumte das Gesteck weg und holte meine Tasche aus unserer Kaffeeküche. »Okay, wollen wir?«

»Ich war noch nie hier«, sagte Merle, als wir eine halbe Stunde später über den Friedhof schlenderten. »Krass, ich hätte gar nicht gedacht, dass es so schön ist.«

»Ja, ich mag es, dass der Ohlsdorfer Friedhof gleichzeitig auch ein Park ist, in dem Leute spazieren und joggen gehen. Das hat irgendwie was Tröstliches, findest du nicht?«

Merle nickte. »Was hast du hier denn nun eigentlich zu erledigen?«

Ich zögerte kurz, denn ich redete zwar sehr gerne über meinen Vater, aber nicht darüber, dass er tot war. »Na ja, ich kümmere mich um das Grab meines Vaters.«

Merle blieb abrupt stehen und hielt mich am Arm fest. »Oh nein, dein Vater ist tot?«, fragte sie und machte dabei eine so bekümmerte Miene, dass ich befürchtete, sie könnte jeden Moment in Tränen ausbrechen. »Wie furchtbar! Das tut mir so leid!«

»Ähm, danke, aber das ist wirklich schon sehr lange her. Ich war erst sechs Monate alt, da ist er bei einem Autounfall gestorben.« Ich führte sie in die Reihe, in der das Grab meines Vaters war. »Hier ist es.« Ich musste mich schwer zusammenreißen, nicht wie üblich ›Hallo Papa‹ zu sagen.

Stattdessen übernahm Merle das für mich. »Guten Tag, Herr Wagner«, sagte sie freundlich. »Ich bin Merle Thiel, eine Freundin Ihrer Tochter. Sie haben aber ein sehr schönes Grab.«

Misstrauisch musterte ich sie, aber sie sah ganz ernst, fast schon feierlich aus. »Du kannst dich um Herrn Fritzschner kümmern, wenn du willst«, sagte ich und deutete auf das Nachbargrab. »Sonst macht es keiner, also habe ich das übernommen.« Ich zeigte ihr, wie sie Unkraut zupfen und verblühte Blüten abreißen sollte, und tat anschließend das Gleiche bei dem Grab meines Vaters. Eine Weile arbeiteten wir still vor uns hin, und mein Unbehagen über Merles Anwesenheit legte sich allmählich.

»Was glaubst du, warum niemand sich um Herrn Fritzschner kümmert?«, fragte Merle irgendwann.

»Vielleicht leben seine Verwandten woanders und können sich einen Friedhofsgärtner nicht leisten.«

Merle schien mit meiner Antwort nicht zufrieden zu sein. »Oder aber ...« Sie legte eine bedeutungsschwangere Pause ein. »Er war ein richtiges Ekel, und keiner konnte ihn leiden.«

Überrascht sah ich auf, denn ich hatte mich auch schon oft gefragt, wie Herr Fritzschner wohl so gewesen war. »Vielleicht war er Politiker«, schlug ich vor.

»Oder Mathelehrer«, meinte Merle.

Wir wandten uns wieder unserer Arbeit zu, und ich war schon bald tief in Gedanken über Herrn Fritzschners Vergangenheit.

»Was hat dein Vater eigentlich gemacht?«, fragte Merle nach einer Weile.

»Er war jedenfalls kein Politiker«, erwiderte ich grinsend, während ich die Pflanzen goss. »Sondern Garten- und Landschaftsarchitekt.«

»Bist du deswegen Floristin geworden?«

»Ja, unter anderem. Es gefällt mir, dass wir etwas gemeinsam haben.«

»Dein Vater war jedenfalls ganz bestimmt kein Ekel«, sagte Merle im Brustton der Überzeugung.

»Nein, ganz und gar nicht. Er war ein Familienmensch und ein totaler Romantiker. Er hat meine Mutter und mich auf Händen getragen. Wir waren das Allerwichtigste für ihn, verstehst du?« Ich arrangierte die mitgebrachten Blumen in der Vase auf dem Grab.

Merle lächelte. »Klingt nach einem tollen Papa.«

»Ja, das war er«, sagte ich und spürte wieder diesen Stich in meinem Herzen. Ich räusperte mich, stand auf und klopfte mir etwas Erde von den Knien. »Okay, du kannst noch Herrn Fritzschner gießen, dann sind wir fertig.«

Als wir in meiner Wohnung ankamen, überlegte ich kurz, ob ich nicht doch noch Wäsche waschen sollte. So würde ich mein Leben wenigstens ansatzweise in geordneten Bahnen halten. Doch stattdessen folgte ich Merle, die sich in meiner Küche offenbar schon wie zu Hause fühlte und in den Schränken nach etwas Essbarem suchte. »Du hast ja nur Brot und Tomaten da. Ich hab schweinemäßigen Hunger!« Sie stöberte in dem offenen Regal, in dem ich meine spärlichen Vorräte und Küchengeräte aufbewahrte. »Ah, was haben wir denn da. Spaghetti, Zwiebeln, eine halb vertrocknete Knoblauchknolle.« Sie warf mir einen strafenden Blick zu. »Ein paar Gewürze und Kräuter hast du auch, mal sehen ... Daraus lässt sich doch was machen. Geh du nur und guck Fernsehen oder so. In der Zeit koch ich uns Spaghetti.«

Es war mir irgendwie unangenehm, dass jemand anders in meiner Küche herumfuhrwerkte. Unschlüssig blieb ich stehen und beobachtete sie dabei, wie sie Wasser in einen Topf laufen ließ.

»Du bist ja schlimmer als Jens!«, sagte sie genervt, als sie den Topf auf dem Herd platzierte. »Den hättest du mal sehen sollen, als ich heute seine heilige Küche betreten habe. Er wäre beinahe ausgerastet, nur weil ich seine Jus nachwürzen wollte. Und bei dem soll ich aushelfen?«, schimpfte sie vor sich hin. »Ich werde jedenfalls nicht das Tellertaxi spielen. Mit Anne will ich eh so wenig wie möglich zu tun haben. Die anderen Kellnerinnen sind ja ganz okay, aber Anne nicht, und ausgerechnet die ist *immer* da!« Sie warf die Tomaten ins Spülbecken, um sie abzuwaschen.

»Sie ist doch nett«, wand ich ein.

»Pff!«, machte sie abfällig. »Wenn du mich fragst, ist die Scheidung einzig und allein ihre Schuld gewesen.«

»Welche Scheidung?«

Merle drehte sich zu mir um und sah mich erstaunt an. »Na, die von Jens.«

Überrascht riss ich die Augen auf. »Jens und Anne … ich meine, Jens und *Anne?*« Ich versuchte, meine Gedanken zu ordnen. »Also, als sie davon gesprochen hat, dass Jens seiner *Frau* niemals Blumen mitgebracht hat, meinte sie sich selbst?«

»Offensichtlich«, sagte Merle, die inzwischen damit beschäftigt war, eine Zwiebel klein zu schneiden. »Mein Bruder war nur einmal verheiratet, soweit ich weiß.«

Jens und Anne. Irgendwie konnte ich es kaum glauben. Die beiden wirkten überhaupt nicht wie ein geschiedenes Ehepaar. Vielleicht waren ja sogar immer noch Gefühle im Spiel. Es musste bestimmt schwierig sein, tagtäglich mit jemandem zusammenzuarbeiten, dem man insgeheim immer noch nachtrauerte. »Sie haben mir gegenüber nicht erwähnt, dass sie miteinander verheiratet waren«, sagte ich und merkte, dass mich das irgendwie wurmte.

»Anne hat das wahrscheinlich eh schon vergessen«, meinte Merle und warf die gehackte Zwiebel in eine Pfanne. Augenblicklich fing es an, zu zischen und zu dampfen. »Die ist ja längst neu verheiratet.«

Okay, also war wohl Jens derjenige, der um die Beziehung trauerte. Er konnte einem echt leidtun. Erst betrog ihn seine Freundin mit einem Fernsehkoch, und nun musste er auch noch tagtäglich die Nähe seiner geliebten, aber unerreichbaren Exfrau ertragen. Genau wie Lara aus *Liebe! Liebe! Liebe!* Es war die Hölle für sie, dass sie mit Pascal zusammenarbeiten musste, denn sie liebte ihn so sehr, und dieser Idiot hatte sich vor zwanzig Folgen mit einer total blöden Kuh verlobt. Ich beobachtete Merle noch ein Weilchen dabei, wie sie Tomaten klein schnitt.

»Jetzt hör bitte endlich auf, mich zu überwachen! Ich krieg das hin, ich koch andauernd.«

Es gefiel mir zwar nicht besonders, dass sie mich aus meiner eigenen Küche vertrieb, aber dann gab ich mir einen Ruck und ließ sie alleine. Im Schlafzimmer überprüfte ich nochmals mein Outfit für das morgige Date mit Tom. Ich schlüpfte in mein dunkelblaues Lieblingskleid, das mit winzig kleinen Schmetterlingen bedruckt war, und zog gerade probeweise links einen dunkelblauen High Heel und rechts einen roten Ballerina an, als Merle den Kopf zur Tür hereinsteckte. »Das Essen ist fertig. Hey, hübsch siehst du aus.«

»Vielen Dank.« Ich zeigte erst auf meinen rechten, dann auf meinen linken Fuß. »Welche findest du besser?«

»Hm. Die Ballerinas sind süß, die High Heels sexy. Was ist denn der Anlass?«

»Ein Date morgen Abend.«

»Dann die High Heels. Triffst du dich mit dem Typen vom Friedhof?

Ich nickte. »Genau. Tom. Er ist Friedhofsgärtner. Ich zieh mich schnell um, dann können wir essen, okay?«

Merle verschwand, und als ich in die Küche kam, erwartete sie mich mit einem Teller voll Spaghetti mit köstlich duftender Tomatensauce. Ich wollte gerade in begeisterte Lobpreisungen ausbrechen, als mein Blick von den Nudeln auf die Arbeitsflächen und den Herd wanderte. Wie angewurzelt blieb ich stehen. Die Küche sah aus, als wäre in den wenigen Minuten meiner Abwesenheit nicht nur ein Orkan hindurchgefegt, sondern auch noch ein Splatterfilm darin gedreht worden. Überall lagen Töpfe, Messer und Schneidbrettchen herum, die benutzten Gewürze und den Gemüseabfall hatte Merle einfach an Ort und Stelle liegen lassen, und auf dem Herd und der Wand dahinter prangten etliche rote Saucenflecken. Mein Gehirn war völlig überfordert damit, alle Sinneseindrücke und Empfindungen zu sortieren und sich für eine passende Reaktion zu entscheiden. »Äh …«, stammelte ich.

»Setz dich doch«, sagte Merle, die offenbar gar nicht merkte, wie geschockt ich war.

Noch immer sprachlos ließ ich mich auf den Stuhl ihr gegenüber sinken.

»Nun iss schon, sonst wird es kalt.«

Automatisch nahm ich die Gabel, wickelte ein paar Spaghetti auf und schob sie mir in den Mund. Wahnsinn. Das schmeckte ja sogar noch besser, als es roch! Offenbar hatte mein Bauch das Kommando übernommen und entschieden, dass leckeres Essen und Merle über Unordnung und dem Eindringen eines Außenstehenden in meine Privatsphäre standen. »Das ist megalecker«, sagte ich mit vollem Mund.

Merle strahlte. »Danke. Mit frischem Basilikum und Parmesan wäre es zwar noch besser, aber es ist trotzdem ganz gut, oder?«

»Mhm!«, machte ich nur.

Ein Weilchen war es bis auf das Klappern des Bestecks auf den Tellern still. Zufrieden mampfte ich vor mich hin und dachte darüber nach, dass mich nun schon zum zweiten Mal am heutigen Tag ein Mitglied der Familie Thiel mit Essen rumgekriegt hatte. Möglicherweise sollte es mir gegen den Strich gehen, dass ich mich so leicht manipulieren ließ, aber … wenn es doch so lecker war?!

Nachdem wir aufgegessen hatten, fläzten wir uns aufs Sofa. Da Merle sich weigerte, *Liebe! Liebe! Liebe!* mit mir zu gucken, schauten wir uns stattdessen eine Tatort-Wiederholung an. Danach machte Merle sich auf den Weg. »Tschüs, Isabelle. War echt ein toller Abend mit dir.«

»Ja, finde ich auch«, sagte ich und war beinahe überrascht,

dass ich es tatsächlich so meinte. Merle war in meine Privatsphäre eingedrungen, hatte mich auf dem Friedhof gestört und meine Wohnung verwüstet, und trotzdem hatte ich die Zeit mir ihr total genossen. Als sie weg war, schrieb ich den Gedanken auf einen grünen Zettel, warf ihn in mein Glücksmomente-Glas und ging in die Küche, um mich ans Aufräumen zu machen.

Ein Tag voller Malheure

Als ich am nächsten Morgen in den Laden kam, saß Brigitte auf dem Hocker am Bindetisch und starrte auf ein paar Zettel. »Moin, Brigitte. Ich brauch dringend einen Kaffee, du auch?«

»Mhm«, machte sie nur, ohne aufzublicken.

Ich holte zwei Becher aus der Küche und hielt ihr einen hin. »Was hast du denn da?«, erkundigte ich mich.

Ohne auf meine Frage zu reagieren, nahm sie die Tasse und stellte sie auf dem Tisch ab. Ich setzte mich auf den Hocker neben sie und warf einen Blick auf die Zettel. »Sind das Rechnungen?«

Sie sah zu mir auf, und mit einem Mal kam es mir vor, als wäre sie um Jahre gealtert. Ihr Gesicht wirkte grau und leblos, und in ihren Augen stand die reine Verzweiflung. »Gestern Abend hat der Lieferwagen den Geist aufgegeben«, sagte sie. »Ich hab ihn gleich in die Werkstatt gebracht, und vorhin hat der Mechaniker angerufen, um mir zu sagen, dass er endgültig hinüber ist. Ein neuer Gebrauchter kostet mindestens fünftausend Euro.«

Ich wartete ab, ob sie weiterreden würde, doch sie starrte nur auf ihre dampfende Kaffeetasse. »Okay, das ist scheiße. Aber einen Lieferwagen brauchen wir ja nun mal, und …«

»Isa, ich habe keine fünftausend Euro!«, rief sie.

Mein Herz setzte einen Schlag aus. »Was? Aber das ist doch … ich meine, okay, das ist viel Geld, aber dann doch auch wieder nicht *so* viel.«

»Ich habe keine fünftausend Euro«, wiederholte Brigitte. Sie holte tief Luft. »Ich habe gar nichts mehr. Weniger als nichts.

Momentan sieht es so aus, dass ich nicht mal weiß, wie ich dein Gehalt zahlen soll.«

Meine Kehle schnürte sich zu, und es kam mir vor, als würde eine ganze Lkw-Ladung voller Steine auf meinen Magen und mein Herz drücken. Ich versuchte verzweifelt, diese Nachricht zu verdauen. Aber ich hatte Schwierigkeiten, sie überhaupt zu verstehen, mir klarzumachen, was Brigitte mir da gerade gesagt hatte. »Soll das etwa heißen, dass wir pleite sind?« Meine Stimme klang furchtbar schrill.

Brigitte wischte sich mit der Hand über die Augen. »Du weißt selbst, wie viele Kunden und Aufträge wir an die Konkurrenz verloren haben. Und dann noch die Pechsträhne dieses Jahr: das undichte Schaufenster, die kaputte Klimaanlage, die Elektrik, die im kompletten Laden neu gemacht werden musste, weil uns ständig die Sicherungen rausgeflogen sind.«

Ich konnte nicht mehr still sitzen, also stand ich auf und ging ein paar Schritte von ihr weg. Mein Herz raste, mir war furchtbar schlecht, und ich konnte kaum einen klaren Gedanken fassen.

»Und von den ständigen Reparaturen für den Transporter will ich gar nicht erst reden«, fuhr Brigitte fort. »Das alles hat richtig viel Geld gekostet. Geld, das ich nicht habe. Wir nehmen einfach nicht genug ein.«

»Und was heißt das nun, sind wir pleite oder nicht?!«

»Ich weiß es nicht!« Brigitte sprang nun ebenfalls auf.

»Wie kannst du das nicht wissen?«, schrie ich.

»Ich habe komplett den Überblick verloren! Verstehst du, ich wollte das alles nicht wahrhaben, ich konnte nicht damit umgehen! Glaub mir, ich mach mir selbst schon mehr als genug Vorwürfe!«

Auf einmal wurde mir bewusst, dass es Brigitte war, die ich hier anschnauzte, und dass es *ihr* Laden war, der möglicherweise vor dem Aus stand. Für sie war das alles wahrscheinlich noch schlimmer als für mich. Und es stand mir nicht zu, ihr Vorwürfe zu machen. Immerhin war ich selbst ja auch nicht unschuldig an der Situation. Ich hatte gemerkt, dass es nicht gut um den Laden stand, aber alle Warnsignale missachtet. War ja auch viel einfacher gewesen. »Entschuldige«, sagte ich schließlich. »Ehrlich, es tut mir leid, ich wollte dich nicht anschreien. Das ist nur alles so unfassbar und ...« Hilflos brach ich ab, als ich spürte, wie Tränen in mir aufstiegen.

»Ich weiß«, sagte Brigitte. »Ich weiß.« Sie kam ein paar Schritte auf mich zu und nahm mich in den Arm. Wir hielten uns eng umschlungen und weinten, während ich versuchte, gleichzeitig Brigitte zu trösten und diese furchtbare Panik in mir zu unterdrücken.

»Na schön«, schniefte Brigitte nach einer Weile und löste sich von mir. »Heulen bringt uns auch nicht weiter.«

»Aber was machen wir denn jetzt?«, fragte ich.

Sie schüttelte den Kopf. »Ich habe keine Ahnung.«

Ratlos sahen wir uns an. Dann strich sie mir über die Wange und räusperte sich. »Es nützt alles nichts, wir müssen wieder an die Arbeit. Du kannst den Kranz und den Sargschmuck mit Dieters Passat zum Friedhof bringen. Er steht draußen vor der Tür.«

Es war kaum vorstellbar für mich, jetzt einfach zum Tagesgeschäft überzugehen. Aber sie hatte recht, die Lieferung musste nun mal gemacht werden. Zum Glück wussten meine Hände genau, was sie zu tun hatten, denn mein Kopf war die ganze Zeit damit beschäftigt, sich ein Schreckensszenario nach dem anderen auszumalen. Dieser Laden und Brigitte waren mein Zuhause, sie waren ein Teil meines Lebens, ein Teil von *mir*. Ich hatte meine ganze Zukunft darauf ausgerichtet. Was würde aus mir werden, wenn der Laden wirklich schließen musste?

Über den Schock hatte ich völlig vergessen, dass am Abend mein Date mit Tom anstand. Es fiel mir erst wieder ein, als ich zu Hause mein Outfit an der Badezimmertür hängen sah. Am liebsten hätte ich abgesagt, denn ausgerechnet heute stand mir der Sinn nun wirklich nicht danach, Smalltalk zu halten und mich von meiner besten Seite zu präsentieren. Zum Absagen war es jetzt allerdings zu spät, denn Tom würde mich um acht Uhr abholen. Das war in einer halben Stunde! Ich schlüpfte in mein Kleid, klatschte mir etwas Farbe ins Gesicht und steckte meine Haare zu einem lockeren Knoten hoch. Um Punkt acht Uhr klingelte es an meiner Haustür. Ich holte tief Luft und ging nach unten.

Zum ersten Mal sah ich Tom in etwas anderem als seiner Arbeitskleidung. Er trug Jeans und T-Shirt, und ich stellte überrascht fest, wie muskulös seine Oberarme waren. Wieso war mir das vorher nie aufgefallen? Dass er irgendwie breit und kräftig wirkte, hatte ich zwar bemerkt, aber dass er eine Art Hulk Hogan war, war komplett an mir vorbeigegangen. Allerdings trug er sonst auch immer relativ weite, langärmlige Hemden, da konnte man wenig erkennen.

Zögernd standen wir voreinander, und er wusste offenbar genauso wenig wie ich, ob wir uns umarmen, die Hand geben oder gar nichts machen sollten. Schließlich entschied ich mich für eine Umarmung, während er mich auf die Wange küssen wollte, was zu einem reichlich unbeholfenen Moment und peinlichem Gelächter führte. Na, das ging ja schon mal gut los. »Wollen wir?«, fragte ich.

»Klar«, sagte Tom. »Es ist auch gar nicht weit. Ich habe einen Tisch im Thiels reserviert. Es ist neu und soll ziemlich gut sein.«

»Oh nein«, entfuhr es mir. Ich war heute Mittag schon dort gewesen. Obwohl ich eigentlich überhaupt nicht hungrig gewesen war, hatte Brigitte mich förmlich dazu gezwungen, etwas essen zu gehen. Ich hatte Salat bestellt und von Jens Pasta mit Spargel und Erdbeeren bekommen. Ausgerechnet Spargel! Nachdem ich etwa fünf Minuten lang mit der Gabel im Essen herumgestochert hatte, um dann zögerlich einen Bissen zu probieren, war ich mehr als verblüfft darüber gewesen, wie gut es mir geschmeckt hatte. Trotzdem, zweimal am Tag wollte ich dort nun wirklich nicht aufschlagen.

Tom sah mich verunsichert an. »Kennst du den Laden? Ist er nicht gut?«

»Doch, schon.« Ich zögerte einen Moment. »Aber ich krieg da nie, was ich will.«

»Bitte?« Tom lachte. »Du wirst doch wohl ein Gericht auf der Speisekarte finden, das dir gefällt.«

»Die Karte ist ja gar nicht das Problem, aber …« Ich unterbrach mich mitten im Satz, denn es war mir viel zu kompliziert, die Sache mit Jens zu erklären. »Ich liefere denen die Blumen. Das sind also Kunden von mir, was mich an die Arbeit erinnert, und darauf habe ich jetzt wenig Lust. Wollen wir nicht woanders hingehen?«

Tom machte ein langes Gesicht. »Aber ich hab da einen Tisch reserviert, und ich würde den Laden echt gerne ausprobieren.«

Na toll. Wenn einer Dame ein bestimmtes Restaurant nicht zusagte, würde ein wahrer Kavalier ja wohl alle Hebel in Bewegung setzen, um eins zu finden, das ihr genehm war. Herr Dr. Hunkemöller hätte das gewusst. Andererseits war Tom nun mal nicht Herr Dr. Hunkemöller, und er konnte darüber hinaus auch nichts dafür, dass ich heute besonders mies drauf war. Also sagte ich: »Na gut, von mir aus.«

»Hey, und wenn du die Leute kennst, kriegen wir ja vielleicht das Essen umsonst. Oder zumindest billiger.«

Was war das denn für einer? ›Geiz ist geil‹ oder was? Ich

hatte zwar den Deal mit Jens, dass ich bis an mein Lebensende umsonst in seinem Restaurant essen konnte, doch ich würde mich dabei auf den Mittagstisch beschränken und sein Angebot nicht auch noch abends ausnutzen. »Nein, ich denke nicht«, sagte ich, eine Spur kühler als beabsichtigt.

Im Thiels wurden wir von einer Kellnerin begrüßt, die ich bislang noch nie gesehen hatte. Sie strahlte uns an und sagte so freudig »Hallo ihr beiden«, dass es schien, als hätte sie den ganzen Abend nur auf uns gewartet. Die war ja niedlich! Sie führte uns an unseren Tisch und reichte uns die Speisekarten.

»Puh, ganz schön teuer hier, was?«, meinte Tom, nachdem er einen Blick in seine Karte geworfen hatte.

»Es geht. Immerhin sind wir hier ja nicht in einer Pommesbude.« Schon wieder so ein gereizter Tonfall von mir. Ich studierte gerade die Suppen, als ich von einer mir wohlbekannten Stimme unterbrochen wurde.

»Hi Isabelle. Du kannst wohl gar nicht mehr genug von uns bekommen, was?« Anne. Jens' Exfrau. Schon heute Mittag war sie mir aus irgendeinem Grund noch hübscher als sonst vorgekommen.

»Ja, Tom hat zu meiner Überraschung einen Tisch hier bestellt. Das ist übrigens Tom, Tom, das ist Anne, sie ist …« ›*Jens' Ex*‹, schoss es mir durch den Kopf, und ich presste die Lippen zusammen, um mich am Weiterreden zu hindern.

»Serviceleiterin und Sommelière«, beendete Anne meinen Satz für mich. »Was kann ich euch denn Gutes tun?«

Tom bestellte ein Steak (blutig, igitt) und ein Bier.

»Für mich bitte das Limettenrisotto mit gegrilltem Hähnchenspieß. Genau das. Nichts anderes«, betonte ich und sah sie eindringlich an. »Wenn ich es nicht bekomme, wird mir das Herz brechen.«

Anne lachte. »Geb ich so weiter. Und zu trinken?«

»Hm. Keine Ahnung. Rotwein?«

Sie zog eine Grimasse. »Ich denke, dir wird das Herz brechen, wenn du keinen schönen, kühlen Riesling aus dem Rheingau zum Risotto trinkst.«

»Na, dann den«, sagte ich und klappte die Speisekarte zu.

Anne ließ Tom und mich alleine zurück. Eine unangenehme Stille entstand, die durch das Brummen seines Handys unterbrochen wurde, das er vor sich auf den Tisch gelegt hatte. Er wischte auf dem Display herum, las ein Weilchen, lachte und tippte dann eine Antwort.

Nachdem er sein Handy abgelegt hatte, sagte ich: »Vielen Dank noch mal, dass du dich so toll um den Rhododendron gekümmert hast.«

»Kein Problem.«

Worüber sollte ich denn jetzt mit ihm reden? »Und ... sind Rhododendren deine Lieblingspflanzen?«

»Keine Ahnung. Kann schon sein.«

Schweigen.

Zum Glück brachte Anne uns in diesem Moment die Getränke. Sie wurde begleitet von ihrer Kollegin, die sie uns als Kim vorstellte und die uns zwei Teller servierte. »Bitte schön. Ein kleiner Gruß aus der Küche.«

»Oh, das ist aber nett«, sagte ich und blickte auf die appetitlich dekorierten kleinen Häppchen und das Weckglas. »Viele Grüße zurück.«

Anne grinste, während Kim mich irritiert ansah. »Äh, ja, richte ich gerne aus«, sagte sie und deutete auf die Teller vor uns. »Wir haben hier hausgebackenes Schwarzbrot mit Heringssalat, Hamburger Aalsuppe und eine Teigtasche mit Labskausfüllung.«

›Igitt‹, dachte ich. Es war ja nett, dass Jens mich grüßen ließ, aber musste es ausgerechnet mit diesem Fraß sein?

»Das ist doch umsonst, oder?«, fragte Tom. »Ich meine, bestellt haben wir das ja nicht, also nicht, dass es nachher auf der Rechnung auftaucht.«

Kim lächelte freundlich, wofür ich sie wirklich nur bewundern konnte. »Nein, wie gesagt, das ist ein Gruß aus der Küche. Viel Spaß damit, lasst es euch schmecken.«

Wieder waren Tom und ich auf uns gestellt, aber immerhin hatten wir jetzt etwas zu tun. Tom stopfte sich den ganzen Schwarzbrottaler auf einmal in den Mund, während ich nach meinem Löffel griff und mich an die Aalsuppe wagte.

Ich tauchte die Spitze des Löffels ein und probierte. Hm. Es schmeckte ein bisschen salzig, ein kleines bisschen säuerlich, durchaus fischig, aber nicht unangenehm. Ich nahm etwas mehr und schmeckte das Aroma des Fischs, ein paar Gewürze und …

»Magst du das nicht?«, fragte Tom und beobachtete mich gespannt. Offenbar war er ein sehr schneller Esser, denn sein Teller war bereits leer.

»Weiß ich noch nicht. Ich probiere ja noch.«

»Wie kann man denn so lange probieren? Wenn du in dem Tempo weiterisst, sitzen wir morgen früh noch hier.«

Unbeirrt wandte ich mich wieder der Suppe zu, doch da griff Tom über den Tisch und nahm das Weckglas von meinem Teller. »Wenn es dir nicht schmeckt, hast du ja bestimmt nichts dagegen, wenn ich das übernehme«, sagte er grinsend und fing schon an zu essen.

Fassungslos starrte ich ihn an. »Das … Du … «, stammelte ich – wie immer, wenn ich extrem wütend war, mit schweren Wortfindungsstörungen. »Hast du sie noch alle?!«, brachte ich schließlich hervor. »Du kannst doch nicht einfach meine Suppe auffressen!«

Sein Grinsen verwandelte sich langsam in Bestürzung.

»Wieso nicht? So, wie du darin rumgestochert hast, hat es dir doch offensichtlich nicht geschmeckt.«

»Was mir schmeckt und was nicht, entscheide immer noch ich!«, fuhr ich ihn an. »Und wenn es hundert Jahre dauert, bis ich mich entschieden habe!«

Abwehrend hob er die Hände. »Okay, ich hab verstanden. Tut mir leid. Ehrlich.«

›Einundzwanzig, zweiundzwanzig, dreiundzwanzig‹, zählte ich innerlich, um mich zu beruhigen. »Schon gut«, sagte ich schließlich. »Hier, willst du den Rest auch noch?« Ich schob meinen Teller zu ihm rüber. Eigentlich hätte ich mich schon noch getraut, auch die Teigtasche und den Heringssalat zu probieren, aber jetzt hatte ich keine Lust mehr dazu. Nicht, wenn Tom mich dabei anglotzte.

»Cool, danke.« Er machte sich über mein Essen her und verschlang gerade die Teigtasche, als wieder mal sein Handy brummte.

Während er damit beschäftigt war, die Nachricht zu checken und zu beantworten, nahm ich einen großen Schluck Wein und musterte ihn. Mannomann, diese Arme! Der Typ verbrachte garantiert sehr viel Zeit im Fitnessstudio. Genauer betrachtet wirkte sein Kopf unverhältnismäßig klein im Vergleich zu seinem Oberkörper.

Endlich legte Tom sein Handy wieder ab und sah zu mir. »Machst du eigentlich Sport?«

»Ja, ich gehe schwimmen und zu einem ›Bauch-Beine-Po‹-Kurs.«

»Kein Fitnessstudio?«

»Nee.«

»Das ist aber wichtig«, meinte er und musterte abschätzig meinen Oberkörper. »Wenn du nichts für deine Muskeln tust, wirst du voll der Schlaffi. Dann hängst du durch wie ein nasser

Sack, null Körperspannung. Das ist echt unsexy. Ich meine, noch hält sich alles einigermaßen bei dir«, sagte er mit einem Blick auf meine Brüste, »aber spätestens, wenn du dreißig bist, musst du aufpassen.«

Ich griff nach meinem Glas und hatte nicht übel Lust, ihm den Inhalt in dramatischer Geste ins Gesicht zu kippen. Aber dann war mir der leckere Wein dafür viel zu schade, also trank ich ihn lieber aus. »Du gehst regelmäßig ins Fitnessstudio, nehme ich an?«

»Klar, nach Möglichkeit viermal die Woche.«

Anne kam an den Tisch, um die Teller abzuräumen. »Möchtest du noch einen Wein, Isabelle?«

»Oh ja. Unbedingt.«

Sie sah Tom an, der schon wieder mit seinem Telefon beschäftigt war, und lächelte. »Kommt sofort.«

Ich warf einen Blick auf meine Uhr. Ach du Schande, es war gerade mal Viertel vor neun! Okay, zu einer Unterhaltung gehörten ja immer noch zwei. »Wie bist du eigentlich darauf gekommen, Friedhofsgärtner zu werden?«, fragte ich Tom.

»Äh ... keine Ahnung. Nur so.«

»Also, ich bin Floristin geworden, weil ...«

»Willst du mal Fotos von mir sehen?«, fiel er mir ins Wort.

Wieso hatte dieser Typ sich eigentlich mit mir verabredet, wenn er sich überhaupt nicht für mich interessierte? »Klar«, sagte ich resigniert.

Tom hielt mir sein Handy hin. »Hier, das sind meine Bros und ich.« Auf dem Display war eine Gruppe von vier braun gebrannten Meister Propern am Strand zu sehen, die alle in dämlichen Bodybuilder-Posen dastanden. »Und hier noch mal.« Ein ganz ähnliches Bild, aber dieses Mal in anderer Formation. »Und hier, das sind wir im Gym. Beim Hantelnstemmen.«

»Mhm.«

Ich war heilfroh, als Anne endlich die Teller mit unseren Hauptgerichten vor uns abstellte, denn bis dahin zeigte Tom mir ein Mucki-Poser-Foto nach dem anderen. Nach drei vergeblichen Versuchen hatte ich es aufgegeben, das Thema zu wechseln, und ließ die Fotoshow einfach stumm über mich ergehen. Wenigstens mein Essen konnte mich trösten, denn ich hatte tatsächlich das Risotto bekommen, und es schmeckte wunderbar limettig-frisch. Gleichzeitig war es so cremig, dass es auf der Zunge zerging. Auch das Hähnchenfleisch hätte gar nicht besser sein können: von außen knusprig und von innen wunderbar saftig und zart.

»Weißt du was, Isabelle? Ich will meinen Fehler wiedergutmachen.« Tom piekte den Rest seines Steaks auf die Gabel, und noch ehe ich reagieren konnte, lag es auch schon auf meinem Teller. Entsetzt sah ich zu, wie sein bluttriefendes Fleisch mein wunderbares Risotto kontaminierte. »Vorhin habe ich dein Essen gegessen, also kriegst du jetzt etwas von meinem ab.«

Ich ließ mein Besteck fallen und schob meinen Teller weg. »Aber das will ich doch überhaupt nicht! Jetzt ist *Blut* auf meinem Teller!«

Tom guckte reichlich betreten aus der Wäsche. »Ich hab's ja nur gut gemeint.«

Ich atmete laut aus und fragte mich, ob ich mich blöd anstellte oder zu Recht aufregte. Mir war ja selber klar, dass ich ziemlich heikel war, was Essen anging. »Ach, was soll's. Das war ja nicht das letzte Risotto meines Lebens.« Garantiert nicht. Von jetzt an würde ich regelmäßig Risotto bei Jens essen.

»Wenn du das nicht mehr isst, könnte ich doch …«

Wortlos reichte ich Tom meinen Teller.

Er langte ordentlich zu und ließ sich den Rest seines Steaks und *mein* – nunmehr blutgetränktes – Risotto schmecken.

Ich trank solange meinen Wein aus.

Endlich hatte Tom aufgegessen, und wie aufs Stichwort erschien Anne, um die Teller abzuräumen. »Wie wäre es mit einem Dessert?«

Ich wollte gerade »Um Gottes willen, nein!!!« rufen, als ich Tom sagen hörte: »Ein Dessert wäre großartig, stimmt's, Isabelle?«

»Ehrlich gesagt bin ich ziemlich müde, und ich muss morgen früh raus.«

Nun schaltete Anne sich ein. »Merle hilft heute in der Küche. Ich soll dir von ihr ausrichten, dass das Schokoladenmalheur ganz besonders gut ist und dass du das unbedingt probieren musst.«

»Hat sie das gemacht?«

Anne lachte. »Nein, Jens lässt sie nur spülen. Aber sie darf die Dessert-Teller für euch anrichten.«

Oje. Und wenn wir nun gar kein Dessert bestellten, würde Merle heute nichts anderes tun als spülen. »Na gut«, gab ich mich geschlagen. »Dann nehme ich so ein Schokoladenmalheur.« Ein Malheur passte schließlich wunderbar zum heutigen Tag.

Nachdem ich bestellt hatte, verzog ich mich auf die Toilette, wo ich Kathi anrief, um ihr von meinem Horrortag im Laden und meinem Horrorabend mit Tom zu erzählen. Ich ließ mich ein Weilchen von ihr bemitleiden, doch schließlich blieb mir nichts anderes übrig, als zurück an den Tisch zu gehen. Zum Glück dauerte es nicht lange, bis ich Merle auf uns zukommen sah. Sie trug eine viel zu große schwarze Kochjacke und eine Schürze und balancierte vorsichtig zwei Teller in den Händen. Einen stellte sie vor Tom ab, den zweiten vor mir. »Bitte schön. Ein Schokoladenmalheur mit Rhabarberragout.«

»Vielen Dank! Schick siehst du aus.«

Sie leckte den Daumen ihrer rechten Hand ab und strich sich

verlegen über die Schürze. »Das ist Jens' Jacke. Er ist ein echter Sklaventreiber, ich muss die ganze Zeit spülen! Aber dafür durfte ich eure Teller anrichten«, sagte sie. »Na ja, im Grunde hat Jens fast alles gemacht, aber die Schokosaucenverzierung ist von mir.«

Ich blickte hinunter und musste mir augenblicklich ein Lachen verkneifen. Auf dem Teller lag ein kleiner Schokoladenkuchen, mit Puderzucker bestäubt und ein paar Beeren garniert. Daneben befand sich ein Glas mit dem Rhabarberragout, auf dem ein Schokoladengitter steckte. So weit sicherlich alles Jens' Werk. Seine Komposition wurde jedoch dadurch zunichtegemacht, dass rund um den Teller, und vor allem auf dem Tellerrand, eine riesengroße Blume aus Schokoladensauce prangte. An einer Ecke war die Verzierung verschmiert, wahrscheinlich, weil Merle beim Transport des Tellers hineingefasst hatte. »Wow«, sagte ich. »Das sieht toll aus!«

Merles Wangen färbten sich rot. »Ja, oder? Finde ich auch. Aber du hättest mal Jens hören sollen, er ist förmlich ausgerastet, von wegen ›der Tellerrand gehört dem Gast‹«, bei den letzten Worten äffte sie eine nölige Stimme nach, »und Anne und Kim haben sich geweigert, das so rauszubringen. Also hab ich es selbst gemacht.«

»Vielen Dank, Merle, ich freu mich total darüber!«

»Dann lass es dir schmecken. Aber Vorsicht, wenn du einmal damit angefangen hast, bist du sofort süchtig.«

»Sie kann ja mehr Sport machen«, meinte Tom.

Merle sah ihn missbilligend an.

Ich griff nach meinem Löffel und trennte demonstrativ ein großes Stück von dem Kuchen ab. Sofort strömte Schokolade auf meinen Teller. »Der ist ja innen noch flüssig!«, rief ich begeistert.

Merle lachte. »Na klar, deswegen heißt es doch Malheur.«

Ich schob mir den Löffel in den Mund. »Oh mein Gott, ist das köstlich! Ich will nie wieder etwas anderes essen! Nie wieder!«

»Sag ich doch. So, ich muss mich mal langsam auf den Weg machen.«

»Na dann, schönen Feierabend. Und danke noch mal für die tolle Verzierung.«

Ich widmete mich voll und ganz meinem Dessert und begriff zum ersten Mal in meinem Leben, warum so viele Menschen behaupteten, Essen im Allgemeinen und Schokolade im Besonderen würde glücklich machen. Dieses Schokoladenmalheur war der Inbegriff von Glück, und ich dankte demjenigen, der irgendwann mal irgendwo auf der Welt versehentlich einen Schokoladenkuchen zu früh aus dem Ofen genommen und somit dieses köstliche Dessert kreiert hatte.

»Hast du was dagegen, wenn ich mal probiere?« Tom starrte gierig meinen Teller an. Er griff nach seinem Löffel und wollte sich gerade über meinen Kuchen hermachen, als ich ihn anfauchte: »Wag es ja nicht!«

Erschrocken zuckte er zurück. »Okay, entschuldige.«

»Hm«, machte ich nur und futterte weiter. Als ich den letzten Bissen von dem Kuchen gegessen hatte, lehnte ich mich mit einem verzückten Seufzen zurück. Inzwischen war bis auf unseren nur noch ein anderer Tisch besetzt. Während Tom mal wieder mit seinem Handy zugange war, zeichnete ich mit meinem Finger eine Blume in den Rest der Schokolade auf meinem Teller. Vielleicht war es albern, aber es sollte ja nur ein kleiner Gruß an die Küche sein. Immerhin hatte Jens mich heute auch schon gegrüßt. Als Anne die Teller abräumte und mein Gemälde bemerkte, grinste sie mich an. »Hey, dir hat's geschmeckt, was? Das wird die Jungs freuen. Möchtet ihr noch einen Absacker?«

»Nein, die Rechnung bitte«, sagte ich schnell. »Machen wir halbe-halbe?«

»Quatsch, ich lad dich ein«, sagte Tom und langte in seine Hosentasche. »Oh oh.« Er tastete sämtliche Taschen seiner Jeans ab. Dann sackte er in sich zusammen und verbarg den Kopf in den Händen. »Oh Mann, ich hab mein Portemonnaie vergessen.«

Das war echt die Krönung des Abends. Wer vergaß denn bitte seine Kohle, wenn er auf ein Date ging?! Ich holte mein Portemonnaie aus der Handtasche und bezahlte die Rechnung, dann standen wir auf und gingen zum Ausgang. Im Vorbeigehen rief ich Anne »Tschüs, vielen Dank, war megalecker!« zu, dann standen Tom und ich vor der Tür und sahen uns unschlüssig an.

»Tja, dann … Wir können ja mal telefonieren«, sagte er.

»Mhm. Oder wir laufen uns mal auf dem Friedhof über den Weg.«

»Genau. Gut, also ich muss da lang.« Er deutete zum Glück in die Richtung, in die ich nicht musste. »Tschüs, Isabelle.« Er umarmte mich so flüchtig, dass ich es kaum mitkriegte, und ging schnellen Schrittes davon.

»Gott sei Dank«, murmelte ich, während ich ihm nachsah. Endlich war dieses furchtbare Date vorbei. Und dafür hatte ich nun meine gesamte Wochenplanung über den Haufen geworfen! Für nichts und wieder nichts.

Zu Hause angekommen, kickte ich die Ballerinas von den Füßen und kramte in der Handtasche nach meinem Handy, um Kathi schnell noch eine Nachricht zu schreiben. Nachdem ich den gesamten Inhalt der Tasche auf den Küchentisch entleert hatte, musste ich allerdings feststellen, dass ich das Handy wohl auf der Toilette im Thiels liegen gelassen hatte. Ich überlegte, ob ich es bis morgen früh ohne mein Telefon aushielt, doch der Gedanke, dass es die ganze Nacht auf einer Restauranttoilette herumlag, verursachte mir eindeutig Unbehagen. Also machte ich mich notgedrungen auf den Weg zurück zum Thiels.

Im Laden brannten nur noch wenige Lichter, und außer Jens war niemand mehr zu sehen. Er stand hinterm Tresen und tippte auf dem Monitor der Kasse herum. Bei meinem Anblick fing er an zu grinsen. »Isabelle. Zum dritten Mal heute. Findest du das nicht allmählich etwas aufdringlich?«

»Doch. Aber ich glaube, ich habe mein Handy auf der Toilette liegen lassen.«

Jens griff neben die Kasse. »Das hier zufällig?«

»Ja.« Erleichtert atmete ich auf und nahm es ihm ab. »Vielen Dank!«

»Wofür? Dafür, dass ich es nicht gleich bei Ebay verscherbelt habe?« Er fuhr fort, auf dem Monitor herumzutippen. »Verdammt, dieses Scheißding spinnt schon wieder!«, fluchte er und schlug ein paarmal auf den Bondrucker.

Ich musste mir ein Lachen verkneifen. »Aus eigener Erfahrung kann ich dir sagen, dass man durch Draufhauen nur selten Dinge repariert.«

»Dieses dämliche Schrottteil hat aber Schläge verdient!« Er verpasste dem Drucker nochmals einen kräftigen Hieb. Der quietschte empört auf und setzte sich dann unwillig in Bewegung, um einen endlos langen Kassenbon zu drucken. »Geht doch«, sagte Jens zufrieden.

Fasziniert starrte ich den Drucker an. »Ich fass es nicht! Wieso funktioniert das bei mir nie?«

»Tja. Ich hab halt magische Hände.« Er fuchtelte mit seinen »magischen Händen« vor meinem Gesicht herum.

»Pff, klar.«

»Hey, pass bloß auf, sonst kriegst du nie wieder ein Schokoladenmalheur«, sagte er und betrachtete prüfend den Kassenbon.

»Hm. Das wäre allerdings schade.« Plötzlich schoss mir ein Gedanke durch den Kopf. »Ich habe übrigens bezahlt.« Es schien mir irgendwie wichtig, das klarzustellen.

Jens sah verdutzt hoch. »Wie bitte?«

»Na, du hast doch gesagt, dass ich für den Rest meines Lebens umsonst bei dir essen kann. Aber ich will das nicht ausnutzen, deswegen habe ich mein Essen bezahlt. Das Essen meines Begleiters übrigens auch.«

Er legte den Kassenbon in eine Schublade. »Hat der Typ ein Glück.«

»Na ja, mir blieb nichts anderes übrig. Er hatte sein Geld vergessen.«

Jens griff unter den Tresen und zog eine Flasche Wein hervor. »Möchtest du auch ein Glas? Du siehst aus, als könntest du eins gebrauchen.«

Ich zögerte einen Moment. Es war schon ziemlich spät, und außerdem waren Jens und ich ja eigentlich nicht so eng miteinander, dass wir gemeinsam Wein tranken und plauderten. Andererseits ... Wieso eigentlich nicht? »Ich hatte heute zwar schon ein paar, aber ich kann tatsächlich eins vertragen. Also ja, bitte.«

Er schenkte uns zwei Gläser ein, und ich folgte ihm zu einem Tisch am Fenster. »Hier«, sagte er, als er das Glas zu mir rüberschob. »Ein 2012er Spätburgunder von der Ahr, im Barrique ausgebaut.« Er drehte sein Glas in der Hand und roch daran. »Üppiges Bouquet, kräftig im Abgang, wunderbar würzig-fruchtige Nuancen von schwarzem Pfeffer, Limette und Majoran.«

Ich schnupperte an meinem Glas und trank einen Schluck. »Mhm, ja, den Pfeffer schmeckt man voll raus«, log ich.

Jens brach in Gelächter aus. »Ach, echt? Ich hab doch nur Blödsinn geredet, von Wein hab ich überhaupt keine Ahnung. Dafür ist Anne zuständig.«

Kurz ärgerte ich mich, dass ich auf ihn reingefallen war, doch sein Lachen war so ansteckend, dass ich nicht lange ernst bleiben konnte.

Jens zog seine Kochjacke aus und warf sie achtlos auf den Stuhl neben sich. Er trug ein T-Shirt drunter, und mir fiel auf, wie wunderbar normal seine Oberarme aussahen. Zwar durchaus trainiert, aber weit entfernt von einem Meister Proper. »Dein Date mit dem Totengräber war nicht so der Bringer, nehme ich an?«

»Erstens ist er Friedhofsgärtner, und zweitens: Wieso weißt du davon?«

»Tja, wenn du Merle besser kennenlernst, wirst du schon noch mitkriegen, dass sie eine ganz große Tratschtante ist.«

Ich seufzte. »Ja, den Verdacht habe ich auch. Was hat sie dir denn noch so erzählt?«

»Dass ihr auf dem Friedhof wart und sie sich um das Grab eines Mathelehrers gekümmert hat.«

»Oder eines Politikers. Er könnte aber auch Finanzbeamter gewesen sein. Eigentlich kenne ich ihn gar nicht.«

Jens sah mich nachdenklich an. »Tut mir übrigens leid, das mit deinem Vater.«

»Ach«, winkte ich ab. »Das ist schon so lange her. Ich hab ihn nie wirklich kennengelernt. Trotzdem vermisse ich ihn«, fügte ich leise hinzu.

»Hat deine Mutter eigentlich wieder geheiratet?«

»Nein. Deine? Ich meine, deine Eltern sind doch geschieden, sonst wäre Merle ja nicht deine Halbschwester.«

»Nein, meine Mutter hatte zwar nach meinem Vater ein paar Beziehungen, aber geheiratet hat sie nicht. Er ist abgehauen, als ich dreizehn war«, sagte er nach einer kleinen Pause. »Weil er sich in seine Kollegin verliebt hat. Merles Mutter.«

»Das ist übel.«

»Ja. Ich habe ihn ziemlich lange dafür gehasst.«

»Merle auch?«

Ein Lächeln glitt über sein Gesicht. »Nein, sie konnte ja nichts dafür. Außerdem wusste sie schon als Baby ganz genau, wie sie mich um den Finger wickeln kann. Und sie selbst hatte es auch nie leicht mit meinem Vater. Oder ihrer Mutter, wenn man es genau nimmt. Sie sind beide Vollblut-Archäologen, und Merle musste oft zurückstecken.«

»Und jetzt sind ihre Eltern weg.«

»Ja.« Er trank einen Schluck Wein. »Sieht so aus, als hätten wir alle drei ein bisschen Pech mit unseren Familien, was?«

»Irgendwas ist ja immer«, sagte ich betont lapidar, um dieses Gänsehaut-Gefühl herunterzuspielen, das bei seinen Worten in mir aufkam. Diese Ahnung, dass wir drei uns nicht ohne Grund kennengelernt hatten. Das war kein Zufall gewesen. Sondern Schicksal. Möglicherweise war es so, dass wir einander brauchten.

Für eine Weile hingen wir schweigend unseren Gedanken nach, bis Jens fragte: »So, und was war nun mit dem Totengräber?«

Ich verdrehte die Augen. »Ach, das war der totale Reinfall. Der Typ hat mir meine Aalsuppe weggenommen, weil er meinte, dass sie mir nicht schmeckt. Dabei fand ich es so nett, dass du mir auf diese Weise einen Gruß geschickt hast.«

Jens lachte. »Kim hat Lukas und mich von dir zurückgegrüßt. Vielen Dank dafür, das kommt auch nicht oft vor.«

Ich stutzte. Wieso oft? Machte er so was öfter? »Äh ... bitte, gern geschehen. Wobei ich mich schon gefragt habe, wieso du mich ausgerechnet mit diesem komischen Zeug grüßt.«

»Aalsuppe und Labskaus sind traditionelle Hamburger Gerichte, und ich fände es schade, wenn sie aussterben. Daher versuche ich, sie den Leuten schmackhaft zu machen.«

»Den Leuten?«

»Ja, den Gruß aus der Küche kriegen alle Gäste, Isabelle«, sagte er lächelnd. »Ist dir das nicht aufgefallen?«

Oh. Auf einmal kam ich mir sehr dumm vor. »Nein. Und außerdem gehe ich nicht so oft in Restaurants, in denen es Grüße aus der Küche gibt. Also, eigentlich nie.« Ich räusperte mich verlegen und trank meinen Wein aus.

Er schenkte mir großzügig nach. »Was soll's? Ich hab keine Ahnung von Blumen und kann eine Rose kaum von einer Tulpe unterscheiden.«

»Auch wieder wahr«, meinte ich und grinste ihn erleichtert an. »Jedenfalls war ich bei der Aalsuppe mitten in der Probierphase und wusste noch gar nicht, ob ich sie mag oder nicht. Da reißt er sie mir aus der Hand und frisst sie auf!« Allmählich redete ich mich in Rage. »Und dann legt er auch noch den Rest seines Steaks auf *mein* Risotto, und mein ganzer Teller ist voller Blut!«

»Voller *Blut?*«

»Mir kam es jedenfalls so vor. Ist ja auch vollkommen egal, es geht mir darum, dass niemand, wirklich niemand, ungebeten Essen von meinem Teller nehmen oder drauflegen darf! Ich meine, so was macht man doch nicht! Machst du so was?« Jens setzte schon zu einer Antwort an, doch ich war inzwischen richtig in Fahrt und ließ ihn nicht zu Wort kommen. »Im Grunde genommen habe ich geahnt, dass dieses Date keinen Sinn hat und dass er nicht mein Typ ist. Ich hab mich nur mit ihm getroffen, weil ich dachte, dass der große Donnerschlag ja vielleicht noch kommt. Und weißt du, was das Allerschlimmste daran ist?«

»Lass es raus«, sagte er gelassen.

»Dass ich das schon mein Leben lang mache! Aber damit ist jetzt Schluss! Ich will nicht einfach irgendeinen Typen, nur um nicht mehr Single zu sein. Ich will *den* Typen, der perfekt für mich ist und bei dem es auf den ersten Blick BÄMM macht. Meine einzig wahre, große Liebe. Ich weiß, dass er irgendwo da draußen rumläuft, und mein nächstes Date werde ich mit *ihm* haben – meinem Traummann!« Schwer atmend hielt ich inne.

Jens lachte. »Oje, ich höre förmlich, wie die Geigen im Hintergrund eine kitschige Melodie schluchzen.«

»Wieso?«

»Weil deine Worte glatt aus einem Disney-Film kommen könnten. Glaubst du wirklich, dass es diese einzig wahre, kompromisslose Liebe gibt?«

»Klar. Du etwa nicht?«

»Wenn mein Leben ein Disney-Film wäre, würde ich vielleicht daran glauben. Aber wie sich herausgestellt hat, ist das definitiv nicht der Fall. Ich bin durch mit dem Thema. Und außerdem ist Liebe nicht nur Kuschelrock und Duftkerzen. Manchmal, nein, eigentlich sogar ziemlich oft, ist Liebe Death Metal und Schweinestall, und erst, wenn zwei Menschen es schaffen, damit klarzukommen, *dann* ist es wahre Liebe. Was auch immer da auf den ersten Blick passiert, hat damit nichts zu tun.«

»Autsch«, sagte ich. »Das klingt aber sehr verbittert.« Seine Scheidung von Anne und seine Fernsehkoch-vögelnde Exfreundin hatten ihm ja offenbar sehr zugesetzt. »Ich möchte mein Leben jedenfalls nicht im Schweinestall verbringen.«

»Wer fragt einen schon danach, was man will? Die Liebe nicht. Und das Leben schon mal gar nicht.«

Nachdenklich blickte ich in mein Weinglas. »Ich finde, das Leben könnte einen ruhig öfter danach fragen, was man will.« Ich musste an Brigitte und den Laden denken, und wieder nagte diese Angst an mir. Dieses schreckliche Gefühl, nicht zu wissen, wie es weitergehen sollte. Und auf einmal hatte ich das Bedürfnis, meine Sorgen mit Jens zu teilen. Er führte selbst ein Geschäft, wenn mich einer verstehen konnte, dann er. »Brigitte hat mir heute erzählt, dass der Laden in finanziellen Schwierigkeiten steckt. Es sieht ziemlich schlimm aus. Vielleicht sind wir sogar pleite.« Ich sah auf, und unsere Blicke trafen sich. In seinen Augen lagen Anteilnahme und Verständnis. »Das große Einzelhandelssterben«, sagte er finster. »Damit haben momentan viele zu kämpfen. Die Gastronomie übrigens auch.«

»Hast du ebenfalls Probleme?«

»Nein, ich verdiene zwar kein Vermögen mit dem Laden, aber ich kann davon leben, meine Rechnungen und Angestellten bezahlen und etwas für härtere Zeiten zurücklegen. Und was habt ihr jetzt vor? Ich meine, wie wollt ihr dieses Problem angehen?«

Ich zuckte ratlos mit den Schultern. »Keine Ahnung. Mir macht der Gedanke, dass Brigitte den Laden möglicherweise schließen muss, eine Heidenangst. Es war mein Plan, ihn eines Tages zu übernehmen. Das war alles, was ich immer wollte, und ich habe nie in Erwägung gezogen, dass es möglicherweise anders kommen könnte.« Ich schluckte schwer und holte tief Luft, um gegen die aufsteigenden Tränen anzukämpfen.

»Hey.« Jens sah mir fest in die Augen. »Du weißt doch noch gar nicht, ob der Laden überhaupt schließen muss. Herrgott noch mal, ich hätte nicht gedacht, dass du so eine Pessimistin bist.«

»Bin ich ja auch eigentlich gar nicht. Ich hab einfach Angst.«

»Dann hör auf damit.«

Wider Willen musste ich lachen. »Super. Du bist ja eine große Hilfe. Hast du schon mal darüber nachgedacht, einen Ratgeber zu schreiben? Der Titel könnte lauten: *Sie haben Angst? Hören Sie auf damit.*«

»Das wäre im Prinzip auch schon der ganze Inhalt«, grinste er.

Auch wenn ich mir immer noch Sorgen machte, war mir etwas leichter ums Herz, und Jens hatte ja irgendwie recht. Statt ängstlich mit den Zähnen zu klappern, sollte ich lieber alles in meiner Macht Stehende tun, um die Schließung des Ladens zu verhindern. Und am besten fing ich sofort damit an! »Wie spät ist es überhaupt?«

Er warf einen Blick auf seine Armbanduhr. »Halb eins.«

»Na, dann mach ich mich mal besser auf den Weg. Ich habe noch viel zu tun, bevor ich ins Bett kann.« Ich stand auf und hängte mir meine Tasche über die Schulter. »Gehen wir noch ein Stück in die gleiche Richtung?«

»Nein, ich bleib noch ein bisschen. Buchhaltung«, fügte er hinzu.

Ich schlug eine Hand vor meinen Mund. »Habe ich dich etwa die ganze Zeit von der Arbeit abgehalten?«

»Ja, die ganze Zeit. Über eine Stunde!«, sagte er mit vorwurfsvoller Miene, doch seine Augen sprachen mal wieder eine andere Sprache.

Obwohl der Tag unterm Strich ziemlich mies gewesen war, fiel mir zu Hause trotzdem einiges für mein Glücksmomente-Glas ein: ›*Schokoladenmalheur gegessen, ein Traum! Blumen-Tellerdeko von Merle, sehr süß! Und Wein mit Jens. Für ihn ist Liebe Death Metal und Schweinestall. Muss schlimm sein, wenn man keine Ahnung hat.* ☺‹

Nachdem ich den Zettel ins Glas geworfen hatte, loggte ich mich ins Internet ein und machte mich an die Arbeit.

Die Kiezkönigin

Brigitte wirkte völlig übernächtigt, als ich am nächsten Morgen in den Laden kam. Sie ließ die Gießkanne sinken, mit der sie die Zimmerpflanzen gegossen hatte, und sagte: »Es ist mir ein Rätsel, wie ich das mit dem Laden wieder hinkriegen soll, Isa. Ich komme mir vor, als müsste ich mit einem Zahnstocher bewaffnet gegen ein Riesenmonster kämpfen.«

»Hey.« Ich ging zu ihr und legte meinen Arm um ihre Schulter. »Ich bin doch auch da, und wir werden dieses blöde Ding so was von plattmachen!«

Brigitte lächelte schwach.

»Aber alleine schaffen wir das nicht. Wir müssen uns Hilfe holen. Jemanden, der sich mit so was auskennt.« Ich kramte ein paar Ausdrucke aus meiner Handtasche. »Also habe ich gestern Nacht noch nach Schuldnerberatern gegoogelt. Du kannst sie dir ja in Ruhe anschauen, und dann rufen wir bei einem an. Okay?«

Sie starrte auf die DIN-A4-Seiten, doch ich bezweifelte, dass sie wirklich etwas wahrnahm.

»Okay?«, wiederholte ich etwas lauter.

»Okay.«

»Gut. Was den Transporter angeht: Ich kann dir das Geld dafür leihen.«

»Nein!« Brigitte schüttelte den Kopf. »Ich will keine weiteren Schulden mehr machen.«

»Ich fürchte, dir wird nichts anderes übrig bleiben. Und außerdem sehe ich es auch als Investition in meine Zukunft, denn schließlich will ich diesen Laden eines Tages übernehmen.«

Ein zaghaftes Lächeln erschien auf ihrem Gesicht. »Das wünsche ich mir auch. Also gut, einverstanden. Aber ich zahl dir das Geld für den Transporter so schnell es geht zurück. Versprochen.«

»Mach dir darüber keinen Kopf. Übrigens habe ich gestern Nacht auch noch eine Liste erstellt, mit ein paar Ideen, wie wir das Geschäft wieder in Gang bringen könnten.« Ich musterte Brigitte besorgt. Sie sah leichenblass aus, und ihre Schultern hingen herunter, als schien eine schwere Last darauf zu liegen. Es machte wenig Sinn, so wichtige Dinge mit ihr zu besprechen, wenn sie in diesem Zustand war. »Weißt du was, nimm dir heute und morgen doch einfach mal frei. Du hattest schon seit Ewigkeiten kein freies Wochenende mehr«, schlug ich vor. »Ich krieg den Laden schon alleine geschmissen.« *›Ist ja eh nichts los hier‹*, schoss es vorlaut durch mein Hirn. »Tu dir mal was Gutes. Mach was Schönes mit Dieter, lass dich verwöhnen. Und am Montag packen wir es mit frischen Kräften an.« Ich kam mir vor wie ein drittklassiger Motivationscoach auf einem viertklassigen Privatsender.

Widerstrebend ging Brigitte nach hinten, um ihre Sachen zu holen. Dann drückte sie mich fest an sich und gab mir einen Kuss auf die Wange. »Vielen Dank, Isa. Obwohl ich dich in der jetzigen Situation wirklich nicht gern allein lasse.«

Als sie gegangen war, stellte ich fest, dass sie die Ausdrucke der Schuldnerberater nicht mitgenommen hatte, und ich hatte das starke Gefühl, dass das kein Versehen gewesen war. ›Dann eben Montag‹, dachte ich und steckte sie wieder in meine Handtasche. Brigitte brauchte jedenfalls nicht zu glauben, dass sie um diese Sache herumkam.

Für den Rest des Tages arbeitete ich weiter an der Rettungsliste. Außerdem verabredete ich mich für Samstagabend mit meinen Freunden auf dem Kiez und machte schließlich auch ein Treffen mit Knut ab. Ich wollte unbedingt wissen, wie weit er in Sachen Irina gekommen war.

Am nächsten Abend holten Knut und ich uns einen Kaffee und steuerten – wie so oft, wenn wir gemeinsam unterwegs waren – den Flughafen an. Knut kannte eine Stelle hinter dem Zaun zur Startbahn, an der die Flugzeuge so nah über einen hinwegdonnerten, dass man fast den Eindruck hatte, man bräuchte nur die Hand auszustrecken, um sie am Bauch kitzeln zu können. Wir setzten uns auf die Motorhaube von seinem alten Taxi und schlürften unseren Kaffee.

»Nu erzähl mal«, forderte Knut mich auf. »Was gibt's Neues?«

»Warte«, sagte ich und deutete auf die Startbahn. »Da kommt eins.«

Von weitem sahen wir, wie ein Flugzeug auf uns zugerast kam.

»Das is 'n A320!«, rief Knut gegen das laute Dröhnen der Triebwerke an. Er kannte sich übrigens mit Flugzeugen genauso wenig aus wie ich, und wir tippten bei jeder Maschine auf einen A320 oder eine Boeing 747.

Als ich schon dachte ›Hilfe, wir werden überrollt‹, hob das Flugzeug die Nase in die Luft, und kurz darauf stieß es sich scheinbar schwerfällig vom Boden ab.

»Die Neunzehn-Uhr-siebenunddreißig nach Honolulu!«, schrie ich, als das Flugzeug über uns hinwegdonnerte, obwohl wir beide genau wussten, dass von Hamburg aus keine wirklich exotischen Ziele angeflogen wurden. Aber es war schön, es sich vorzustellen. Honolulu. Das wäre mal was. Wir blickten der Maschine nach, wie sie höher und höher in den Himmel aufstieg und sich immer weiter von uns entfernte. Ich war noch nie geflogen, aber ich wollte es unbedingt.

»Da würde ich jetzt echt gerne drin sitzen«, sagte ich düster.

Knut musterte mich besorgt. »Was is mit dir denn los?«

»Ach, es wäre nur einfach schön, hier mal rauszukommen. Der Laden steckt in Schwierigkeiten, weißt du?« Ich schüttete mein Herz bei Knut aus, und er musterte mich verständnisvoll aus seinen dunklen Knopfaugen. »Wat'n Schiet«, sagte er, nachdem ich geendet hatte. »Aber das wird schon wieder. Lass dich da bloß nich von feddichmachen.«

Obwohl mir gerade gar nicht danach zumute war, musste ich lächeln. »Männer und ihre guten Tipps. Jens hat mir gestern geraten, ich solle einfach damit aufhören, Angst zu haben. Super, was?«

Knut horchte auf. »Jens? Is das nich der Bruder der besoffenen Lüdden, die wir neulich nach Hause gebracht ham? Der gibt dir Ratschläge? Wieso 'n das?«

Ich strich mir verlegen eine Haarsträhne aus der Stirn. »Irgendwie hat es sich so ergeben, dass wir ... ja, ich glaube, wir sind Freunde geworden. Er, Merle und ich.«

Ein Grinsen breitete sich auf seinem Gesicht aus. »Soso. Das is ja mal schön, nä?«

»Ja, finde ich auch. Hey, was ist eigentlich mit dir und deiner Irina?«, fragte ich, um endlich das Thema zur Sprache zu bringen, das mir unter den Nägeln brannte.

Er starrte auf seinen inzwischen leeren Pappbecher. »Ach, ich weiß nich. Manchmal denk ich, sie mag mich, manchmal denk ich, das macht alles keinen Sinn.«

»Wie wäre es, wenn ich die Zeichen deute? Ich bin nachher mit den anderen am Hein-Köllisch-Platz verabredet. Wenn wir uns beeilen, können wir noch auf einen Drink in den Kiezhafen gehen. Ich würde Irina echt gerne kennenlernen.«

»Hm. Das is gar keine schlechte Idee«, sagte Knut. »Kann ja nich schaden, wenn mal jemand von außen draufguckt.«

»Mach ich doch gerne. Aber warte kurz, ich möchte die Neunzehn-Uhr-achtundvierzig nach Madagaskar noch abheben sehen.«

Im Kiezhafen war es um diese Zeit noch relativ leer. Abgesehen von ein paar einsamen Gestalten am Tresen und einer der obligatorischen Junggesellenabschieds-Gangs, denen man im Sommer auf dem Kiez unmöglich aus dem Weg gehen konnte, war niemand da. Knut zupfte nervös an seinem T-Shirt und der Lederweste herum und zog merklich den Bauch ein, als wir auf die Theke zugingen. »Das is sie«, raunte er und deutete auf eine Frau, die hinter dem Tresen Bier zapfte.

Ich hatte viel darüber nachgedacht, wie Knuts Angebetete wohl aussehen mochte, und das Bild, das ich mir von ihr gemacht hatte, entsprach so dermaßen nicht der Realität, dass ich den Atem anhielt und mich zusammenreißen musste, um nicht überrascht irgendetwas Blödes wie »Huch!« oder »Boah, krass!« zu rufen. Ich hatte damit gerechnet, dass Irina im Grunde genommen ein weiblicher Knut war: Rockerklamotten, tätowiert und stämmig. Nun stand mir ein zartes Persönchen mit blonden Haaren und blauen Kulleraugen gegenüber. Sie war schätzungsweise Mitte vierzig, trug eine enge Jeans und ein knallrotes T-Shirt mit dem Aufdruck ›*Kiezkönigin*‹. Ihre Körperhaltung und die Art, wie sie sich bewegte, hatten tatsächlich etwas so Erhabenes, dass ich beinahe einen Knicks gemacht hätte. Als sie Knut erblickte, lächelte sie breit. »Moin Knut! Ich freu mich, dass du da bist! Dabei ist es doch noch gar nicht deine Zeit.« Aufgrund ihres Namens hatte ich mit einem russischen Akzent gerechnet. Doch abgesehen von einem stark gerollten R war davon nichts zu hören.

»Moin Irina! Isabelle und ich waren grad zusammen unterwegs und ham Durst gekriegt.«

Irinas Blick fiel auf mich. »Oh, du bist also Isabelle, das Blumenmädchen? Knut erzählt viel von dir. Der Strauß, den du für mich gemacht hast, war wunderschön.« Sie streckte mir ihre Hand entgegen, und ich schüttelte sie. »Ihr kommt wegen meines weltberühmten Kaffees, richtig?«

Knut nickte eifrig.

»Eigentlich ist mir jetzt eher nach einem Bier«, sagte ich.

Irina schüttelte heftig den Kopf. »Nein, nein, alle lieben meinen Kaffee. Du trinkst jetzt einen Kaffee.« Sie sagte das ganz freundlich, aber gleichzeitig so bestimmt, dass ich nicht widersprechen mochte.

Während Irina sich an einer alten Filterkaffeemaschine zu schaffen machte, setzten Knut und ich uns auf zwei Barhocker. Wir tauschten einen Blick, und ich hob anerkennend den Daumen in die Höhe, woraufhin Knut mich breit angrinste.

Irina drehte sich wieder zu uns um und stellte zwei dampfende Pötte vor uns ab. »Der schmeckt am besten mit Zucker und Milch«, sagte sie, warf zwei Stücke Würfelzucker in meinen Becher und kippte großzügig Kondensmilch hinterher.

Ich hasste Zucker in meinem Kaffee, aber inzwischen hatte ich den starken Verdacht, dass in diesem Laden einzig und allein Irina bestimmte, was ihre Gäste am liebsten hatten. Sie würde sich bestimmt super mit Jens verstehen. »Vielen Dank«, sagte ich und nahm einen Schluck. Oh mein Gott. Augenblicklich spürte ich, wie sämtliche Geschmacksknospen in meinem Mund lautstark rebellierten und »Willst du uns umbringen?!« riefen. Das war mit Abstand der widerlichste Kaffee, den ich in meinem ganzen Leben getrunken hatte. Ich vermutete, dass er schon seit mehreren Stunden auf der heißen Platte vor sich hin schmorte, und er war trotz des Zuckers und der Milch so dermaßen stark und bitter, dass nur meine gute Kinderstube mich davon abhielt, ihn zurück in die Tasse zu spucken.

»Ist was?«, fragte Irina, die mich gespannt beobachtete. »Nicht gut?« Da war er wieder, dieser nur ganz leicht wahrnehmbare drohende Unterton.

Widerwillig schluckte ich die Brühe runter und sagte: »Doch, sehr gut. Nur ein bisschen heiß. Und ziemlich stark.«

»Jaja, das muss er auch sein. Damit unser Knut nachher nicht am Steuer einschläft«, sagte sie und tätschelte seinen Arm.

Knut strahlte und himmelte sie so offensichtlich an, dass Irina eine komplette Vollidiotin sein musste, um nichts von seinen Gefühlen zu bemerken. Und da Irina meiner Einschätzung nach alles andere als eine Vollidiotin war, blieb nur eine Schlussfolgerung: Sie wusste, dass Knut in sie verliebt war. Aber was empfand sie für ihn? Da war ich mir nicht so sicher.

Knut und Irina plauderten über einen Heinz, den ich nicht kannte. Anscheinend hatte er seine Kneipe auf dem Hamburger Berg schließen müssen. Währenddessen beobachtete ich die beiden und versuchte aus Irinas Körpersprache und Blicken zu deuten, wie sie zu Knut stand. Sie berührte ihn häufig, hörte ihm sehr aufmerksam zu, sah ihm eine verdächtige Sekunde zu lang in die Augen und lachte über jeden seiner Witze, mochte er auch noch so schlecht sein. Alles relativ eindeutige Anzeichen, wie ich fand. Aber jedes Mal, wenn ich gerade zu dem Schluss kommen wollte, dass sie ihn mochte, wandte sie sich von ihm ab oder machte eine abfällige Bemerkung über Männer, die mir das Blut in den Adern gefrieren ließ. Als Knut andeutete, dass Heinz nun auch noch Ärger mit seiner Frau hatte, sagte sie: »*Sie* tut mir leid, nicht er. Aber den Fehler, zu heiraten, macht sie garantiert nie wieder. Heinz' Frau und ich, wir haben unsere Lektion gelernt.« Ich war von ihrem Verhalten völlig verwirrt und konnte gut verstehen, dass Knut ihre Zeichen nicht deuten konnte.

Irina schenkte ihm Kaffee nach und warf einen Blick in meine Tasse. »Du trinkst ja gar nicht.«

»Ich lass ihn noch ein bisschen kälter werden.«

Sie stieß ein paar russisch klingende Worte aus und sagte dann: »Wie kalt soll er denn noch werden? Da kannst du doch inzwischen Eier mit abschrecken.«

Es kostete mich große Überwindung, noch einen Schluck zu trinken, aber ich tat es. Mit der Kiezkönigin wollte ich mich nicht anlegen.

Irina stellte die Kanne zurück auf die Platte und gesellte sich wieder zu uns. »Jedenfalls hat Heinz es nicht anders verdient. Wenn man in Schwierigkeiten gerät, darf man nicht die Augen davor verschließen. Dann muss man die Arschbacken zusammenkneifen und sich den Dingen stellen!«

»Der Laden, in dem ich arbeite, steckt auch in Schwierigkeiten«, sagte ich.

Sie schnalzte mitleidig mit der Zunge. »Das ist scheiße. Ich weiß das.«

Überrascht sah ich sie an. »Wie, deiner auch?«

»Oh, nein, nicht mehr! Der Kiezhafen läuft wieder sehr gut, aber als ich den Laden übernommen habe, war er so gut wie am Ende.«

Der Bräutigam des Junggesellenabschieds, der einen schwarz-weiß gestreiften Sträflingsanzug trug und zu allem Überfluss auch noch einen riesigen Klotz am Bein hinter sich herzog, stand zwei Meter weiter am Tresen und versuchte, winkend auf sich aufmerksam zu machen. Irina ignorierte ihn gekonnt.

»Ach so.« Wieder überrollte mich die Sorge um Brigittes Laden, und ich seufzte tief.

Knut legte einen Arm um meine Schulter und drückte mich

an sich. »Mach dir keinen Kopp, Lüdde. Jetzt is Wochenende, vergiss das alles mal.«

»Nein, nein, nein!«, rief Irina streng. »Das ist genau verkehrt! Du sollst dir einen Kopf machen!«

»Mach ich ja auch«, beeilte ich mich zu sagen.

Der Bräutigam fuchtelte energisch mit dem Arm und rief: »Hallo?!«

Knut und ich blickten zu ihm rüber und warteten darauf, dass Irina ihn bediente, doch es schien, als wäre er für ihre Augen unsichtbar. »Und was ist bisher rausgekommen, aus deinem Kopf?«

»Ich habe eine Liste mit Maßnahmen erstellt, wie man das Geschäft wieder ankurbeln könnte«, erklärte ich. »Und ich habe beschlossen, einen Schuldnerberater zu engagieren. Also, meine Chefin und ich haben das beschlossen«, fügte ich hinzu, da ich nicht den Eindruck entstehen lassen wollte, Brigitte hätte mit alldem nichts zu tun. Wobei das ja bislang durchaus der Wahrheit entsprach.

»Sehr gut. Das habe ich auch gemacht. Wer schwebt dir vor?«

Ich zog die Internetausdrucke aus meiner Tasche. Mit gerümpfter Nase ging Irina Zettel für Zettel durch. »Nein. Die sind alle scheiße.«

Inzwischen war der Bräutigam zu uns rübergekommen. »Entschuldigung, ich störe Sie wirklich nur ungern, wo Sie doch gerade so nett plaudern, aber ich würde gerne eine Bestellung aufgeben«, sagte er in ätzendem Tonfall. »Wäre das eventuell möglich? Wenn's keine Umstände macht, natürlich.«

Ich hielt den Atem an und wartete gespannt, was nun passieren würde. Irina musterte den jungen Mann abschätzig. »Hör mal, *Klotz am Bein*«, sagte sie eiskalt. »Ich stehe sieben Tage die Woche bis zu sechzehn Stunden am Tag hinter diesem Tresen. Das hier ist *mein* Laden, und ich bin weiß Gott schon mit

Knastbrüdern von einem ganz anderen Kaliber fertiggeworden. Also, entweder du wartest, bis ich hier in Ruhe zu Ende *geplaudert* habe, oder du und deine Saufkumpanen seht zu, dass ihr Land gewinnt.«

Die beiden musterten sich schweigend, bis der Sträfling einknickte und Irinas Blick auswich. »Ich versuch es in fünf Minuten noch mal«, murmelte er. Dann verzog er sich zu seinen Freunden.

Naserümpfend blickte sie ihm nach. »Die arme Frau, die den heiratet!«

Knut schlürfte einen Schluck Kaffee. »Diese Schuldnerberatungen«, sagte er, als sei der Sträflingsvorfall überhaupt nicht passiert. »Kennst du die?«

»Nein, kenne ich nicht«, sagte Irina.

»Woher willste dann wissen, dass die scheiße sind? Sind ja nich immer und automatisch alle scheiße, nur weil du davon ausgehst.«

»Ja, und außerdem steht überall extra dabei, dass sie seriös und diskret sind«, fügte ich hinzu.

Irina winkte energisch ab. »Pff, wer es nötig hat, das so zu betonen, mit dem kann doch was nicht stimmen. Es gibt viele schwarze Schafe in dieser Branche. Die ziehen dir Geld aus der Tasche für nichts und wieder nichts, und am Ende stehst du noch beschissener da als vorher! Warte mal.« Sie verschwand hinter einer Tür neben dem Tresen und kehrte kurz darauf mit einer Visitenkarte zurück. »Hier. Diese Kanzlei habe ich damals beauftragt. Das sind richtige Anwälte, die kennen sich aus mit Insolvenzrecht und solchen Sachen.«

»Insolvenz?«, fragte ich erschrocken.

»Ja, Insolvenz.«

Ich warf einen Blick auf die Visitenkarte in meiner Hand. *Lange und Friedrich, Fachanwälte für Insolvenzrecht, Schuld-*

nerberatung stand da in klarer schwarzer Schrift auf grauem Hintergrund. Sah irgendwie deprimierend aus. Aber das war es ja auch. »Vielen Dank für die Empfehlung, Irina.«

»Gern geschehen. Nehmt den Lange, der ist wirklich gut.« Mahnend hob sie einen Zeigefinger. »Und immer dran denken: Kämpfen ist wichtig, aber pass auf, dass du dich nicht in etwas Sinnloses verrennst.«

Knut stand ruckartig von seinem Barhocker auf, klopfte mit den Fingerknöcheln auf den Tresen und sagte: »Jo, denn muss ich mal langsam los.«

Ein Schatten der Enttäuschung huschte über Irinas Gesicht. »Warum so plötzlich? Bleibt doch noch ein bisschen.«

Knut warf einen Blick auf seine nicht vorhandene Armbanduhr. »Nee, wird echt Zeit.«

»Aber ...« Sie machte eine kurze Pause, in der sie mit dem Zeigefinger über eine Rille im Tresen fuhr. »Du kommst nachher in deiner Pause noch mal vorbei. Richtig?«

»Klar.«

Irina lächelte. Dann riss sie sich von ihm los und wandte sich an mich. »War schön, dich kennenzulernen, Isabelle.«

»Ja, finde ich auch.«

Irina und ich gaben uns die Hand, wobei sie so fest zudrückte, dass ich vor Schmerzen beinahe aufgeschrien hätte. »Ich würde mich freuen, wenn du mich ab und zu besuchen kommst«, sagte sie. »Und nächstes Mal vergisst du nicht, deinen Kaffee zu trinken!«

Okay, also das ging nun wirklich in eine Richtung, die ich nicht einschlagen wollte. Ich hatte keine Lust, für den Rest meines Lebens diese Brühe vorgesetzt zu kriegen, nur weil ich mich nicht traute, ihr die Wahrheit zu sagen. »Ähm, also ehrlich gesagt fand ich den Kaffee ... na ja. Furchtbar.«

Sie zog die Stirn in Falten und kniff ihre Augen zu engen

Schlitzen zusammen. Fast befürchtete ich, dass sie mir eine reinhauen würde, doch dann brach sie in lautes Gelächter aus. »Du gefällst mir! Manchmal haben die Leute Angst vor mir, ich weiß nicht, warum. Aber du nicht. Das find ich gut.«

Knut und ich gingen in gemächlichem Tempo die Reeperbahn entlang. Aus dem S-Bahn-Ausgang strömten die Feierwütigen. Ständig versuchte eine Braut im Teufelskostüm oder ein Bräutigam im Balletröckchen, uns Kondome, Kurze oder Küsse zu verkaufen, und die Koberer vor den Stripclubs hatten sich in Position gebracht, um jeden Mann anzuquatschen und reinzulocken, der ohne weibliche Begleitung über den Kiez zog.

»Und?«, fragte Knut. »Wie findest du sie?«

»Sehr nett! Ihr beide würdet ein tolles Paar abgeben.«

Inzwischen waren wir an der Silbersackstraße angekommen, in die ich abbiegen musste, um mich mit den anderen am Hein-Köllisch-Platz zu treffen. Wir blieben stehen, dicht ans Schaufenster eines ›Erotikartikelfachgeschäfts‹ gedrückt, um den Menschenmassen aus dem Weg zu gehen.

»Meinste denn, das wird was? Oder, um es mal mit ihren Worten zu sagen: Lohnt es sich zu kämpfen oder hab ich mich in was Sinnloses verrannt?«

Ich ließ mir Zeit mit der Antwort. »Schwer zu sagen. Einerseits bin ich mir sicher, dass sie dich auch mag, andererseits diese männerfeindlichen Sprüche ... Vielleicht will sie es selbst noch nicht wahrhaben. Oder sie ist einfach verdammt vorsichtig.«

Knut rieb sich das Kinn. »Grund dazu hädde sie. Ich hab dir ja schon mal erzählt, dass ihr Mann ’n echtes Vollarschloch is.«

Ich nickte. »Ja, hast du. Aber weißt du was? Mein Bauchgefühl sagt mir ganz eindeutig, dass du nicht aufgeben solltest. Mein Ratschlag lautet: Kämpf weiter.«

Knut sah beinahe erleichtert aus, und ich vermutete, dass ich ihm genau das gesagt hatte, was er hören wollte.

Als ich an unserem vereinbarten Treffpunkt eintraf, saßen meine Freunde bereits alle draußen, tranken Bier, Wein oder einen Cocktail und tauschten lautstark den neuesten Klatsch und Tratsch aus.

»Hey Isa!«, rief Kathi mir schon von Weitem zu. »Komm, ich hab dir einen Platz frei gehalten!« Sie klopfte auf einen leeren Stuhl neben sich. Nachdem ich ausführlich über mein Katastrophen-Date mit Tom und die finanziellen Schwierigkeiten des Ladens berichtet hatte, wechselte das Gespräch allmählich zu anderen Themen. Nelly erzählte uns, dass sie sich entschlossen hatte, eine Weiterbildung zu machen, damit sie bei der Vergabe von Teamleiterposten in ihrem Büro nicht weiterhin übergangen wurde. »Da man mir oft genug versichert hat, es läge auf gar keinen Fall daran, dass ich ›Ausländerin‹«, zu diesem Wort malte sie mit den Fingern Anführungszeichen in die Luft, »oder eine Frau im gebärfähigen Alter bin, muss es ja wohl an meiner mangelnden Fachkompetenz liegen. Und wenn ich diesen Kurs erfolgreich absolviert habe, aber meine Bewerbungen trotzdem nicht berücksichtigt werden, dann werde ich diese Arschlöcher so was von verklagen!«, sagte sie entschlossen.

Kathi und Dennis berichteten von ihrem Haus in Bullenkuhlen, und Kathi malte auf einem Bierdeckel auf, wie der Grundriss später aussehen würde. Ich konnte mich immer noch nicht mit dem Gedanken anfreunden, dass die beiden wegziehen würden, aber ich gab mir alle Mühe, die aufkommende Panik zu unterdrücken.

Wir genehmigten uns noch ein paar Drinks in unserer Stammkneipe und zogen anschließend weiter, um tanzen zu gehen. Als wir schon reichlich gebechert und Nelly, Kathi, Kristin und ich uns auf der Tanzfläche zu Nenas *Irgendwie, irgendwo, irgendwann* verausgabt hatten, fragte Kathi unvermittelt: »Hey, wie geht es eigentlich Gothic-Girl?«

Ich trank ein paar Schlucke von meinem Gin Tonic, um den Durst zu löschen, dann sagte ich betont lässig: »Ganz gut. Sie ist eigentlich gar nicht so übel. Wir sind jetzt Freundinnen.«

»Freundinnen?!«, fragte Nelly erstaunt. »Wie ist das denn passiert?«

Ich erzählte in knappen Worten, wie Merle und Jens sich in mein Leben gemogelt hatten. »Sie sind echt nett. Ihr würdet sie auch mögen.«

Kathi grinste. »Soso. Jens ist doch der gut aussehende Typ, der von seiner Freundin mit einem Fernsehkoch betrogen wurde, richtig?«

Ich nickte.

»Weißt du inzwischen, wer es war?«, fragte Nelly.

»Nein.«

»Verdammt! Und dieser Jens ... Ist er Single?«

Genervt verdrehte ich die Augen. »Ja, soweit ich weiß.«

»Ein gut aussehender, netter Single also«, schlussfolgerte Kristin. »Und? Geht da was?«

»Nein! Warum sollte da was gehen?«

»Ein gut aussehender, netter Single«, wiederholte Kathi so langsam und deutlich, als wäre ich schwachsinnig.

»Ja und? Soll ich mich in jeden Typen verlieben, nur weil er zufällig Single und gut aussehend ist?«

»Und nett«, fügte Nelly hinzu.

»Ja, und nett, von mir aus. Da ist nichts zwischen uns. Keine Funken, kein Kribbeln, kein Herzklopfen, kein gar nichts.«

An den Fingern zählte ich auf: »Er ist geschieden, total unromantisch, sarkastisch, und er hat nie Zeit. Kurzum, er ist all das, was ich *nicht* will. Und ich habe mir geschworen, mich nicht mehr mit Kompromiss-Männern einzulassen. Ich warte jetzt auf den einzig Wahren.«

Nelly und Kathi tauschten einen Blick. »Wie du meinst«, sagte Kathi schließlich. »Übrigens, wo wir gerade von Romantik reden ... Wäre es nicht total romantisch, wenn Dennis und ich in unserem Garten ...«

Nun war es an Nelly und mir, einen Blick zu tauschen. Wir verdrehten die Augen und grinsten uns an, während Kristin leise kicherte. Ich musste mir unbedingt für die Zukunft merken, dass man Kathi mit dem Thema »Haus« ganz leicht von allen Dingen ablenken konnte, über die man möglicherweise gerade nicht reden wollte.

Als ich am Montagmorgen in den Laden kam, wäre mir bei Brigittes Anblick beinahe die Tüte mit Franzbrötchen aus der Hand gefallen, die ich für uns beide vom Bäcker mitgebracht hatte. »Wow! Du siehst ja hammermäßig aus!«

Ihre dunklen Haare, die bislang von grauen Strähnen durchzogen gewesen waren, schimmerten jetzt mahagonifarben. Sie hatte Lidschatten, Rouge und Lippenstift aufgelegt und trug ein hübsches, buntes Sommerkleid, das ich noch nie an ihr gesehen hatte.

Verlegen strich sie sich durchs Haar. »Ich hab deinen Rat befolgt und mir was Gutes getan.«

»Klasse! Dieter sind bestimmt die Augen aus dem Kopf gefallen, was?«

»Pff!« Sie griff nach einer Gerbera und schnitt so energisch zwei Zentimeter des Stängels ab, dass der Stängelrest in hohem

Bogen durch die Luft flog. »Dieter würde es noch nicht einmal bemerken, wenn mir ein Ficus aus dem Kopf wachsen würde.«

»Ach komm, hör auf«, sagte ich, während ich mir eine Schere nahm, um ihr zu helfen. »Du kannst mir doch nicht erzählen, dass er deinen neuen Look überhaupt nicht registriert hat.«

Wieder wurde eine Gerbera auf das Heftigste von ihr malträtiert. »Wie sollte er es denn registrieren? Er schaut ja nie von seinen verdammten Kreuzworträtseln auf.«

Wir arbeiteten eine Weile schweigend vor uns hin. »Habt ihr etwa Probleme?«, fragte ich schließlich, obwohl ich es kaum glauben konnte. »Ihr wirkt doch immer so harmonisch und glücklich, ich kann mir gar nicht vorstellen, dass …«

»Isabelle, ich bitte dich!«, unterbrach sie mich rüde. »Wir sind schon seit Jahren nicht mehr *glücklich* miteinander, das kann dir doch nicht entgangen sein!«

»Doch, ist es«, sagte ich kleinlaut. »Ich weiß ja, dass ich nicht mehr so viel Zeit mit euch verbringe wie früher, aber wenn ich euch mal zusammen gesehen habe, dann …«

»Was dann?«, fiel sie mir erneut ins Wort. »Löst Dieter Kreuzworträtsel oder guckt Fußball, während ich mich um den Haushalt kümmere oder Bücher lese. Und abends um zehn gehen wir ins Bett, drehen uns in verschiedene Richtungen, und kurze Zeit später säuselt er mir sein Schnarchkonzert ins Ohr. *Das* ist unsere Ehe.«

Ich schluckte schwer, und auch wenn ich wusste, dass es Unsinn war, fühlte ich mich schuldig. Warum hatte ich denn nie etwas bemerkt? »Es tut mir so leid.«

»Ach, Schätzchen.« Brigitte ließ die verstümmelte Blume sinken. »*Mir* tut es leid. Nicht nur, dass du unter den Problemen mit dem Geschäft zu leiden hast, jetzt lade ich auch noch meinen

Ehefrust bei dir ab. Ich hätte dir das gar nicht erzählen sollen.«

»Doch!«, rief ich energisch. »Du kannst alles bei mir abladen, all deinen Frust. Hast du mit Dieter überhaupt schon darüber geredet? An diesen Problemen könnt ihr doch arbeiten und gemeinsam wieder etwas mehr ... Pep in eure Ehe bringen.« Uäh. Pep. Ich versuchte, die skurrilen Sexbilder, die sich automatisch vor meinem inneren Auge aufgebaut hatten, zu verdrängen. Brigitte in Strapsen und Dieter im Ledertanga war mehr, als ich jetzt verkraften konnte.

»Glaub mir, ich habe es versucht«, sagte sie. »Aber Dieter ist so träge geworden, dass nichts auf der Welt ihn von seinem Sofa locken kann. Lassen wir das Thema, okay?« Sie sah mich bittend an.

Nach einem kurzen Zögern sagte ich: »Okay, aber das andere Thema, das noch im Raum steht, ist auch nicht gerade angenehm. Du weißt schon. Die Schuldnerberatung.«

Brigitte zog ein Gesicht, als hätte ich ihr ein faules Ei zum Verzehr angeboten. »Mein Leben hat sich in einen Albtraum verwandelt.«

»Ich weiß, aber das Gute an Albträumen ist doch, dass man früher oder später wach wird. Und dann sind sie vorbei.« Ich holte die Visitenkarte der Kanzlei Lange und Friedrich und hielt sie Brigitte hin. »Dieser Herr Lange wurde mir wärmstens empfohlen. Soll ich einen Termin abmachen?«

Sie gab mir die Karte zurück und reckte dann entschlossen ihr Kinn in die Höhe. »Tja, nützt ja nichts.«

Ich ging nach hinten, um in der Kanzlei anzurufen, und ließ mich direkt zu Herrn Lange durchstellen. Er hatte eine tiefe, wohlklingende Stimme und drückte sich sehr gewählt aus. Automatisch stellte ich mir einen sechzigjährigen, distinguierten Mann vor, der starke Ähnlichkeit mit Herrn Dr. Hunkemöller hatte. Wir machten einen Termin für Donnerstagabend um acht Uhr ab, was bedeutete, dass ich schon wieder meinen Friedhofsbesuch verlegen musste und mein Wochenplan erneut über den Haufen geworfen wurde. Allmählich ging dieses Chaos in meinem Leben mir echt auf die Nerven! Herr Lange bat darum, dass wir bis dahin sämtliche Geschäftsunterlagen zusammenstellten: offene Eingangs- und Ausgangsrechnungen, Bilanzen, eine Übersicht über Forderungen der Gläubiger und so weiter.

Auch wenn ich bei dem Wort »Gläubiger« sofort wieder an Insolvenz denken musste, hatte ich das gute Gefühl, dass dieser Herr Lange genau der richtige Mann für Brigittes Laden war. Jetzt musste ich ihr nur noch schonend beibringen, dass sie innerhalb von drei Tagen alle, aber auch wirklich alle Geschäftsunterlagen zusammenkramen musste.

Crash, Boom, BÄMM

Die ganze Woche über war ich nervös wegen des anstehenden Treffens mit Herrn Lange. Es kam mir vor, als würde der Donnerstag wie ein drohendes Gewitter unaufhaltsam auf uns zurollen. Ich hörte förmlich schon Donnergrollen und sah erste Lichtblitze. Auf meine Arbeit konnte ich mich kaum konzentrieren, und auch Brigitte wirkte fahrig und nervös. Sie hatte bereits drei prall gefüllte Aktenordner und einen Schuhkarton mit wild durcheinanderfliegenden Rechnungen mitgebracht. »Zu Hause ist noch mehr«, erklärte sie mir.

Am Mittwochabend holte Merle mich vom Laden ab und begleitete mich nach Hause, wo ich in aller Ruhe meine Wäsche wusch, während sie uns einen köstlichen Gemüseauflauf zauberte. Sie war so stolz und zufrieden mit ihrem Werk, dass ich mich kaum noch über das Chaos aufregte, das sie beim Kochen in meiner Küche anrichtete.

»Jens lässt mich nach wie vor im Restaurant nur spülen«, erzählte sie mir während des Essens. »Aber Lukas meinte, es wäre viel besser, wenn ich ihnen zuarbeiten würde. Bald fängt zwar ein Aushilfskoch bei Jens an, und am 1. August kriegt er einen Azubi, aber momentan sind sie halt nur zu zweit in der Küche.«

»Hättest du denn Lust, Lukas und Jens zuzuarbeiten?«

»Ja, total!«, sagte sie mit einem Leuchten in den Augen. »Aber Jens will davon nichts wissen. Der traut mir überhaupt nichts zu.«

Ich nahm noch eine Gabel von meinem Auflauf. »Versteh ich nicht. Du kannst doch kochen.«

»Ich suche übrigens eine Frau für ihn«, sagte sie völlig zusammenhangslos.

»Für Jens?!«, japste ich. »Na dann. Viel Glück.«

»Wieso sagst du das so?«

»Wie sage ich das denn?«

»Als würdest du das für völlig aussichtslos halten. Warum sollte er keine Freundin abbekommen?«

»Es geht nicht darum, dass er keine abbekommt, sondern darum, dass er sich seine Freundin wahrscheinlich lieber selbst aussucht, als sie von seiner kleinen Schwester vorgesetzt zu kriegen. Und mal ganz davon abgesehen hat er mir gesagt, dass er gar keine Freundin will.«

Merle schnaubte empört. »Wieso sollte er keine wollen?«

Ich überlegte, wie ich ihr am besten beibringen sollte, dass ihr Bruder den Glauben an die wahre Liebe verloren hatte, entschied mich dann aber, ihr das gar nicht auf die Nase zu binden. »Weil er keine Zeit dafür hat. Er arbeitet doch nur. Wenn du als Frau einen Typen suchst, mit dem du möglichst wenig zu tun haben willst, dann ist Jens dein Mann. Ich fürchte nur, dass die meisten Frauen einen Typen suchen, mit dem sie möglichst viel zu tun haben wollen.«

»Hm.« Merle piekte mit der Gabel in ein Brokkoliröschen, als wolle sie es erstechen. »Aber er hat doch Zeit. Vor zehn Uhr morgens und zwischen halb drei und fünf Uhr nachmittags, da ist auch meistens Leerlauf. Und dann wieder ab elf. Na, sagen wir halb zwölf. Das sind …« Ihr Blick verklärte sich. »… dreizehn Stunden. Also mehr als die Hälfte des Tages. Länger kann man Jens doch sowieso nicht aushalten.«

»Ja, aber du übersiehst, dass die meisten Frauen dann, wenn er Zeit hat, arbeiten oder schlafen«, sagte ich vorsichtig.

Merle schien sich meine Worte eine Weile durch den Kopf gehen zu lassen. Schließlich zuckte sie mit den Achseln und sagte: »Ach, was soll's, ich finde schon jemanden. Ich glaube, er würde viel netter werden, wenn er eine Freundin hätte.«

Unser Gespräch wandte sich von da an anderen Themen zu, und bis Merle nach Hause ging, hatte ich ihr »Ich suche eine Freundin für meinen großen Bruder«-Projekt schon wieder vergessen.

Punkt neunzehn Uhr schlossen Brigitte und ich am Donnerstag den Laden. Wir waren beide extrem nervös, während wir auf Herrn Lange warteten, und als es um kurz nach acht endlich an der Ladentür klopfte, sprangen wir hektisch von unseren Stühlen auf. Ich eilte nach vorne, um ihn reinzulassen, und konnte ihn schon von Weitem durch die Glastür erkennen. Wie angewurzelt blieb ich stehen und starrte ihn an. Er sah überhaupt nicht aus wie Dr. Hunkemöller. Nicht im Mindesten! Er war viel jünger, als ich angenommen hatte, um die dreißig vielleicht. Seine Haare waren hellbraun, und ein sehr nettes Lächeln lag auf seinem Gesicht. Plötzlich fiel mir auf, dass ich immer noch wie angewachsen dastand. Also gab ich mir einen Ruck, ging auf ihn zu und öffnete die Tür.

»Hallo.« Er hielt mir die ausgestreckte Hand hin. »Ich bin Alexander Lange.«

Ich ergriff seine Hand und schüttelte sie. Sie fühlte sich angenehm warm und trocken an. »Isabelle Wagner. Wir haben miteinander telefoniert. Kommen Sie doch rein.«

Brigitte war inzwischen ebenfalls nach vorne gekommen, um Herrn Lange zu begrüßen und ihn in unsere Kaffeeküche zu führen. »Hinten ist schon alles vorbereitet. Die Unterlagen habe ich beisammen.«

»Sehr gut. Ich wünschte, all meine Mandanten wären so

gewissenhaft wie Sie.« Er hatte eine nette Stimme. Wirklich sehr nett. Und live klang sie auch gar nicht mehr so alt wie am Telefon.

Ich trottete den beiden hinterher und starrte auf Herrn Langes Rücken. So hatte ich mir einen Fachanwalt für Insolvenzrecht überhaupt nicht vorgestellt, und ich fühlte mich auf seltsame Art betrogen. Okay, er trug einen Anzug, was bei den fünfundzwanzig Grad, die draußen herrschten, sicherlich nicht angenehm war, aber auf den ersten Blick wirkte er überhaupt nicht so … distinguiert und steif, wie ich angenommen hatte. Wieso sah der so gut aus?

Herr Lange und Brigitte setzten sich an den Tisch, auf dem sich bereits der Papierkram türmte.

»Möchten Sie einen Kaffee?«, fragte ich Herrn Lange. Mann, hatte der blaue Augen! So strahlend blau, dass mir der Atem stockte. Ein Schuldnerberater sollte nicht so blaue Augen haben! »Oder Tee? Wir haben Pfefferminztee, schwarzen Tee, Hagebuttentee, Yogitee, Rooibos Karamell, Schoko Chili und Lakritze, wobei der nicht so lecker ist«, plapperte ich und konnte mir selbst nicht erklären, wieso ich nicht einfach die Klappe hielt. »Ich mag Yogitee sehr gern, aber das ist nicht jedermanns Sache. Grundsätzlich kann man ja mit schwarzem Tee nichts verkehrt machen. Man muss nur aufpassen, dass man ihn nicht zu lange ziehen lässt. Dann wird er bitter.« *›Herrgott noch mal, sei endlich still!‹*, rief meine innere Stimme mir zu. »Oder vielleicht lieber ein Wasser?«

Brigitte sah mich an, als würde sie ernsthaft darüber nachdenken, mich einweisen zu lassen, während Alexander Lange mich unverändert freundlich anlächelte. »Das stimmt, ich mag schwarzen Tee auch nicht, wenn er zu lange zieht. Yogitee finde ich persönlich ganz lecker, im Gegensatz zu Pfefferminztee, den ich hasse. Schoko Chili klingt interessant, momentan hätte ich aber am liebsten ein Wasser. Für Kaffee oder Tee ist es mir heute eindeutig zu heiß.«

Und da war er, dieser Moment, dieser eine, ganz besondere Moment, auf den ich schon so lange gewartet hatte: Ich sah Alexander Lange in die blauen Augen, spürte, wie meine Mundwinkel sich zu einem Lächeln nach oben zogen, mein Herz klopfte schneller, und mein Magen schlug einen Purzelbaum. Es machte BÄMM!, so klar und deutlich, dass es nicht zu überhören war. Und in dieser einen magischen Sekunde sagten mein Bauch und mein Herz mir unmissverständlich, dass ich Alexander Lange haben wollte. Dass er derjenige welcher war, von dem ich immer geträumt hatte. Nachdem ich ihn eine Weile versonnen angelächelt hatte, wurde mir bewusst, dass er auf etwas zu warten schien. Oh, verdammt, was hatte er gerade noch mal gesagt? Heiß! Ihm war heiß! »Sie können sich ja ausziehen«, hörte ich mich sagen und zuckte augenblicklich zusammen. »*Es*, meine ich. Also, Ihr Jackett.«

Brigitte rutschte unruhig auf ihrem Stuhl hin und her, während er lachte und sagte: »Ja, schon klar. Gute Idee übrigens.« Er zog sein Jackett aus, und zu meiner Erleichterung trug er kein kurzärmliges Hemd mit einem Kugelschreiber in der Brusttasche, sondern ein schickes langärmliges. Mein Traummann hatte wirklich einen ausgesprochen guten Hemdengeschmack. Fast spürte ich schon so etwas wie Stolz.

Ich riss mich von seinem Anblick los, um drei Gläser und eine Flasche Wasser zu holen, und war froh, dass meine Hand beim Einschenken nicht zitterte. Nachdem ich mich zu Brigitte und Alexander gesetzt hatte (›Herr Lange‹ kam mir jetzt irgendwie viel zu distanziert vor), fing er an zu reden, doch es fiel mir schwer, ihm zuzuhören. Ich lauschte nur dem Klang seiner Stimme, ohne seine Worte wirklich wahrzunehmen. Stattdessen starrte ich auf seine Hände. Kein Ehering. Sehr gut.

Was für wunderschöne, gepflegte, feingliedrige Hände er hatte. Nicht so wie Jens, dessen kräftige Pranken eindeutig nach Arbeit aussahen und meistens von irgendeinem Brandfleck oder Heftpflaster verunstaltet wurden.

»… mir einen Überblick über Ihre finanzielle Situation verschaffen …«, drang es wie aus weiter Ferne an mein Ohr.

Mist, was machte ich hier eigentlich? Es ging um Brigittes Laden, um ihre Zukunft, um *meine* Zukunft. Das hier war wichtig. Und ich hatte nichts Besseres zu tun, als Alex (ich durfte ihn bestimmt Alex nennen) anzuhimmeln.

»… die Gläubiger kontaktieren und versuchen, eine Einigung zu erzielen …«, erklärte er weiter mit seiner tiefen, netten Stimme.

Jetzt lächelte er nicht mehr, er sah ganz ernst und konzentriert aus. Wie entschlossen er wirkte. Und intelligent.

»… Ihre Liquiditätsprobleme mit konsequentem Krisenmanagement wieder in den Griff kriegen, um eine Insolvenz zu vermeiden …«

Insolvenz. Da war es wieder, das böse Wort, das mich auf den Boden der Tatsachen zurückholte. Okay, tief durchatmen, zusammenreißen, konzentrieren und ins Gespräch einklinken.

»… wofür die Früherkennungstreppe ein sehr gutes Hilfsmittel ist.« Alex holte einen Laptop aus seiner Aktentasche und drehte ihn so, dass Brigitte und ich auf den Bildschirm gucken konnten. »Anhand der Auswertung dieser Fragen können wir feststellen, an welchem Punkt der Krise Ihr Geschäft sich befindet.«

Ich überflog die Fragen, die zunächst grün, dann orange und schließlich rot abgebildet waren und mit *Ja*, *Nein* oder *Weiß nicht* beantwortet werden konnten.

»Frage 2 ist auf jeden Fall ein *Ja*. Unsere Kunden sind zufrieden mit uns«, sagte ich. »Zumindest die, die wir noch haben.

Bei Frage 5, ob wir genug neue Kunden gewonnen haben, ist die Antwort offensichtlich *Nein*.« Ich scrollte weiter runter. »Oh, Frage 6: Sind Ihre Mitarbeiter ausreichend motiviert? Da kann ich definitiv sagen: Ja, bin ich. Und Frage 7: Sind Ihre Mitarbeiter gut genug? Ja, natürlich bin ich das! Geht's noch?«

»Na wunderbar.« Er lächelte mich an, wobei mein Herzschlag sich wieder beschleunigte. »Je mehr Fragen Sie mit *Ja* beantworten können, desto besser.«

Die nächsten Fragen im gelben Bereich waren allerdings nicht mehr so einfach zu beantworten, und spätestens im roten Bereich konnte ich nur noch *Weiß nicht* anklicken. Zum einen, weil ich es tatsächlich nicht wusste, da ausschließlich Brigitte sich um die Buchhaltung kümmerte, und zum anderen, weil ich die Fragen nicht mal verstand. Hilflos wandte ich mich an Brigitte. »Eigenkapitalquote, Cashflow, Umsatzrendite ... Ich hab keine Ahnung, was das ist.«

»Wenn Sie diese Krise in den Griff bekommen wollen, müssen Sie Ihre Schwachstellen kennen und sich damit auseinandersetzen«, sagte Alex. »Nun haben Sie eine Schwachstelle gefunden.«

Wo er recht hatte, hatte er recht. »Um die Buchführung und den ganzen Geschäftskram kümmert sich Frau Schumacher. Aber es stimmt schon, ich sollte mich damit auskennen. Immerhin will ich diesen Laden eines Tages übernehmen.«

Er sah mich überrascht an. »Dann sollten Sie sich allerdings damit auskennen.«

Nun schaltete sich Brigitte ins Gespräch ein, die bislang reglos auf den Monitor gestarrt hatte. »Ich weiß, was Umsatzrendite, Cashflow und Eigenkapitalquote sind. Übrigens sollte ich vielleicht noch erwähnen, dass mir dieser Laden gehört. Ich habe ihn vor dreißig Jahren geerbt.«

Alex Lange notierte etwas auf dem Block, den er vor sich liegen hatte. »Das ist sehr gut. Das macht das Ganze wesentlich einfacher. Eine Immobilie von dieser Größe in dieser Lage ist locker dreihunderttausend Euro wert. Eher mehr.«

Wie viel?! Das war ja schlimmer als gedacht. Dann fehlten mir also noch zweihundertsiebzigtausend Euro, um Brigitte den Laden abzukaufen. Ob ich die in zehn Jahren zusammenkriegte? Könnte knapp werden.

»Sie müssen die Fragen der Früherkennungstreppe nicht sofort und spontan beantworten«, fuhr er fort. »Denken Sie in Ruhe darüber nach.«

»Also eins kann ich jetzt schon sagen«, meinte Brigitte. Sie war ziemlich blass um die Nase. »Ich muss viel zu viele Fragen mit *Nein* beantworten.«

Alex schloss seinen Laptop und gab uns jeweils einen Ausdruck des Fragebogens. »Es ist schon mal sehr gut, dass Sie sich überhaupt damit beschäftigen. Bis nächste Woche werde ich Ihre Unterlagen gesichtet haben. Dann gehen wir alles gemeinsam durch.«

»Und was passiert dann?«, fragte ich und versuchte, mich nicht von seinen wunderschönen blauen Augen ablenken zu lassen.

»Den Ablauf habe ich ja eingangs schon ausführlich dargelegt«, erwiderte er lächelnd.

Verdammt. Das war dann wohl die Phase gewesen, in der ich nicht aufgepasst hatte. »Ach ja, richtig.«

»Grob zusammengefasst werden wir uns gemeinsam eine Strategie und Sanierungsmaßnahmen überlegen, ich werde die Gläubiger kontaktieren und versuchen, eine Einigung mit ihnen zu erzielen. Wir müssen das Unternehmen wieder dahin kriegen, dass es schwarze Zahlen schreibt«, erklärte er, während er seinen Laptop wieder einpackte. »Gut, dann werde ich jetzt ...«

Das klang so nach Aufbruch. Wieso wollte er denn schon gehen? »Möchten Sie noch ein Wasser?«, fiel ich ihm ins Wort.

»Danke für das Angebot, aber …«

»Wollen Sie sich den Laden mal ansehen? Ich kann Sie herumführen.« Ich spürte Brigittes mahnenden Blick förmlich auf meiner Haut, doch das war mir egal.

»Okay«, sagte Alex. »Gute Idee.«

In den folgenden zwanzig Minuten zeigte ich ihm in aller Ausführlichkeit jeden noch so kleinen Winkel des Ladens. Ich war mir sicher, dass noch niemals irgendeinem Menschen so detailliert ein Lager, ein WC, eine Kaffeeküche, ein winziges Büro, ein Kassenbereich, ein Bindetisch, Balkon- und Zimmerpflanzen und verschiedenste Schnittblumen gezeigt und erklärt worden waren. Alex ließ meinen Wortschwall geduldig über sich ergehen, was ich ihm hoch anrechnete. Jens hätte mich wahrscheinlich schon nach zwanzig *Sekunden* gefragt, ob ich ihn verarschen wolle, und mir nahegelegt, die Klappe zu halten. Aber Alex zeigte großes Interesse, stellte hier und da eine Frage und bewunderte die schönen Pflanzen. Er war einfach perfekt! Anders konnte man es nicht sagen, er war rundherum und voll und ganz perfekt. Ich beendete meinen Rundgang in der Dekoecke.

»Was für wunderschöne Plastiken.« Er zeigte auf *Liebe 2*.

Ich glaubte, meinen Ohren nicht zu trauen. »Ist das Ihr Ernst?«

»Ja, natürlich. Von wem sind die?«

»Von Mario Kunzendorf. Er ist ein sehr talentierter Künstler und ein guter Freund von Brigitte, also Frau Schumacher.«

Alex betrachtete *Liebe 2* von allen Seiten. Sanft strich er mit dem Finger über eine Vertiefung. »Wirklich wunderschön.«

Okay, wenn er so begeistert war, dann … »Die Plastik kostet zweihundertfünfzig Euro. Was ein echter Schnäppchenpreis ist, wenn man bedenkt, wie filigran sie gearbeitet ist.«

»Sehr geschäftstüchtig, das gefällt mir«, sagte er lachend

und stellte *Liebe 2* zurück ins Regal. »Ich überleg's mir noch mal.«

»Entschuldigung, Herr Lange?« Wir fuhren herum und sahen Brigitte hinter uns. »Ich habe die Unterlagen und Ordner in einen Karton gepackt, damit Sie alles leichter transportieren können.«

Das kam ja einem Rausschmiss gleich. Unverschämtheit!

»Vielen Dank«, sagte Alex. »Dann werde ich mich mal auf den Weg machen. Danke auch für den ausführlichen Rundgang, Frau Wagner. Das war sehr aufschlussreich und interessant.«

Diese blauen Augen waren echt der Hammer! Ob er eine Freundin hatte? So einer war doch garantiert nicht Single. Aber wie sollte ich das möglichst unauffällig aus ihm herauskriegen? Kurzerhand holte ich eine rote Rose und drückte sie ihm in die Hand. »Bitte schön. Die können Sie Ihrer Freundin schenken.« Meine Güte, wie clever ich war. Am liebsten hätte ich mir selbst auf die Schulter geklopft.

»Oh, das ist aber nett. Ich habe zwar keine Freundin, aber meine Sekretärin freut sich bestimmt darüber.«

Keine Freundin. Ha! Es kostete mich alle Kraft, nicht in einen albernen Freudentanz auszubrechen, sondern ruhig stehen zu bleiben und einen neutralen Gesichtsausdruck zu bewahren. »Sie sollten Ihrer Sekretärin keine rote Rose schenken. Das kommt irgendwie komisch rüber, es sei denn, Sie wollen ihr signalisieren …«

»Um Gottes willen, nein!«

Ich nahm ihm die Rose weg und tauschte sie gegen eine Sonnenblume aus. »Die sagt: ›Ich mag Sie und schätze Sie als Angestellte.‹«

»Perfekt. Vielen Dank.« Er ging zu Brigitte, um sich von Ihr zu verabschieden. »Wollen wir uns nächsten Donnerstag treffen? Zur selben Zeit und wieder hier?«

Brigitte nickte. »Ja, abgemacht. Bis dahin werden wir uns einen Schlachtplan überlegen.«

»Gut. Meine Sekretärin wird Ihnen gleich morgen früh eine Honorarvereinbarung und einen Anwaltsvertrag zuschicken.« Nun kam er auf mich zu, um mir die Hand zu geben. »Tschüs, Frau Wagner.«

Am liebsten hätte ich mich ihm an den Hals geworfen. »Tschüs. Und vergessen Sie nicht, die Blume zu Hause ins Wasser zu stellen. Blumenwasser sollte übrigens grundsätzlich nicht kalt sein, das wissen viele Leute gar nicht. Blumen haben es am liebsten lauwarm. Und sie haben gern alle zwei bis drei Tage frisches Wasser. Was ja auch nur verständlich ist, ich meine, Sie möchten doch bestimmt auch nicht die ganze Zeit in so einer abgestandenen, stinkenden …« Ich hörte Brigitte laut und vernehmlich husten und brach mitten im Satz ab. »Äh, wie gesagt. Alle drei Tage das Wasser wechseln.«

»Klar. Mach ich.« Er legte die Sonnenblume auf den Karton und ging zum Ausgang. »Bis nächste Woche.«

Seufzend starrte ich die Tür an, durch die er soeben getreten war. Alexander Lange. Alleine schon der Name war toll! Doch dann fiel mir wieder ein, weswegen er hier gewesen war. Nach einem kurzen Räuspern drehte ich mich zu Brigitte um. »Er macht einen recht kompetenten Eindruck, meinst du nicht auch?«

Sie hob die Augenbrauen. »Doch, ja. Recht kompetent. Du hingegen hast dich heute Abend über weite Strecken ziemlich merkwürdig verhalten, meine Liebe.«

»Ich war halt nervös.«

»Mhm, es war nicht zu übersehen, dass er dich nervös macht.«

Darauf fiel mir keine Antwort ein. Leugnen wollte ich es nicht, aber ich hatte momentan auch kein Interesse, das Thema zu vertiefen. Brigitte und ich hatten viel dringendere Dinge zu besprechen. Zum Glück schien sie das auch so zu sehen, denn sie sagte: »Wie sieht's aus, gehen wir den Fragebogen zusammen durch? Wir könnten einen Tee dabei trinken.« Ein leichtes Grinsen breitete sich auf ihrem Gesicht aus. »Schoko Chili oder Lakritze oder Yogitee oder Pfefferminztee oder ...«

»Hör auf«, lachte ich. »Das ist eine ernste Angelegenheit.«

»Ich weiß. Viel zu ernst für meinen Geschmack.«

Zwei Stunden später dröhnte mein Kopf, und ich fühlte mich so entmutigt wie nie zuvor. Brigitte und ich hatten einen Großteil der Fragen mit *Nein* beantworten müssen, und laut Testergebnis bedeutete das, dass unsere Situation äußerst schwierig war, dass wir dringend Maßnahmen ergreifen mussten und uns Hilfe holen sollten. Wir waren nicht innovativ genug, hatten uns nicht ausreichend damit beschäftigt, was unsere Kunden von uns erwarteten, und uns überhaupt nicht auf die veränderte Marktsituation in Form des neuen Konkurrenzladens eingestellt. Unsere Trägheit kam uns jetzt teuer zu stehen. Brigitte schaltete den PC aus und lehnte sich kraftlos in ihrem Stuhl zurück. »Ich habe den ganzen Mist einfach verdrängt und auf die lange Bank geschoben. Ich habe mein Geschäft ruiniert.«

»Ach komm, jetzt sei mal nicht so melodramatisch. Wir schaffen das, Brigitte. Aber auch wenn es uns schwerfällt: Hier muss künftig ein anderer Wind wehen, und wir müssen ein paar grundlegende Dinge ändern. Und dann holen wir uns unsere Kunden zurück.« Ich stand auf und suchte im Kühlschrank nach etwas Alkoholischem. Zu meiner großen Erleichterung fand ich eine Flasche Weißwein. »Wie sieht's aus? Trinken wir ein Glas?«

Sie betrachtete nachdenklich die Flasche. »Tut mir leid, Isa, aber ich bin völlig erledigt. Ich möchte nur noch nach Hause und das alles erst mal sacken lassen.«

»Okay, das verstehe ich. Geh ruhig schon«, sagte ich aufmunternd. »Ich räum hier nur noch schnell auf, dann mach ich mich auch auf den Weg.«

Sie nahm mich wortlos in den Arm und drückte mich fest an sich. Dann griff sie nach dem ausgedruckten Fragebogen, stopfte ihn in ihre Handtasche und verabschiedete sich.

Eine Weile stand ich reglos im Raum und starrte auf den Tisch, ohne wirklich etwas zu sehen. Was für ein mieses Gefühl, wenn einem das Wasser bis zum Hals stand. Aber egal wie schlimm es auch aussehen mochte – immerhin hatten wir heute endlich die Probleme angesprochen, und der Termin mit Alex Lange hatte mir Hoffnung gemacht. Ich vertraute ihm und war mir sicher, dass er uns helfen würde. Und nicht nur das, ich hatte mich auch noch in ihn verknallt! »Meine Güte, Isabelle«, sagte ich laut zu mir selbst. »Kein normaler Mensch würde in einer derartigen Situation an so etwas auch nur denken.«

Unschlüssig starrte ich auf die Flasche. Mir war sehr nach einem Glas Wein, aber nicht danach, es alleine zu trinken. Schnell räumte ich die benutzten Gläser in die Spüle, kramte die Unterlagen, die Alex uns dagelassen hatte, zusammen und legte sie ordentlich auf einen Stapel. Dann schnappte ich mir die Flasche und machte mich auf den Weg zu Jens.

Es war bereits halb zwölf, aber im Restaurant brannte noch Licht. Durch das Fenster entdeckte ich Jens, der dabei war, die Stühle hochzustellen. Ich klopfte an die Scheibe, und nachdem er mich erkannt hatte, deutete er mit dem Zeigefinger zur Tür. Kurz darauf standen wir voreinander, und ich hielt die Flasche Wein hoch. »Das ist ein richtig gutes Tröpfchen. Wie wär's?«

Jens zögerte einen winzigen Moment, sein Blick schweifte von mir zur Weinflasche und dann wieder zurück zu mir. »Bei so einem edlen Tropfen kann ich natürlich nicht Nein sagen, aber offen gestanden habe ich für heute die Schnauze voll von diesem Laden.«

»Oh. Ähm, kein Problem«, sagte ich und wunderte mich, wie enttäuscht ich war. »Dann ein anderes Mal. Schönen Feierabend. Und gute Nacht.« Ich zwang mich zu einem munteren Lächeln und wollte mich schon auf den Weg machen, doch Jens hielt mich am Arm zurück.

»Hey, warte doch mal. Das war keine Absage, ich muss nur unbedingt hier raus. Wir können den Wein doch auch bei mir trinken.«

Mir fiel ein riesiger Stein vom Herzen, und ich spürte, wie sich ein Lächeln auf meinem Gesicht ausbreitete. »Klar, warum nicht?« Wieder wunderte ich mich über meine merkwürdig heftige Reaktion. Offenbar war mir momentan ein bisschen Gesellschaft noch wichtiger, als ich angenommen hatte.

»War es sehr stressig heute?«, fragte ich ihn auf dem Weg zu seiner Wohnung.

»Die Hölle. Der Laden war brechend voll, und Lukas ist krank geworden. Alleine ist das kaum zu schaffen.«

»Wann fängt denn der Aushilfskoch an?«

»Erst in ein paar Wochen.«

»Und was ist mit Merle?«

Er lachte. »Merle ist erstaunlich motiviert, aber sie macht mir mehr Arbeit, als sie mir abnimmt. Wenn ich schon sehe, wie sie Kartoffeln schält, läuft es mir kalt den Rücken runter.«

»Dann zeig ihr doch, wie es richtig geht.«

»Wozu? Sie ist nicht meine Auszubildende.«

»Weil du in der jetzigen Situation jede Hilfe gebrauchen kannst, oder nicht? Und ich glaube, Merle könnte dir eine große Hilfe sein.«

»Das bezweifle ich.«

Mein Gott, war der stur!

In Jens' Wohnung war es dunkel und still – abgesehen von dem lauten Schnarchen, das aus Merles Zimmertür drang. »Wow«, flüsterte ich und brach in unkontrolliertes Kichern aus. »Das hätte ich ihr gar nicht zugetraut.«

»Ja, sie ist eben ganz Grande Dame«, grinste er. In der Küche schaltete er das Licht an, und wir fanden uns augenblicklich in einem Schlachtfeld wieder, das eindeutig Merles Handschrift trug. Offenbar hatte sie sich einen Salat gemacht, denn über die Arbeitsflächen verteilt lagen Gemüsereste, Schneidbrettchen und Messer sowie ein verschmiertes Marmeladenglas, in dem sie das Dressing gemixt hatte. Auf dem Gasherd stand eine benutzte Bratpfanne, und rundherum verteilten sich großzügig angetrocknete Fettspritzer.

Jens stöhnte auf. »Und genau das, liebe Isabelle, ist der Grund, wieso ich Merle nur spülen lasse.«

Mein Blick fiel auf den Küchentisch, auf dem ein Teller voll appetitlich aussehendem Salat mit gebratenen Hähnchenbruststreifen stand. Daneben hatte Merle einen Korb mit Baguette und ein kleines Kännchen Salatdressing gestellt. Neben dem Teller lag ein Zettel. ›*Hier, iss das, Junge. Und dann schlaf gut*‹, stand darauf. Unter ihren Namen hatte Merle einen Smiley und ein Blümchen gemalt. »Das ist ja wohl megasüß!«

Jens las den Zettel und lächelte. »Ja, irgendwie schafft sie es immer wieder, dass man ihr nicht lange böse sein kann. Hast du Hunger? Dann greif zu.«

»Das hat sie doch für dich gemacht.«

»Ich weiß, aber ich kann heute echt kein Essen mehr sehen. Also hau rein, in der Zeit geh ich schnell duschen und mich umziehen.« Er öffnete die Balkontür. »Setz dich ruhig raus, wenn du willst. Nimm dir, was du brauchst, und fühl dich wie zu Hause. Ich bin sofort wieder da.«

›Weingläser wären nicht schlecht‹, überlegte ich und stöberte in sämtlichen Küchenschränken und -schubladen nach Gläsern und einem Korkenzieher. Draußen zündete ich die Citronellakerze an, die auf dem kleinen Tisch stand, und machte es mir auf einem der beiden Sessel gemütlich. Der Balkon ging zur Straße raus, und ich betrachtete die großen, alten Linden und die hübschen Jugendstilfassaden der Häuser gegenüber. Ich schloss die Augen und genoss die leichte Brise, die mir sanft übers Gesicht strich. Es roch nach Sommer und Wärme, und ich spürte, wie nach und nach der Stress und die Anspannung des Tages von mir abfielen. Um nicht auf der Stelle einzuschlafen, schaute ich hinauf in den Nachthimmel, an dem vereinzelt ein paar Sterne standen. Das war der einzige Nachteil an Hamburg: Der Sternenhimmel machte hier nicht besonders viel her. Wenn man es genau betrachtete, war es sogar unfair, denn jede Sternschnuppe stand für einen Wunsch. Wenn aber in Hamburg viel weniger Sternschnuppen zu sehen waren als auf dem Land, bedeutete das doch, dass Hamburger weniger Wünsche frei hatten. Ich nahm mir Merles Salat vor und dachte darüber nach, dass ich auf eine Sternschnuppe gar nicht richtig vorbereitet war. Was sollte ich mir wünschen? Wenn Kathi erst mal in Bullenkuhlen wohnte, musste sie darüber gar nicht großartig nachdenken. Sie würde dann ja ständig Sternschnuppen sehen und sich jederzeit wünschen können, was ihr gerade einfiel. Besseres Wetter, eine Beförderung, den lang ersehnten Heiratsantrag oder dass der Hund endlich lernte, Platz zu machen. Aber ich, die ich nur durchschnittlich ein oder zwei Sternschnuppen pro Sommer zu Gesicht bekam, musste mir meinen Wunsch gut überlegen.

»War klar, dass du die Kerze anmachst«, riss Jens mich aus meinen Gedanken. Er kam zu mir auf den Balkon, seine Haare waren noch nass vom Duschen, und er steckte in einer ziemlich abgewetzten Jeans und einem verwaschenen T-Shirt mit dem Aufdruck ›*Wer sich nicht wehrt, endet am Herd*‹. Er ließ sich auf den Sessel mir gegenüber fallen. »Mädchen und Kerzen, was ist das nur?«

Ich war zu bemüht, mir angesichts seines T-Shirts ein Lachen zu verkneifen, um darauf zu antworten.

Als er meinen Blick bemerkte, sah er an sich herunter und sagte: »Es war nichts anderes mehr sauber. Das hat mir meine Mutter mal geschenkt. Sie findet das wahnsinnig witzig.«

»Ich auch«, sagte ich und gab mir keine Mühe mehr, mein Lachen zu unterdrücken.

»Ja, ich auch irgendwie. Schmeckt der Salat?«

»Sehr sogar.« Ich reichte ihm den Teller rüber.

Er nahm eine Gabel voll und verzog leicht das Gesicht. »Das Fleisch ist zu trocken, und die Vinaigrette macht Merle immer mit viel zu viel Essig.«

»Ich find's lecker«, sagte ich und nahm ihm den Teller wieder ab.

»Man kann es essen.« Er öffnete die Flasche und schenkte uns ein. »Was haben wir denn hier?« Er steckte seine Nase ins Glas, schnupperte und trank einen Schluck. »Hmmm, ein spritziger, frischer Sommerwein, der Spaß macht. Im ersten Moment dominieren ganz eindeutig Passionsfrucht, Rosmarin und Blaubeere.«

Kichernd imitierte ich ihn. »Aber im Abgang entfaltet sich ein wunderbar kräftiges Bouquet von Lavendel, Süßholz und … äh …«

»Tollkirsche«, vollendete Jens meinen Satz.

»Ja!«, rief ich. »Wieso bin ich nicht selbst darauf gekommen? Und das von Aldi, für zwei Euro!«

»Da soll noch mal einer behaupten, Qualität hätte ihren Preis«, sagte er lachend.

Ich trank einen Schluck von meinem Wein und schaute wieder nach oben zu den Sternen. »Was wünschst du dir eigentlich, wenn du Sternschnuppen siehst?«

»Bitte?«, fragte er irritiert.

»Ich hab vorhin überlegt, was ich mir bei einer Sternschnuppe wünschen soll, denn in der Stadt sieht man ja nicht so viele. Da muss man drauf vorbereitet sein.«

Jens lachte. »Du kriegst es immer wieder hin, gleichzeitig komplett verkitscht und höchst pragmatisch zu denken. Das finde ich echt erstaunlich.«

»Vielen Dank«, sagte ich, obwohl ich mir nicht sicher war, ob er das als Kompliment oder Beleidigung gemeint hatte. »Also, was wünschst du dir?«

»Gar nichts.«

»Wieso nicht?«

»Wieso sollte ich?«

Ich setzte mich aufrecht hin und sah ihn fassungslos an. »Na, weil du dir etwas wünschen darfst, wenn du eine Sternschnuppe siehst.«

»Ich darf mir jederzeit etwas wünschen.«

»Ja, aber bei einer Sternschnuppe geht der Wunsch in Erfüllung!«, rief ich aufgebracht. Wie konnte er nur so dumm sein, sich einen Wunsch entgehen zu lassen?

»Das glaubst du nicht wirklich, oder?«

Ich zögerte zwei Sekunden, dann sagte ich: »Möglicherweise fehlen da Belege und Langzeitstudien, aber man sollte doch nichts unversucht lassen.«

»Was ist mit Wimpern?«, fragte Jens interessiert. »Wünschst du dir auch etwas, wenn du eine ausgefallene Wimper findest?«

Ich nickte. »Ja, aber da habe auch ich meine Zweifel, dass es funktioniert. So eine Sternschnuppe hat viel mehr Energie, rein kosmisch gesehen.«

»Aber warum zur Hölle sollte ein Wunsch in Erfüllung gehen, nur weil eine Sternschnuppe vom Himmel fällt? Den Zusammenhang sehe ich einfach nicht.«

»Bei dir zählt immer nur Logik. Aber nicht alles ist logisch erklärbar. Und außerdem kann ich einen freien Wunsch momentan wirklich gut gebrauchen.«

»Oje, heute war doch der Termin mit eurem Zwegat!«, rief Jens unvermittelt. »Daran habe ich gar nicht mehr gedacht, tut mir leid.«

Verwirrt angesichts dieses abrupten Themenwechsels schüttelte ich den Kopf. »Macht doch nichts.«

»Wie ist es denn gelaufen?«

»Na ja, also …« Gerade eben war es noch um Sternschnuppen, Wünsche und kosmische Zusammenhänge gegangen, und nun waren wir Knall auf Fall wieder im Alltag angekommen. Beim Laden, dem die Insolvenz drohte. Und bei Alex. »Im Grunde genommen hat der Termin noch nicht so viel ergeben. Er muss erst mal alle Unterlagen sichten, dann werden wir zusammen eine Strategie entwerfen.« Ich knibbelte an einer Stelle auf der Tischplatte herum, an der etwas Holz abgeblättert war. »Übrigens ist heute etwas Krasses passiert.«

»Was denn?«

»Ich habe mich verliebt.«

Jens starrte mich ungläubig an. »Wie bitte?«

»Ich habe mich *verliebt!*«, wiederholte ich überdeutlich.

Er nahm einen Schluck Wein und schwieg für eine Weile. »Gestern warst du noch nicht verliebt, heute bist du es«, sagte er schließlich. »Wow, das ging aber schnell.«

»Mhm.«

»Und in wen? Oh Gott, sag jetzt nicht, in euren Zwegat!«

Verlegen strich ich mir eine Haarsträhne aus der Stirn. »Doch. Ich weiß ja, dass das irgendwie merkwürdig ist, aber gegen die Liebe kannste nix machen, wie Knut sagen würde. Und übrigens heißt er Alexander Lange und hat mit Zwegat nicht die geringste Ähnlichkeit.«

Jens musterte mich aus zusammengekniffenen Augen. »Du wirkst gar nicht verliebt.«

»Es ist ja auch noch ganz frisch.«

»Klar«, meinte er. »Gerade frisch Verliebten merkt man die Gefühle nie an.«

Glaubte er mir etwa nicht? »Woher willst du denn wissen, wie ich mich verhalte, wenn ich frisch verliebt bin? Ich bin total verliebt, Alex ist echt …«

»Alex? Seid ihr schon per du?«

»Nein, aber ich finde es irgendwie komisch, den Mann meines Lebens ›Herrn Lange‹ zu nennen. So etwas wie mit ihm habe ich noch nie erlebt. Es war genau so, wie ich es immer wollte. Wie bei meinen Eltern, verstehst du? Ich habe ihn angesehen und wusste sofort: Der ist es! Liebe auf den ersten Blick.«

»Aha«, sagte Jens, doch seinem Gesicht war deutlich anzusehen, dass er immer noch Zweifel hatte. »Das freut mich wirklich für dich. Aber zwei Fragen hätte ich noch. Erstens, was ist, wenn dein Traummann schon vergeben ist? Und zweitens, was ist, wenn du nicht seine Traumfrau bist?«

Ich sah Jens in die Augen und sagte fest: »Er ist nicht vergeben, das habe ich schon in Erfahrung gebracht. Und ganz genau weiß ich es natürlich nicht, aber ich bin mir ziemlich sicher, dass ich seine Traumfrau bin. Ich muss ihn nur noch davon überzeugen.«

Jens hob eine Augenbraue, und ich war mir sicher, dass er vorhatte, einen blöden Kommentar abzulassen. Doch in letzter Sekunde überlegte er es sich offenbar anders, denn er hielt mir über den Tisch hinweg die Hand hin. »Na dann. Herzlichen Glückwunsch und viel Erfolg.«

»Vielen Dank.« Ich ergriff seine Hand und schüttelte sie. Sie fühlte sich viel rauer an als die von Alex, und sein Händedruck war fester. Jens war ja auch ein viel rauerer Typ. Wobei, er hatte auch seine sanften Momente. Wenn er so lächelte wie jetzt, zum Beispiel. Mir fiel plötzlich auf, dass ich seine Hand schon ziemlich lange schüttelte. Schnell ließ ich sie los. »Aber momentan will ich in Sachen Alex noch nichts unternehmen. Erst mal muss das Thema Insolvenz erledigt sein. Ich mache mir furchtbare Sorgen um den Laden. Und um Brigitte. Ihr geht es richtig …« Ich unterbrach mich mitten im Satz. »Hey, da habe ich ja schon zwei Sternschnuppenwünsche. Jetzt fehlen nur noch die Sternschnuppen.« Ich sah hinauf in den Himmel und fixierte den am hellsten leuchtenden Stern mit meinem Blick. »Siehst du den ganz hellen Stern da oben, der so komisch flackert? Wenn wir ihn beide fest genug anstarren, verglüht er vielleicht.«

Jens folgte meinem Blick. »Ja, das würden wir bestimmt hinkriegen. Aber das mit dem Wünschen wäre in diesem Fall noch sinnloser als sowieso schon, weil das gar kein Stern ist, sondern ein Satellit.«

»Ein Satellit? Aber das war immer mein Lieblingsstern!«

»Tja, dann ist es ab jetzt eben dein Lieblingssatellit.«

Ich schaute sehnsüchtig auf den leuchtend hellen Punkt am Himmel. »Ich wüsste gerne, wie die Erde von da oben aussieht. Das muss echt der Hammer sein. Ich bin noch nie geflogen. Du?«

»So weit jedenfalls noch nicht«, lachte Jens und hob die Flasche hoch. »Leer. Soll ich noch eine holen?«

Ich warf einen Blick auf meine Armbanduhr. »Nee, ich muss dringend ins Bett.«

An der Tür zog Jens mich zum Abschied kurz an sich. Es war das erste Mal, dass wir uns umarmten, und mir fiel auf, dass es überhaupt keinen peinlichen Moment oder ungelenkes Hin und Her gab wie bei Tom. Es fühlte sich vertraut an, als hätten wir das schon tausendmal gemacht.

In meiner Wohnung setzte ich mich gleich an mein Glücksmomente-Glas. ›*Merles Salat und ihre Nachricht für Jens. So süß!*‹, schrieb ich auf einen orangefarbenen Zettel. Dann auf einen grünen: ›*Mit Jens auf dem Balkon gesessen, Wein getrunken und geredet. Über Wünsche, Sternschnuppen und all so Zeug.*‹ Und schließlich auf einen roten Zettel: ›*BÄMM! Ich habe mich verliebt! In Alexander Lange. Muss nur noch warten, bis der Laden gerettet ist, bevor ich etwas unternehme.*‹ Nachdem ich noch ein Herzchen unter die Notiz gemalt hatte, faltete ich die Zettel zusammen und warf sie ins Glas.

Programmänderung

Die nächsten Tage fühlten sich merkwürdig, beinahe unwirklich an. Auf der einen Seite schmiedeten Brigitte und ich Pläne, wie wir das Geschäft wieder ankurbeln und den Laden retten konnten. Auf der anderen Seite ging es weiter wie üblich, so als wäre nie etwas gewesen. Es gab so viele Dinge, die mich beschäftigten, obwohl mein Leben sich eigentlich nur um die Rettung des Ladens drehen sollte.

Kathi und Dennis hatten sich fest vorgenommen, bis Weihnachten in ihrem Haus zu sein. »Wenn mit der Sanierung alles planmäßig läuft, können wir Ende November schon einziehen«, erzählte sie Nelly und mir bei einem Cocktail in unserer Stammkneipe.

Ende November schon?! Ich versuchte, mir meinen Schock nicht anmerken zu lassen. »In Hamburg läuft doch nichts planmäßig, was irgendwie mit Bauen zu tun hat.«

»Du vergisst, dass Bullenkuhlen in Schleswig-Holstein ist«, meinte Nelly.

Verdammt!

»So, jetzt erzähl aber mal ausführlich von diesem Alex«, sagte Kathi und trank einen Schluck von ihrem süßen Sahne-Cocktail. Ich hatte ihr natürlich schon am Telefon berichtet, dass ich mich verliebt hatte, aber wir kamen erst jetzt dazu, uns richtig darüber zu unterhalten. »Was genau ist überhaupt zwischen euch gelaufen?«

»Eigentlich nichts. Wir haben uns ja erst ein einziges Mal gesehen.«

Nelly sog geräuschvoll an ihrem Strohhalm. »Also, ein bisschen überraschend kommt das ja schon. Normalerweise findet man einen Typen doch erst mal nur nett oder gut aussehend oder von mir aus auch toll. Du bist aber gleich unsterblich in ihn verliebt.«

»So ist das nun mal bei Liebe auf den ersten Blick.« Jetzt reagierten sie auch so zurückhaltend wie Jens. Was war denn nur los mit der Menschheit, dass sich heutzutage niemand mehr für einen freute, wenn man die Liebe seines Lebens fand? »Wenn ihr ihn kennen würdet, könntet ihr mich verstehen. Er ist ein richtiger Traummann!« Und dann brach ich in wahre Lobgesänge über Alex aus. In den buntesten Farben schilderte ich seine Freundlichkeit, sein süßes Lächeln und die Art, wie er mich ansah.

»Das hört sich wirklich sehr nett an«, meinte Kathi, als ich geendet hatte. »Und das Gute ist ja, dass ihr euch zukünftig regelmäßig sehen werdet. So hast du viel Zeit, ihn näher kennenzulernen.«

Ich wollte schon erwidern, dass es gar nicht nötig war, ihn näher kennenzulernen, weil ich bereits wusste, dass er der Richtige für mich war und dass mich jede weitere Sekunde, die ich mit ihm verbrachte, nur noch mehr zu dieser Überzeugung bringen würde. Doch dann verkniff ich mir die Bemerkung, denn ich hatte das Gefühl, dass meine Freundinnen es nicht verstehen würden.

Als ich am Mittwoch die Blumen bei Jens austauschte und wir zusammen einen Kaffee tranken, erzählte er mir, dass Lukas immer noch krank war. Daher hatte er Merle nun als Notmaßnahme tatsächlich einige Aufgaben übertragen, die über das Spülen hinausgingen. Laut Jens war sie mit Feuereifer dabei und stellte sich »gar nicht mal so doof« an, wenn auch ihr mangelnder Ordnungssinn ihn in den Wahnsinn trieb.

Merle ihrerseits schwärmte mir von der Arbeit in Jens' Restaurant vor, und ich hatte den Eindruck, dass sie es total genoss, gebraucht zu werden. Unseren gemeinsamen Mittwochabend sagte sie ab, weil sie »Jens nicht im Stich lassen« konnte. Also wusch ich alleine meine Wäsche und setzte mich vor den Fernseher, aß ein Tomatenbrot und wartete darauf, dass *Liebe! Liebe! Liebe!* losging. Doch zu meiner großen Beunruhigung erschienen nicht Lara und Pascal auf dem Bildschirm, sondern eine Horde jugendlicher Laiendarsteller, die sich auf einem Kinderspielplatz mit Waffen bedrohten und dabei Dinge wie »Du Opfer!«, »Deine Mudder is 'ne Hure!« und »Gib Kohle, Arschloch!« von sich gaben.

Beunruhigt überlegte ich, ob heute in Süddeutschland mal wieder irgendein Feiertag war und der Sender deswegen ein anderes Programm zeigte. Doch dann blieb mir beinahe das Herz stehen, denn eine Textzeile lief über den Bildschirm: »Die Daily Soap *Liebe! Liebe! Liebe!* wurde mit sofortiger Wirkung abgesetzt«. Ich schloss kurz die Augen und öffnete sie wieder. Die Textzeile war immer noch da. Mein Herz schlug schneller, und ich spürte, wie erste Anzeichen der Panik sich in mir breitmachten. Es war genau wie damals, als Mr Lee mir eröffnet hatte, dass er sein Restaurant schließen würde. Das Atmen fiel mir schwer, meine Hände wurden feucht, und mein Magen fühlte sich an, als hätte ich ein paar Ziegelsteine verschluckt. Ich grabschte nach meinem Laptop und fand auf der Startseite des Senders eine Mitteilung: *Die Daily Soap* Liebe! Liebe! Liebe! *ist leider aufgrund mangelnder Einschaltquoten mit sofortiger Wirkung abgesetzt worden. Stattdessen wird künftig das beliebte Reality-TV-Format* St. Pauli 20359 – Teenie-Gangster am Abgrund *ausgestrahlt. Wir bitten um Ihr Verständnis.*

Für eine Weile saß ich ganz still da, während die Worte nach und nach in mein Gehirn vordrangen. »Verständnis?!«, rief ich schließlich. »Dafür habe ich absolut ... Seid ihr jetzt völlig ...«

Das war zu viel. Das war verdammt noch mal zu viel! Seit Mr Lee sein Restaurant geschlossen hatte, war in meinem Leben das totale Chaos ausgebrochen. Merle und Jens brachten meinen kompletten Alltag durcheinander, Kathi und Dennis zogen in die Pampa, Knut war unglücklich verliebt, Brigitte und Dieter hatten Eheprobleme, der Laden stand kurz vor der Insolvenz, zum denkbar beschissensten Moment begegnete ich meinem Traummann, und nun wurde meine Serie auch noch abgesetzt! Worauf konnte ich mich denn überhaupt noch verlassen? Etwa darauf, dass ich mich auf gar nichts verlassen konnte? Tolle Aussichten!

Ich sprang vom Sofa auf und ging unruhig in meiner Wohnung herum. Es kam mir vor, als wäre mir mein Leben vollkommen aus der Hand gerissen worden. Als würde nicht mehr ich die Entscheidungen treffen, sondern andere darüber bestimmen, was passierte. Damit war jetzt Schluss! Okay, Merle und Jens waren nun mal da, und ich wollte es auch gar nicht mehr anders haben. Kathi und Dennis konnte ich kaum in ihrer Wohnung in Hamburg einsperren, also würde ich mich wohl oder übel mit dem Gedanken arrangieren müssen, dass sie umzogen. Und dass ich mich in Alex verliebt hatte, konnte ich wohl kaum wieder rückgängig machen. Aber ansonsten würde von jetzt an wieder ich diejenige sein, die das Zepter in der Hand hielt! Ich würde Knut dazu bringen, dass er endlich seiner Irina sagte, was Sache war, Brigitte würde ich ins Gewissen reden und Dieter auf subtile Weise in den Hintern treten, weil das die einzige Möglichkeit war, diese Ehe zu retten. Ich würde nicht zulassen, dass der Blumenladen schließen musste, ich würde nicht einmal mehr den Gedanken daran zulassen, denn das würde nicht passieren. Alex Lange konnte sich schon mal auf was gefasst machen, denn ich würde mich nicht davon abhalten lassen, dass das Timing schlecht war und dass ich eigentlich meinen Kopf für andere Dinge freihaben sollte, ja, ich würde mich nicht einmal davon abhalten lassen, dass ich möglicherweise gar nicht seine Traumfrau war – denn selbst wenn nicht, ich würde es verdammt noch mal werden! Und schließlich und endlich würde ich dafür sorgen, dass der Sender seine Meinung änderte und *Liebe! Liebe! Liebe!* umgehend wieder aufnahm, anstatt irgendwelche jugendlichen Honks zu zeigen!

Mein Blick fiel auf das Foto meines Vaters, das neben dem Glücksmomente-Glas im Regal stand. Er lachte mich an, seine Augen schauten gleichzeitig verschmitzt und gütig.

»Da habe ich mir ganz schön viel vorgenommen, was?«

›*Wunder gescheh'n, Isa.*‹ Er antwortete mir nicht oft, und wenn er es tat, zitierte er meist nur Nena-Songtexte.

»Meinst du denn, ich krieg das alles hin?«

Er schien noch breiter und aufmunternder zu lächeln. ›*Klar. Und ich geh den ganzen langen Weg mit dir.*‹

»Danke. Das ist nett, Papa.«

Ich setzte mich wieder aufs Sofa und begann meine Recherche nach den Senderverantwortlichen. Nachdem mir Wikipedia verraten hatte, dass der Geschäftsführer von Fun-TV Michael Schulz hieß, war es jedoch gar nicht so leicht herauszufinden, wie dessen E-Mail-Adresse, geschweige denn seine Telefonnummer lautete. Auf der Homepage des Senders fand ich nur eine blöde allgemeine Ihrenachrichtinteressiertunsnichtundwirdauchnichtgelesen@fun-tv.de-Adresse. Unbeirrt schrieb ich eine gepfefferte E-Mail, in der ich sehr eloquent meinen Unmut über den Wegfall meiner Lieblingsserie kundtat und eindringlich forderte, *Liebe! Liebe! Liebe!* wieder zurück ins Programm zu bringen. Diese Nachricht schickte ich an folgende Adressen:

Michael.Schulz@fun-tv.de,
michaelschulz@fun-tv.de,
M.Schulz@fun-tv.de,
MSchulz@fun-tv.de,
Schulz@fun-tv.de und
Schulz.M@fun-tv.de.

Ich war mir sicher, dass eine der Varianten die richtige sein musste, denn der Geschäftsführer eines großen Fernsehsenders würde ja wohl kaum eine Adresse à la Pupsimausi58@fun-tv.de oder HeißerFeger666@fun-tv.de verwenden. Anschließend wartete ich gespannt darauf, dass mein E-Mail-Programm mir zur Hilfe kam. Und tatsächlich, es dauerte nur fünfundvierzig Sekunden, bis die erste Unzustellbarkeits-Nachricht mich erreichte. Kurz darauf kam die nächste, dann noch eine, und so ging es immer weiter, bis von meinen sechs E-Mails fünf als unzustellbar an mich zurückgegangen waren. Nur die an Michael.Schulz@fun-tv.de nicht.

»Hab ich dich, Schulz«, murmelte ich zufrieden. »Glaub ja nicht, dass das schon alles war. Du wirst noch von mir hören.« Noch während ich es aussprach, wurde mir bewusst, dass ich möglicherweise ein bisschen irre rüberkommen könnte. Daher war ich froh, dass niemand mich sehen (und hören) konnte. Außerdem schwor ich mir, niemals irgendeiner Menschenseele zu erzählen, dass ich vorhatte, den Geschäftsführer von Fun-TV so lange mit E-Mails zu bombardieren, bis er höchstpersönlich dafür sorgte, dass ich meine Lieblingsserie wieder gucken konnte. Was war das denn auch für eine Art? Mittendrin die Serie abzusetzen, ausgerechnet, wenn die Handlung am spannendsten war. Außerdem ging es ja auch gar nicht nur um die Serie an sich. Das hier war viel größer! Diese Serie läutete meinen Feierabend ein, sie war ein fester Bestandteil meines Wochenplanes, sie gehörte zur Gliederung meines Lebens. Und ich ließ mir von Fun-TV nicht mein Leben ruinieren. Von denen nicht!

Als Nächstes machte ich mich daran, mein Outfit für das Date ... äh, Meeting mit Alex Lange herauszusuchen. Selbst wenn das ein äußerst wichtiger, ernster, geschäftlicher Termin war, konnte es ja nicht schaden, dezent darauf hinzuweisen, dass ich eine attraktive, liebenswürdige Frau war.

Am nächsten Abend klopfte Alex pünktlich um neunzehn Uhr an die Ladentür. Mein Herz machte einen Hüpfer, und ich sprang so heftig auf, dass mein Stuhl beinahe umgefallen wäre. »Ich mach schon auf!«, rief ich und fuhr mir nervös durchs Haar. Jeder meiner Schritte auf dem Weg zur Eingangstür war mir überdeutlich bewusst, und ich hoffte sehr, dass ich elegant, wenn nicht sogar sexy durch den Laden ging. Das Klopfen meines Herzens verstärkte sich noch, als ich unmittelbar vor Alex stand. Er trug wieder einen Anzug und sah tadellos aus, bis auf eine Haarsträhne, die sich selbstständig gemacht hatte und ihm vom Kopf abstand. Automatisch musste ich an einen kleinen Jungen denken, der versucht hatte, sich schick zu machen, was ihm aber nicht ganz gelungen war, und ich konnte gar nicht anders, als ihn anzulächeln.

»Hallo Frau Wagner«, sagte er und erwiderte mein Lächeln. »Wie geht es Ihnen?«

Wie merkwürdig, dass er mich siezte, obwohl ich ihn in Gedanken schon als ›Alex, mein Traummann‹ bezeichnete. »Sehr gut, danke. Kommen Sie doch mit nach hinten.«

Er folgte mir, und wieder gab ich mir große Mühe, mich gazellengleich durch den Laden zu bewegen.

Während er und Brigitte sich begrüßten, stellte ich drei Gläser und Wasser auf den Tisch – den Vortrag über Tee wollte ich uns allen dieses Mal lieber ersparen. Wir tauschten uns ein bisschen über den ungewöhnlich heißen Juni aus, dann baute Alex seinen Laptop vor uns auf und sagte: »So, dann wollen wir mal.« Er öffnete ein Excel-Dokument. »Um es gleich vorweg zu sagen: Ihre Lage ist ernst. Aber nicht aussichtslos.«

»Das ist doch super!«, sagte ich. »Ich meine, so etwas wie katastrophal wäre echt katastrophal gewesen; ernst ist auch nicht wirklich gut, aber immerhin besser als …«

Brigitte stöhnte leise auf, doch Alex Lange lächelte mich freundlich an. »… besser als katastrophal«, vollendete er meinen Satz. »Völlig richtig. Der große Vorteil ist natürlich, dass dieser Laden Ihr Eigentum ist. Sie können ihn jederzeit verkaufen«, sagte er zu Brigitte. »Das macht es viel leichter, mit den Gläubigern eine Einigung zu erzielen, denn sie wissen, dass sie im Insolvenzfall ihr Geld zurückbekommen werden.«

Brigitte spielte nervös an ihrem Ehering herum. »Gut, aber was, wenn ich nicht verkaufen will?«

»Dann müssen wir eingreifen, und zwar dringend.« Alex Lange deutete mit dem Kugelschreiber auf die Excel-Tabelle. »Das ist eine Liste Ihrer Gläubiger, sortiert nach der Höhe der Forderungssummen. Ganz oben an erster Stelle natürlich Ihre Bank, dicht gefolgt von der Steuerkasse, der Sie noch eine hohe Summe schulden. Dann stehen die letzten vier Raten für die Klimaanlage aus sowie für das Kassensystem nebst Software.«

Es kam mir vor, als hätte er eine Schlinge um Brigittes und meinen Hals gelegt, die er nun immer fester zusammenzog, während er in sachlichem, aber gnadenlosem Ton von Anschaffungen berichtete, die wir uns schon zum damaligen Zeitpunkt gar nicht mehr hatten leisten können.

»Das waren die größten Positionen, ansonsten haben wir nur kleinere Rückstände bei den Strom- und Wasserzahlungen und bei zwei Händlern auf dem Blumengroßmarkt.« Alex trank einen Schluck Wasser, dann öffnete er eine weitere Excel-Tabelle. »Gut, kommen wir zu Ihren Einnahmen. Sie haben mir ja bereits erzählt, dass Anfang des Jahres ein neuer Blumenladen in der Nähe aufgemacht hat. Das schlägt sich eindeutig in Ihren Einnahmen nieder. Das Einzige, womit Sie momentan noch nennenswerten Umsatz machen, ist die Trauerfloristik und in geringerem Maße auch die Hochzeitsfloristik. Wenn Sie diesen Laden retten wollen, ist es wirklich allerhöchste Zeit loszulegen«, sagte er. »Und allzu lange herumprobieren sollten Sie auch nicht. Wenn sich innerhalb der nächsten Monate nicht spürbar etwas zum Besseren verändert, kann ich Ihnen nur raten, zu verkaufen.«

Brigitte presste die Hand gegen ihre Stirn, als hätte sie starke Kopfschmerzen. »Aber jetzt kommen die Sommermonate, in denen herrscht immer Flaute. Das Geschäft kommt meist erst ab Mitte August wieder richtig in Gang.«

»Dann setzen Sie alles daran, das zu ändern. Was für Gedanken haben Sie sich denn zu diesem Thema gemacht? Haben Sie sich mit der Früherkennungstreppe auseinandergesetzt?«

»Ja, natürlich«, sagte ich und schob die Liste, die Brigitte und ich gemeinsam erstellt hatten, zu ihm rüber. »Die Testauswertung hat, wie Sie sich ja sicher denken können, genau das ergeben, was Sie uns gerade gesagt haben: Wir sind schon fast am Arsch, und deswegen müssen wir genau den besser vorgestern als heute hochkriegen.«

»Ach, das habe ich gesagt?«, fragte er mit leichtem Lächeln. »Dabei gebe ich mir doch immer solche Mühe, mich vornehm auszudrücken.«

»Haben Sie natürlich auch«, sagte ich schnell. »Ich wette,

selbst wenn Sie mal so richtig fluchen, kommt nur ›Verflixt noch mal‹ oder ›Scheibenkleister‹ dabei heraus.«

»Nein, nicht ganz so derb.«

Wir lächelten uns an, und fast wäre ich in seinen unglaublich blauen Augen versunken, doch ich erwischte gerade noch rechtzeitig eine Strähne meiner Haare, um mich wieder herauszuziehen. Mit dem Finger tippte ich auf unsere Liste. »Das sind die Maßnahmen, die Frau Schumacher und ich uns überlegt haben. Wir wollen den Laden renovieren und moderner gestalten, vor allem das Schaufenster und den Außenbereich.«

»Gut«, sagte Alex. »Aber auch kostenintensiv.«

»Wir können das meiste selbst machen. Neue Möbel brauchen wir nicht, bis auf einen Stufenverkaufstisch für den Außenbereich. Außerdem werden wir uns intensiv um neue Kundschaft bemühen. Vor allem wollen wir versuchen, Bestatter und Hochzeitsplaner zur Zusammenarbeit zu bewegen. Im Oktober und November finden in Hamburg und der näheren Umgebung einige Hochzeitsmessen statt. Da wollen wir mit einem Stand vertreten sein und auf uns aufmerksam machen.«

Er nickte. »Mhm. Was noch?«

Nun war Brigitte an der Reihe. »Wir werden sämtliche Arztpraxen, Anwaltskanzleien und überhaupt alle Firmen mit Empfangsbereich im Umkreis kontaktieren. Mit einem schönen Blumenstrauß kann man auf seine Besucher doch gleich einen guten Eindruck machen.«

»Ich bin mit einem Koch befreundet, dessen Restaurant wir bereits beliefern und dekorieren«, sagte ich. »Vielleicht kann er mir Kontakte zu anderen Restaurants oder zu Caterern verschaffen.«

»Und wir werden einen Strauß der Woche anbieten. Die Blumen dafür kaufen wir in größeren Mengen, dann sind sie billiger, sodass wir ihn für zehn Euro anbieten können«, beendete Brigitte unseren Vortrag.

Er musterte uns nachdenklich und schien sich alles noch mal durch den Kopf gehen zu lassen. »Okay, das machen wir«, sagte er schließlich. »Haben Sie schon einen Kostenvoranschlag für die Renovierung erstellt?«

Brigitte und ich tauschten einen betretenen Blick. »Nein.«

Oh oh. Das gefiel Alex Lange aber gar nicht. Seine enzianblauen Augen verdunkelten sich, und er klopfte ungeduldig mit seinem Kugelschreiber auf der Tischplatte herum. »Spätestens bis Montag brauche ich eine genaue Kostenaufstellung.«

»Klar, die kriegen Sie«, sagte ich schnell.

Wir machten einen Termin in zwei Wochen ab, dann packte er seine Sachen zusammen und sagte: »Gut, das war's für heute. Haben Sie noch Fragen?«

Oh ja, hatte ich: Wollen wir uns duzen? Was machst du, wenn du nicht gerade Schuldner berätst? Warum sind deine Augen so blau? Kannst du dir vorstellen, mal mit mir auszugehen? Willst du mich heiraten? Aber keine dieser Fragen konnte ich stellen, also erwiderte ich: »Nein.«

Brigitte verneinte ebenfalls, und nachdem die beiden sich verabschiedet hatten, begleitete ich ihn nach draußen.

»Hat Ihre Sekretärin sich eigentlich über die Sonnenblume gefreut?«, fragte ich, um seinen Abschied noch etwas hinauszuzögern.

»Oh ja, sehr. Vielen Dank noch mal.«

»Tut mir leid, dass wir nicht an diese blöde Kostenaufstellung gedacht haben.«

Er schüttelte den Kopf. »Schon gut. Das passiert.«

Nachdenklich sah ich ihn an. Er hatte sein Sakko ausgezogen und die Ärmel seines Hemds hochgeschoben. Gebräunte, kräftige Unterarme waren darunter zum Vorschein gekommen. Inzwischen stand ihm noch eine weitere Strähne vom Kopf ab, nachdem er sich während des Termins ein paarmal durchs Haar gefahren war. Er sah wirklich gar nicht nach einem Anwalt aus, sondern viel eher nach einem kernigen Naturburschen, der sich lediglich als Anwalt verkleidet hatte. »Ist Ihnen Ihr Job nicht manchmal langweilig?«, brach es aus mir heraus. »Ich meine, den ganzen Tag im Büro, immer nur Zahlen, Daten, Fakten. Das stelle ich mir ermüdend vor.«

Er ließ sich Zeit mit der Antwort. »Ich habe mit Menschen zu tun, denen das Wasser bis zum Hals steht. Deren Existenzen bedroht sind und für die meine Arbeit oftmals die letzte Hoffnung ist. Ich gebe jeden Tag mein Bestes, ihnen aus dieser Lage herauszuhelfen.« Er lächelte. »Also nein. Mein Job ist mir nicht langweilig. Nie.«

Ich erwiderte sein Lächeln, während mein Herz dahinschmolz. Wie konnte man diesen Mann *nicht* lieben?

»Sie, äh ... haben Sommersprossen«, sagte er unvermittelt und so erstaunt, als wäre es ihm gerade erst aufgefallen.

Meine Hand wanderte an meine Nase. »Ja, ich weiß. Im Winter fallen sie kaum auf, aber zum Sommer hin werden es immer mehr. Deswegen heißen sie wohl auch ... na ja. Sommersprossen halt.«

Er lachte leise. »Klar.«

Wir sahen uns unverwandt an, und mein Herz schlug so laut, dass ich es hören konnte. Und gerade, als ich mir sicher war, dass nun etwas Bedeutsames zwischen uns passieren würde, wurde Alex wieder ganz geschäftsmäßig. Er räusperte sich und reichte mir zum Abschied die Hand. »Gut, dann höre ich von Ihnen, wenn Sie mir die Kostenaufstellung schicken. Tschüs, Frau Wagner. Bis zum nächsten Mal«, sagte er, und schon drehte er sich um und ging davon.

Völlig perplex sah ich ihm nach, bis er um die Ecke gebogen

war, und fragte mich, was sein plötzlicher Abgang zu bedeuten hatte. Aber immerhin ... meine Sommersprossen waren ihm aufgefallen!

Ich ging wieder zu Brigitte, die damit beschäftigt war, den Tisch aufzuräumen. »Weißt du, was wir beide jetzt gut vertragen könnten?«, fragte ich sie. »Ein kalorienreiches, tröstliches Schokoladenmalheur von Jens.«

»Nein, ich muss wirklich ...« Mitten im Satz unterbrach sie sich. »Obwohl ... du hast recht, das könnte ich jetzt verdammt gut gebrauchen. Also was ist, gehen wir rüber?«

Obwohl es an diesem warmen Sommerabend brechend voll war, hatten wir das große Glück, draußen einen Platz zu ergattern. Brigitte bewunderte ausgiebig meine Arrangements aus Margeriten und Kornblumen und die hübschen Windlichter, mit denen ich die Tische dekoriert hatte. Nachdem wir ein bisschen Smalltalk mit Anne gehalten hatten, gab ich meine Bestellung auf: »Ich hätte gerne ein Glas Weißwein, egal welchen, such du für mich aus. Und ein Schokoladenmalheur bitte, allerdings ohne Obst. Oh, und sag besser nicht, dass ich diese Bestellung aufgegeben habe«, fügte ich hinzu. »Dann kriege ich vielleicht, was ich will.«

Anne lachte und wandte sich an Brigitte. »Und für dich?«

»Ich nehme auch ein Schokoladenmalheur. Mit Obst, also so, wie es auf der Karte steht. Und den gleichen Wein wie Isabelle.«

Nachdem Anne gegangen war, lehnte ich mich in meinem Stuhl zurück. »Wusstest du, dass sie Jens' Exfrau ist?«, fragte ich Brigitte.

Überrascht riss sie die Augen auf. »Nein, wusste ich nicht.«

»Sie ist ziemlich hübsch, oder? Und sehr nett. Man muss sie einfach gernhaben«, sagte ich leise.

Brigitte musterte mich nachdenklich. »Tja, und doch ist sie seine *Ex*. Übrigens bist du auch hübsch und nett.« Sie grinste. »Man *muss* dich zwar nicht gernhaben, aber man tut es trotzdem, ob man will oder nicht.«

Ich lachte. »Vielen Dank, aber so meinte ich das gar nicht. Ich vergleiche mich nicht mit ihr.«

Nachdem Anne uns unseren Wein gebracht hatte, stießen Brigitte und ich an und tranken einen Schluck, dann wandte sich unser Gespräch anderen Themen zu. Wir überlegten gerade, ob wir als Wandfarbe für den Laden Grau oder Grün besser fanden, als ich Merle erblickte. Wie schon bei meinem Date mit Tom brachte sie die Schokoladenmalheurs an unseren Tisch, doch dieses Mal wirkte sie dabei sehr viel sicherer und selbstbewusster. Außerdem trug sie nicht mehr eine von Jens' Kochjacken, sondern hatte offenbar eine eigene bekommen. »Hallo«, begrüßte sie uns fröhlich. »Herzlich willkommen im Thiels!«

»Hi Merle. Du hast ja eine neue Kochjacke. Steht dir richtig gut.«

»Ja, die hat Jens mir geschenkt«, erwiderte sie mit unüberhörbarem Stolz in der Stimme, während sie die Teller vor uns abstellte. »Da ist sogar mein Name draufgestickt.«

Tatsächlich, auf der linken Seite, direkt über dem Herzen, stand in schnörkeliger Schrift ›Merle Thiel‹ und darunter ›*Casserolière*‹. »Wow, das klingt ja wahnsinnig wichtig!«

Merle zog eine Grimasse. »Ja, das klingt aber nur so. Es ist die französische Küchenbezeichnung für eine Tellerwäscherin oder Aushilfe oder besser gesagt den Arsch vom Dienst. Mal wieder ein ganz toller Witz von Jens.«

Ich musste mir ein Lachen verkneifen, da ich das tatsächlich lustig fand. Auch Brigitte starrte angestrengt auf ihr Glas.

»Die Desserts habe ich angerichtet«, erklärte Merle.

Ich warf einen Blick auf meinen Teller und musste feststellen, dass sie ihn dieses Mal sehr viel eleganter und filigraner garniert hatte. Es sah fast schon so kunstvoll aus wie bei Jens. Offenbar hatte Anne doch gepetzt, dass die Bestellung von mir war, denn eine große Portion Johannisbeeren lag auf meinem Teller. »Eigentlich wollte ich zwar kein Obst, aber das ist toll geworden, Merle. Wirklich sehr hübsch.«

Sie strahlte über das ganze Gesicht. »Danke. Ich hätte die Johannisbeeren ja weggelassen, aber Jens meinte, man darf dir deine ständigen Sonderwünsche nicht durchgehen lassen.«

»Pff! Der spinnt ja wohl!«

Merle lachte nur. »So, leider hab ich keine Zeit, mit euch zu quatschen, ich muss zurück in die Küche. Lasst es euch schmecken.« Dann war sie auch schon wieder im Restaurant verschwunden.

»Oh mein Gott, ist das gut!« Brigitte hatte einen Löffel ihres Kuchens gegessen, und ihrem Gesicht war deutlich anzusehen, dass sie im siebten Schokoladen-Himmel schwebte. »Ich will nie wieder was anderes essen. Nie wieder.«

»Sag ich doch, du wirst sofort süchtig danach.«

Als wir unsere Schokoladenmalheurs restlos aufgefuttert hatten, lehnten wir uns zufrieden in unseren Stühlen zurück, lächelten uns verzückt an und prosteten uns zu. Mit dem Finger malte ich eine Blume in die Schokoreste auf dem Teller.

»Ah, wieder ein Gruß an die Küche«, kommentierte Anne grinsend, als sie zum Abräumen kam.

Brigitte und ich bestellten noch ein Glas Wein, und dann redeten wir miteinander. Nicht übers Geschäft oder über Dieter, sondern wir quatschten einfach über Gott und die Welt, so wie wir es schon ewig nicht mehr getan hatten. Erst jetzt merkte ich, wie sehr mir das gefehlt hatte und wie sehr die schwierige Situation im Laden auf unsere Stimmung gedrückt hatte. Der heutige

Abend tat uns richtig gut, und wir lästerten, lachten und alberten herum wie in unseren besten Zeiten.

Irgendwann gesellte Merle sich mit einem großen Glas Apfelschorle zu uns. »Ich hab Feierabend«, sagte sie. »Es ist zehn Uhr, länger darf ich nicht arbeiten. Ich finde das total bescheuert, jetzt muss Jens die letzten Essen alleine machen und dann auch noch alleine die Küche putzen.« Sie trank gierig von ihrer Apfelschorle. »Andererseits ist er dabei abartig penibel, also bin ich eigentlich ganz froh, dass ich ihm nicht helfen muss.« Und dann berichtete Merle uns äußerst ausführlich und mit völlig ungewohnter Begeisterung, was sie heute alles gemacht hatte und wie sie es gemacht hatte. Vom Gemüseschneiden über das Anrichten der Desserts bis hin zum Karamellisieren von Crème brûlée mithilfe eines Brenners (was offenbar besonders aufregend gewesen war).

Das Restaurant hatte sich inzwischen merklich geleert. Draußen war neben unserem nur noch ein anderer Tisch besetzt. Ein Blick auf die Uhr verriet mir, dass es kurz nach elf war. »Hey, musst du nicht ins Bett? Morgen ist doch Schule.«

»Oh, stimmt! Ich hab total die Zeit vergessen.« Hastig trank sie ihre Apfelschorle aus, verabschiedete sich von uns und hastete im Eiltempo davon.

Wir bestellten noch ein Glas Wein und bezahlten gleich unsere Rechnung. Anschließend wuselte Anne um uns herum, räumte die Tische ab und hielt dabei ein fröhliches Schwätzchen mit uns.

Um halb zwölf kam Jens heraus. »Ach, ihr seid noch da«, sagte er lächelnd. »Das ist ja schön.« Er ließ sich auf den Stuhl neben mir fallen und nahm ungeniert einen Schluck von meinem Wein. »Mmmh, köstlich. Ein 1995er Château Montneufclicquot aus der Dordogne. Wunderbares Zusammenspiel von

Frucht und Säure, und dann dieser zarte Anklang von Moschus, und im Abgang …«

»Ein Hauch von Chili«, vollendete ich seinen Satz. »Ein herrlich spritziger, frecher Terrassenwein.«

»Der Spaß macht«, fügte Jens hinzu.

»Was redet ihr denn da für einen Blödsinn? Das ist ein 2014er Weißburgunder aus der Pfalz, ihr Honks«, sagte Anne lachend. »Wenn der nach Chili schmeckt, bring ich mich um. Oder den Winzer.« Damit ging sie wieder rein und ließ uns alleine zurück.

Jens wandte sich an Brigitte, die unser Geplänkel amüsiert verfolgt hatte. »Hat das Schokoladenmalheur geschmeckt?«

»Ach, geschmeckt ist die Untertreibung des Jahrhunderts!«, rief sie begeistert. »Es war köstlich!«

»Das freut mich«, sagte Jens, und ihm war anzusehen, dass er keine andere Antwort erwartet hatte.

»Man konnte es essen«, stellte ich fest, um ihm etwas den Wind aus den Segeln zu nehmen. »Das Obst hat gestört.«

Jens lachte. »Ach ja? Glaubst du, Anne hätte Merle und mir deine Blumenbotschaft nicht gezeigt?«

»Ach Mist, ich muss unbedingt damit aufhören. Sonst wirst du zu eingebildet.«

Jens, Brigitte und ich unterhielten uns noch ein Weilchen, dann kam Anne an unseren Tisch, die Handtasche über der Schulter und offenbar bereit zum Gehen. »Ich mach Feierabend. Dirk hat sein Restaurant auch gerade geschlossen.« Unschlüssig blieb sie stehen, dann erhellte sich ihr Gesicht, und sie sagte: »Hey, warum kommt ihr nicht mit dahin? Wir könnten noch was zusammen trinken.«

Überrascht sah ich sie an. Meinte sie tatsächlich auch Brigitte und mich? Wir kannten uns doch kaum.

»Heute nicht, ich muss dringend mal früh pennen gehen«,

sagte Jens. »Aber grüß Dirk von mir, ja?« Ich beobachtete ihn gespannt und versuchte herauszufinden, ob es schmerzhaft für ihn war, über Annes neuen Ehemann zu sprechen. Falls ja, konnte er seine Gefühle zumindest sehr gut unter Verschluss halten, denn ihm war nichts anzumerken.

»Schade«, sagte sie. »Und ihr beide? Habt ihr noch Lust?«

Brigitte hob bedauernd die Hände. »Das ist sehr nett, aber ich muss mich auch langsam auf den Weg machen. Ich bin ganz schön müde.«

»Ich auch«, sagte ich. »Aber ein anderes Mal wirklich gerne.«

»Na schön, ihr Langweiler«, sagte Anne gutmütig. »Aber beim nächsten Mal kommt ihr mir nicht so einfach davon.« Sie klopfte Jens leicht auf die Schulter, dann winkte sie zum Abschied in die Runde. »Gute Nacht, ihr drei!«

Brigitte erhob sich ächzend von ihrem Stuhl. »Dann werde ich auch mal. Ich glaube, so lange war ich schon seit Silvester nicht mehr auf. Das war ein sehr schöner Abend, Isa. Vielen Dank für das köstliche Schokoladenmalheur, Jens.«

Nun waren Jens und ich alleine, und ich wusste nicht so recht, was ich jetzt machen sollte. Einerseits fühlte ich mich verpflichtet zu gehen, immerhin hatte er ja gesagt, dass er früh ins Bett wollte. Andererseits wäre ich viel lieber noch geblieben.

»Tja dann«, sagte Jens. »Wollen wir auch los? Oder genehmigen wir uns noch ein Gläschen von diesem köstlichen Riesling?«

»Weißburgunder«, korrigierte ich. Es kam mir beinahe idiotisch vor, wie sehr ich mich freute. »Und ja, sehr gerne! Aber du hast doch gesagt, dass du früh ins Bett willst.«

»Stimmt, das habe ich gesagt. Die Wahrheit ist allerdings, dass ich heute schlicht und ergreifend keine Lust dazu habe, mit Annes arrogantem Snob-Ehemann was trinken zu gehen. Und du? Du hast doch vor ein paar Minuten auch noch behauptet, dass du müde bist.« Herausfordernd sah er mich an, doch ich hielt seinem Blick mühelos stand. »Das habe ich behauptet, ja. Die Wahrheit ist allerdings, dass ich lieber hierbleiben wollte.«

Jens grinste. »Perfekt. Kommst du mit rein? Wenn wir vor dem Lokal sitzen, denken die Leute nur, sie würden hier noch was zu saufen kriegen.«

»Wir können den Wein doch auch bei dir auf dem Balkon trinken«, schlug ich vor. »Dann ist Merle nicht so alleine. Ich meine, sie schläft zwar wahrscheinlich schon, aber trotzdem.«

»Okay, von mir aus gerne.«

Auf dem Weg zu Jens redeten wir nicht viel, und ich dachte darüber nach, was er über Annes Mann gesagt hatte. Dass er ein arroganter Snob war. Offenbar konnte er ihn nicht leiden, und ich fragte mich, ob es daran lag, dass er eifersüchtig war.

Als wir auf dem Balkon saßen und Jens uns Wein einschenkte, konnte ich meine Neugier nicht länger im Zaum halten. »Kann ich dich mal was Persönliches fragen, Jens?«

Er hob leicht die Augenbrauen und reichte mir das Glas rüber. »Ich möchte unsere Unterhaltungen zwar eigentlich lieber auf der streng geschäftlichen Ebene belassen, Isabelle, aber gut. Ausnahmsweise.«

»Ist es eigentlich schlimm für dich, dass du tagtäglich mit deiner Exfrau zusammenarbeiten musst?«

Jens wollte gerade sein Weinglas zum Mund führen, doch auf halbem Weg ließ er es wieder sinken. »Wie kommst du denn darauf?«

»Immerhin wart ihr mal verheiratet. Du hast sie geliebt, das kann man doch nicht einfach so von heute auf morgen abstellen.«

»Hast du überhaupt eine Ahnung, wie lange es her ist, dass wir verheiratet waren?«

»Nein, davon hat Merle nichts gesagt.«

»Aha. Ja, sie schmückt ihre Klatschgeschichten gerne mal aus oder lässt Details weg, damit es dramatischer klingt. Als wir uns kennengelernt haben, war ich zweiundzwanzig und Anne einundzwanzig. Vier Monate später haben wir geheiratet, unsere Ehe dauerte genau sechs Monate, dann haben wir uns wieder getrennt. Das ist fast zehn Jahre her!«

Es dauerte eine Weile, bis ich diese Neuigkeit verarbeitet hatte. »Du hast sie schon nach vier Monaten geheiratet? Wieso das denn?«

Er zuckte mit den Schultern. »Was weiß denn ich? Wir waren total verknallt ineinander, ich war der festen Überzeugung, dass es das Richtige ist, und fand es außerdem irgendwie cool.«

»Und warum habt ihr euch so schnell wieder getrennt?«

»Weil wir uns überhaupt nicht richtig kannten, als wir geheiratet haben. Wir haben ziemlich schnell herausgefunden, dass wir als Paar eine totale Katastrophe waren. Aber wir sind gut als Freunde, und wir sind gut als Team. Und deswegen ist es auch gar nicht schwierig für mich, mit ihr zusammenzuarbeiten. Da musst du dir also keine Sorgen machen.«

Ich lehnte mich zurück und trank einen großen Schluck Wein. »Aber du magst ihren Mann nicht.«

»Nein, weil er ein Idiot ist.«

»Vielleicht bist du aber auch eifersüchtig. Ich meine, wenn mal Liebe im Spiel war, dann ...«

Jens lachte. »Es passt einfach nicht in dein Weltbild, dass man mit seiner Exfrau befreundet sein kann, oder?«

»Wenn alles so easy und freundschaftlich ist, warum sagst du dann jetzt, dass du mit dem Thema Beziehungen durch bist?«

Er zögerte ein paar Sekunden. »Anne war ja nicht die einzige Beziehung, die schiefgegangen ist. Was mich zu dem Schluss geführt hat, dass diese ganze Pärchen-Sache für mich einfach nicht funktioniert und dass ich auch keine Lust mehr darauf habe, jemanden zu verletzen oder verletzt zu werden.«

Nachdenklich sah ich ihn an. Er wirkte sachlich und entschlossen, aber in seinem Blick lag auch ein Hauch von Traurigkeit, und ich fragte mich, was für Enttäuschungen er in der Liebe schon erlebt hatte. Der Fernsehkoch kam mir in den Sinn, mit dem Jens' Freundin ihn betrogen hatte. Ich wusste immer noch nicht, wer es war, und diese Geschichte beschäftigte mich so sehr, dass ich eine pauschale Aversion gegen sämtliche Fernsehköche entwickelt hatte und jedes Mal sofort die Glotze abstellte, wenn einer darin auftauchte. »Und was, wenn du dich doch wieder verliebst? Willst du dir deine Gefühle dann verkneifen?«

Jens seufzte tief. »Ich bin seit zwei Jahren Single. Bislang ist es nicht passiert, und ich gehe auch nicht davon aus, dass es wieder passiert. Falls doch ... tja, dann kann ich es wohl nicht ändern und muss es noch mal versuchen. Aber unbewusst werde ich von vornherein davon ausgehen, dass es nicht funktionieren wird, und das ist so eine schlechte Voraussetzung, dass es gar nicht funktionieren kann.«

Das klang nach einer hoffnungslosen Situation. Auch wenn es mich irgendwie beruhigte, dass er zumindest wegen Anne nicht unglücklich war, machte es mich traurig, dass er auch niemals mehr richtig glücklich sein würde. »Das tut mir leid«, sagte ich. »Wenn ich jetzt Sonnenblumen dahätte, würde ich sie dir schenken, damit du wieder fröhlich wirst.«

Lächelnd schüttelte er den Kopf. »Mir geht es gut, Isabelle. Aber trotzdem danke.«

Ich erwiderte sein Lächeln, dann sah ich hinauf in den Himmel zu meinem Lieblingssatelliten.

»Was ist eigentlich mit dir?«, fragte Jens. »Hattest du noch keine Beziehungspleiten, die deinen Glauben an die wahre Liebe erschüttert haben?«

»Den Glauben an die wahre Liebe werde ich niemals verlieren. Aber natürlich hatte ich schon Beziehungspleiten. Dachtest du etwa, ich wäre noch Jungfrau und hätte nie im Leben einen Freund gehabt?«

Er zögerte. »Hm, irgendwie habe ich mir darüber bislang noch gar keine Gedanken gemacht.«

Na toll. Da zerbrach ich mir den Kopf über seine Gefühle für Anne oder das Debakel, das er mit seiner betrügerischen Ex erlebt hatte, während er noch keinen einzigen Gedanken an mein Gefühlsleben verschwendet hatte. Typisch. »Ich hatte bislang drei Beziehungen und mindestens siebenhundertachtzigtausend Dates.« Ich sah wieder zu dem leuchtend hellen Punkt am Himmel. »Aber dieses Gefühl, auf das ich die ganze Zeit warte, dieses instinktive Wissen, endlich angekommen zu sein und den Richtigen gefunden zu haben, hatte ich noch bei keinem Mann.«

»Aber jetzt hast du dieses Gefühl doch.«

Mein Herz machte den heftigsten Hopser meines Lebens und plumpste anschließend mit Karacho in meinen Bauch. Ruckartig drehte ich meinen Kopf zu Jens. »Wie meinst du das?«

»Na, das Gefühl, den Richtigen gefunden zu haben, hast du doch bei deinem Zwegat.«

Meinem Zwegat? Oh mein Gott, er redete von Alex! Und ich hatte schon gedacht, er meinte sich selbst! Was fiel ihm überhaupt ein, mich so zu erschrecken? Ich räusperte mich und bemühte mich um einen gelassenen Tonfall. »Ja, genau. Aber er heißt Alex, nicht Zwegat.«

»Ich werde ihn erst dann Alex nennen, wenn du ihn auch so

nennst. Und zwar wirklich, nicht nur in deiner Fantasie. Wie ist euer Treffen vorhin denn eigentlich gelaufen? Und ich möchte jetzt bitte wirklich nur Geschäftliches hören. Für heute habe ich echt genug über Liebe und Gefühle geschwafelt.«

Dem konnte ich nur zustimmen. Auch mir war es lieb, das Gespräch in neutralere Bahnen zu lenken. Wir unterhielten uns also über den Laden und Brigittes und meinen Rettungsplan, und Jens versprach mir, sich bei Freunden umzuhören, ob sie auf der Suche nach einem neuen Blumenlieferanten waren.

Für den Rest des Abends schauten wir in den Himmel und warteten auf Sternschnuppen, und als ich um halb drei endlich todmüde in meinem Bett lag, fiel mir auf, dass Jens' Balkon ein ziemlich perfekter Ort war. Auf der Liste meiner Lieblingsorte stand er jedenfalls ganz weit oben.

Wieder im Rennen

Am nächsten Tag fuhren Brigitte und ich nach Feierabend mit unserem neuen Lieferwagen in einen Baumarkt, wo wir uns eine Stunde lang Farbmusterkärtchen ansahen und uns letzten Endes für einen dezenten Grauton entschieden. Wir kalkulierten, wie viel Farbe und Malerutensilien wir benötigen, und führten alles in einer Liste auf.

»Sag mal, Brigitte?«, fragte ich, als wir in den Wagen einstiegen und ich zum tausendsten Mal in Gedanken den Laden neu einrichtete. »Du hast doch diese wunderschöne antike Vitrine. Die weiße, die bei euch im Flur steht.«

»Ja, wieso?«

»Wenn sie im Laden stehen würde, hättest du eigentlich viel mehr davon, oder? Dann könntest du sie täglich zehn Stunden lang anschauen. Wir könnten Vasen und Dekoartikel darin präsentieren, das würde so toll aussehen!«

»Hm.« Brigitte spielte nachdenklich an ihrem Autoschlüssel herum. »Eigentlich hast du recht. Wir bewahren da sowieso nur unnützes Zeug drin auf. Warum kommst du nicht gleich mit zu mir? Dann können wir uns das gute Stück mal ansehen. Möglicherweise müssen ein paar Stellen ausgebessert werden.«

»Okay. Allerdings kommt es ganz gut, wenn sie ein paar Macken hat. Die können ruhig bleiben.«

»Du und dein Müll«, grinste Brigitte und startete den Wagen.

»Das ist kein Müll!«

»Ach nein, entschuldige. Man nennt es Upcycling.«

»In diesem Fall nennt man es Shabby Chic. Oder einfach antik.«

Wenig später standen wir in Brigittes Flur und bewunderten die Vitrine. »Die ist noch viel schöner als ich sie in Erinnerung hatte!«, rief ich. »Und die paar abgeschrabbelten Stellen sind perfekt.«

Ich war gerade dabei, die Glastüren zu öffnen, um zu überprüfen, wie stabil sie noch in ihren Angeln hingen, als Dieters Stimme hinter mir ertönte. »Ich dachte, ich hätte mich verhört, aber sie ist es tatsächlich. Unsere Isabelle! Welch seltener Glanz in unserer Hütte.«

Es war tatsächlich ewig her, dass wir uns das letzte Mal gesehen hatten. Dieter war früher häufig im Laden vorbeigekommen, inzwischen tat er das gar nicht mehr. Und ich war schon seit Wochen nicht mehr bei Brigitte zu Hause gewesen. Dieter hatte sich kaum verändert. Vielleicht war sein kugelrunder Bauch noch ein bisschen runder und sein Haar noch schütterer geworden, aber sein Lächeln war so freundlich wie eh und je und offenbarte eine breite Lücke zwischen seinen beiden oberen Schneidezähnen, die ihn besonders sympathisch aussehen ließ.

»Schön, dich mal wieder zu sehen«, sagte ich. »Wie geht's dir?«

»Bestens, bestens. Du isst doch mit uns? Jetzt, wo du endlich mal wieder hier bist, lassen wir dich nicht so schnell weg.«

Ich zögerte einen Moment, immerhin war heute Freitag – da ging ich doch eigentlich immer zu meinem ›Bauch-Beine-Po‹-Kurs. Andererseits hatte ich wirklich mal wieder Lust, mit Brigitte und Dieter zu essen. Außerdem konnte ich so gleich meinen Plan zur Rettung ihrer Ehe in Angriff nehmen. »Wäre es okay, wenn ich bei euch esse?« Fragend sah ich Brigitte an.

»Natürlich«, sagte sie. »Warum setzt ihr beide euch nicht ins Wohnzimmer, und ich schmier uns schnell ein paar Brote?«

Dieter und ich nahmen auf dem schon reichlich durchgesessenen Sofa Platz. Erst jetzt wurde mir bewusst, dass Brigitte und Dieter sich nicht begrüßt und noch nicht mal richtig angesehen hatten.

Neben Dieter lag ein ganzer Stapel seiner geliebten Rätselhefte, und im Fernsehen lief eine uralte *Tatort*-Wiederholung. »Wie geht's dir denn so, Isa?«, erkundigte er sich.

»Ganz gut. In letzter Zeit geht alles ein bisschen durcheinander in meinem Leben. Ich mach mir Sorgen um den Laden.«

»Ach, der wird schon wieder.«

»Das hoffe ich. Wir wollen so schnell wie möglich mit der Renovierung anfangen.«

Dieter sah überrascht vom Fernseher zu mir. »Renovierung?«

»Ja, davon hat Brigitte doch bestimmt erzählt.«

»Hm.« Er rieb sich das Kinn. »Nein, ich glaube nicht.«

Redeten die beiden überhaupt nicht mehr miteinander?

»Ach, da fällt mir was ein«, sagte Dieter und griff nach einem Briefumschlag, der auf dem Wohnzimmertisch lag. »Kannst du Karten für die Oper gebrauchen? Hab ich bei einem Kreuzworträtsel gewonnen.« Er tippte sich mit dem Finger an die Stirn. »Das erste Mal seit fünfunddreißig Jahren gewinne ich was, und dann sind es Karten für Aida! Ich krieg doch schon zu viel, wenn dieser Helmut Slotti im *Fernsehgarten* auftritt.«

»Lotti«, korrigierte ich automatisch. »Für Brigitte wäre das doch was. Sie möchte bestimmt gerne mal wieder schick ausgehen.«

Er schob mir die Karten rüber. »Das ist 'ne gute Idee, Isa. Dann macht euch mal einen schönen Abend, ihr zwei.«

»Oh Mann, Dieter!« Ich lachte ungläubig. »*Du* sollst dir einen schönen Abend mit ihr machen.«

»Ich?!« Er starrte mich an, als hätte ich ihm soeben vorgeschlagen, einen aus dem Knast ausgebrochenen Schwerverbrecher bei sich aufzunehmen. »Das Gejodel soll ich mir anhören? So 'ne Oper dauert Stunden! Nee. Das tu ich mir nicht an.«

»Nicht mal Brigitte zuliebe? Sie würde sich bestimmt total darüber freuen.«

Dieter glotzte schon wieder auf die Mattscheibe. »Seit Manfred Krug weg ist, gibt's keinen vernünftigen Hamburger Tatort mehr, was?«

War er immer schon so desinteressiert gewesen, und mir war es nur nie aufgefallen? Beharrlich redete ich weiter auf ihn ein. »Oder du verkaufst die Karten, dann könnt ihr von dem Geld richtig schick zusammen essen gehen.«

»Mhm, ja«, murmelte er geistesabwesend. »Brigitte ist bestimmt bald fertig in der Küche, dann gibt's was.«

Von da an ließ ich ihn in Ruhe seinen Krimi gucken. Ein bisschen konnte ich Brigitte jetzt verstehen. Bei so viel Desinteresse seitens des eigenen Ehemannes wäre ich auch frustriert gewesen.

Alex segnete unseren Kostenvoranschlag ab, sodass Brigitte und ich schon am darauffolgenden Wochenende den Laden renovieren konnten. Zusammen mit Merle, Knut, Bogdan, Dennis und Nelly entrümpelten wir, räumten die Möbel aus und strichen die Wände. Kathi und Dieter mussten arbeiten, aber zumindest Kathi wurde von uns über WhatsApp-Nachrichten und Fotos auf dem Laufenden gehalten. Dieter hatte kein WhatsApp, und unser Vorankommen hätte ihn wahrscheinlich sowieso nicht interessiert.

Merle war es zunächst sichtlich unangenehm gewesen, Knut wiederzusehen. Doch nachdem die beiden eine halbe Stunde Seite an Seite die Ecken gestrichen hatten, waren sie die besten Freunde.

Als wir am Sonntagabend endlich fertig waren, luden Brigitte und ich alle Helfer zu Jens ein, wo wir draußen saßen und riesige Burger aßen.

»Das ist der geilste Burger, den ich je gegessen habe!«, schwärmte Bogdan.

»Mhmpfkmsekl«, machte Knut. Er hatte den Mund so voll, dass ich kein Wort verstehen konnte. Seine Miene drückte allerdings Zustimmung aus.

Anschließend bestellten Nelly, Brigitte und ich noch ein Schokoladenmalheur, das wir uns zu dritt teilten, da wir eigentlich bereits mehr als satt waren, aber trotzdem unbedingt eins wollten.

Nelly schloss verzückt die Augen, als sie ihren ersten Bissen nahm. »Mmmmh. Oh mein Gott, ist das lecker!«

»Ich weiß«, sagten Brigitte und ich gleichzeitig.

Als wir aufgegessen hatten, hielt Nelly sich den Bauch und sagte: »Das war der Hammer! Um es mal auf den Punkt zu bringen: Das war Gaumensex.« Ein breites Grinsen erschien auf ihrem Gesicht. »Isst du nicht jeden Mittag hier, Isabelle?«

»Und manchmal auch abends«, sagte Brigitte.

»Ja, aber nur unter der Woche«, stellte ich klar. »Meistens zumindest.«

Nellys Grinsen wurde noch breiter. »Das heißt also, du kommst mindestens fünfmal die Woche hierher, um es dir so richtig von Jens besorgen zu lassen. Beneidenswert.«

Brigitte kicherte. »Und dafür malt sie ihm hinterher zum Dank Blümchen auf den Teller.«

Knut lachte dröhnend, und auch Dennis und Bogdan amüsierten sich königlich.

»Spinnt ihr?«, zischte ich und deutete mit dem Kopf ans andere Tischende, wo Merle sich gerade mit Kim unterhielt. Zum Glück schien sie nicht mitgekriegt zu haben, wie Nelly über ihren Bruder redete. Und über mich. Was für eine Frechheit! »Das ist ja wohl totaler Schwachsinn. Und sexistisch!«

»Du musst nicht rot werden, Isa«, lachte Dennis.

»Ich bin überhaupt nicht rot«, protestierte ich, obwohl ich das starke Gefühl hatte, dass es doch so war. Und schlimmer wurde. »Wenn ihr Essen unbedingt mit Sex gleichsetzen wollt, dann habt *ihr alle* es euch ebenfalls gerade von Jens besorgen lassen. Das ist euch hoffentlich klar. Na? Was sagt ihr dazu?«

Bogdan, Knut und Dennis gefror das dumme Grinsen auf dem Gesicht, während Nelly gelassen »Jederzeit gerne wieder, Baby« sagte.

Die Situation wurde auch dadurch nicht weniger peinlich, dass jetzt zu allem Überfluss Jens an unseren Tisch trat, um uns zu begrüßen. »Igitt, ihr seht nach Arbeit aus«, sagte er beim Anblick unserer farbbekleckerten Truppe. Als sein Blick auf mein Gesicht fiel, fing er an zu lachen. »Du arbeitest nicht nur unsauber, du isst auch unsauber.«

Ich wischte mir schnell mit der Hand über den Mund. Typisch, dass keiner meiner Freunde so nett gewesen war, mich darauf hinzuweisen, dass ich Sauce im Gesicht hatte.

Jens stellte sich jedem vor, den er noch nicht kannte. Als Nelly an der Reihe war, glotzte und griente sie ihn an, als würde Ryan Gosling höchstpersönlich vor ihr stehen. Der es ihr soeben noch »ordentlich besorgt« hatte. Mein Gott, musste sie es denn so übertreiben? Das war ja zum Fremdschämen!

Jens unterhielt sich fröhlich mit meinen Freunden, und es war ganz eindeutig, dass die Chemie zwischen ihnen stimmte.

Als würden sie sich schon ewig kennen. Nach einer Weile stieß er mir leicht an die Schulter. »Was ist los? Du bist so schweigsam.«

Bevor ich antworten konnte, schaltete Nelly sich ein. »Sie muss sich bestimmt noch erholen von ihrem ... Schokoladenmalheur.«

»Ähm, ja, ich hab mich tatsächlich ein bisschen überfressen. Und ich bin müde«, sagte ich schnell.

Er musterte mich nachdenklich, dann sagte er in die Runde: »Na dann viel Spaß noch. Ich muss leider wieder an die Arbeit. Bis bald. Beziehungsweise bis morgen, Isabelle.«

»Bis morgen.«

»Merle, kommst du noch mit in die Küche?«

»Soll ich euch helfen?«, fragte sie begierig.

»Nein, so wie du aussiehst, bestimmt nicht«, lachte er. »Du sollst dich mit mir unterhalten. Ich hab dich heute noch keine zehn Minuten gesehen.«

»Na gut«, sagte Merle und folgte Jens ins Restaurant.

»Cooler Typ«, sagte Bogdan, als die beiden verschwunden waren.

»Jo. Find ich auch«, stimmte Knut zu.

Nelly sah mich nur mit unergründlichem Blick an, doch zu meinem Erstaunen äußerte sie sich nicht weiter zu dem Thema.

Bald darauf verabschiedete sich Brigitte und nach und nach auch alle anderen, bis nur noch Knut und ich übrig waren. Die perfekte Gelegenheit, ihm wegen Irina ins Gewissen zu reden. »Ich habe noch mal über dich und Irina nachgedacht, Knut. Und weißt du, zu welchem Schluss ich gekommen bin? Wenn du nicht den ersten Schritt machst, wird sich niemals was bewegen. Also sag ihr, was Sache ist.«

Er knibbelte einen Farbspritzer von seinem Unterarm ab. »Meinste echt?«

»Ja! Worauf wartest du denn noch? Wenn du dir sicher bist, dass sie deine große Liebe ist, sehe ich keinen Sinn darin, es ewig hinauszuzögern.«

»Hm. Ich bin mir nich sicher, ob ich mir von andern Leuden in mein Liebesleben reinquatschen lassen will.«

»Also echt, Knut«, sagte ich empört. »Du quatschst mir und dem Rest der Welt ständig in unser Liebesleben rein, jetzt bin ich mal dran.«

Ein Weilchen saß er stumm da und starrte vor sich hin. Schließlich rückte er näher an den Tisch heran und sagte: »Gut, mal angenommen, ich würd auf dich hörn und Irina sagen, dass sie die großartigste, klügste und wunderschönste Frau der Welt für mich is ... Was, wenn sie mich auslacht?« Er fuhr sich mit beiden Händen über den Kopf. »Weißte, ich kann nich so rumsäuseln wie so 'n Xavier Naidoo oder so. Und ich bin auch nich so 'n harter Typ wie James Bond. Woher soll ich denn wissen, was sie will?«

Xavier Naidoo und James Bond? Wie kam er denn ausgerechnet auf die beiden? »Vergiss Xavier Naidoo und James Bond. Du bist viel toller. Sei du selbst, sag Irina, dass du sie magst, frag sie, ob sie mit dir ausgeht. Ich bin mir sicher, dass sie Ja sagt.«

»Oh Mann«, sagte Knut und wippte so nervös mit dem Bein, dass der Tisch wackelte. »Mann, Mann, Mann. Also gut. Ich mach's!«

»Das ist großartig, Knut! Hey, bring sie am besten hierher. Und sorg dafür, dass sie Jens' Schokoladenmalheur isst, dann erledigt sich alles andere von selbst.«

Er schüttelte den Kopf. »Ich finde, ihr Mädels übertreibt es ein bisschen mit diesem Schokozeug.«

»Unterschätze niemals die Magie von Schokolade«, sagte ich ernst.

Am Montag blieb der Laden geschlossen, und Brigitte und ich verbrachten den Tag damit, die Regale wieder aufzubauen und einzuräumen. Wir hatten uns von einigen Ladenhütern verabschiedet und uns dazu entschieden, das Warensortiment zukünftig etwas kleiner zu halten. Am Ende des Tages sah der Laden viel heller, freundlicher und moderner aus. Absoluter Blickfang war die weiße Vitrine, in die ich unsere Dekoartikel geräumt hatte.

»Das sieht so toll aus!«, rief ich aufgeregt. »Warte nur, wenn wir erst die Blumen vom Großmarkt geholt haben. Und dann noch der neue Außenbereich! Das wird der Hammer, die Leute werden uns den Laden einrennen!«

Brigitte war etwas weniger enthusiastisch als ich, wirkte aber durchaus zufrieden mit unserem Werk.

Am Dienstag fuhren wir in aller Herrgottsfrühe zum Großmarkt und kauften wunderschöne, frische Blumen und Balkonpflanzen. Eigentlich hatte ich dienstags zwar frei, aber ich wollte es mir nicht nehmen lassen, bei der heutigen Neueröffnung dabei zu sein. Ich baute die weiße Bistrogarnitur von meinem Balkon vor dem Laden auf, stellte einen Topf Lavendel und eine bunte Kaffeetasse auf den Tisch und legte ein hübsches Kissen auf den Stuhl. In den Kübeln vor dem Schaufenster standen Sonnenblumen, Margeriten und bunte Gerbera, und an der Außenfassade brachte ich eine Tafel an, auf der ich das Strauß-der-Woche-Angebot notiert hatte. Zusammen mit dem neuen Stufenverkaufstisch, auf dem wir die Balkonpflanzen präsentierten, wirkte unser Außenbereich jetzt viel einladender und stylischer. Ich war unglaublich stolz auf uns und konnte es kaum erwarten, die Trilliarden von Kunden zu bedienen, die uns in Kürze die Tür einrennen würden.

Brigitte und ich banden die Sträuße der Woche (Rosen, Kosmeen und Wicken) und beobachteten dabei gespannt durch das

Schaufenster, was sich auf der Straße tat. Die Leute gingen nicht mehr einfach nur am Laden vorbei, ohne ihn wahrzunehmen, so viel stand fest. Allerdings kam auch niemand rein. »Die gucken erst mal, und heute Nachmittag auf dem Nachhauseweg kommen sie dann, um uns die Regale leerzukaufen«, behauptete ich. Um mich abzulenken, entwarf ich am PC zwei Flyer: einen für die Bestatter und einen weiteren für Hochzeitsplaner und Caterer. Damit bewaffnet wollte ich anfangen, auf Kundenakquisition zu gehen.

Um halb elf kam Jens vorbei, um sich unser Werk anzuschauen. »Wow«, sagte er und sah sich staunend um. »Da habt ihr echt ganze Arbeit geleistet. Sieht toll aus.«

»Ja, aber es kommt keiner rein«, maulte ich.

»Warte doch erst mal ab. Die kommen schon noch.«

»Wollen wir es hoffen«, murmelte Brigitte.

»Komm, ich zeig dir die Flyer, an denen ich gerade arbeite«, sagte ich und ging mit Jens ins Hinterzimmer, in dem der PC stand. »Was krieg ich heute Mittag eigentlich bei dir?«

Überrascht sah er vom Bildschirm auf. »Gar nichts.«

»Hä? Was soll das denn heißen?«

»Na, ich hab doch heute frei. Ruhetag.«

Ein ungutes Gefühl breitete sich in meinem Magen aus. »Ruhetag? Seit wann das denn?«

»Seit heute. Ich hab dir doch erzählt, dass ich die Öffnungszeiten ändere.«

»Ja, aber von einem Ruhetag hast du nichts gesagt! Und wenn überhaupt, dann dachte ich, irgendwann mal, in zehn Jahren, aber doch nicht so plötzlich und so … klammheimlich!«

»Klammheimlich? Die Ankündigung hängt seit einer Woche in der Eingangstür des Restaurants.«

Mein Herz klopfte schneller, und ich spürte, wie meine

Hände feucht wurden. »Na und? So was kann man doch leicht mal übersehen! Und wieso ist ausgerechnet heute Ruhetag?«

»Weil dienstags am wenigsten los ist.« Er setzte sich auf die Kante des Schreibtischs, verschränkte die Arme vor der Brust und machte den typischen Gesichtsausdruck eines Menschen, der versucht, die äußerst komplizierte Bauanleitung eines noch komplizierteren Möbelstücks zu verstehen. »Ehrlich gesagt ist es mir ein Rätsel, wieso du dich so aufregst.«

»Weil so das Ende anfängt!«, rief ich aufgebracht. »Genau so fing es bei Mr Lee auch an, erst hat er einen Ruhetag eingeführt, und zack, vier Jahre später war er weg. Und genau das Gleiche wird mir jetzt mit dir passieren. Du machst den Laden dicht und gehst Gott weiß wohin und lässt mich ... Ich meine, und ich muss wieder in der Kaffeeküche Tütensuppen fressen!« Schwer atmend hielt ich inne.

Für eine Weile sah Jens mich schweigend an. »Isabelle?«, fragte er schließlich ruhig.

»Was?!«

»Du weißt selbst, dass du vollkommen irre bist, oder?«

»Boah ey, du ...« Ach, verdammt! Diese beknackte Wortfindungsblockade!

»Bitte fang jetzt nicht an, zu hyperventilieren. Es geht doch nur um einen Tag in der Woche. Ich gehe nirgendwohin, und ich habe nicht vor, den Laden dichtzumachen, denn ich könnte es natürlich überhaupt nicht mit meinem Gewissen vereinbaren, dass du möglicherweise wieder Tütensuppen fressen musst.«

Ich spürte, wie ich mich allmählich entspannte. Der schwere Stein, der in meinem Magen lag, wurde leichter, und mein Atem beruhigte sich.

»Alles wieder gut?«, fragte Jens.

Mir wurde unangenehm bewusst, wie übertrieben ich reagiert hatte. Ich räusperte mich und strich den Rock meines Kleides glatt. »Mir geht es super, danke. Alles easy.«

»Mhm. Im Übrigen betrifft dich der Ruhetag normalerweise nicht mal. Du hast dienstags frei.«

»Ja, aber heute nicht, und ich hatte mich halt schon darauf eingestellt, bei …«

»Du musst mal lernen, flexibler zu werden«, fiel er mir ins Wort.

»Pff!«, machte ich abfällig. »Ich bin total flexibel.«

Jens brach in Gelächter aus. »Klar.« Dann stand er auf und deutete auf den Bildschirm. »Die Flyer gefallen mir. Und der Laden auch. Sieht viel besser aus als vorher. Okay, ich muss mal rüber.«

»Ins Restaurant? Ich dachte, du hast heute frei.«

»Ja, deswegen habe ich ja auch jede Menge Zeit, mich um Buchführung und Steuer zu kümmern.«

»Das ist deine Vorstellung von Freihaben?« Auf einmal kam mir eine Idee. »Wenn du sowieso im Restaurant bist, könntest du mir doch …«

»Vergiss es. Ich koch heute nicht. Auch nicht für dich.«

»Aber es muss ja nur eine …«

»Nein.«, sagte er entschieden. »Du kriegst gar nichts.«

»Dann eben nicht.«

Er kam einen Schritt auf mich zu. »Deine beleidigte Schnute bringt dir bei mir überhaupt nichts. Frag Merle mal danach.«

»Ich ziehe keine beleidigte Schnute. Im Gegensatz zu Merle bin ich nämlich erwachsen.«

»Tatsächlich? Da bin ich mir manchmal nicht so sicher.« Er imitierte meinen Gesichtsausdruck, indem er seine Unterlippe vorschob und die Stirn in Falten legte.

Gegen meinen Willen fing ich an zu lachen. Er hatte ja recht. Manchmal benahm ich mich wirklich albern. »Ach, du kannst mich mal. Jetzt hau schon ab. Und genieß deinen *freien* Tag.«

Nachmittags kamen tatsächlich deutlich mehr Kunden in den Laden, sodass Brigitte und ich alle Hände voll zu tun hatten. Wir verkauften so viele Balkonpflanzen wie schon lange nicht mehr, und auch unser Strauß der Woche kam extrem gut an. »Siehst du, ich hab's dir doch gesagt«, raunte ich Brigitte zu, als ein Kunde mit einem ganzen Arm voll Sonnenblumen in den Laden kam. »Wir sind wieder im Rennen.«

»Freu dich bitte nicht zu früh«, flüsterte Brigitte zurück. »Warten wir erst mal ab.«

Gegen Abend kam Merle herein, um zwei Töpfe Lavendel für den Balkon zu kaufen. Außerdem suchte sie noch ein hübsches Windlicht aus. »Hier drinnen ist es schön kühl«, sagte sie und lupfte ihr Top, um sich Wind zuzufächeln. Mir fiel auf, dass sie ihr ewiges Schwarz abgelegt hatte. Sie trug einen langen, dunkelblauen Rock, Flip-Flops und ein graues Top, was für ihre Verhältnisse geradezu farbenfroh war. »Draußen ist es abartig heiß. Alle sagen schon, dass es der heißeste Tag des Jahres ist, aber ich glaube, da geht noch was. Wir haben ja erst Anfang Juli.« Sie ließ ihren Blick durch den Laden schweifen. »Das haben wir echt richtig gut hingekriegt. Ich finde, die Ecken sehen megaprofessionell gestrichen aus.«

Brigitte lachte. »Ja, wir wurden heute schon von vielen Kunden speziell auf die Ecken angesprochen.« Dann schaute ein junger Mann herein, der eine Frage zur wilden Malve hatte, und sie ging mit ihm nach draußen, um ihn zu beraten.

Ich gab Merle ihr Wechselgeld und wickelte den Lavendel und das Windlicht ein.

»Ich war übrigens gerade bei Jens«, sagte sie. »Er hat erzählt, dass du durchgedreht bist, weil das Restaurant heute zu hat.«

»Ich bin nicht durchgedreht. Im ersten Moment war ich nur etwas irritiert.«

»Ja? Jens meinte, du hättest hyperventiliert, weil du Panik hattest, dass er den Laden schließt.«

Na toll. Offenbar waren beide Thiel-Geschwister Tratschtanten. Ich steckte Windlicht und Lavendel in eine Tüte und reichte sie Merle. »Ich habe nicht hyperventiliert.«

»Hm. Okay, aber was hältst du davon, wenn du heute Abend zu mir kommst? Ich koch was für dich. Wir könnten im Park picknicken oder so.«

»Vielen Dank, aber Jens würde denken, dass ich dich ausnutze. Außerdem will ich nachher in die Alsterschwimmhalle.«

»Was?!«, fragte Merle entsetzt. »Du willst bei dreißig Grad in die Schwimmhalle?! Das ist doch Wahnsinn! Und Jens ist heute Abend gar nicht da.«

Oh. Ach so. Wenn das so war ... »Okay. Aber nur, wenn ich dir beim Kochen helfen darf.«

Merle strahlte. »Klar. Komm einfach nach Ladenschluss vorbei.«

Mit einem Strauß der Woche bewaffnet machte ich mich auf den Weg zu Merle. Es war drückend heiß, und der Wind fühlte sich an, als würde mir ein Föhn entgegenpusten. ›Bewegung ist echt abartig bei diesen Temperaturen‹, dachte ich, als ich mich die Treppen zu Merles Wohnung hochschleppte.

Sie öffnete mir die Tür, und ich folgte ihr in die Küche. Auf der Schwelle blieb ich überrascht stehen. Niemand anders als Jens saß am Küchentisch, ein Bier vor sich, und befüllte eine Plastikdose mit etwas, das aussah wie griechischer Tomatensalat.

»Ich dachte, du bist nicht da!«, platzte es aus mir heraus.

»Offensichtlich schon.«

»Merle hat mich zum Essen eingeladen«, fühlte ich mich verpflichtet, zu erklären.

»Schön. Mich auch.«

»Ich hab mich nicht selbst eingeladen.«

Jens grinste. »Schon klar. Ich mich auch nicht.«

Merle, die am Herd stand und köstlich duftendes Gemüse briet, schaltete sich ein. »Ähm, ja, ich hab so viel eingekauft, dass wir das zu zweit niemals geschafft hätten.« Dabei kehrte sie uns den Rücken zu, sodass offenblieb, wen genau sie mit »zu zweit« gemeint hatte.

Jens und ich tauschten einen Blick. »Was glaubst du, wer von uns beiden wurde nachträglich als Resteverwerter hinzugebeten?«, fragte er.

Meine seltsame Befangenheit verschwand, und ich musste lachen. »Wann hat sie dich denn gefragt? Mich hat sie heute um …«

»Ist doch ganz egal«, sagte Merle. »Jetzt seid ihr halt beide da, was soll's.« Sie schwenkte das Gemüse so heftig in der Pfanne, dass ein nicht unerheblicher Teil über den Rand flog und auf dem Herd landete.

Jens, der sie mit Argusaugen beobachtete, ging zu ihr rüber. »Du willst das Gemüse doch nicht an die Decke klatschen, sondern schwenken, oder? Dann mach es aus dem Handgelenk heraus«, sagte er und nahm ihr die Pfanne ab. »So schwer ist die nicht, also fass sie nur mit einer Hand an. Siehst du, so.« Er demonstrierte es und reichte ihr die Pfanne zurück. Dieses Mal stellte Merle sich schon geschickter an. »Viel besser«, lobte Jens.

Um nicht völlig nutzlos dazustehen, nahm ich ein paar vertrocknete Sonnenblumen aus der Vase auf der Fensterbank und entsorgte sie im Müll. An der Spüle wusch ich die Vase ab und befüllte sie mit frischem Wasser.

Jens kontrollierte derweil die arme Merle. Er probierte einen Streifen Paprika und nörgelte: »Das Gemüse ist schon einen Tick drüber, also nimm es lieber vom Herd. Außerdem fehlt Salz, und du hast viel zu viel Rosmarin ...«

Merle schob Jens energisch von sich weg. »Ich hab gesagt, dass *ich* koche!«

»Ist ja gut.« Er blieb drei Schritte entfernt von ihr stehen.

Ich steckte meinen mitgebrachten Strauß der Woche in die Vase und stellte ihn auf den Küchentisch. »Ihr solltet Blumen nicht in die pralle Sonne stellen«, erklärte ich, doch die beiden beachteten mich gar nicht.

»Hast du noch alles im Blick?«, fragte Jens. »Du wolltest doch Blätterteigtaschen machen, im Grunde genommen hättest du die als Erstes ...«

»Jens!« Merle wischte sich den Schweiß von der Stirn und starrte ihn durchdringend an. »Hör auf!«

»Ich will dir doch nur helfen, an deinem Timing zu arbeiten!«

»Wenn ich erst mal meine Ausbildung zur Köchin mache, lerne ich das schon noch.«

Oh, das war neu! Andererseits überraschte es mich auch nicht wirklich, immerhin redete Merle, seit sie bei Jens aushalf, von nichts anderem als vom Kochen.

Jens selbst schien diese Neuigkeit jedoch völlig unvorbereitet zu treffen. »Wenn du *was* machst?!«

Merle war hochrot angelaufen. »Ich habe beschlossen, dass ich Köchin werden will.«

»Aber du wolltest doch immer Geschichte oder Archäologie studieren und nach irgendwelchen Tempeln suchen.«

»Ja, mit zwölf vielleicht.«

Jens musterte sie eingehend. »Das meinst du doch nicht ernst.«

»Doch, das meine ich ernst! Ganz sicher, hundertprozentig, ich will Köchin werden, und ich werde nicht eher ruhen, bis ›Chef de Cuisine‹ auf meiner Kochjacke steht!«, rief sie so dramatisch, dass ich mir ein Lachen verkneifen musste.

Jens schien das nicht besonders lustig zu finden. »Du bist viel zu schlau, um Köchin zu werden! Selbst wenn du nicht Geschichte studierst, kannst du Ärztin werden oder Anwältin oder ... keine Ahnung, Atomphysikerin. Wieso muss es denn ausgerechnet *Köchin* sein?«

»Du bist doch selbst Koch geworden«, warf ich ein. »Wieso gestehst du Merle das nicht auch zu?«

»Weil sie sich das verdammt noch mal nicht antun soll!« Nun wandte er sich an Merle. »Denk mal drüber nach: Die Arbeitszeiten sind der Horror, es ist ein megastressiger Knochenjob, du stehst bis zu zwölf Stunden täglich in der bullenheißen Küche. Köche sind entweder Prolls, Arschlöcher oder Diktatoren, und wahrscheinlich wirst du die ganze Zeit angemotzt. Und beschissen bezahlt ist es auch noch!«

Merle hob das Kinn und sah ihn trotzig an. »Dich ertrage ich doch auch, ohne in Tränen auszubrechen.«

»Ja, zwölf Stunden in der *Woche!* Und außerdem bin ich ein zahmes Reh in der Küche.«

»Stimmt überhaupt nicht, du motzt Lukas und mich ständig an, dass es nicht schnell genug geht oder dass etwas scheiße aussieht oder schmeckt.«

»Ich motze nicht rum, ich weise euch freundlich darauf hin. Glaub mir, das ist nicht der richtige Job für dich.«

Ich hatte mich inzwischen an den Tisch gesetzt und trank etwas von Jens' Bier. »Wieso freust du dich denn eigentlich gar nicht darüber, dass Merle in deine Fußstapfen treten will?

Du solltest dich doch eher geschmeichelt fühlen, als so auszurasten.«

Jens ließ sich auf den Stuhl neben mir fallen und nahm mir das Bier aus der Hand, um einen Schluck zu trinken. »Es freut mich ja«, sagte er schließlich. »Es freut mich wirklich, Merle, aber ich finde es einfach schwachsinnig, dass du mit deinen Schulnoten ausgerechnet Köchin werden willst.«

Merle kniff die Augen zusammen: »Du warst doch auch auf dem Gymnasium und bist abgegangen, um Koch zu werden.«

Überrascht sah ich Jens an. Das hatte ich bislang ja gar nicht gewusst.

»Ja, aber im Gegensatz zu dir war ich absolut scheiße in der Schule. Und dass du abgehst, davon kann ja wohl überhaupt keine Rede sein!«

»Es macht doch keinen Sinn, noch zwei Jahre dahin zu gehen, wenn ich jetzt schon weiß, dass ich die Ausbildung machen will«, sagte Merle prompt.

Für ein paar Sekunden saß Jens wie eingefroren da, doch dann sprang er so heftig auf, dass die Blumenvase ins Wanken geriet. Im letzten Moment konnte ich sie auffangen. »Du wirst nicht von der Schule abgehen! Das kannst du vergessen!«

»Meine Schulpflicht ist beendet, niemand kann mich mehr zwingen, da hinzugehen! Und du schon mal gar nicht!«

Jens starrte Merle wutschnaubend an. Ich fürchtete schon, dass er jeden Moment explodieren würde, doch dann atmete er tief durch und setzte sich wieder. »Nein, das stimmt«, sagte er auffallend ruhig. Er holte sein Handy aus der Hosentasche und tippte auf dem Display herum. »Dann rufen wir doch am besten gleich mal Papa an, um ihm die frohe Botschaft zu verkünden. Er wird sich bestimmt total freuen und sehr gerne deinen Ausbildungsvertrag unterschreiben, da du als Minderjährige das ja noch nicht alleine darfst.«

Ich konnte Jens nur zu diesem Schachzug beglückwünschen. Auf die Idee wäre ich nie gekommen. Merle hingegen tat mir leid. Sie starrte auf das Handy, das Jens sich inzwischen ans Ohr hielt, und man konnte deutlich sehen, wie es hinter ihrer Stirn ratterte.

»Hallo Papa«, sagte Jens in diesem Moment. »Mir geht's gut, ja. ... Merle auch. Sie möchte dir übrigens was Wichtiges sagen. Ich geb sie dir mal.« Er hielt ihr zuckersüß lächelnd das Telefon hin.

»Arschloch«, zischte sie und nahm ihm das Handy ab. »Hi Papa, wie geht's?«

Jens reichte mir sein Bier rüber, und ich nahm einen Schluck, während wir Merle bei ihrem Telefonat beobachteten.

Sie nestelte in ihren Haaren und schabte mit dem Fuß über ein Stück Zucchini, das auf dem Boden lag. »Mhm ja, mir auch ... Nein, ich wollte nur sagen, dass ich, äh ... morgen eine Matheklausur schreibe. ... Ja, habe ich ... Jaha, ich gehe schon seit Wochen regelmäßig ... Ich weiß!«, rief sie gereizt. »Wie ist es denn bei euch?« Dann ging sie mit dem Telefon aus dem Raum.

Jens grinste mich breit an. »Gefahr erkannt, Gefahr gebannt. Das ist meine neue Taktik. Funktioniert jedes Mal.«

»Petzen?«, fragte ich lachend.

»Nein, es reicht, das Petzen anzudrohen.«

»Warum traust du Merle den Job eigentlich nicht zu? Ich meine, klar, er hat große Nachteile, aber die hat jeder andere Job auch. Außerdem habe ich nicht den Eindruck, dass du todunglücklich damit bist.«

»Bin ich auch nicht. Ich liebe meinen Beruf. Aber für die Gastronomie muss man echt geboren sein, und ich kann mir einfach nicht vorstellen, dass Merle es ist.«

»Ich schon«, sagte ich. »Sie bekocht mich ständig, und sie ist genauso gastfreundlich wie du.«

Jens hob die Augenbrauen. »Wie würdest du nur überleben, wenn Merle und ich dich nicht ernähren würden?«

»Tomatenbrote und Tütensuppe, weißt du doch. In welche Kategorie von Koch fällst du eigentlich? Proll, Arschloch oder Diktator?«

Er wiegte bedächtig den Kopf. »Mittlerweile bin ich selbstverständlich die Ausnahme, die die Regel bestätigt. Aber im Laufe meiner Karriere habe ich jede Kategorie durchlaufen.«

Merle kam wieder rein und hielt Jens sein Handy hin. »Okay, du hast gewonnen. Erst mal.« Sie hob ihren Kopf und straffte die Schultern. »Trotzdem bleibt es dabei. Ich will Köchin werden, und das lass ich mir von niemandem ausreden!«

»Alles klar«, sagte Jens gelassen. »Darf ich dir denn jetzt beim Kochen assistieren, damit wir endlich in den Park kommen? Ich halt es hier drinnen nicht mehr aus.«

»Aber du redest mir nicht rein. Ich entscheide, wie es gemacht wird.«

Jens stand auf und ging an den Kühlschrank. »Für diese Einstellung wird dein zukünftiger Ausbilder dich lieben.«

Wir platzierten unsere Decke möglichst nah am Stadtparksee und machten uns über das Picknick her. Die Sonne stand inzwischen tief am Himmel, und obwohl hier am See der Wind stärker wehte als in den Straßen Winterhudes, war es immer noch heiß. Der Park platzte fast aus allen Nähten. Überall sah ich fröhliche Menschen, die den Sommer genossen, indem sie picknickten, grillten oder im See badeten.

Merle hatte sich richtig ins Zeug gelegt. Es gab Tomatensalat, mariniertes Gemüse, Datteln im Speckmantel, mit Spinat und Feta gefüllte Blätterteigtaschen, Hähnchenspieße, verschiedene Dips und knuspriges Baguette.

»Mmmh, Merle, das war megalecker«, sagte ich, als ich endgültig nichts mehr reinkriegte.

Sie warf Jens einen triumphierenden Blick zu. »Siehst du, ich *kann* kochen.«

»Ich habe nie etwas anderes behauptet. Gut, mit deiner Unordnung stehst du dir selbst im Weg, und dein Zeitmanagement ist miserabel, aber das kannst du alles lernen.«

Merle strahlte über das ganze Gesicht und wollte gerade etwas erwidern, als Jens schnell hinzufügte: »Wenn du dein Abi in der Tasche hast, dann immer noch Köchin werden willst und einen Ausbildungsplatz bekommst.«

»Bestimmt bekommt sie den«, warf ich ein. »Sie hat doch Beziehungen.«

Jens zog Merle spielerisch am Zopf. »Falls ich damit gemeint sein sollte – ich glaube nicht, dass ich dieses Monster guten Gewissens einem Kollegen empfehlen kann.«

Sie streckte ihm die Zunge raus, woraufhin die beiden anfingen zu lachen.

Jens und Merle waren schon ein komisches Team. Obwohl ich mich in diesem Moment so wohlfühlte wie schon lange nicht mehr, beschlich mich auch ein seltsam wehmütiges Gefühl. Früher hatte ich mir oft einen Bruder oder eine Schwester gewünscht, mit der ich herumalbern, quatschen oder auch mal streiten konnte. Wenn ich mit Merle und Jens zusammen war, wurde die Sehnsucht danach einerseits wieder wach, andererseits hatte ich aber auch das Gefühl, endlich gefunden zu haben, wonach ich mich immer gesehnt hatte. Ganz schön verwirrend.

»Ich hätte Lust auf ein Eis«, verkündete Merle. »Wie sieht's bei euch aus?«

Ich blähte die Wangen auf und hielt mir den Bauch. »Nee, bei mir geht nichts mehr rein.«

»Eis geht doch immer«, sagte Jens.

»Kann sein. Aber ich mach mir nichts aus Eis.« Ich blickte auf den See, in dem noch immer ein paar Jugendliche herumplanschten. Nach einer Weile wurde mir bewusst, dass Merle und Jens mich anstarrten. »Was ist?«

»Das gibt es nicht«, sagte Merle. »Menschen, die sich nichts aus Eis machen, gibt es nicht.«

»Doch. Es ist gefroren, es ist kalt – ich sehe den Sinn darin nicht.«

»Das ist doch der Sinn!«, rief Jens.

»Man kann sich keine Zeit damit lassen, weil es schmilzt. Oder es rutscht von der Waffel, und der ganze Spaß ist sofort vorbei.«

Merle und Jens tauschten einen Blick und brachen in lautes Gelächter aus. »Du hattest als Kind wohl mal ein paar traumatische Erlebnisse, was?«, wollte Jens wissen.

»Jaja, macht euch ruhig über mich lustig. Ihr wisst ja nicht, was ich …« Mitten im Satz unterbrach ich mich, da ich von einem Jogger abgelenkt wurde, der ganz in unserer Nähe auf dem geteerten Weg angelaufen kam. Mein Herz setzte einen Schlag aus. »Oh mein Gott, das ist Alex!«

»Wer?«, fragte Merle.

Jens richtete sich auf und folgte meinem Blick. »Krasser Typ, bei der Hitze zu joggen.«

»Wer ist Alex?«, fragte Merle lauter.

Inzwischen war er schon an uns vorbeigelaufen. Meine Augen klebten an ihm fest. »Mein Traum…anwalt.«

»Dein *was?*«

Fahrig richtete ich meine Haare und zupfte an meinem Kleid herum. »Was soll ich denn jetzt machen?!«, herrschte ich Jens an.

»Weiß ich doch nicht!«

Alex hatte sich bereits ein deutliches Stück von uns entfernt. Ohne weiter nachzudenken, sprang ich auf, wobei ich in die Schüssel mit dem Tomatensalat trat, und rannte barfuß hinter ihm her. »Alex!«, rief ich, als ich auf Hörweite an ihn herangekommen war. »Äh, Herr … Alex!«

Er lief unbeirrt weiter, ohne irgendeine Reaktion zu zeigen. Verdammt, war der schnell! Ich erhöhte mein Tempo, sodass Usain Bolt mir sicher anerkennend auf die Schulter geklopft hätte, wäre er jetzt hier gewesen. Nach ein paar Metern hatte ich Alex zum Glück so weit eingeholt, dass ich ihm an die Schulter tippen konnte. Er fuhr zusammen, drehte sich zu mir um und blieb abrupt stehen. Erleichtert tat ich es ihm gleich und merkte erst jetzt, wie sehr ich außer Puste war. Immerhin hatte ich gerade erst Tonnen von Essen in mich hineingestopft. Ich stützte meine Arme auf meinen Oberschenkeln ab und atmete schwer, während er sich die Stöpsel seines MP3-Players aus den Ohren zog (deswegen hatte er mich also nicht gehört). Er musterte mich verwundert, dann berührte er mich vorsichtig an der Schulter. »Alles okay?«

Ich nickte eifrig, und obwohl ich immer noch völlig außer Atem war, versuchte ich mühsam, etwas zu sagen. »Was für ein … Zufall, also ich meine …«, japste ich. »Ich hab Sie zufällig gesehen und dachte … ich sag schnell Hallo.«

Alex Lange fing an zu lächeln, und die Sonne ging auf. »Das ist ja schön. Hallo Frau Wagner.« In seinen kurzen Laufklamotten, so verschwitzt und mit wirren Haaren fand ich ihn ziemlich sexy.

Zum Glück hatte ich mich inzwischen einigermaßen gefangen, sodass ich wieder in der Lage war, vernünftig zu sprechen. »Gehen Sie öfter hier laufen?«

»Ja, mindestens dreimal die Woche.«

Krass. Der ging *mindestens* dreimal die Woche joggen?!

»Wow. Sportlich. Dann wohnen Sie in der Nähe des Stadtparks? In Winterhude? Oder Barmbek?«

»Nein, in Eppendorf.«

Hätte ich mir auch gleich denken können. Er sah ganz nach dem schnieken Eppendorf aus. Wobei, jetzt gerade sah er eigentlich viel mehr nach verschwitztem, sportlichem Mann aus. Mein Blick streifte seine Oberarme. Zum Glück hatte er nicht solche Hulk-Hogan-Brecher wie Tom, sondern angenehm normale Muskeln. Wie Jens. »Wir sind übrigens mit der Renovierung des Ladens fertig«, setzte ich unser Gespräch wieder in Gang. »Ist total schön geworden. Heute hatten wir den ersten Tag nach der Neueröffnung, und es ist richtig gut gelaufen.«

Sein Lächeln vertiefte sich. »Das freut mich. Ich bin gespannt, wie der Laden jetzt aussieht. Donnerstag sehe ich es ja.«

Wir lächelten uns an, und ich fragte mich verzweifelt, wie ich ihn aufhalten konnte. Mit dem Daumen deutete ich über meine Schulter. »Ich sitze hier mit meinem Freund und seiner Schwester. Also ich meine, er ist *ein* Freund, nicht *mein* Freund«, beeilte ich mich, klarzustellen, und fügte dann noch hinzu: »Ich bin Single. Schon seit fast einem Jahr.« Super, Isa. Das kam gar nicht merkwürdig rüber.

»Ah«, sagte Alex nickend. »Das ist … Ich bin ja auch Single.«

»Mhm, ich weiß. Warum setzen Sie sich nicht zu uns? Meine Freunde haben gekocht, Hähnchenspieße und so. Es gibt aber auch vegetarische Sachen, falls Sie Vegetarier sind. Ich weiß allerdings nicht, ob auch vegane Gerichte dabei sind. Vielleicht das Brot und ähm … die Datteln im Speckmantel sind auch ohne Käse, Ei und Milchprodukte und so.«

»Das stimmt. Aber mit Fleisch. Wegen des Specks, wissen Sie?«

Mit der Hand schlug ich mir gegen die Stirn. »Ach, ja klar. Wie blöd.«

»Macht doch nichts. Ich bin sowieso weder Vegetarier noch Veganer.«

»Tja, dann ... Kommen Sie doch mit.«

Für einen Moment zögerte er, und ich dachte schon, dass er Ja sagen würde. Doch dann wurde ich enttäuscht. »Das ist wirklich nett, aber ich kann leider nicht«, sagte er bedauernd. »Ich habe mir Arbeit mit nach Hause genommen, die ich heute noch erledigen muss.«

»Schade.« Mir wurde bewusst, dass meine Füße wehtaten. Kein Wunder, immerhin war ich gerade zweihundert Meter ohne Schuhe über heißen Asphalt gewetzt.

»Ein anderes Mal gerne.«

»Okay. Dann schönen Abend noch.« Ich hielt ihm die Hand hin. Er schüttelte sie, länger als nötig, wie mir auffiel. Dabei sah er mir in die Augen und lächelte mich so süß an, dass ich mich am liebsten auf ihn gestürzt hätte.

»Wir sehen uns Donnerstag.« Er stopfte sich wieder seine Kopfhörer ins Ohr, hob grüßend die Hand und lief davon.

Nachdem er hinter einer Kurve verschwunden war, humpelte ich zurück zu Jens und Merle. Die beiden hatten Alex und mich offenbar die ganze Zeit aus der Entfernung beobachtet und glotzten mich immer noch unverhohlen an, als ich bei ihnen ankam.

»Was war das denn bitte für 'ne Aktion?«, fragte Merle streng. »Du bist einem Mann hinterhergerannt! Eine Frau sollte *niemals* einem Mann hinterherrennen! Stimmt's, Jens?«

Er zuckte mit den Achseln. »Keine Ahnung. Ist das so?«

Ich ließ mich auf der Decke nieder und begutachtete meine Fußsohlen. Sie waren knallrot und an einigen Stellen aufgescheuert. »Aua, verdammt.«

»Immerhin kann dir niemand vorwerfen, du hättest nicht genug Einsatz gezeigt«, meinte Jens.

Merle beobachtete uns mit einem verkniffenen Zug um den Mund. »Also, ich finde es jedenfalls nicht gut, dass du dich ihm so an den Hals wirfst. Der denkt doch, du wärst leicht zu haben.«

›Für ihn bin ich ja auch leicht zu haben‹, dachte ich, doch ich sagte es lieber nicht laut. »Ich werfe mich ihm nicht an den Hals«, stellte ich klar. »Aber ich habe auch nicht vor, so zu tun, als fände ich ihn uninteressant.«

»Bist du in den verknallt oder was?«

»Isabelle ist nicht in ihn verknallt, er ist die große Liebe ihres Lebens«, stellte Jens klar.

Ich griff nach einer Flasche Wasser, um einen Schluck zu trinken, und begegnete dabei Merles durchdringendem Blick. »Was ist?«

»Ach, nichts. Ich wundere mich nur darüber, dass ich von dem noch nie etwas gehört habe, und jetzt ist der aus heiterem Himmel deine große Liebe.«

Jens lenkte das Gespräch daraufhin in unverfänglichere Bahnen, und nachdem wir noch eine Stunde über Gott und die Welt gequatscht hatten, machten wir uns auf den Weg nach Hause.

Vor dem Insbettgehen schrieb ich gleich fünf Zettel für mein Glücksmomente-Glas und kam zu dem Schluss, dass der heutige Tag der beste seit Langem gewesen war.

Eine richtig gute und eine schlechte Abfuhr

Am Donnerstag brezelte ich mich für mein Geschäftstermin-Date mit Alex besonders auf. Irgendwie hatte ich das starke Gefühl, dass heute etwas Entscheidendes zwischen uns passieren würde, daher wollte ich auf jeden Fall vorbereitet sein. Merle wäre entsetzt gewesen, wenn sie gesehen hätte, mit was für einem strahlenden Lächeln ich ihn begrüßte und dass ich mich während unseres Rundgangs durch den renovierten Laden zweimal nicht beherrschen konnte und wie zufällig meine Hand auf seinen Arm legte. Es war mir ja selbst ein bisschen peinlich, aber andererseits sollte er wissen, dass ich interessiert an ihm war.

Alex war schwer beeindruckt von unserer Arbeit und sehr zufrieden mit dem Umsatz der letzten Tage. Außerdem hatte er schon positive Rückmeldungen von einigen der Gläubiger erhalten. Zwei Stunden lang gingen wir gemeinsam Listen und Pläne durch. Mir rauchte der Kopf vor lauter Zahlen, und außerdem war es furchtbar anstrengend, mich auf das zu konzentrieren, was Alex sagte, während ich ihn eigentlich viel lieber einfach nur angehimmelt hätte.

Als ich ihm gegen Ende des Gesprächs noch einen Eistee anbot und ihn fragte, ob ich ihm die Flyer zeigen solle, die ich inzwischen an eine Druckerei gesendet hatte, lehnte er dankend ab. Sofort geriet ich in Panik. Lag es an mir, dass er schon gehen wollte? War ich ihm zu aufdringlich geworden, sodass er mich jetzt auf Abstand halten wollte? Doch als er seine Sachen zusammenpackte, sagte er: »Es tut mir wirklich leid, ich hätte mir die Flyer gerne angeschaut. Aber ich muss noch zu einem dringenden anderen Termin.« Sein Bedauern wirkte aufrichtig.

»Wann sehen wir uns denn wieder?«, fragte Brigitte, und sprach damit, ohne es zu wissen, meinen Gedanken aus.

Alex zog seinen Terminkalender aus der Aktentasche. »Wie wäre es am 8. August?« Sein Blick streifte mich. »Ähm, ich bin ab Samstag erst mal drei Wochen im Urlaub.«

Mir blieb das Herz stehen, und beinahe wäre ich vom Stuhl gefallen. Urlaub? Drei Wochen lang?! Er konnte doch nicht einfach so holterdiepolter in Urlaub fahren! Das musste er doch früher ankündigen, damit ich mich darauf einstellen konnte! »Und was, wenn wir dringende Fragen haben?«

»Ich habe selbstverständlich eine Urlaubsvertretung. Und ich kann Ihnen versichern, dass Sie bei Herrn Friedrich in den besten Händen sind.«

Ich wollte aber lieber in *seinen* Händen sein! Einfach so abzuhauen, für drei Wochen, und das ausgerechnet jetzt, wo wir in einer entscheidenden Phase unserer Liebesgeschichte angekommen waren. Ich räusperte mich und gab mir Mühe, total gelassen rüberzukommen. »Soll ich Sie noch zur Tür begleiten?«

»Ja, das wäre nett.«

»Wohin fahren Sie denn in Urlaub?«, erkundigte ich mich, als wir vor dem Laden standen.

»Nach Australien. Tauchen am Great Barrier Reef und dann mit dem Camper durchs Outback.«

»Wow! Das klingt ja nach einem richtigen Traumurlaub.«

»Ja, finde ich auch. Tauchen Sie?«

»In der Badewanne vielleicht. Aber ich stelle es mir wunderschön vor. Und ein bisschen gruselig.«

»Ist es auch«, lachte er. »Aber wenn man erst mal unten ist

und die Fische sieht, vergisst man das sehr schnell. Fahren Sie denn auch in Urlaub?«

Oho, konnte er sich etwa auch nicht von mir trennen? »Nein, momentan möchte ich gar nicht weg, so wie es im Laden aussieht.«

Er sah mich besorgt an. »Gönnen Sie sich mal etwas Ruhe. Sie beide. Diese Situation ist sehr belastend und zehrt an den Nerven, da brauchen Sie auch mal Abstand.«

Wie süß war das denn? Er machte sich Sorgen um mich? In meinem Magen begann es zu kribbeln.

Statt mir die Hand zum Abschied zu geben, strich er mir leicht über die Schulter. »Tschüs, Frau Wagner.«

Ohne darüber nachzudenken, sagte ich: »Es kommt mir irgendwie so komisch vor, dieses ›Sie‹. Ich meine, wir sind doch vom Alter her gar nicht so weit auseinander. Sie sind vielleicht ... dreißig?«

»Fünfunddreißig.«

»Okay, dann eben fünfunddreißig. Ich bin siebenundzwanzig, also liegen nur acht Jahre dazwischen. Wollen wir uns nicht duzen?«

Er zögerte. Wahrscheinlich überlegte er, wie er möglichst taktvoll Nein sagen konnte. Vor Scham wäre ich fast im Boden versunken. »Ähm, ich ...«, antwortete er nach einer halben Ewigkeit. »Normalerweise duze ich mich nicht mit Mandanten. Wir haben eine Geschäftsbeziehung und ...«

»Klar!«, sagte ich hastig. »Sie haben ja recht.«

»Mir kommt es aber auch komisch vor, dich zu siezen. Sie zu siezen«, korrigierte er sich und sah mich beinahe traurig an. »Es ist sowieso eine komische Situation. Insgesamt. Ich meine, dass ich Ihr Anwalt bin, ist ...«

Scheiße? Oder was? Ungeduldig wartete ich darauf, dass er seinen Satz beendete, doch er tat es nicht.

Stattdessen schüttelte er den Kopf und schaute auf seine Armbanduhr. »Tut mir leid, ich muss los. Wir sehen uns am 8. August. Passen Sie gut auf sich auf.«

Wir tauschten noch einen letzten Blick, dann drehte er sich auf dem Absatz um und ging davon.

Völlig verwirrt blieb ich zurück und hatte das seltsame Gefühl, soeben eine fette Abfuhr bekommen zu haben, meinem Traummann aber trotzdem einen großen Schritt nähergekommen zu sein. Im Grunde handelte es sich also um eine gute Abfuhr. Eine richtig gute sogar.

Erfreulicherweise setzte sich der Trend zu mehr Kundschaft in den nächsten Tagen fort. Der Strauß der Woche sowie die Balkonpflanzen blieben die absoluten Renner im Programm, und es kam zusehends auch mehr Laufkundschaft herein, um einen Blumenstrauß oder »Tüdelkram« für den Balkon zu kaufen. Im Laden war so viel los, dass ich fast schon ein schlechtes Gewissen hatte, als ich am Montagmorgen zum Friedhof fahren musste, um einen Sarg zu schmücken. Bei der Gelegenheit drückte ich dem Bestatter gleich ein paar der neuen Flyer in die Hand, und er erklärte sich gerne bereit, sie in seinem Geschäft auszulegen. Das war zwar nur ein Teilerfolg, denn mit diesem Bestatter arbeiteten wir ja sowieso schon zusammen, aber immerhin schienen die Flyer gut anzukommen.

Als ich wieder zurück in den Laden kam, lief ich geradewegs Herrn Dr. Hunkemöller in die Arme. Selbst an diesem heißen Julitag war er formvollendet gekleidet in weißer Hose, weißem Hemd und dunkelblauem Sakko mit Einstecktuch, und bei seinem Anblick musste ich automatisch an Käpt'n Iglo denken. Nur die Kapitänsmütze fehlte. »Ah, Frau Wagner«, sagte er lächelnd und strich sich seinen ohnehin tadellos sitzenden grauen Scheitel zurecht. »So fröhlich und frisch wie dieser Sommermorgen.«

»Draußen sind es bereits siebenundzwanzig Grad«, erwiderte ich. »Und danach sehe ich auch aus, fürchte ich.«

Er lachte gutmütig. »Bildhübsch sehen Sie aus. Wie immer.« Er nahm Brigittes Hand, hauchte einen Kuss darauf, und dann – ich traute meinen Augen kaum – beugte er sich vor und flüsterte ihr etwas ins Ohr. Er gab ihr einen Handkuss und flüsterte ihr etwas ins Ohr! Direkt vor meiner Nase! Ich knallte die Kiste mit Bändern und Blumendraht, die ich mit zur Friedhofskapelle genommen hatte, laut und vernehmlich auf den Bindetisch. Brigitte und ihr Kavalier schienen sich daran jedoch nicht im Geringsten zu stören. Sie lachte gurrend, flüsterte etwas zurück und sagte dann laut: »Ihnen auch noch einen schönen Tag, Herr Dr. Hunkemöller.«

»Auf Wiedersehen, Frau Schumacher.« Er verbeugte sich leicht in meine Richtung. »Auf Wiedersehen, Frau Wagner.«

»Tschüs«, sagte ich und ging in die Küche, um mir einen Eistee zu machen. Mir stockte der Atem, als ich sah, was dort auf dem Tisch stand: ein Strauß aus Rosen und Lilien in einer abscheulichen Farbkombination: rosa, weiß und rot. Dieses geschmacklose Monstrum hatte mindestens fünfzig Euro gekostet und kam eindeutig nicht aus unserem Laden. Ich drehte mich auf dem Absatz um und ging zu Brigitte, die am Bindetisch herumwerkelte. »Was ist das denn für ein Strauß? Den hast aber nicht du gemacht, oder?«

»Nein, habe ich nicht.«

»Und woher kommt er dann?«, fragte ich, obwohl ich es sowieso schon ahnte.

»Die Blumen sind ein Geschenk von Wa… Herrn Dr. Hunkemöller.«

»Wie bitte?!«, rief ich. »Das ist doch … Der hat …« Ich

atmete tief durch. »Wieso schenkt der dir Blumen? Sag mal … Läuft da was bei euch?«

»Natürlich nicht!«

»Pff!«, machte ich. »Klar. Und überhaupt, wieso schenkt der einer *Floristin* Blumen? Wie bescheuert ist das denn?«

Brigitte steckte die fertig angeschnittenen Gerbera zurück in die Vase und brachte sie an ihren angestammten Platz. »Ich finde das sehr nett, denn gerade, weil ich Floristin bin, hat mir noch nie jemand Blumen geschenkt. Dabei liebe ich Blumen sehr. Also war das doch sehr aufmerksam von ihm.«

Ich schnappte nach Luft. »Aufmerksam?! Er hat den Strauß bei der Konkurrenz gekauft, verdammt noch mal!«

Brigitte stemmte die Hände in die Hüften. »Dir geht es doch überhaupt nicht um den Strauß. Es passt dir nur nicht, dass ich mit Walter befreundet bin.«

»Ach, mit Walter also? Ihr seid schon beim Du?«

»Ja, sind wir.«

»Ihr seid beide verheiratet! Meinst du nicht, dass du dich lieber um deine Ehe kümmern solltest?«

»Halt dich da raus, Isabelle! Das geht dich nichts an!«

»Oh doch, es geht mich etwas an, wenn ihr beide direkt vor meiner Nase herumflirtet und euch gegenseitig was ins Ohr säuselt, und er für dich Blumen bei der Konkurrenz kauft, und dieses hässliche …«

»Hör auf!«, rief Brigitte. »Ich will nicht mehr darüber reden.« Wie um ihre Worte zu untermauern, ging sie nach draußen, um die Balkonpflanzen zu gießen.

Für den Rest des Tages herrschte dicke Luft zwischen uns, und ich rätselte die ganze Zeit, ob Brigitte tatsächlich eine Affäre mit Herrn Dr. Hunkemöller hatte. Das passte überhaupt nicht zu ihr! Andererseits, die Eheprobleme mit Dieter und dann auch noch die Schwierigkeiten mit dem Laden – vielleicht war es nicht ganz ausgeschlossen, dass sie in dieser Situation etwas Dummes tat.

Ich war froh, als kurz vor Feierabend meine Mutter vorbeikam, um sich den neugestalteten Laden anzusehen. Nachdem sie alles gebührend bewundert und ein Weilchen mit Brigitte geplaudert hatte, gingen wir rüber ins Thiels. Ich hatte ihr schon so oft von dem tollen Essen und von Jens und Merle erzählt, dass sie das Restaurant unbedingt kennenlernen wollte.

Wir saßen draußen an einem kleinen Zweiertisch und studierten die Speisekarte. Mir geisterte immer noch der Streit mit Brigitte im Kopf herum, und ich konnte mich kaum auf etwas anderes konzentrieren.

»Der Blumenladen sieht jetzt wirklich richtig hübsch aus, Isa. Und die Tischdeko hier gefällt mir auch sehr gut.«

»Danke.«

»Du bist die ganze Zeit schon so einsilbig. Was ist denn los?«

Ich atmete laut aus. »Ach nichts. Es war nur alles ein bisschen stressig in letzter Zeit.«

Meine Mutter nickte. »Ja, das kann ich mir vorstellen. Die Sorge um den Laden, die Renovierung ... Kein Wunder, dass du angespannt bist. Was schmeckt denn am besten hier?«

»Ach, eigentlich alles. Allerdings, bei der Hitze heute ...« Ich lupfte den Saum meines Kleides, um mir etwas Luft zuzufächeln. »Ich weiß gar nicht, worauf ich Hunger habe.«

»Hm. Ich glaube, ich nehme einen Salat.«

Kim kam an den Tisch, um unsere Bestellung aufzunehmen. »Ich habe keine Ahnung, was ich essen will«, sagte ich. »Jens soll mir einfach irgendwas machen. Und als Dessert bitte zweimal ...«

»... das Schokoladenmalheur, alles klar«, vollendete sie meinen Satz.

Nachdem meine Mutter und ich bestellt hatten, entspannte ich mich allmählich und erzählte ihr ausführlich von Alex. Ich ließ kein Detail aus, angefangen von unserer ersten Begegnung bis zu unserer Verabschiedung vor seinem Urlaub, und schilderte jede einzelne Facette seines Charakters, die ich bisher kennengelernt hatte. »Er ist so freundlich und zuvorkommend«, schwärmte ich. »Ein großartiger Zuhörer, und er macht sich nie über mich lustig, obwohl ich mich in seiner Gegenwart irgendwie immer ein bisschen merkwürdig benehme. Und ich glaube, er mag mich auch. Ich würde ihn so gerne besser kennenlernen, aber jetzt sehe ich ihn bis zum 8. August überhaupt nicht!« Ich seufzte tief. »Wie soll ich das denn nur aushalten?«

Meine Mutter lächelte mich wissend an und tätschelte meine Wange. »Sollst mal sehen, die Zeit geht schneller rum als du denkst. Dein Alex klingt wirklich nach einem richtigen Traummann. Er erinnert mich ein bisschen an deinen Vater.«

»Ehrlich?«

»Ja. Er war auch so ein freundlicher, guter Mensch. Und er war unglaublich geduldig. Weißt du, du warst ja wirklich ein sehr anstrengendes Baby ...«

Ich stöhnte auf und verdrehte lachend die Augen. »Nicht schon wieder«, sagte ich, obwohl ich diese Geschichte immer gerne hörte.

Meine Mutter fuhr unbeirrt fort. »Du hast geschrien und geschrien, und ich wäre fast durchgedreht. Aber dein Vater war nicht aus der Ruhe zu bringen und hat dich nächtelang getragen und dir vorgesungen. Ich glaube, dein Alex wäre genauso. Lass ihn dir nicht entgehen, Isa.«

Nachdenklich knabberte ich an meinem Daumennagel. »Wenn Alex auch nur ein bisschen wie Papa ist, darf ich ihn mir wirklich nicht entgehen lassen. Papa war der tollste Mensch auf Erden.«

Meine Mutter strich sich eine Haarsträhne aus der Stirn und räusperte sich. »Ja. Das war er.«

Wenig später servierte Kim meiner Mutter ihren Salat und mir ... »Eine geeiste Tomatensuppe mit Ziegenfrischkäse und Minze.«

Ungläubig starrte ich auf das Weckglas mit der roten Flüssigkeit, auf der ein weißer Klecks mit ein paar Minzblättern schwamm. »*Geeiste* Suppe? Hat er jetzt völlig den Verstand verloren?«

»Die ist köstlich«, beteuerte Kim. »Und bei dem Wetter genau das Richtige. Guten Appetit, lasst es euch schmecken.«

Widerwillig tauchte ich meinen Löffel in die Suppe und probierte. »Ach verdammt«, murmelte ich. »Die schmeckt echt. Manchmal nervt es, dass er immer gewinnt.«

Die Schokoladenmalheurs brachten Merle und Jens an unseren Tisch. Ich stellte die beiden meiner Mutter vor, und als Merle ihr die Hand gab, rief sie: »Sie sehen gar nicht aus wie Isa!«

Meine Mutter lachte. »Nein, sie kommt ganz nach ihrem Vater. Von mir hat sie nur die helle Haut und ihre Sommersprossen.«

»Jens und ich kommen auch beide nach unserem Vater«, erklärte Merle ernst. »Sonst würden wir uns ja auch nicht ähnlich sehen. Wir haben nämlich nicht die gleiche Mutter, wissen Sie? Mein Vater hat Jens' Mutter wegen meiner Mutter verlassen. Die beiden wa...«

Jens stieß sie in die Seite. »Merle, ein paar Details weniger, okay?«

Meine Mutter winkte ab. »Ach, macht doch nichts. Ein bisschen Klatsch und Tratsch hat doch noch keinem geschadet.«

»Wie war die Suppe, Isabelle?«, fragte Jens.

»Kalt.«

Er sah mich herausfordernd an. »Und?«

»Ganz okay so weit. Warm hätte sie mir besser geschmeckt.« Das war eine Lüge, denn gerade die Frische der Suppe hatte mich besonders fasziniert. Aber das musste ich ihm ja nicht auf die Nase binden. Andererseits schien er mir sowieso kein Wort zu glauben, wie sein selbstzufriedener Gesichtsausdruck verriet.

»Der Salat war auch sehr lecker«, sagte meine Mutter. »Ich habe ja neulich noch von einem dieser Fernsehköche gehört, dass man einen wirklich guten ...«

»Mama, lass mal«, fiel ich ihr ins Wort. »Jens kann Fernsehköche nicht leiden.«

Er sah mich irritiert an, sagte jedoch nichts weiter dazu. Wir unterhielten uns noch ein Weilchen, dann mussten Jens und Merle zurück in die Küche.

»Ich finde die beiden sehr nett«, sagte meine Mutter.

»Ja, das sind sie. Merle ist süß, ich mag sie total. Und Jens ist ... na ja, er ist ... Wir sind Freunde.«

»Das ist schön, Isa«, sagte sie lächelnd. »Ich freu mich für dich.«

Ich schob mir den Löffel in den Mund und schloss die Augen, als die samtige Süße sich auf meiner Zunge ausbreitete. Die Schokoladenmalheurs wurden echt von Mal zu Mal leckerer. Ob Jens regelmäßig das Rezept veränderte?

Brigitte und ich sprachen die gesamte Woche nicht mehr von Herrn Dr. Hunkemöller. Der Blumenstrauß stand zwar noch immer als hässliches Mahnmal in unserer Küche, aber weder sie noch ich erwähnten ihn auch nur mit einer Silbe. Stattdessen kümmerte ich mich intensiv um die Kundenakquisition und fuhr bei Bestattern vorbei, die wir an die Konkurrenz verloren hatten, um *Blumen Schumacher* wieder ins Gespräch zu bringen und meine Flyer zu verteilen. Jens hatte sich inzwischen bei etlichen seiner Gastronomie-Kollegen umgehört, doch entweder kümmerten sie sich selbst um die Blumen oder sie hatten bereits Lieferanten, mit denen sie zufrieden waren. Einzig Björn, ein befreundeter Caterer, hatte Interesse angemeldet. Wir trafen uns auf einen Kaffee im Thiels, wo ich ihm meine Blumendeko zeigte und Björn mir etwas über seinen Catering-Service erzählte. Er hatte den Laden gerade erst mit seiner Frau zusammen eröffnet. Das Geschäft lief gut an, er hatte bereits ein paar Sommerfeste von Unternehmen sowie einige größere Geburtstagsfeiern an Land ziehen können. »Bei neuer Kundschaft werde ich dich als Dekofee gleich mit anbieten. Hast du Flyer?«

»Ja klar.« Ich zog einen ganzen Stapel aus meiner Umhängetasche. »Natürlich werde ich mich auch revanchieren. Wenn ich Hochzeitspaare im Laden habe, empfehle ich dich als Caterer.«

»Perfekt«, sagte er und gab mir nun seinerseits einen Stapel Flyer.

Als Nächstes rief ich bei Kerstin Lennart an, einer Hochzeitsplanerin, die ich neulich beim Dekorieren einer Location kennengelernt hatte. Sie erinnerte sich tatsächlich noch an mich und kam gleich am nächsten Vormittag im Laden vorbei. Wir gingen gemeinsam meine Alben mit Fotos von Brautsträußen, Kränzen für Blumenmädchen, Kirchen- und Altarschmuck und Tischdeko durch. »Toll!«, rief sie immer wieder. »Wirklich richtig schön. Sehr stilvoll und edel. Und ihr seid günstig. Ein bisschen zu günstig sogar, wenn ich euch mit anderen Floristinnen vergleiche.«

»Wie bitte? Zu günstig?«

Sie nickte ernst. »Ihr könnt auf eure Preise locker fünfzehn bis zwanzig Prozent draufhauen. Ihr seid hier in Winterhude, die Leute haben Kohle und wollen ein Gefühl von Exklusivität. Und das vermittelt ihr ihnen nicht zuletzt über eure Preise.«

»Der Schuss kann aber auch nach hinten losgehen«, meinte ich.

»Klar. Ich kann dir nur meine Erfahrungen berichten, entscheiden musst du es letztlich selbst. Allerdings …« Sie tippte auf den Flyer. »Wenn wir zusammenarbeiten, dann nicht zu diesen Preisen. Hau zwanzig Prozent drauf. Sonst denken meine Kunden noch, ich biete ihnen Ramsch an.«

Mir wurde klar, dass Kerstin Lennart eine knallharte Geschäftsfrau war. Aber sowohl mein Bauch als auch mein Kopf sagten mir deutlich, dass ich davon profitieren würde und eine Menge von ihr lernen konnte. »Okay, abgemacht.«

Als Kerstin weg war, diskutierte ich die Preiserhöhung mit Brigitte, doch sie war strikt dagegen. »Unser großer Vorteil gegenüber der Konkurrenz ist, dass wir günstiger sind. Es wäre ein Riesenfehler, jetzt die Preise zu erhöhen.«

»Du kannst ja noch mal drüber nachdenken«, beharrte ich. »Wie weit bist du eigentlich mit den Arztpraxen und Büros?«

Brigitte wich meinem Blick aus. »Im Moment habe ich alle Hände voll zu tun, und du bist wahnsinnig viel unterwegs. Aber ich kümmere mich darum.«

Es war merkwürdig, doch in letzter Zeit gab es immer wieder Momente, in denen ich den Eindruck hatte, dass Brigitte sich nicht halb so viel um diesen Laden scherte wie ich. Immer öfter erwischte ich mich dabei, dass ich ihr nicht traute oder glaubte. Und ich hasste mich für dieses Gefühl.

Am Samstag traf ich mich mit Kathi, Dennis, Bogdan, Kristin und Nelly zum Grillen am Elbstrand. Wir aßen Würstchen und Salat, spielten Frisbee im Sand oder lauschten einfach nur den Wellen, die ans Ufer schlugen. Kathi und Nelly fragten mir Löcher über Alex in den Bauch und rieten mir, nach seinem Urlaub unbedingt »dranzubleiben«, denn ihrer Meinung nach war er durchaus an mir interessiert.

»Oh, apropos Urlaub«, sagte Kathi. »Dennis und ich haben spontan zwei Wochen Antalya gebucht. War total günstig, ein Last-Minute-Angebot. Nächsten Donnerstag geht's los.« Auch Bogdan und Kristin hatten eine Reise gebucht, und Nelly überlegte ebenfalls, wegzufahren. Na toll. Alle Welt fuhr in Urlaub, nur ich musste arbeiten. Aber andererseits konnte ich mir nicht vorstellen, Brigitte in der jetzigen Situation allein zu lassen.

Wir waren gerade auf dem Weg zurück zur Fähre, die vom Elbstrand zu den Landungsbrücken fuhr, als mein Handy brummte. Eine Nachricht von Knut: *Hab's ihr gesagt. Sie will mich nicht. Alles ist aus.*

»Ach du Schande!«, rief ich.

»Was ist los?«, fragte Kathi besorgt, aber ich beachtete sie nicht, sondern wählte Knuts Nummer. Es klingelte etliche Male, und ich dachte schon, dass er nicht rangehen würde, doch dann hörte ich seine Stimme. Sie klang seltsam heiser und gedrückt. »Moin Isa. Wie geht's?«

»Nein, wie geht es dir, Knut? Wo bist du jetzt?«

»Ich komm grad aus'm Kiezhafen. Werd wohl noch 'n paar Touren fahren. Mir geht's gut. Echt.«

Am Klang seiner Stimme konnte ich deutlich hören, dass das gelogen war. »Was hältst du davon, wenn wir uns auf ein Stündchen treffen? Ich bin jetzt in Övelgönne, wenn ich …«

»Bin in zehn Minuten da«, unterbrach Knut mich.

»Okay, ich warte unten am Anleger.«

Ich beendete das Gespräch und begegnete den besorgten Blicken meiner Freunde. »Das war Knut. Er hat Liebeskummer.«

Sie wollten unbedingt mit mir zusammen warten und nach ihm sehen, doch ich war mir sicher, dass ihm so viel Trubel nicht recht sein würde. Also stiegen sie widerwillig auf die nächste Fähre, nahmen mir aber das Versprechen ab, ihnen später noch zu schreiben, wie es ihm ging.

Inzwischen war es elf Uhr, und auf dem Ponton, an dem die Elbfähren an- und ablegten, war es ruhig geworden. Nur ein paar Leute saßen noch an den Bierzelttischen vor *Nuggis Elbkate*. Ich setzte mich auf eine Bank und wartete auf Knut. Die Elbe glitzerte im Mondlicht, am anderen Ufer beluden riesige Kräne ein Containerschiff. Immer wieder sah ich unruhig zur Brücke, bis ich endlich Knut entdeckte. Als er näher kam, fiel mir auf, dass seine dunklen Augen ein bisschen gerötet waren. Ob er geweint hatte? Ich konnte mir nicht vorstellen, dass ein gestandener, knallharter Rocker-Typ wie Knut jemals weinte. Andererseits sah er aber auch nur aus wie knallharter Rocker-Typ. In Wahrheit war er ein totaler Softie. »Jetzt erzähl mal, was passiert ist«, forderte ich ihn auf, nachdem er sich zu mir gesetzt hatte.

»Da gibt's eigentlich gar nich viel zu erzählen. Ich war vorhin im Kiezhafen, und es war ordentlich was los, Junggesellenabschiede un so … weißt ja. Irina hadde kaum Zeit, aber ich musste es ihr einfach heude sagen. Ich hadde mir alles schon zurechtgelegt.« Er spielte an seinem Totenkopfring. »Also sag ich ihr: ›Ich find dich echt gut, und wir würden doch 'n gudes Gespann abgeben. So beziehungsmäßig.‹«

»Und was hat sie geantwortet?«

»Nix erst mal. Da kam Kundschaft dazwischen, und sie musste acht Bier feddich machen.« Er starrte mit finsterem Blick auf die Elbe.

»Und als sie die fertig hatte?«

»Da hat sie gesacht, dass sie mich mag, aber eben nicht *so*, und dass sie für alle Zeiten die Schnauze voll hat von Typen. Und dass sie mich als Freund aber nich verlieren will.«

Hinter meiner Stirn pochte es, und ich drückte meine flache Hand dagegen, als könnte ich so etwas dagegen tun. Natürlich wurde es keinen Deut besser. *Das* war ganz eindeutig keine gute Abfuhr gewesen. »Scheiße, das ist echt übel.«

»Ach, war doch klar. Ich hab mir ja gleich gedacht, dass sie 'ne Nummer zu groß für mich is.«

»Sie ist keine Nummer zu groß für dich!«, protestierte ich. Oh Mann. Ich hatte Knut dazu getrieben, Irina seine Gefühle zu gestehen, also trug ich die Verantwortung dafür, dass es ihm jetzt schlecht ging. »Es tut mir so leid, dass ich dich dazu gedrängt habe, es ihr zu sagen!«

»Nu hör aber mal auf! Wenn ich's nich selbst für 'ne gude Idee gehalten hätt, hätt ich's nich gemacht. Wenigstens weiß ich jetzt, woran ich bin.«

Für eine Weile beobachteten wir schweigend, wie eine Fähre der Linie 62 an- und wieder ablegte.

»Ich hadde vergessen, wie weh so was tut«, sagte Knut schließlich finster. »Weißte, da geb ich ständig meinen Fahrgästen gude Ratschläge und versuch, ihnen zu helfen, aber jetzt, wo ich selbst in so 'ner Situation bin … da will man doch einfach nur, dass alle die Fresse halten.«

»Ich auch?«, fragte ich erschrocken.

»Nee, Isa. Du nich. Sonst wär ich doch nich hier. Aber ich wär dir dankbar, wenn du mir in absehbarer Zeit keine Tipps mehr geben würdest. Ich will einfach nix mehr hörn. Und eins kann ich dir sagen: Ich werd ab sofort meine Fahrgäste und alle andern in Ruhe lassen. Keine Ratschläge mehr. Für niemanden.«

»Ach, Knut.« Ich langte über den Tisch und griff nach seiner Hand. »Das wird dich doch nur noch unglücklicher machen.«

Er drückte meine Hand so fest, dass es wehtat, aber ich hielt still. Eine ganze Weile saßen wir so da und beobachteten die Fähren, die kamen und gingen, die Kräne am anderen Elbufer und das Wasser, das unermüdlich Richtung Nordsee zog. »Ich sollt mal wegfahrn«, sagte er nachdenklich. »Einfach mal in Urlaub. Nach England oder so. Am besten gleich morgen.«

Der Gedanke an einen Urlaub schien Knut wieder etwas Auftrieb zu geben, und auch wenn ich traurig war, dass noch einer meiner Freunde wegfahren würde, war es wahrscheinlich genau das Richtige für ihn. Wir saßen noch ein Weilchen zusammen und überlegten, was er sich in England alles anschauen könnte, bis er mich schließlich nach Hause fuhr. Zum Abschied drückte ich Knut fest an mich. »Mach's gut. Und melde dich, wenn du wieder da bist, okay?«

Obwohl er mir versichert hatte, dass es nicht meine Schuld war, konnte ich das Gefühl nicht abschütteln, dass es ihm jetzt nicht so schlecht gehen würde, wenn ich mich nicht eingemischt hätte. Und das war ein ziemlich mieses Gefühl.

Ziemlich viel Schweinestall und noch mehr Death Metal

Brigitte hatte mich gebeten, am Dienstag zu arbeiten, da sie bereits nachmittags den Laden verlassen wollte, um ihre Schwester zu besuchen. Ich war gerade dabei, für einen Kunden einen riesengroßen Hochzeitstags-Strauß zu binden, als Dieter hereinkam.

»Moin, Isa. Du hier? Ich dachte, du hast dienstags frei.«

»Nein, ich hab heute doch ...« Etwas hielt mich davon ab, meinen Satz zu beenden.

Dieter sah mich abwartend an, doch als ich weiterhin schwieg, legte er einen Briefumschlag auf den Tresen und sagte: »Brigitte hat die Karten für Aida vergessen.«

In meinem Hirn ratterte es. Brigitte hatte kein Wort davon gesagt, dass sie mit ihrer Schwester in die Oper gehen wollte. Wenn ich mich recht erinnerte, lautete der Plan Maniküre, Fußmassage und essen gehen.

»Jedenfalls dachte ich, ich bring die Tickets schnell vorbei, damit Brigitte nachher nicht extra noch mal zu uns nach Hause kommen muss«, sagte Dieter. »Find ich toll, dass du sie in die Oper begleitest, Isa. Weißt ja, das Gejaller ist nix für mich.«

»Äh ...« Oh Mann. Ich war hoffnungslos überfordert mit dieser Situation. Zum Glück kam mein Kunde mir zur Hilfe, indem er sich in das Gespräch einklinkte. »Aber Aida ist doch wunderschön.«

»Na ja«, meinte Dieter wenig überzeugt. Dann wandte er sich an mich. »Wo ist Brigitte denn überhaupt?«

Eine Clematis fiel mir aus der Hand, und ich bückte mich

hastig danach, um Zeit zu gewinnen. Dieter dachte ganz offensichtlich, dass Brigitte und ich heute in die Oper gehen wollten. Vielleicht hatte er etwas verwechselt. Vielleicht hatte sie die ganze Zeit von ihrer Schwester geredet, er aber hatte nicht richtig zugehört. Andererseits ... Wenn ich an ihr Geflirte mit Herrn Dr. Hunkemöller dachte, brauchte ich nur eins und eins zusammenzuzählen, um zu wissen, was hier los war. Mir wurde bewusst, dass ich schon verdammt lange hinter dem Tresen kauerte, und obwohl ich am liebsten für immer hiergeblieben wäre, war es wohl an der Zeit, wieder aufzutauchen. Ich stand auf und räusperte mich nervös. »Brigitte ist unterwegs, ein paar Besorgungen machen. Ähm ... Draht. 0,65er Wickeldraht. Und eine neue Floristenschere. Eine PICA 3 von Nägeli, die ist richtig gut. Und ... das war's. Mehr nicht.«

»Soso.« Dieter musterte mich befremdet. Mein Kunde hingegen sah durchaus beeindruckt aus. Wahrscheinlich würde er sofort losrennen, um sich eine PICA 3 für den Garten zu kaufen.

»Dann grüß Brigitte mal von mir«, sagte Dieter. »Und macht euch einen schönen Abend, ihr zwei.« Er klopfte mit den Fingerknöcheln auf den Tresen, nickte mir noch mal zu und ging.

Mehr schlecht als recht brachte ich den Rest des Arbeitstages hinter mich. Die ganze Zeit dachte ich darüber nach, ob Brigitte sich wirklich mit Herrn Dr. Hunkemöller traf oder ob ich die Flöhe husten hörte und das alles nur ein Riesenmissverständnis war. Ich versuchte zweimal, Brigitte anzurufen, doch es ging immer nur ihre Mailbox ran. Meine Gefühle und Gedanken spielten völlig verrückt. Ich machte mir Sorgen, war wütend, traurig und versuchte, mir alles schönzureden – immer im Wechsel und zeitweise alles gleichzeitig. Als ich den Laden endlich hinter mir abschloss, verfluchte ich Jens dafür, dass ausgerechnet heute Ruhetag war. Ich musste einfach mit jemandem reden, und mit seiner nüchternen Art war er jetzt genau derjenige, den ich brauchte. Ohne weiter darüber nachzudenken, setzte ich mich auf mein Fahrrad und fuhr geradewegs zu Jens' und Merles Wohnung.

Merle betätigte den Summer und empfing mich oben an der Wohnungstür. »Hi Isa. Das ist ja mal 'ne Überraschung! Jens und ich machen gerade Salat. Hast du Hunger?« Sie ging voraus in die Küche, wo Jens in schwindelerregendem Tempo eine rote Zwiebel in hauchdünne Scheiben schnitt. »Mit dem Ruhetag kommst du echt nicht klar, oder?«, begrüßte er mich grinsend.

»Ich bin nicht hier, um eine Mahlzeit zu schnorren«, sagte ich möglichst würdevoll.

»Okay, aber falls du mitessen willst, bist du herzlich eingeladen.« Er gab die Zwiebelscheiben in eine Schüssel, wischte sich die Hände an einem Küchentuch ab und ging an den Kühlschrank. »Bierchen? Oder lieber einen ...« Er nahm eine Flasche heraus und studierte das Etikett. »Riesling?«

»Ja, so ein spritziger, frischer Sommerwein, der Spaß macht, wäre jetzt genau das Richtige.«

»Mit Eiswürfeln?«

»Darf man das?«

»Wer will es uns denn verbieten?«

»Na dann, her damit.«

Er füllte Eiswürfel in zwei große Wassergläser und schenkte uns Wein ein, während ich mich zu Merle an den Küchentisch setzte. Sie hackte Erdnüsse akribisch klein und verwendete dafür ein so großes Messer, dass ich kaum hinsehen konnte. Ich mopste mir ein paar Nüsse und stopfte sie mir in den Mund. »Lecker. Hast du die geröstet?«

»Ja, klar. Wir machen einen thailändischen Rindfleischsalat«, sagte sie, als wäre es die größte Selbstverständlichkeit der Welt, dass man für einen thailändischen Rindfleischsalat geröstete Erdnüsse verwendete.

Jens stellte meinen Wein vor mir ab und werkelte dann weiter an der Arbeitsfläche herum.

»Und, was habt ihr heute so gemacht?«, erkundigte ich mich und trank einen Schluck von dem eiskalten Weißwein. Genau das Richtige bei dieser Hitze.

»Ich hab mir einen Bikini für Frankreich gekauft«, erzählte Merle, die in den Sommerferien mit einer Jugendgruppe zelten fahren würde. »Und dann waren Jens und ich schwimmen. Übrigens fahren wir Freitag nach Sankt Peter-Ording!«

Ein heftiger Schreck durchfuhr mich. Nicht die beiden auch noch! »Du schließt das Restaurant?«, fragte ich Jens mit klopfendem Herzen. »Für wie lange denn?«

»Nur ein Wochenende. Und ich schließe es nicht, ich gebe mir nur hitzefrei.«

»Ach so«, sagte ich und spürte, wie ich mich augenblicklich wieder entspannte.

Jens nahm einen Schluck von seinem Wein, dann begann er, Tomaten klein zu schneiden. »Im Moment ist nicht viel los, die Leute gehen lieber im Park grillen. Lukas und Andi werden das schon ganz gut alleine hinkriegen.« Andi war der neue Koch, der an zwei Tagen pro Woche in der Küche arbeitete. »Hoffe ich zumindest«, fügte Jens hinzu. »Und wenn nicht, ist Sankt Peter-Ording ja nicht aus der Welt. Ich kann in anderthalb Stunden …«

»Nein«, fiel Merle ihm ins Wort. »Du wirst nicht ins Restaurant fahren, du wirst auch nicht da anrufen und dich erkundigen, wie es läuft, du wirst nicht einmal an den Laden denken! Das hast du mir versprochen.«

»Ist ja gut.« Jens nahm Merle die Erdnüsse ab und drückte ihr Rindfleisch in die Hand. »Hier, hauchdünne Scheiben bitte.«

Merle nahm wieder ihr riesiges Messer und legte los.

»Nein, dünner«, sagte Jens. Er griff nach dem Messer und schnitt ein paar Scheiben ab. »Siehst du, so.«

»Kann ich auch was tun?«, fragte ich. Wenn die beiden kochten, fühlte ich mich immer so nutzlos.

Er sah mich abschätzend an, dann stellte er einen Topf mit Grünzeug vor mich hin. »Du kannst Korianderblätter abzupfen.«

Na, der traute mir ja sehr viel zu. Und dann blieb er auch noch neben mir stehen, um zu kontrollieren, ob ich es richtig machte. »Glaubst du, ich krieg das nicht hin oder was?«

»Äh ... Doch, doch. Klar«, sagte er und ging zurück an seinen Arbeitsplatz.

Merle streckte seinem Rücken die Zunge raus, verdrehte die Augen und grinste mich an. Ich grinste zurück, und für ein Weilchen arbeiteten wir drei in einhelligem Schweigen vor uns hin. Immerhin, die beiden blieben nur ein Wochenende lang weg. Danach würde Merle zwar nach Frankreich fahren, aber wenigstens Jens hielt hier die Stellung. Ich fragte mich, wieso ich deswegen so übertrieben erleichtert war. Wahrscheinlich wegen des Essens. »Habt ihr denn überhaupt was gebucht?«, erkundigte ich mich. »Ich meine, man kann doch nicht einfach so spontan drauflosfahren. Bei dem Wetter ist ganz Hamburg an der Nord- und Ostsee, und dann ist auch noch Ferienanfang. So was muss man doch länger planen. Einkaufen, Sachen packen ...«

»Ein Visum beantragen?«, fragte Jens. »Wir wollen nicht auswandern, sondern nur für ein Wochenende an die Nordsee.«

»Meine Eltern haben da eine Ferienwohnung«, erklärte Merle. »Wir müssen also nichts buchen.«

Aha. So lief das also bei reichen Leuten.

»Es ist total schön da! Die Wohnung hat einen kleinen Garten, und bis zum Strand sind es nur zweihundert Meter.«

»Ja, und dann noch mal gefühlt zwei Kilometer, bis man am Wasser ist«, warf Jens ein. »Warst du schon mal in Sankt Peter-Ording, Isa?«

Ich zuckte zusammen. Er hatte mich noch nie Isa genannt. Es fühlte sich merkwürdig an, so vertraut und ... fast schon intim. Alle Welt nannte mich Isa, aber bei ihm war es irgendwie was anderes. »Nein, noch nie.«

»Dann komm doch mit«, schlug Merle vor.

Für ein paar Sekunden war ich sprachlos. »Was?«

Sie wirkte so begeistert, dass es mich nicht gewundert hätte, wenn sie aufgesprungen und herumgehüpft wäre. »Das ist doch überhaupt *die* Idee! Die Wohnung ist groß genug, und Brigitte gibt dir bestimmt frei. Los, komm mit, Isa! Wir würden uns total freuen, stimmt's, Jens?«

Er drehte sich zu mir um, und ich versuchte, in seinem Gesicht ein Zögern oder Ablehnung zu erkennen. Doch er lächelte nur unbekümmert und sagte: »Klar.«

»Echt? Ist das euer Ernst? Wollt ihr nicht lieber alleine fahren, so als Geschwister-Wochenende?«

»Quatsch!«, sagte Merle abfällig. »Ich bin froh, wenn ich nicht mit Jens alleine sein muss.«

»Na, vielen Dank auch.« Er nahm ihr das fertig geschnittene Fleisch ab und warf es in eine Pfanne. Augenblicklich fing es laut an zu zischen.

»Und? Was sagst du?«, fragte Merle.

»Ich weiß nicht. Freitag, das ist ja schon in drei Tagen. Ich kann doch nicht einfach so irgendwohin fahren. Im Laden ist gerade so viel zu tun, freitags ist doch mein Sportkurs, und samstags putze ich die Wohnung, also ...« Ich hörte Jens leise lachen und hielt inne.

Merle tippte sich mit dem Finger an die Stirn. »Jetzt hör aber mal auf mit dem Schwachsinn. Brigitte muss nur einen einzigen Tag auf dich verzichten, und scheiß auf deine Wohnung.«

Jens stellte drei Teller mit köstlich aussehendem Salat auf den Tisch. »Sei doch mal spontan, Isa. Ich meine natürlich, sei so spontan wie sonst auch immer.« Er sah mich herausfordernd an.

Dieser Mistkerl! Jetzt blieb mir ja schon fast gar nichts anderes übrig, als mitzukommen. Dabei war es eine totale Schnapsidee. Andererseits ... Wenn ich an die verfahrene Situation mit Brigitte dachte, an Knut, der wegen mir jetzt so unglücklich war, an die Sorgen, die ich mir andauernd um den Laden machte, an die drückende Hitze in der Stadt ... Es wäre schön, dem allen für ein Wochenende zu entfliehen, um mir vom Nordseewind den Kopf freipusten zu lassen. Und das mit den beiden Menschen, mit denen ich mich so wohl fühlte, dass ich in der vergangenen halben Stunde schon wieder völlig vergessen hatte, dass ich eigentlich hierhergekommen war, weil mich diese schreckliche Geschichte mit den Operntickets so aufgewühlt hatte. »Okay«, sagte ich schließlich. »Wenn ihr das wirklich wollt, dann komme ich mit.«

Merle strahlte über das ganze Gesicht. »Yaaay!« Sie kam um den Tisch herum und drückte mich an sich. »Das wird derbe geil, Isa!«

Verstohlen musterte ich Jens, der das Fleisch auf den Salattellern verteilte und meine gezupften Korianderblättchen darüberstreute. Er sah immer noch vollkommen entspannt und zufrieden aus. Fast schon, als würde er sich ebenfalls freuen. »Ist dir das wirklich recht?«, fragte ich ihn.

Er blickte in gespielter Verzweiflung zur Decke. »Ja, es *ist* mir recht. Aber wenn du das noch öfter fragst, überleg ich es mir anders.«

Ein seliges Lächeln lag auf Merles Lippen, das ich nicht ganz einordnen konnte. Dann schlug sie sich unvermittelt die Hand an die Stirn und rief: »Oh nein, ich hab das Treffen vergessen!«

»Welches Treffen?«, fragte Jens.

»Na, das Frankreich-Vorbereitungstreffen. Das fängt um acht Uhr an.« Sie sprang von ihrem Stuhl auf. »Jetzt muss ich mich aber beeilen. Ich ess dann später. Tschüs!« Sie stürzte aus der Küche, und ein paar Sekunden später fiel die Wohnungstür ins Schloss.

»Oookay«, sagte Jens gedehnt.

»Was war das denn für 'ne Aktion?«

»Keine Ahnung. Aber ich verbringe neuerdings so viel Zeit mit euch beiden, dass mich merkwürdiges Verhalten kaum noch aus der Fassung bringt.«

Ich zog eine Grimasse. »Haha.«

Jens schob mir meinen Teller hin. »Wie sieht's aus, essen wir auf dem Balkon?«

Draußen machte ich es mir auf meinem Stuhl gemütlich, trank einen Schluck Wein und sah auf die großen Bäume, die sich unten am Straßenrand behäbig im lauen Wind wiegten. Es duftete nach gegrilltem Fleisch und Sommer. Ich begutachtete ausführlich den Salat. »Thailändisch habe ich noch nie gegessen.«

»Solltest du aber. Unbedingt.«

Ich spießte ein Stück Tomate auf, roch daran und biss ein winziges Stückchen davon ab. Das Gleiche wiederholte ich mit einem Korianderblatt und einer Nuss, und schließlich wagte ich mich an das Fleisch. Es sah ziemlich rosa aus. Versuchen konnte ich es ja mal. Nicht schlecht. Ungewohnt zwar, aber ich wollte mehr. Auf einmal fühlte ich mich beobachtet und blickte auf.

Jens starrte mich an, in einer Mischung aus Belustigung und Faszination. »Was zur Hölle machst du da?«

»Ich probiere.« Unbeirrt wandte ich mich wieder meinem Essen zu. Dieses Mal traute ich mich, mehrere Zutaten gleichzeitig auf die Gabel zu nehmen. »Mmh«, murmelte ich und schloss die Augen. Noch nie in meinem Leben waren so viel verschiedene Geschmacksnuancen und Aromen in meinem Mund explodiert. Es war scharf, exotisch, süß und salzig zugleich und durch das gebratene Fleisch sogar gleichzeitig warm und kalt. Als ich meine Augen wieder öffnete, bemerkte ich, dass Jens mich immer noch anstarrte. »Was ist denn?«

Er zuckte zusammen. »Hm?«

»Wieso guckst du so? Das ist total unhöflich. Ich kann nicht essen, wenn ich dabei angeglotzt werde.«

»Entschuldige.«

»Ich finde es übrigens extrem lecker.«

Ein leichtes Lächeln umspielte seine Lippen. »Ja, das hab ich mir schon gedacht.«

Als wir aufgegessen hatten, lehnte ich mich satt und zufrieden in meinem Stuhl zurück. »Du hast nicht zufällig ein Schokoladenmalheur da?«

»Nein.«

»Aber doch bestimmt Lust, mir schnell eins zu machen?«

»Nein.«

»Du bist fies.«

»Ja«, sagte er und grinste mich an.

Ich war so träge, dass ich schon kurz davor war, einzunicken, doch dann fiel mir urplötzlich wieder Brigitte ein, und ich setzte mich auf. »Ich hab übrigens ein Problem«, sagte ich.

Aus meiner Umhängetasche kramte ich Dieters Briefumschlag hervor, holte die Tickets heraus und legte sie auf den Tisch.

Jens griff danach und betrachtete sie mit gerunzelter Stirn. »Du hast Karten für Aida, und gerade ist dir aufgefallen, dass du vergessen hast hinzugehen?«

»Nein. Eigentlich sollte ich es dir gar nicht erzählen, aber ich muss einfach mit jemandem darüber reden. Es ist streng vertraulich, und du darfst ...«

»Ist ja gut, ich werde es für mich behalten«, unterbrach er mich. »Jetzt mach es nicht so spannend.«

»Es geht um Brigitte«, sagte ich, und dann erzählte ich ihm die ganze Geschichte von ihr und Dr. Hunkemöller. Als alles raus war, fühlte ich mich erleichtert, fast so, als hätte ich ein bisschen was von der Last, die ich trug, an Jens abgegeben.

Er saß für eine Weile still da und blickte nachdenklich auf sein Weinglas. »Oha«, sagte er schließlich. »Das klingt übel.«

»Ja, und jetzt liegt sie wahrscheinlich irgendwo mit diesem Adonisröschen in einem Stundenhotel im Bett und begeht Ehebruch! Und ich bin ihr Alibi!«

»Es könnte allerdings auch sein, dass das alles nur ein Missverständnis ist.«

»Ja, das hoffe ich sehr. Aber ehrlich gesagt, in meinem tiefsten Inneren weiß ich, dass es nicht so ist. Und ich kann einfach nicht fassen, dass Brigitte zu so was fähig ist.« Ich trank die letzten Schlucke meines Weins auf ex.

Jens nahm mein Glas, ging damit in die Küche und kehrte kurz darauf mit einem vollen wieder zurück.

»Was soll ich denn jetzt machen?«

Er ließ sich auf seinen Stuhl sinken und stützte die Füße auf dem Balkongeländer ab. »Wie, was sollst du jetzt machen? Gar nichts.«

»Gar nichts? Ich kann doch nicht einfach dabei zusehen,

wie Brigitte ihren Ehemann mit so einem ... einem Hallodri betrügt!«

»Hallodri?«, fragte Jens amüsiert.

»Ja! Dagegen muss ich doch was unternehmen. Irgendetwas, um ihre Ehe zu retten und ...«

»Isa, jetzt mach mal halblang. Das ist doch nicht deine Aufgabe. Es geht dich nicht mal was an.«

Empört schnappte ich nach Luft. »Es geht mich nichts an? Ich kenne Brigitte und Dieter seit elf Jahren, sie sind das perfekte Ehepaar. Und jetzt bauen sie so einen Mist.«

»Perfekte Ehen gibt es nicht. Ich sag es ja immer wieder: Liebe ist nun mal nicht nur Kuschelrock und Duftkerzen.«

»Die Ehe meiner Eltern war Kuschelrock und Duftkerzen. Aber Brigittes und Dieters Ehe besteht offenbar nur noch aus Death Metal und Schweinestall. Das hält doch kein Mensch aus.«

»Nein, da hast du recht. In dem Fall bleibt einem dann leider nur noch, die CD schleunigst auszumachen und den Schweinestall zu verlassen.«

»Wie bitte?« Ich konnte kaum glauben, dass er das wirklich gesagt hatte. »Wir reden hier von einer Ehe! Die ist es doch wert, gerettet zu werden!«

»Ja, aber das müssen die beiden selbst tun, und wenn sie es nicht können oder wollen, wird dir nichts anderes übrig bleiben, als es zu akzeptieren.«

Ich sollte also einfach nichts tun? Kommentarlos dabei zusehen, wie Brigitte in ihr Unglück stürzte? »Das ist doch scheiße. Sie hat mich in diese Sache mit reingezogen.«

»Du hast recht, das ist wirklich nicht fair.« Seine Stimme klang so sanft, dass es mir die Tränen in die Augen trieb. Ich trank einen großen Schluck Wein. Vielleicht war es tatsächlich keine schlechte Idee, mich rauszuhalten. Immerhin hatte die

Sache mit Knut mir deutlich gezeigt, dass es übel enden konnte, wenn ich mich einmischte. Schließlich sagte ich: »Okay. Dann halte ich mich da raus. Aber ich werde ihr sagen, dass sie mich gefälligst nicht mehr als Alibi benutzen soll, wenn sie mit diesem schmierigen Rosenkavalier herumscharwenzeln will.«

Jens brach in Gelächter aus. »Wie du dich ausdrückst, wenn es um diesen Typen geht. Rosenkavalier, herumscharwenzeln, Hallodri ... Herrlich.«

»Sehr witzig«, sagte ich, musste allerdings feststellen, dass ich es tatsächlich selbst ein bisschen witzig fand.

Ich schaute hinauf in den Himmel, auf der Suche nach meinem Lieblingssatelliten, doch ich konnte ihn nirgends entdecken. Auch mit Sternen sah es heute Abend ziemlich mau aus. Dabei hätte ich ein paar Sternschnuppen so gut gebrauchen können.

Als ich am nächsten Morgen in den Laden kam, strömte der Duft von frischem Kaffee mir aus der Küche entgegen. Ich fand Brigitte dort am Tisch, die Hände um eine dampfende Tasse gelegt, als wäre ihr kalt. Und das bei fünfundzwanzig Grad. Sie sah blass aus, und unter ihren Augen lagen dunkle Schatten. »Guten Morgen, Isa«, begrüßte sie mich. »Ich hab gesehen, dass du mich angerufen hast. Tut mir leid, ich hatte keinen Empfang. Was war denn?«

Unschlüssig blieb ich auf der Türschwelle stehen, doch dann setzte ich mich zu ihr. Ich wollte mich zwar künftig aus ihren Angelegenheiten raushalten, doch eine Sache musste ich unbedingt noch klären. »Hast du heute schon mit Dieter gesprochen?«

»Nein. Warum?«

Ich kramte den Briefumschlag hervor. »Darum. Dieter war

gestern hier, um die Tickets zu bringen, die du zu Hause vergessen hast. Er dachte, dass wir beide zusammen in die Oper gehen wollen.«

Sie zuckte zusammen und starrte erschrocken auf den Briefumschlag. »Und … was hast du gesagt?«

Bei ihrer Reaktion erlosch jeder Zweifel und auch mein letzter Funken Hoffnung: Es lag kein Missverständnis vor. Sie hatte Dieter angelogen. Und mich auch. »Nichts. Ich habe ihn in dem Glauben gelassen.«

Brigitte sackte in sich zusammen und verbarg ihr Gesicht in den Händen. »Oh Gott«, flüsterte sie. »Oh Gott, Isa, ich bin so dumm.«

»Tja, das kann man wohl sagen«, erwiderte ich kühl. »Wenn du mich schon als Alibi nutzt, wäre es cleverer gewesen, mich vorher einzuweihen. Das hätte auch ganz gewaltig danebengehen können. Oh, und übrigens: Ich werde nichts mehr zu dir und deiner Affäre, oder was auch immer du da mit Dr. Hunkemöller am Laufen hast, sagen. Ich halt mich raus. Aber tu mir einen Gefallen und halte *du* mich da künftig auch raus.«

Brigitte begann, leise zu weinen. Noch nie hatte ich sie so gesehen. Sie saß völlig kraftlos da und sah alt und unendlich müde aus. Je länger sie weinte, desto mehr schwand meine Wut. Stattdessen tat Brigitte mir leid, und ich konnte ihre Verzweiflung kaum mehr mitansehen. »Hey«, sagte ich und strich ihr vorsichtig über den Arm.

Das schien ihre Lebensgeister wieder zu wecken. Sie sah auf, ihre Augen waren vom Weinen rot und geschwollen, ihre Nase lief. Ich stand auf, um ihr ein Stück Küchenrolle zu holen.

Sie schnäuzte sich ausgiebig, dann wischte sie sich mit der Hand über die Augen. »Ach Isa, ich wünschte, ich wäre mit dir in die Oper gegangen. Wirklich, ich würde alles dafür geben, den gestrigen Abend rückgängig machen zu können.«

»Du musst dich vor mir nicht rechtfertigen.«

»Aber ich will es dir erklären!«, rief sie. Am liebsten hätte ich mir die Ohren zugehalten und laut gesungen, doch Brigitte war nicht zu stoppen. »Walter und ich hatten uns für gestern Abend verabredet, um Zeit miteinander zu verbringen, ganz in Ruhe und ungestört. Keiner von uns beiden hat es ausgesprochen, aber es war klar, dass wir beide mehr wollten. Für Dieter habe ich mir die Geschichte mit dir und der Oper ausgedacht, weil er weiß, dass meine Schwester momentan im Urlaub ist. Und dir habe ich erzählt, dass ich mich mit meiner Schwester treffe, weil ich dachte, dass du sonst misstrauisch wirst. Aber wer weiß, wahrscheinlich habe ich mich auch nur deswegen so blöd angestellt, weil ich unbewusst wollte, dass es rauskommt.«

Ich trommelte mit den Fingern auf der Tischplatte. »Okay, gestern war also dein Date mit dem Adonisröschen. Und weiter?«

»Wir haben uns in einem Hotel in Harburg getroffen ...«

»In *Harburg?!*«, unterbrach ich sie entsetzt, denn wie so vielen Hamburgern war auch mir unbegreiflich, wieso jemand sich freiwillig auf die andere Elbseite begeben sollte – selbst wenn es nur für einen Abend war. »Wieso das denn?«

»Damit wir niemandem begegnen, der uns kennt. Ich war unglaublich nervös, habe viel zu viel getrunken und die ganze Zeit dummes Zeug geredet. Und als es dann so weit war, konnte ich es nicht. Ich konnte es einfach nicht, verstehst du?«

Ich spürte, wie ein riesengroßer Stein von meinem Herzen purzelte. Ach was, der Mount Everest! »Ja. Das verstehe ich sehr gut.«

»Ich habe Walter gesagt, dass das alles ein Riesenfehler ist und dass es mir leidtut, und dann bin ich gegangen.« Gedankenverloren starrte sie vor sich hin.

»Und wie geht es jetzt weiter?«, fragte ich nach einer Weile.

»Wenn ich das nur wüsste. Ich muss erst mal irgendwie zur Ruhe kommen. Nachdenken.« Sie legte mir eine Hand auf den Arm. »Danke, dass du Dieter nichts gesagt hast, Isa.«

In diesem Moment klopfte es an der Ladentür. Brigitte und ich fuhren erschrocken zusammen. Sie warf einen Blick auf ihre Armbanduhr und rief: »Ach herrje, es ist Viertel nach neun! Gehst du nach vorne? Ich will mir noch schnell das Gesicht waschen.«

»Klar.« Als ich den Laden betrat, sah ich Merle und Jens draußen stehen. Merle winkte mir eifrig zu, und kaum hatte ich aufgeschlossen, plapperte sie drauflos. »Hi Isa, bevor du fragst: Ich hatte die ersten beiden Stunden frei, aber jetzt muss ich zur Schule und bin schon ziemlich spät dran. Jens fährt mich. Ich wollte nur wissen, ob du Brigitte schon wegen Samstag gefragt hast.«

»Nein, wir hatten noch eine Besprechung.« Jens und ich tauschten einen Blick, und ich war mir sicher, dass er sich denken konnte, worum es in unserer »Besprechung« gegangen war.

»Dann frag sie doch schnell«, sagte Merle. »Brigitte?«, rief sie und ging in Richtung Kaffeeküche. »Isa muss dich dringend was fragen.«

»Lass sie doch, Merle«, sagte ich, doch in dem Moment kam Brigitte nach vorne. Sie war immer noch blass, und man konnte ihr deutlich ansehen, dass sie geweint hatte.

»Oh«, sagte Merle bestürzt. »Geht's dir nicht gut?«

Brigitte machte eine Handbewegung, als wollte sie eine lästige Fliege verscheuchen. »Doch, doch. Ich hab nicht so toll geschlafen, das ist alles. Was musst du mich denn so Dringendes fragen, Isa?«

»Kann sie am Samstag freihaben? Und Freitagnachmittag?«,

antwortete Merle an meiner Stelle. »Jens und ich fahren am Wochenende nach Sankt Peter-Ording, und sie möchte gerne mitkommen.«

»Ja, natürlich«, sagte Brigitte. »Ach, wie schön. Ein Wochenende an der Nordsee. Das klingt traumhaft.«

Ich sah in ihr müdes, trauriges Gesicht und hatte ein schlechtes Gewissen, dass ich sie alleine lassen wollte. »Bist du sicher? Vielleicht wäre es besser, wenn ich hierbleibe.«

»Nein!«, rief Merle hastig. »Du *musst* mitkommen!« Sie sah Brigitte nachdenklich an, dann sagte sie: »Komm du doch auch mit. In der Wohnung ist reichlich Platz für uns alle.«

Für ein paar Sekunden herrschte absolute Stille im Raum. Brigitte sah zögernd von Merle zu Jens. »Ich weiß nicht. Der Gedanke, mal ein Wochenende hier rauszukommen, ist wirklich sehr verlockend. Aber ich will euch nicht zur Last fallen.«

»Du fällst uns nicht zur Last«, sagte Jens. »Überhaupt nicht. Wir freuen uns, wenn du dabei bist, stimmt's, Merle?«

Sie nickte so heftig, dass ihre dunklen Haare auf und ab wippten.

»Was sagst du, Isa?«, fragte Brigitte mich. »Können wir den Laden einfach so einen Tag geschlossen lassen?«

Hm. Alex wäre bestimmt nicht begeistert von der Idee. Andererseits ... Er hatte sich immerhin auch für drei lange Wochen aus dem Staub gemacht und würde unseren geschwänzten Samstag gar nicht mitkriegen. Und Brigitte konnte etwas Abstand und frische Nordseeluft mit Sicherheit noch besser gebrauchen als ich. »Warum nicht? Gönnen wir uns doch einfach alle ein Wochenende hitzefrei.«

Zum ersten Mal heute erschien so etwas Ähnliches wie ein Lächeln auf Brigittes Gesicht. »Okay, ich bin dabei.«

»Cool!«, rief Merle. »Wir fahren um fünf Uhr los, dann sind wir so um ...«

»Wir beide müssen *jetzt* erst mal los, Merle«, mahnte Jens.

»Jaha, ist ja gut. Ich komm später noch mal vorbei, dann können wir alles besprechen.«

Und schon waren die beiden wieder verschwunden.

Ich sah Brigitte prüfend an. »Wird sich Dieter denn nicht darüber wundern, dass du so überstürzt wegfährst?«

Ihr Gesichtsausdruck verfinsterte sich wieder. »Glaub mir, wenn ich es ihm nicht sagen würde, würde er es nicht mal merken.« Damit verschwand sie wieder im Hinterzimmer, und das Thema war für sie ganz offensichtlich erledigt.

Abends stand ich ratlos vor meinem Kleiderschrank und wusste nicht, was ich mitnehmen sollte. Noch immer hatte ich ein ungutes Gefühl in der Magengegend, weil ich so spontan wegfuhr. Okay, wir hatten ganz sicher eine Unterkunft, das war also kein Problem, aber welche Dinge brauchte ich unbedingt, die in der Wohnung möglicherweise nicht vorhanden waren? Wie würde das Wetter werden? Im Radio hörte ich die Nachrichten an, und wieder mal wurde vorausgesagt, dass das kommende Wochenende das heißeste des Jahres werden würde. Seit Anfang Juni toppte dieser Sommer sich ständig selbst, und ich fragte mich, wie lange das noch gutgehen würde.

Nachdem ich endlich eine Packliste und einen Einkaufszettel erstellt und meine Wäsche gewaschen hatte, ging ich ins Wohnzimmer und setzte mich aufs Sofa. Ich schaltete den Fernseher an, nur um dieses entsetzliche *St. Pauli 20359 – Teenie-Gangster am Abgrund* über den Bildschirm flackern zu sehen. Es war wirklich eine bodenlose Frechheit, *Liebe! Liebe! Liebe!* für diesen Schrott aus dem Programm zu nehmen! Kurzerhand schrieb ich eine erneute Beschwerde-E-Mail an Michael Schulz. In den vergangenen Wochen hatte ich das regelmäßig getan, um genau zu sein: mindestens dreimal die Woche. Bislang hatte ich keinerlei Rückmeldung erhalten. Wenn dieser verdammte Sender nicht in Berlin sitzen würde, wäre ich schon längst höchstpersönlich dort aufgekreuzt. Und dann sollten sie aber mal versuchen, mich abzuwimmeln. Ha! Denen würde ich was erzählen!

»Das ist nicht dein Ernst, oder?«

Zwei Tage später stand Jens in meiner Wohnungstür, um mich abzuholen, und starrte fassungslos auf die beiden Koffer und die drei Jutebeutel, die fix und fertig gepackt im Flur standen.

»Ich weiß, auf den ersten Blick scheint es viel zu sein, aber das ist alles gut durchdacht.«

»Isa, ich weiß gar nicht, wie ich es dir beibringen soll, aber … wir können nicht für immer da bleiben. In achtundvierzig Stunden sind wir wieder in Hamburg.«

»Das ist mir durchaus klar.«

»Dann verstehe ich nicht, wieso du deinen kompletten Hausstand mitnimmst.«

»Tu ich doch gar nicht. Und da wir nur achtundvierzig Stunden haben, schlage ich vor, dass wir jetzt einfach mein Gepäck nehmen und losfahren, anstatt noch ewig herumzudiskutieren.«

Jens sah ganz danach aus, als hätte er große Lust, mich mitsamt meinen Siebensachen einfach hierzulassen, doch dann schüttelte er seufzend den Kopf und griff nach meinen beiden Koffern.

Das Erste, was ich dachte, als wir die Ferienwohnung betraten, war: ›Meine Güte, ist das klein!‹ Aus irgendwelchen Gründen – wahrscheinlich lag es an Merles Beteuerungen, die Wohnung sei »groß genug« und es wäre »reichlich Platz für alle« – hatte ich eine Sommerresidenz erwartet, die in ihren Ausmaßen ungefähr Schloss Sanssouci entsprach. Doch Merles Führung dauerte nur etwa dreißig Sekunden. »Hier links ist das Bad, dort drüben die Küche. Rechts lang geht's ins Schlafzimmer, und hier ist das Wohnzimmer.« Sie öffnete die Terrassentür. »Und das Beste zum Schluss: der Garten.«

Das Zweite, was ich dachte, war: ›Meine Güte, ist das hübsch!‹ Okay, ich war nicht in Schloss Sanssouci gelandet, aber wenn ich mich hier umsah, vom Schiffsboden aus Eiche über die schlichten, weißen Möbel und blau gestrichenen Wände bis hin zu den liebevoll ausgesuchten maritimen Accessoires, dann konnte mir dieses Schloss gerne gestohlen bleiben. Hier war es viel schöner! Ich folgte Merle in den Garten. Eigentlich handelte es sich nur um eine große Terrasse mit einem winzigen Stück Rasen und ein paar Hortensiensträuchern, aber es war herrlich ruhig. Das Einzige, was man hörte, war der Wind, der sanft an der Markise rüttelte und durch die Blätter der großen Kastanie im Nachbargarten strich.

»Und, wie findest du es?«, fragte Merle.

»Wunderschön.«

Ihre Augen strahlten stolz.

»Das Sofa im Wohnzimmer ist bestimmt mit Schlaffunktion, oder?«

»Klar. Wo sollten wir denn sonst alle pennen?«

Jens und Brigitte kamen zu uns in den Garten. »Ich weiß ja nicht, wie es euch geht, aber ich hab allmählich Hunger«, verkündete Jens.

»Ich auch«, sagte Brigitte. »Wie sieht's aus, sollen wir schnell was einkaufen?«

»Für heute Abend brauchen wir nichts, Jens hat alle Zutaten für Burger aus dem Restaurant mitgebracht«, erklärte Merle.

»Aber wir brauchen was zum Frühstück. Und für morgen Abend.« Sie sah kurz zwischen Jens und mir hin und her, dann sagte sie in einem Ton, der keinen Widerspruch erlaubte: »Brigitte, wir fahren einkaufen. Isa und Jens, ihr bereitet das Abendessen vor.«

Jens sah mich mit erhobenen Augenbrauen an. »Tja, so wie es aussieht, bereiten wir das Abendessen vor.«

Ich bemühte mich um einen ernsten Gesichtsausdruck. »Es ist doch immer schön, wenn man nicht nachdenken, sondern einfach nur Befehlen folgen muss.«

»Ach, jetzt stellt euch mal nicht so an«, sagte Merle unbekümmert. »Bis später.« Und schon waren sie und Brigitte zur Tür hinaus.

Nachdem wir die Lebensmittel ausgepackt hatten, gingen wir nach draußen, um den Gartentisch und die Stühle aus dem kleinen Schuppen zu holen und alles auf der Terrasse aufzubauen. Während ich Sitzkissen auf die Stühle legte und den Tisch abwischte, zündete Jens den Grill an. Ich holte Teller, Gläser und Besteck aus der Küche und entdeckte in einer Schublade hübsche Servietten mit Ankermotiv. Zum Glück. Servietten hatte ich nämlich vergessen, wie mir erst kurz hinter Itzehoe aufgefallen war. Am liebsten hätte ich sofort umgedreht, um welche aus dem Laden zu holen, aber ich hatte mich nicht getraut, Jens darum zu bitten. Ich schnitt ein paar Hortensienblüten ab und arrangierte sie in einer Vase. Noch zwei Windlichter auf den Tisch, fertig. Zufrieden betrachtete ich mein Werk.

»Hattest du das etwa alles dabei?« Ich drehte mich um und entdeckte Jens hinter mir, der mit dem Grillrost in der Hand dastand und mich beobachtete.

»Quatsch. Das habe ich hier zusammengesucht. Ganz spontan.« Okay, bis auf die Windlichter und die Vase.

»Ganz spontan, soso.«

Wir gingen zurück in die Küche, wo Jens Schneidbretter und Messer hervorkramte. »Was soll ich machen?«, fragte ich.

Er drückte mir zwei rote Zwiebeln in die Hand. »Du kannst mir helfen, Gemüse zu schnibbeln.«

Verdammt. Ich hasste es, Zwiebeln zu schneiden! Widerwillig machte ich mich an die Arbeit und war schon drei Minuten später völlig entnervt, weil diese dämliche Zwiebel mir ständig auseinanderflutschte und ich außerdem in Tränen aufgelöst war.

»Darf ich dich mal fragen, was du da machst?«

Ich entdeckte Jens neben mir, der mich kritisch ansah. War ja klar, dass er mich kontrollieren würde. »Na, Zwiebeln hacken.«

»Ach so. Und kommt dir deine Art, Zwiebeln zu hacken, besonders effektiv vor?«

Ich rieb mir die Augen, um irgendwie dieses Brennen loszuwerden.

Missbilligend schnalzte er mit der Zunge. »Wenn du dir mit deinen Zwiebelflossen in die Augen fasst, machst du es noch schlimmer.«

»Ich wusste, dass du die ganze Zeit nur rummeckern würdest!«, rief ich erbost. »Warum kannst du nicht einfach akzeptieren, dass ich es anders mache als du? Ich motz doch auch nicht rum, wenn du einen Blumenstrauß bindest.«

»Das habe ich zwar noch nie gemacht, aber wenn ich das jemals tun sollte und du dabei wärst, *würdest* du meckern. Ich will dir ja nur einen kleinen Tipp geben.« Er holte eine Flasche Wein aus dem Kühlschrank, schraubte sie auf und drückte sie mir in die Hand. »Hier. Nimm einen ordentlichen Schluck, aber lass ihn im Mund. Das ist zwar nicht besonders professionell, aber bei manchen hilft es gegen das Heulen.«

Misstrauisch starrte ich auf die Flasche, doch dann griff ich danach und folgte seinem Rat.

Jens schälte die zweite Zwiebel großzügig ab. »Das Wurzelende, also das hier, lässt du dran. Dann fällt nichts auseinander. Übrigens brauche ich gar keine Würfel, sondern Scheiben, aber wenn ich Würfel bräuchte, könntest du die Zwiebel gitterweise fast bis zum Ende anschneiden. Und dann einfach quer runterschneiden. Siehst du, so.« Er deutete an, wie er die Zwiebel schneiden würde, wenn er Würfel bräuchte. »Aber wie gesagt, ich brauche Scheiben. Mach mal eine Kralle. So, als wolltest du mir die Augen auskratzen. Und guck nicht so, als hättest du genau das vor«, fügte er lachend hinzu.

Ich hielt ihm meine zu einer Kralle geformte Hand hin.

»Genau. Allerdings deine Linke, bitte.«

Ich verdrehte die Augen und hatte nun wirklich nicht übel Lust, Jens zu kratzen. Der Wein kribbelte allmählich in meinem Mund, und es nervte mich, dass ich nichts sagen konnte. Allerdings musste ich tatsächlich nicht mehr heulen, wie mir auffiel. Jens griff nach meiner linken Kralle, legte sie auf die Zwiebelhälfte und brachte meine Finger in Position. »Und jetzt *schneiden*. Du drückst einfach nur.« Er machte es vor und gab mir anschließend das Messer in die Hand. »Jetzt du.«

Ich schnitt langsam ein paar Zwiebelscheiben herunter. Jens stand so dicht bei mir, dass ich das Gefühl hatte, er würde mir die Luft zum Atmen nehmen. Meine Finger zitterten, außerdem waren meine Knie merkwürdig weich. Ich konnte die Wärme seines Körpers spüren und hatte urplötzlich das überwältigende Bedürfnis, meinen Kopf an seiner Schulter anzulehnen. Meine Güte. War ich jetzt völlig übergeschnappt? Das musste am Wein liegen. Ich hatte zwar streng genommen noch gar keinen getrunken, aber bei der Hitze und auf nüchternen

Magen reichte es bestimmt schon, wenn ich ihn nur im Mund hatte.

»Gut«, lobte er. »Aber du drückst immer noch zu fest.« Er legte seine Hand über meine und führte sie, als würden wir gemeinsam eine Hochzeitstorte anschneiden. Nur, dass es sich bei der Torte um eine Zwiebel handelte und dass die vermeintliche Braut ihrem Ehemann noch nie zuvor so nah gewesen und jetzt völlig überrumpelt davon war, welche Wirkung das auf sie hatte. Er roch gut. Wieso war mir nie aufgefallen, wie gut er roch?

»Siehst du, ist gar nicht so schwer. Jetzt brauchst du nur noch etwas Übung«, sagte Jens, ließ meine Hand los und trat zwei Schritte von mir weg. »Das mit dem Wein finde ich übrigens super. Nicht nur, dass es funktioniert, es ist auch noch so schön ruhig hier.« Er grinste mich breit an.

Genauso gut hätte er mir einen Eimer kaltes Wasser über den Kopf schütten können. Ich schluckte den Wein runter und funkelte ihn böse an. »Sehr witzig!«

Jens lachte unbekümmert und machte sich wieder an seine Arbeit.

Ich nahm noch einen ordentlichen Schluck aus der Flasche und spürte, wie mir der Alkohol auf direktem Weg in den Kopf stieg. Ha! Wusste ich doch, dass es am Wein gelegen hatte.

Nach dem Essen gingen wir an den Strand. Merle hatte nicht zu viel versprochen. Es war tatsächlich nur ein Katzensprung, bis wir an dem scheinbar endlos langen Steg ankamen, der durch die Dünenlandschaft zum Strand führte. Ich roch das Meer, und der salzige Wind wehte mir um die Nase. In der Ferne erkannte ich einen der großen Pfahlbauten, die ich schon öfter im Fernsehen gesehen hatte. Als wir endlich das Ende des Stegs erreicht hatten, zog ich meine Flip-Flops aus und lief barfuß über den Sand, der sich weich und warm unter meinen Füßen anfühlte. Über mir kreischten Möwen, und der Himmel färbte sich allmählich orange von der untergehenden Sonne. Der Wind schien an mir zu ziehen, an meinem Kleid und an meinen Haaren, und das Meer schien mir zuzurufen: »Komm schon, beeil dich, jetzt lauf!« Und ohne mir dessen wirklich bewusst zu sein, rannte ich los. Merle folgte mir, wir lieferten uns ein Wettrennen, bis ich endlich knietief im Wasser stand. »Boah, ist das kalt!«, rief ich ihr zu, um das Rauschen der Wellen zu übertönen. Sie stand ein paar Meter von mir entfernt, ihr Haarknoten sah aus, als hätten etliche Möwen ihren Kopf als Start- und Landebahn benutzt, und sie wirkte so glücklich wie noch nie. Eine besonders hohe Welle schlug uns kräftig gegen die Beine, und augenblicklich waren wir bis zu den Hüften klatschnass. Wir gackerten albern, stolperten ein paar Schritte aufeinander zu und umarmten uns.

»Danke, dass du mich überredet hast, mitzukommen.« Ich konnte mich nicht daran erinnern, wann ich mich zum letzten Mal so übermütig und frei gefühlt hatte.

»Danke, dass du mitgekommen bist. Mit dir ist es noch schöner.«

Wir gingen zurück zu Brigitte und Jens, die inzwischen ebenfalls mit den Füßen im Wasser standen und uns lachend zusahen. Zu viert spazierten wir den Strand entlang, bis es dunkel wurde, während die Wellen uns unermüdlich um die Füße spülten.

Hinterher saßen wir noch im Garten und unterhielten uns. Wir diskutierten über Filme, Musik und Fußball, wobei ich feststellte, dass Jens und ich in allem genau den entgegengesetzten Geschmack hatten. Ich mochte Liebeskomödien, er Actionthriller. Ich stand auf Nena und alles, was im Oldie-

Radio gespielt wurde, er hörte komischen Alternative-Kram. Ich war HSV-Fan, Jens Paulianer. »Wir können nie zusammen ins Kino, auf ein Konzert oder zum Fußball gehen«, stellte ich fest.

»Macht doch nichts«, sagte Merle hastig. »Es gibt ja auch noch andere schöne Sachen, die ihr zusammen machen könnt. Zum Beispiel ... äh ...«

›Sex haben‹, schoss es mir durch den Kopf. Augenblicklich verschluckte ich mich an meinem Wasser und bekam einen Hustenkrampf. Hilfe, wie kam ich denn bitte darauf?!

»Ans Meer fahren«, half Brigitte ihr aus, während sie mir auf den Rücken klopfte.

»Ja, oder essen«, sagte Merle. »Wein trinken, reden. Da gibt es tausend Dinge.«

Ich hörte den beiden kaum zu, weil ich mich immer noch von meinem Hustenanfall und vor allem dem Sex-Gedanken erholen musste. Allerdings war das ja auch eine echte Steilvorlage von Merle gewesen, diese Antwort hatte sich doch geradezu aufgedrängt! Ich sah schnell zu Jens, um zu überprüfen, ob er in irgendeiner Form peinlich berührt war und demzufolge ebenfalls an Sex gedacht hatte. Doch er saß ganz ruhig da und beobachtete mich interessiert, wie so häufig.

Irgendwann, als der Mond schon hoch am Himmel stand, beschlossen wir, schlafen zu gehen. Als ich mit geputzten Zähnen ins Wohnzimmer kam, um mich hinzulegen, stellte ich jedoch fest, dass das Schlafsofa bereits besetzt war. Und zwar von Merle und Brigitte. »Was soll das denn? Ich dachte, Brigitte und ich schlafen hier.«

Merle gähnte herzhaft. »Wie kommst du denn darauf? Ich penn doch nicht bei Jens. Der schnarcht.«

Brigitte, die sich tief in ihre Decke eingekuschelt hatte, murmelte: »Sei doch froh, du kriegst das Bett.«

Ja, und Jens. Den wollte ich aber gar nicht. Blöd anstellen wollte ich mich allerdings auch nicht, also gab ich mich notgedrungen geschlagen. »Na schön. Also dann, gute Nacht.«

»Gute Nahacht«, flötete Merle.

Ich schnappte mir meine beiden Koffer und machte mich auf den Weg ins Schlafzimmer. Unschlüssig blieb ich vor der Tür stehen. Was, wenn Jens gerade nackt war? Ich klopfte an die Tür und sofort erklang ein »Herein«. Er war nicht nackt, sondern lag in Boxershorts und T-Shirt auf dem Bett, die Arme hinter dem Kopf verschränkt.

»Merle und Brigitte haben bestimmt, dass ich hier schlafen soll«, sagte ich. Es konnte ja nicht schaden, gleich klarzustellen, dass das nicht meine Idee gewesen war.

Er sah mich unverwandt an, und auf einmal kam mir mein kurzes, dünnes Nachthemd mit Spaghettiträgern vor, als wäre es ein Hauch von Nichts. »Gut«, sagte er schließlich. »Merle schnarcht, wie du weißt.«

»Das Gleiche sagt sie über dich.« Ich faltete die dünne Bettdecke auf und schlüpfte schnell darunter – in möglichst weitem Abstand zu Jens.

Er drehte sich auf die Seite, stützte seinen Kopf auf dem angewinkelten Arm ab und sah mich nachdenklich an. Mir fiel auf, dass seine Augen jetzt ganz eindeutig grün waren. »Du wirkst ziemlich angespannt. Was ist denn los?«

Ich löschte das Licht, damit er nicht mehr an meinem Gesicht ablesen konnte, wie unangenehm mir diese Situation war. Das hatte allerdings keinen besonders großen Effekt, da die Nachttischlampe auf Jens' Seite noch brannte. »Ich finde es einfach absurd, dass ausgerechnet wir beide in einem Bett schlafen müssen!«, beschwerte ich mich. »Wenn das hier ein Hollywood-Film wäre, würde ich dir sagen, dass du auf dem Fußboden pennen sollst. Aber das fand ich schon immer albern.«

»Ich würd's auch sowieso nicht machen. Warum ist es denn absurd, dass wir beide in einem Bett schlafen müssen?«

»Na, weil ausgerechnet die beiden Menschen aus unserer Gruppe, zwischen denen sexuell etwas laufen könnte, in einem Bett schlafen müssen.«

Jens brach in lautes Gelächter aus. »Ach ja? Muss ich etwa Angst haben, dass du heute Nacht über mich herfällst?«

»Pff! Träum weiter.«

»Na, dann ist doch alles gut. Du bist vor mir auch in absoluter Sicherheit. Ich weiß nicht mal, wie du auf die Idee kommst, zwischen uns beiden könnte sexuell eher etwas laufen als zwischen mir und Brigitte oder Merle.«

Fassungslos starrte ich ihn an. »Hallo?! Wir beide sind im gleichen Alter und nicht miteinander verwandt!«

»Ja und? Trotzdem macht es für mich keinen Unterschied, wer von euch dreien neben mir liegt.«

Ich schnappte laut nach Luft. »Ey, sag mal ... du blöder ...« Da lag er neben mir und sah ganz unschuldig aus. Und das, obwohl er mir soeben die fieseste Beleidigung meines Lebens reingedrückt hatte. »Penner!«

Jens runzelte die Stirn. »Wieso regst du dich denn so auf?«

»Weil es eine Frechheit ist! Ich bin ja wohl durchaus attraktiv. Oder etwa nicht?«

»Doch, schon irgendwie.«

»Und ich bin nett.«

»Ja, auf deine ganz eigene Art.«

»Und gut im Bett bin ich auch!«

»Äh ... Okay, wenn du das sagst.«

»Na also. Ich bin im gleichen Alter wie du, nicht mit dir verwandt, attraktiv, nett und wirklich verdammt gut im Bett! Mal angenommen, jemand würde mich dir nackt auf den Bauch binden, willst du ernsthaft behaupten, dass bei dir dann *nichts* passieren würde?« War ich jetzt völlig übergeschnappt? Ich verstand nicht mal, wieso ich mich überhaupt so aufregte.

Jetzt sah Jens eindeutig verwirrt aus. »Ich frage mich zwar, wer so etwas tun sollte, und vor allem, warum, aber … nein. Dann würde nichts passieren.«

»Und wieso nicht?«, blaffte ich ihn an und wünschte mir im gleichen Moment, ich würde endlich meine blöde Klappe halten.

»Na, weil ich einfach nicht auf dich stehe. Du bist nicht mein Typ. Und wenn ich auf jede Frau scharf wäre, die hübsch, nett und ihrer Meinung nach gut im Bett ist, hätte ich doch wohl ein ernsthaftes Problem.«

Eigentlich war das eine sehr plausible und nachvollziehbare Erklärung: Er stand nicht auf mich. Das war mir eh klar gewesen, und es beruhte ja auch auf Gegenseitigkeit, aber trotzdem konnte ich nicht leugnen, dass es mich wurmte. Und zwar extrem!

»Allerdings …«, sagte Jens zögernd. »Okay, ich habe mich vielleicht falsch ausgedrückt, was das mit Merle und Brigitte angeht. Merle lass ich da jetzt mal raus, das wird mir nämlich echt zu schräg, aber mal angenommen, jemand würde mich zwingen, entweder mit dir oder mit Brigitte zu schlafen, dann würde ich mich wahrscheinlich eher für dich entscheiden.«

Wahrscheinlich eher?! Dieser Typ war echt unglaublich! »Tja, wenn *mich* jemand zwingen würde, entweder mit *dir* oder mit Brigitte zu schlafen, würde ich mich wahrscheinlich eher für Brigitte entscheiden. Also dann, gute Nacht.« Ich warf ihm noch einen wütenden Blick zu, dann drehte ich mich um – bedachte dabei jedoch nicht, dass ich bereits auf der alleräußersten Kante lag. Äußerst unelegant purzelte ich aus dem Bett, wobei mein Schädel mit Karacho gegen den Nachttisch rumste, und landete hart auf dem Boden. »Aua, verdammt!«

Jens' Gesicht tauchte über mir auf. »Alles okay?«, fragte er besorgt.

Ich rieb mir den schmerzenden Kopf und setzte mich auf. »Ja, alles super, vielen Dank.«

Um seine Mundwinkel fing es an zu zucken. »Also, nach der Aktion würde ich vielleicht doch eher Brigitte …«

Mit einem Mal wurde mir bewusst, wie albern ich mich in den vergangenen Minuten benommen und was für einen formvollendeten Stunt ich gerade hingelegt hatte. Ich fing an zu kichern, bis ich mich nicht mehr zurückhalten konnte und laut losprustete. Jens war offenbar erleichtert, dass Lachen jetzt erlaubt war, denn er stimmte sofort ein. Jedes Mal, wenn wir uns beruhigt hatten, fing einer von uns beiden wieder an und riss den anderen mit sich. Nach einer halben Ewigkeit gelang es uns schließlich, uns einigermaßen zu fangen. Jens hielt mir seine Hand hin, um mir aufzuhelfen und mich zurück ins Bett zu ziehen. Dieses Mal legte ich mich in die Mitte meiner Bettseite, damit mir so etwas Bescheuertes auch ja nicht noch mal passieren konnte.

»Liegst du jetzt sicher? Kann ich mir in Ruhe die Zähne putzen oder muss ich auf dich aufpassen?«

»Nein, geh nur.«

Als er aus dem Bad zurückkam, löschte er das Licht seiner Nachttischlampe und riss das Fenster weit auf. Inzwischen war es draußen abgekühlt, und ich atmete tief die salzige Luft ein, die mir über das Gesicht und mein Bein strich, das ich über die Bettdecke gelegt hatte. Der Mond schien herein und erhellte Jens' Gesicht.

»Isa?«, fragte er in die Stille hinein.

»Hm?«

»Würdest du dich echt für Brigitte entscheiden?«

War ja klar, dass er mir mein sonderbares Verhalten noch mal unter die Nase reiben musste. Wahrscheinlich würde er mich für den Rest meines Lebens damit aufziehen. »Psst. Ich schlafe schon fast.«

»Ich möchte ja nur zu bedenken geben, dass ich auch verdammt attraktiv, supernett und wirklich extrem gut im Bett bin.«

Ich schlug ihm sanft gegen die Schulter. »Jetzt hör auf damit!«

Er lachte leise. »Gute Nacht. Schlaf gut.«

»Du auch.« Ich schloss meine Augen, und obwohl ich gedacht hätte, dass es mir schwerfallen würde, neben Jens einzuschlafen, spürte ich die Müdigkeit heranrollen. Wie jeden Abend versuchte ich vor dem Einschlafen an die Glücksmomente des Tages zu denken. Ich sah den Strand vor mir, den Himmel und das Meer. Merle, die neben mir in den Wellen stand und mich anlachte, Brigitte, die so entspannt gewirkt hatte wie schon lange nicht mehr, und Jens, der meine Hände berührte und mir geduldig erklärte, wie man Zwiebeln schnitt, und schließlich, wie er über den Bettrand auf mich herunterschaute und lachte.

Als ich am nächsten Morgen aufwachte, war Jens' Bettseite leer. Ich drehte mich um und versuchte weiterzuschlafen, aber es war brütend warm, und die Sonne schien mir durch einen Spalt in den Vorhängen ins Gesicht. Und dann fiel mir ein, dass heute unser einziger ganzer Tag hier war. Den wollte ich nun wirklich nicht verpennen! Also stand ich auf und schaute, was die anderen machten. Schon im Flur duftete es nach Kaffee, und ich folgte meiner Nase in die Küche, wo Merle am Herd stand. »Guten Morgen, Isa! Hast du gut geschlafen? Ich hoffe, Jens hat nicht zu doll geschnarcht.«

»Falls ja, habe ich nichts davon mitgekriegt. Wo ist er denn? Und Brigitte?«

»Er duscht, Brigitte holt Brötchen.«

»Ich deck schon mal den Tisch«, sagte ich, holte Geschirr, Tassen und Besteck aus den Schränken und brachte alles raus in den Garten.

Eine halbe Stunde später saßen wir beim Frühstück. Es war schon jetzt heiß, aber dank des Nordseewinds trotzdem nicht unangenehm. Der Himmel strahlte in einem kräftigen Blau, und über uns kreischten ein paar Möwen. »Heute ist das perfekte Strandwetter«, sagte ich zufrieden und genoss einen Schluck Kaffee, den Merle in einer dieser italienischen Espressokannen auf dem Herd aufgebrüht hatte. Noch nie hatte ich so guten Kaffee getrunken.

Merle nahm einen riesigen Bissen von ihrem Brötchen. »Also, Brigitte und ich wollen heute in die Sauna«, verkündete sie mit vollem Mund. »Kommt ihr mit?«

Fast wäre mir die Tasse aus der Hand gefallen. »In die Sauna?!«

»Seid ihr verrückt?!«, fragte Jens zeitgleich. Wir tauschten einen kurzen Blick, dann redete er weiter. »Heute werden es dreiunddreißig Grad, und ihr wollt in die Sauna? Das kann doch nicht euer Ernst sein.«

»Doch«, sagte Merle. »Dann kommt es einem draußen gleich viel weniger heiß vor. Außerdem kann man sich da massieren lassen, und bei dem Wetter hat man alles ganz für sich alleine.«

»Aber ich dachte, wir sind hier, um ans Meer zu gehen«, protestierte ich. »Saunas gibt es in Hamburg auch.«

»Aber keine, die so schön ist.«

»Außerdem bade ich sowieso nicht so gerne im Meer«, behauptete Brigitte. »Dieser Sand überall.«

»Und, kommt ihr mit?«, fragte Merle erneut.

»Mit Sicherheit nicht« und »Auf keinen Fall«, riefen Jens und ich, wieder beide gleichzeitig.

Merle lächelte so verschlagen, dass ein Verdacht in mir aufkam. Ein geradezu ungeheuerlicher Verdacht! »Gut. Ihr beide geht an den Strand, Brigitte, wir gehen in die Sauna«, sagte sie und bestätigte damit meine Vermutung. »Und heute Abend treffen wir uns wieder hier. Wir haben alles für ein Picknick besorgt.«

»Dein Befehlston fängt echt an, mir auf die Nerven zu gehen«, sagte Jens.

»Aber das ist doch für alle die beste Lösung. Jeder kriegt, was er will«, entgegnete Merle unschuldig.

Da *musste* etwas faul sein.

»Ich kann einfach nicht fassen, dass sie in die Sauna gehen«, meckerte Jens, als er und ich bewaffnet mit Badetaschen und einem Sonnenschirm, den ich im Gartenschuppen entdeckt hatte, den langen Holzsteg zum Strand runtergingen. »Sie geht nie in die Sauna. Das macht sie bestimmt Brigitte zuliebe.«

»Hm«, machte ich nachdenklich. »Es könnte aber auch sein, dass ... Ist dir nicht auch aufgefallen, dass sie in letzter Zeit großes Interesse daran zu haben scheint, dass wir beide alleine sind?«

»Nein, eigentlich nicht.«

»Dann denk mal drüber nach. Sie ist einfach verschwunden, als ich neulich bei euch zum Essen war, gestern hat sie uns zum gemeinsamen Kochen abkommandiert, sie hat dafür gesorgt, dass wir in einem Zimmer schlafen, und heute gehen wir alleine an den Strand, weil sie angeblich in die Sauna will. Das sind ein paar Zufälle zu viel, oder?«

Jens ging für ein paar Sekunden schweigend neben mir her. »Du denkst, sie will uns verkuppeln?«

»Ich kann es ja selbst kaum glauben, aber es scheint fast so. Vor ein paar Wochen hat sie übrigens noch zu mir gesagt, dass sie dir eine Freundin suchen will, weil sie glaubt, dass du dann netter wirst. Allerdings hätte ich nicht im Traum daran gedacht, dass sie mich damit meinen könnte.«

»Sie glaubt, ich werde netter, wenn ich mit *dir* zusammen bin?« Er brach in Gelächter aus. »Du würdest mich in den Wahnsinn treiben, und ich würde innerhalb kürzester Zeit zum Monster mutieren!«

Na toll. Ich hielt es zwar ebenfalls für eine Schnapsidee, dass aus uns beiden was werden könnte, aber dass er sich jetzt halb kaputt darüber lachte, fand ich nun doch ein wenig übertrieben. Inzwischen waren wir an der Bude des Strandkorbvermieters angekommen. »Wollen wir uns einen Strandkorb mieten?«, fragte ich Jens.

»Du hast doch einen Sonnenschirm dabei.«

»Ja, damit ich die Wahl habe. Ich weiß doch jetzt noch nicht, ob ich lieber im Strandkorb oder im Sand liegen will.«

»Apropos in den Wahnsinn treiben«, seufzte er, stellte sich aber mit mir in die Schlange.

»Wie sollen wir denn jetzt darauf reagieren?«, nahm ich unser Thema wieder auf, als wir ein paar Minuten später auf der Suche nach unserem Strandkorb waren. »Sollen wir mit Merle darüber reden?«

»Wozu? Sie redet doch mit uns auch nicht darüber«, sagte Jens und blieb stehen. »Nummer 3410. Das ist er.«

Erschöpft von dem langen Marsch über den Strand ließ ich mich auf den blau-weiß gestreiften Sitz fallen, sprang jedoch sofort wieder auf. »Aua!« Der Plastikbezug war von der Sonne knallheiß, und es fühlte sich an, als wären meine Oberschenkel angekokelt. In dem irrsinnigen Versuch, mir auf meine eigene Rückseite zu gucken, drehte ich mich um mich selbst wie ein Hund, der seinen eigenen Schwanz jagte. »Jens!«, rief ich verzweifelt. »Siehst du was? Sind da Brandblasen?«

»Dass du immer gleich so übertreiben musst. Zeig mal her.« Er stellte sich hinter mich und beugte sich runter, sodass er einen besseren Blick auf meine Oberschenkel hatte. »Nein, keine Brandblasen. Das ist zum Glück gerade noch mal gutgegangen.«

Ich kramte mein Handtuch aus der Tasche, legte es in den Strandkorb und setzte mich vorsichtig hin.

»Mir fällt gerade auf, dass ich noch nie deine Oberschenkel gesehen habe«, stellte Jens fest. »Und deinen Hintern auch noch nie so richtig.«

»Wie bitte?«

»Na, weil du immer Kleider und Röcke trägst.«

»Aha. Ja, dann … weißt du ja jetzt Bescheid.« Wenigstens war ich hier nicht die Einzige, die von Zeit zu Zeit mal wirres Zeug redete. »Aber was ist denn nun mit Merle? Ich meine, sollen wir mit ihr reden, damit sie sich keine falschen Hoffnungen macht?«

»Sie verrennt sich andauernd in absurde Vorstellungen«, sagte Jens und zog sich sein T-Shirt aus.

Hui, das stand ihm aber! Hastig sah ich weg, und um etwas zu tun zu haben, streifte ich mir mein Top und meine Hotpants ab und setzte mich, jetzt nur noch im Bikini, wieder in den Strandkorb.

Jens gesellte sich zu mir. »Also nein. Ich finde nicht, dass wir mit ihr darüber reden müssen. Allmählich sollte sie alt genug sein, damit klarzukommen, wenn etwas anders läuft als erhofft.«

Puh, war das heiß hier! Die Mittagssonne brannte auf uns herab, und im windgeschützten Strandkorb brachte die Meeresluft keine Abkühlung. Und dann saß Jens auch noch direkt neben mir und … atmete mir die Luft weg. »Ich halt das nicht aus«, stöhnte ich und setzte mich aufrecht hin. »Hier drin ist es so heiß, ich komm mir vor wie eine Ameise unter der Lupe.«

»Schwimmen soll da helfen«, sagte Jens.

»Kommst du mit?«

»Ja. Es ist echt unfassbar heiß.«

Wir rannten zum Wasser und stürzten ohne zu zögern kopfüber in die Wellen. Beinahe eine halbe Stunde lang planschten wir herum, schwammen oder ließen uns einfach treiben. Irgendwann gingen wir zurück zu unserem Strandkorb, doch statt mich wieder in diesen Brutkasten zu setzen, legte ich mich auf mein Handtuch unter den Sonnenschirm. Der Wind strich angenehm kühlend über meinen noch immer nassen Bauch. Gott sei Dank war die akute Hitzeattacke vorbei.

Wir verbrachten einen wunderbar faulen Tag am Strand, lagen in der Sonne, redeten, hielten ein Nickerchen oder gingen schwimmen. Immer wieder ertappte ich mich dabei, dass ich mir wünschte, die Zeit würde langsamer vergehen. Oder besser noch, einfach anhalten, damit ich für immer hier bleiben konnte, an diesem von fröhlichen Feriengästen überfüllten, heißen, wunderschönen Strand. Doch gegen sechs Uhr fing mein Magen laut und vernehmlich an zu knurren.

»Wow«, sagte Jens grinsend. »Das war deutlich. Na los, lass uns gehen. Merle und Brigitte warten bestimmt schon auf uns.«

Als wir in der Wohnung ankamen, waren die beiden schon damit beschäftigt, das Picknick vorzubereiten. »Und, wie war's am Strand?«, erkundigte Merle sich.

»Heiß«, sagte ich, nahm eine Flasche Wasser aus dem Kühlschrank und trank gierig davon. »Und sehr schön. Ihr habt echt was verpasst.«

Brigitte formte akkurate Hackbällchen. »In der Sauna war es auch sehr angenehm. Und die Massage einfach herrlich!«

Ich hielt Jens das Wasser hin, damit er ebenfalls etwas trinken konnte. »Kann ich euch irgendwie helfen?«

»Nein, lass mal«, meinte Merle. »Geht ihr beide ruhig duschen, und wenn ihr fertig seid, können wir los.«

Das ließ ich mir nicht zweimal sagen. Ich sprang unter die Dusche, wusch mir ausgiebig die Haare und war froh, das Salzwasser und den Sand abspülen zu können. Obwohl ich den Duft liebte, den Sonne und Salz auf der Haut verursachten, fühlte ich mich inzwischen klebrig, und es kam mir vor, als hätte ich Schmirgelpapier in der Hose. Ich wollte mich gerade anziehen, als ich feststellte, dass ich gar keine Klamotten mit ins Bad genommen hatte. Mit gerümpfter Nase starrte ich auf mein Strandoutfit, aber ich konnte mich einfach nicht dazu überwinden, es wieder anzuziehen. Außerdem war ich heute sowieso schon den ganzen Tag lang im Bikini vor Jens herumgeturnt, ohne dass er von seinem Verlangen nach mir übermannt worden wäre. Welches Verlangen auch? Er stand ja gar nicht auf mich. Also würde es ihm völlig egal sein, wenn ich mit einem um mich geschlungenen Handtuch meine Klamotten aus dem Schlafzimmer holte. Ganz abgesehen davon kontrollierte er aller Wahrscheinlichkeit nach sowieso gerade Merle und Brigitte in der Küche und würde es gar nicht mitkriegen. Und schließlich und endlich: Wieso zerbrach ich mir überhaupt den Kopf darüber? Ich schlang mein Badetuch um mich und ging ins Schlafzimmer.

Jens war entgegen seiner sonstigen Gewohnheiten nicht in der Küche, um den anderen beim Kochen reinzureden, sondern er lag auf dem Bett, hatte wie gestern die Arme hinterm Kopf verschränkt und starrte Löcher in die Decke. Bei meinem Anblick lief ihm nicht das Wasser aus dem Mund, er stürzte sich auch nicht auf mich oder rief laut: »Oh mein Gott, bist du sexy!«. Er zeigte gar keine nennenswerte Reaktion, sondern sah mich nur ganz ruhig und neutral an und fragte: »Ist das Bad frei?«

»Ja. Ich hab allerdings meine Klamotten vergessen und muss mich noch umziehen.«

Jens setzte sich auf. »Das kannst du doch auch hier machen.«

Ich griff an mein Handtuch, als wollte ich verhindern, dass er es mir vom Leib riss. »Vor dir, oder was?«

Er starrte mich für drei Sekunden verblüfft an, dann fing er an zu lachen. »Das ist zwar eine sehr schöne Idee, aber eigentlich bin ich davon ausgegangen, dass du dich hier umziehst, während ich dusche.«

Auf einmal kam ich mir blöd vor. Wie eine verklemmte Klosterschülerin. Ich nahm den Koffer, in dem ich unter anderem meine Klamotten für abends verstaut hatte, legte ihn aufs Bett und suchte nach dem passenden Outfit.

Nach einer Weile wurde mir bewusst, dass Jens mich neugierig beobachtete. »Was ist?«

»Nichts, ich wundere mich nur, was du alles mitgenommen hast. Wozu ist denn der schicke Fummel da?«

Ich warf einen Blick auf das rote Chiffonkleid. »Ich wusste ja nicht, ob wir eventuell schick ausgehen würden.«

»Klar«, meinte Jens. »Logisch. Und was ist das? Eine Reiseapotheke?« Er zeigte auf die weiße Tasche mit dem roten Kreuz drauf.

Ich nickte.

»Darf ich mal gucken?«

»Von mir aus.«

Jens zog den Reißverschluss der Tasche auf und betrachtete mein Medikamentenarsenal. »Du bist echt auf jede Eventualität vorbereitet. Es fehlen nur noch Tabletten zur Malaria-Prophylaxe.«

Ich nahm ihm die Tasche aus der Hand und legte sie zurück in den Koffer. »Wenn das hier eine Malaria-Gegend wäre, hätte ich welche dabei.«

Jens musterte mich nachdenklich. »Du musstest dich schon früh um vieles kümmern, oder? Ich meine, du hast doch mal erzählt, dass du den Haushalt geschmissen hast, wenn deine Mutter gearbeitet hat.«

»Meine Mutter und ich waren halt ein Team!«, sagte ich eine Spur heftiger als beabsichtigt. »Als Altenpflegerin hatte sie Schichtdienst, da war es doch nur fair, dass ich ihr ein bisschen geholfen habe.«

»Hey, das war kein Angriff, es ist also nicht nötig, dass du dich verteidigst. Mir kam nur gerade der Gedanke, dass dein Planungswahn und deine Sucht nach festen Strukturen möglicherweise damit zusammenhängen könnten.«

Seit wann war er denn so ein Hobbypsychologe? Ich fühlte mich völlig überrumpelt von dieser ungewohnten Einfühlsamkeit. »Ich weiß nicht, aber … anfangs lief damals alles etwas chaotisch, und ich habe gemerkt, dass es einfacher war, wenn ich die Dinge genau plante. Was wann erledigt werden muss, was ich wann einkaufen muss, all so was.« Ich erinnerte mich noch gut daran, wie ich die helle Wäsche verfärbt oder beim Pfannkuchenbacken beinahe die Küche in Brand gesteckt hatte. Wie uns ständig Lebensmittel fehlten, weil ich nicht genug eingekauft hatte. Obwohl meine Mutter immer beteuert hatte, dass das überhaupt nicht schlimm sei, hatte ich mich wahnsinnig über mich selbst geärgert und unbedingt alles richtig machen wollen. »Man muss halt vorausschauen«, sagte ich schließlich und zog die gesuchte weiße Unterwäsche aus meinem Koffer. »Sonst bricht das Chaos aus. Wenn *du* zum Beispiel vorher nachgedacht und dich nicht einfach mit deinen Strandklamotten aufs Bett gelegt hättest, wäre es jetzt nicht versandet. Ich nehme nämlich stark an, dass es das ist.«

Jens winkte ab. »Ach, das bisschen Sand macht mir nichts aus.« Er stand auf und wühlte in seiner Tasche herum. »Dann geh ich mal duschen. Bis später.«

Ich schlüpfte in eine dreiviertellange luftige Hose und ein Top und ging in die Küche, um nachzusehen, wie weit Merle und Brigitte mit den Vorbereitungen für das Picknick waren.

Schwer beladen kamen wir eine Stunde später am Strand an. Wir platzierten unsere Decken möglichst nah am Wasser, und Merle und Brigitte breiteten Unmengen an Köstlichkeiten darauf aus: Es gab scharf gewürzte Hackbällchen, mariniertes Gemüse, Salat, Hähnchenflügel, knuspriges Baguette, Dips, Käse, Obst und Blaubeermuffins.

»Probier mal das Gemüse, Jens«, forderte Merle ihn auf. »Ist wieder zu wenig Salz und zu viel Rosmarin dran?«

Mit den Fingern griff er in die Schüssel und zog eine Kartoffelspalte und ein paar Zucchinischeiben hervor. »Nein. Perfekt abgeschmeckt.«

Merle nickte zufrieden, und erst jetzt fing sie an, sich ebenfalls einen Teller mit Essen zu beladen.

Wir aßen fast zwei Stunden lang und beobachteten dabei, wie die Sonne über dem Meer unterging und das Wasser und die Schäfchenwolken am Himmel in die spektakulärsten Orange- und Rottöne tauchte. Brigitte war im Laufe des Abends immer stiller geworden, bis sie schließlich aufstand und sagte: »Ich geh mal ein Weilchen spazieren.« Sie zog ihre Schuhe aus und schlenderte barfuß den Strand hinab.

Ich starrte wie hypnotisiert aufs Meer, lauschte den Wellen und dem Wind, der sanft mit meinen Haaren spielte. Merle und ich saßen Rücken an Rücken, um uns gegenseitig zu stützen, Jens hatte seine Füße tief in den Sand gebohrt und futterte genüsslich einen Muffin. Und plötzlich überkam mich eine seltsame Wehmut, denn ich hatte das Gefühl, dass mein Leben nie wieder so schön, unbeschwert und glücklich sein würde wie in diesem Moment.

»Willst du noch einen Muffin, Isa?«, fragte Jens und hielt mir einladend die Schüssel hin.

Ich legte einen Finger an meine Lippen. »Pssst. Gleich berührt die Sonne das Meer, und ich will wissen, ob man es zischen hört.«

Lächelnd schüttelte er den Kopf. »Du kommst echt von einem anderen Planeten, oder?« Doch dann schwieg er tatsächlich und starrte zusammen mit Merle und mir gebannt auf den Horizont.

»Jetzt!«, rief Merle, als der große, orangefarbene Ball mit der Wasseroberfläche verschwamm. »Es hat gezischt, habt ihr das gehört?«

»Also ich nicht«, sagte Jens.

Sanft stieß ich mit meinem Fuß gegen seinen Oberschenkel. »Ich hab es gehört.«

»Du bist ja auch komplett irre.« Er umfasste blitzschnell meinen Knöchel und kitzelte mich am Fuß.

Ich gackerte los und strampelte mit meinem Bein, in dem hoffnungslosen Versuch, mich zu befreien. Woanders machte es mir nichts aus, gekitzelt zu werden, aber mit der Fußsohle hatte Jens die einzige Schwachstelle meines Körpers erwischt.

»Oh, bist du etwa kitzelig?«, fragte er fies grinsend. Nun schnappte er sich meinen anderen Fuß. »Da auch?«

Verzweifelt japste ich nach Luft und konnte vor lauter Lachen kaum sprechen. »Nicht … nicht!«

»Ich rette dich, Isa!«, rief Merle und sprang auf.

Dadurch löste meine Stütze sich völlig unvorhergesehen in Luft auf, ich kippte hintenüber, fing noch heftiger an zu gackern und zappelte wie ein Marienkäfer auf dem Rücken herum.

Merle stürzte sich auf ihren Bruder, woraufhin er von mir abließ und die beiden miteinander rauften wie zwei kleine Kinder.

Irgendwann lagen wir alle drei schwer atmend auf der Decke und kamen langsam wieder zur Ruhe. Am Himmel schwebten sachte die Wolken über uns hinweg, die inzwischen violett gefärbt waren. Der letzte Rest der Sonne tauchte im Meer unter, und es schien auf eine seltsame Art stiller geworden zu sein.

›Das war es, Isa‹, dachte ich wehmütig. ›Halt diesen Moment gut fest, damit du ihn nicht vergisst. Denn so perfekt wie jetzt wird es nie wieder sein.‹

Brigitte kehrte erst zurück, als es schon fast dunkel war.

»Wie war es?«, fragte ich und sah sie prüfend an. Offenbar hatte sie geweint, denn ihr Gesicht war geschwollen, doch es ging eine entschlossene Ruhe von ihr aus.

»Gut«, sagte sie und ließ sich neben Merle nieder. »Das hat wirklich sehr gutgetan.«

Wir blieben bis in die Nacht hinein am Strand, redeten, aßen und lachten. Über uns funkelten Millionen von Sternen, genau so, wie ich es mir in Hamburg immer wünschte. Nur runterfallen wollte keiner. Heute Nacht schienen sich die Sterne so wohl dort oben zu fühlen, dass sie unbedingt dableiben wollten. Genau so ging es mir hier unten.

Um drei Uhr lag ich im Bett und versuchte, die für mich perfekte Schlafposition zu finden. Jens löschte das Licht und öffnete das Fenster. Dann legte er sich auf seine Bettseite und wälzte sich unruhig hin und her. Seine Nähe war mir überdeutlich bewusst. Ich hörte seinen Atem, nahm den schwachen Duft seines Aftershaves wahr. Und mit einem Mal fiel es mir schwer, meine Hand nicht auszustrecken, um ihn zu berühren. Er lag maximal einen halben Meter von mir entfernt, und wir hatten beide ziemlich wenig an. Wir waren zwei gesunde junge Menschen, wir waren im Urlaub, warum also sollten wir nicht, nur ein einziges Mal, zum Spaß ... Wie hieß es doch gleich: ›What happens in Vegas stays in Vegas.‹ Und Vegas konnte man ganz einfach durch Sankt Peter-Ording ersetzen. Ach, verdammt! Zum tausendsten Mal an diesem Wochenende konnte ich nur über mich selbst den Kopf schütteln. Hier, in diesem Bett, zwischen Jens und mir, würde nichts passieren. Und das galt nicht nur für Sankt Peter-Ording, sondern überall auf der Welt! Jens und ich waren Freunde. Und nur, weil ich zu viel Hitze abbekommen und schon eindeutig zu lange keinen Sex mehr gehabt hatte, würde ich diese Freundschaft nicht kaputt machen, indem ich anfing, ihn zu belästigen! Denn genau so würde er es empfinden, wenn ich mich an ihn ranschmiss. Genervt stöhnte ich auf und drehte mich auf die Seite.

»Was ist los?«, erklang Jens' Stimme aus der Dunkelheit.

»Ach, nichts. Ich finde nur nicht die richtige Schlafposition.«

»Geht mir genauso.« Jens drehte sich ebenfalls auf die Seite und robbte ein ganzes Stück näher an mich heran.

Mein Herz setzte einen Schlag aus und fing dann an zu rasen. Zwischen uns waren keine zehn Zentimeter Platz mehr. »Wieso rückst du mir so auf die Pelle?«, fragte ich mit angehaltenem Atem.

»Ich suche die richtige Schlafposition.«

»In meinem Bett?«

»Ja, meins ist total versandet.«

Ohne es zu wollen, musste ich kichern. »Genau wie Ernie mit seinen Keksen! Ich habe dir doch gesagt, dass es ein Fehler ist, dich mit deinen Strandklamotten ins Bett zu legen. Das hast du jetzt davon.«

»Mhm«, machte er schläfrig. »Aber so geht's, Bert.« Und kaum hatte er es gesagt, schnarchte er auch schon leise in mein Ohr.

Na toll. Wir waren Ernie und Bert. Da hatte ich es mal wieder. Während ich in seiner Nähe auf dumme Gedanken gekommen war, suchte er meine, um *schlafen* zu können. So konnte es jedenfalls nicht weitergehen. Sobald Alex aus dem Urlaub zurück war, würde ich ihn schleunigst davon überzeugen, dass wir füreinander geschaffen waren. Und dann, aber hallo! Er würde jedenfalls nicht friedlich an meiner Seite schlafen, als wären wir Geschwister. Das konnte er sich mal gleich abschminken!

Am nächsten Morgen gingen wir nach dem Frühstück alle zusammen an den Strand. Brigitte und Merle machten es sich im Strandkorb bequem, während Jens und ich auf einer Decke im Sand lagen. Ich versuchte, alles in mich einzusaugen. Das tiefblaue Meer, auf dem Schaumkronen tanzten, den weiten Strand und die Strandkörbe, die Dünen, die Pfahlbauten, die fröhlichen Touristen und vor allem die drei Menschen, die mit mir hier waren. Merle und Brigitte, die im Strandkorb lasen, und Jens, der neben mir döste. Mit meinem Handy machte ich das fünfmillionste Bild vom Strand und das achtmillionste von Brigitte, Merle und Jens. Damit ich es nicht vergaß, dieses perfekte Wochenende. Es war wie ein wunderschöner Traum, in dem es nur den Strand, das Meer und so viele Glücksmomente gab, dass ich sie später wahrscheinlich gar nicht alle aufschreiben konnte.

Sommerflaute

Der Sommer und die Ferien hatten Hamburg fest im Griff. Alle Welt war scheinbar ausgeflogen. Merle reiste nach Frankreich, Knut war in England, Kathi und Dennis in der Türkei, Bogdan und Kristin in Kroatien, meine Mutter fuhr mit einer Kollegin nach Holland, selbst von Michael Schulz bekam ich auf eine erneute Beschwerde-E-Mail eine automatische Abwesenheitsnotiz, die mich darüber in Kenntnis setzte, dass er erst in drei Wochen wieder im Büro sein würde.

Der Kundenansturm, den wir nach der Neueröffnung des Ladens erlebt hatten, flaute merklich ab. Der Sommer war immer schon eine schwierige Zeit fürs Geschäft gewesen, aber da es bei uns sowieso schon finster aussah, machte mir die fehlende Kundschaft wirklich Sorgen. Immerhin kam dafür meine Trauer- und Hochzeitsfloristik-Offensive in Schwung. Ich hatte zwei neue Kontakte zu Bestattern hergestellt und einen ehemaligen Kunden zurückgewonnen, und über diese drei kamen regelmäßig Aufträge herein.

Außerdem hatte Kerstin Lennart mir Aufträge für ein paar Hochzeiten vermittelt. Zwar würde es noch bis Oktober dauern, bis die erste davon stattfand, aber ich war froh, dass der Anfang gemacht war. Björn sollte mit seinem Catering-Service im September eine große Geburtstagsfeier sowie zwei kleinere Partys ausrichten, für die ich die Deko-Aufträge erhielt. Zum Dank stellte ich den Kontakt zwischen Björn und Kerstin her, und nachdem wir drei uns bei ihm zum Essen getroffen hatten, vereinbarten wir, künftig regelmäßig zusammenzuarbeiten.

In dieser Hinsicht war die Entwicklung im Laden also durchaus erfreulich. Trotzdem fehlten uns Laufkundschaft sowie verlässliche wöchentliche Einnahmequellen, doch Brigitte hatte bei den Büros und Arztpraxen in der Gegend keinen Erfolg. Stattdessen hatten wir einen Stammkunden verloren: und zwar Herrn Dr. Hunkemöller, der sich seit dem verunglückten Date nicht mehr bei uns blicken ließ. Seit unserem Wochenende in Sankt Peter-Ording war Brigitte still geworden und schien ganz in ihre eigenen Gedanken versunken zu sein. Gedanken, an denen sie mich nicht teilhaben ließ.

Es war nun offiziell: Dieser Sommer war der heißeste, den Hamburg je erlebt hatte. Die ganze Stadt war in ein Sommerloch versunken, und wer nicht im Urlaub war, verbrachte seine Freizeit im Freien. Elbstrand, Alster und Stadtpark quollen förmlich über vor Menschen, während die Straßen gähnend leer waren. Auch Jens bekam das zu spüren, wie er mir erzählte, als wir an einem freien Dienstagnachmittag gemeinsam am Stadtparksee lagen. »Scheiß Sommerloch«, motzte er. »Niemand will bei dem Wetter drinnen sitzen, und mein Außenbereich ist einfach zu klein.«

»Hast du Schwierigkeiten?«, fragte ich besorgt. »Ich meine, finanziell.«

»Nein, es ist ja absehbar. Irgendwann wird es ganz gewaltig knallen, dann haben wir wieder die üblichen 15 Grad und Nieselregen, und ich bin wieder im Geschäft.«

Ich musterte ihn prüfend.

»Jetzt mach dir mal keinen Kopf, Isa, ich werde den Laden nicht schließen. Keine Angst, du wirst nicht auf deinen Mittagstisch verzichten müssen.«

Es ging mir ja gar nicht nur um den Mittagstisch. Sondern auch um ihn. Wenn er das Restaurant schließen musste, würden wir uns kaum noch sehen. Und der Gedanke behagte mir überhaupt nicht, denn ich hatte mich nun mal an Jens gewöhnt. Ich verbrachte meine Mittagspausen in seinem Laden. Wenn ich abends nicht einschlafen konnte (und bei der Hitze war das oft der Fall), ging ich bei ihm im Restaurant vorbei oder wir saßen auf seinem Balkon und redeten. Wenn Jens seinen Laden geschlossen hatte, unternahmen wir manchmal etwas mit Lukas, Anne und Kim. Dann gingen wir an die Alster oder besuchten das Restaurant von Annes Mann, das einen wunderschönen Außenbereich direkt am Goldbekkanal hatte. Dort saßen wir mit Dirk und seiner Küchencrew bis tief in die Nacht zusammen. Ja, ich hatte mich an Jens gewöhnt, er war ein fester Bestandteil meines Lebens geworden, und ich mochte mir gar nicht vorstellen, dass er irgendwann nicht mehr da sein könnte. Zum Glück hatten meine seltsamen sexuellen Anwandlungen ihm gegenüber sich total gelegt. Es war wohl tatsächlich so, wie ich vermutet hatte: ›Was in Sankt Peter passiert, bleibt in Sankt Peter.‹

Nach einer halben Ewigkeit sagte ich: »Immerhin ist die Flaute gut für deinen neuen Azubi. So hast du mehr Zeit für ihn. Und Lukas, Kim und Anne können Überstunden abbummeln.«

Jens seufzte und drehte sich auf die Seite. »Ja, auch wieder wahr. Aber im nächsten Sommer schließ ich den Laden für zwei Wochen. Oder eine. Ein verlängertes Wochenende. Betriebsferien, zack, aus.«

Träge zupfte ich an ein paar Grashalmen herum. »Hast du auch das Gefühl, dass wir beide momentan die einzigen Idioten in Hamburg sind, die keinen Urlaub haben?«

»Mhm.«

»Es wäre so schön, wenn ich einfach abhauen könnte. Endlich mal in ein Flugzeug steigen und an einen exotischen Ort fliegen.«

»Und wo willst du hin?«

Ich drehte mich auf den Rücken und sah, wie hoch über mir das Laub der Eiche sich im Wind wiegte. Zwischen ein paar kleinen Löchern im Blätterdach blitzte die Sonne hervor. »Auf jeden Fall will ich fliegen. Vielleicht nach … Honolulu. Oder Sydney. Sri Lanka, Indien, Mexiko, Papua-Neuguinea, Peru.«

Jens stützte seinen Kopf auf dem Arm ab und sah mich nachdenklich an. »Warum machst du es denn nicht?«

»Na, ich kann doch nicht einfach abhauen, jetzt, wo es im Laden so schwierig ist. Außerdem spare ich mein ganzes Geld, damit ich das Geschäft eines Tages übernehmen kann. Und alleine traue ich mich auch irgendwie nicht.«

Er legte sich wieder auf den Rücken und lachte. »Feigling.«

»Ich bin kein Feigling!«, protestierte ich. »Wer weiß, vielleicht fliege ich nach London, wenn es im Laden wieder besser aussieht. Da war ich auch noch nie.« Mir kam eine Idee, und ich setzte mich so ruckartig auf, dass mir schwummerig vor Augen wurde. »Hast du Lust, Flugzeuge zu gucken?«

»Was?«, fragte er verständnislos.

»Es gibt da einen tollen Platz am Flughafen, gleich hinter dem Zaun zur Startbahn. Da bin ich manchmal mit Knut.«

Jens sah wenig begeistert aus. »Du meinst … jetzt? Aber ich lieg gerade so gemütlich.«

»Ach komm.« Ich stieß ihm ihn die Seite. »Ich kauf dir auch ein Eis. Wart's nur ab, du wirst es lieben!«

In gespielter Verzweiflung stöhnte Jens auf. »Na gut, von mir aus. Sonst gibst du ja doch keine Ruhe.«

Eine Stunde später saßen wir auf dem Rasen vor Jens' Auto und sahen das erste Flugzeug auf uns zurollen. Es wurde schneller und schneller, bis es schließlich abhob und ohrenbetäubend über uns hinwegdonnerte.

»Wahnsinn!«, schrie Jens gegen den Lärm an. »Das ist ja der Hammer!« Seine Augen strahlten begeistert, und er war so fasziniert, dass er das Eis in seiner Hand völlig vergessen hatte. Es lief über seine Finger und tropfte ihm auf die Shorts, doch das bekam er gar nicht mit. Er war viel zu beschäftigt, das Flugzeug anzustarren.

»Sag ich doch!«, schrie ich zurück. »Das war die Achtzehn-Uhr-siebzehn nach Ulan Bator! Ein A320!«

Jens riss sich vom Anblick des Flugzeugs los und sah mich überrascht an. »Hast du den Flugplan auswendig gelernt?«

»Quatsch«, sagte ich grinsend. Inzwischen war es wieder ruhiger geworden. »Knut und ich denken uns das immer aus.«

Er erwiderte mein Lächeln. »Ah, verstehe.«

Ich deutete auf seine Hand und den Fleck auf seiner Shorts. »Dein Eis.«

»Ach, verdammt.« Er leckte seine Hand ab und versuchte vergebens, den Fleck wegzureiben.

»Siehst du, Eis ist total unpraktisch.«

»Total. Aber ich ess es ja auch nicht, weil es praktisch ist, sondern lecker. Oh, da kommt schon das nächste Flugzeug.«

Während die Achtzehn-Uhr-zwanzig nach Kapstadt startete, machte ich es mir bequem, indem ich mich zurücklehnte und meinen Rücken an der Stoßstange abstützte. Nachdem Jens sein Eis aufgegessen hatte, lehnte er sich ebenfalls an. »Das ist echt ein extrem cooler Ort, Isa.« Seine Augen leuchteten immer noch wie bei einem kleinen Kind an Heiligabend. Typisch Jungs, mit Krach und großen Maschinen konnte man sie immer beeindrucken. »Sollte ich jemals wieder ein Date haben, werde ich auf jeden Fall hierherkommen.«

Mir wurde eiskalt, und mein Magen fühlte sich an, als hätte Jens soeben reingeboxt. »Nein!«, rief ich und war selbst erstaunt über meinen heftigen Ausbruch.

»Hä? Wieso nein?«

»Weil ...« Keine Ahnung, wieso, ich wollte es einfach nicht! Musste man denn immer alles begründen, verdammt noch mal? »Das hier ist *mein* Platz. Und Knuts. Und ich hab ihn dir bestimmt nicht gezeigt, damit du hier irgendeine blöde Tussi aufreißen kannst.«

Jens musterte mich, als würde er darüber nachdenken, mich umgehend in die Klapsmühle einweisen zu lassen. »Und was, wenn ich hier keine blöde Tussi, sondern eine bezaubernde junge Frau aufreißen möchte? Wäre das okay?«

»Nein! Hier wird überhaupt niemand aufgerissen! Und schon gar niemand, der *bezaubernd* ist. Bezaubernde Menschen finde ich zum Kotzen.« In meinem Hirn ratterte es. Gab es da etwa jemanden? Wir hatten in letzter Zeit ständig zusammengehangen, das hätte ich doch wohl mitgekriegt.

»Und mal angenommen, ich möchte die große Liebe meines Lebens ausführen – dürfte ich nicht mal mit ihr hierherkommen?«

Jetzt redete er schon von der *großen Liebe?* War der nicht mehr ganz dicht in der Birne oder was? Ich setzte mich auf und musterte ihn durchdringend. »Welche große Liebe? Du glaubst doch nicht mal daran. Oder ...« Es fiel mir schwer, es auszusprechen. »Hast du dich etwa verliebt?«

Er schnaubte. »Nein. Es geht mir ums Prinzip. Ich darf also im Grunde genommen mit niemandem hierherkommen. Außer mit dir.«

›Ja. Ganz genau‹, hätte ich beinahe gesagt, verkniff es mir aber in der letzten Sekunde, weil mir das doch ein bisschen kindisch vorkam. »Und mit Knut«, sagte ich daher gnädig. »Ich will dich ja nur vor einem Fehler bewahren. Das hier ist doch kein Ort für ein romantisches Date. Hier kriegst du garantiert keine rum.«

»Ich habe keine romantischen Dates, zumindest keine, die deiner Kuschelrock-Duftkerzen-Vorstellung von Romantik entsprechen«, sagte er grimmig. »Und ob ich wen rumkriege und, wenn ja, wann und wo oder auch nicht, das lass mal meine Sorge sein.«

»Bitte? Was soll ich deine Sorge sein lassen?«

»Ob ich ...« Er brach ab und machte eine unwillige Handbewegung. »Ach, lass mich in Frieden!«

Huch! Womit hatte ich ihn denn so aus der Fassung gebracht? Er war doch sonst immer so gelassen. »Ich meinte damit ja gar nicht, dass ich denke, dass du generell keine rumkriegst«, sagte ich vorsichtig, da ich vermutete, dass er sich in seiner Männlichkeit gekränkt fühlte. »Ich traue dir durchaus zu, dass du, wenn du dir Mühe gibst ... nur eben nicht hier.«

»Wenn ich mir *Mühe* gebe? Du bist echt so dreist, das gibt's gar nicht!«, rief er empört. »Außerdem ist dir hoffentlich klar, dass ich mich von deinem seltsamen Verbot, mit einer anderen Frau als dir hierherzukommen, im Zweifelsfall nicht abschrecken lassen werde.«

»Ja. Ist mir klar«, sagte ich pampig. Ich lehnte mich wieder an die Stoßstange und sah rauf zu der Boeing 747, die gerade in Richtung Marrakesch flog. Na und, sollte er doch irgendeine dämliche Gastroschlampe hierherbringen und Gott weiß was mit ihr tun. Das war mir so was von egal.

»Was ist eigentlich mit deinem Zwegat?«, fragte Jens unvermittelt, als das Dröhnen der Triebwerke in der Ferne verhallt war.

»Was soll mit *Alex* sein? Er kommt nächste Woche aus dem Urlaub wieder, wir haben Montag einen Termin.«

»Bist du immer noch der festen Überzeugung, dass er der Mann deines Lebens ist?«

Ich zögerte für den Bruchteil einer Sekunde, dann sagte ich: »Ja, natürlich.«

»Wie kannst du dir da eigentlich so sicher sein? Du kennst diesen Typen doch gar nicht.«

»Na, weil ich es eben weiß. Ich wusste es vom ersten Moment an. Er ist perfekt.« Ich dachte an Alex, was ich in den letzten Wochen nicht so oft getan hatte – schließlich hatten wir uns wegen seines Urlaubs auch gar nicht mehr zu Gesicht bekommen. Doch jetzt sah ich ihn genau vor mir, seine blauen Augen und die Haarsträhne, die ihm vom Kopf abstand. Sein freundliches Lächeln, seine aufrichtige Art, das Gefühl, das er mir vermittelte. Dieses unschätzbare Gefühl, dass ich etwas ganz Besonderes war. »Meine Sommersprossen sind ihm aufgefallen«, sagte ich, als würde das alles erklären.

»Pff! Mir sind deine Sommersprossen auch aufgefallen.«

Überrascht sah ich Jens an. »Echt?«

»Die sind nicht zu übersehen, Isa. Während unseres allerersten Gesprächs, als du mir was von Mr Lee und vietnamesischer Nudelsuppe erzählt hast, habe ich mich insgeheim die ganze Zeit gefragt, wie eine so unangenehme Person so nette Sommersprossen haben kann.«

»Eine unangenehme Person?!«

»Und in letzter Zeit sind es noch mehr geworden«, fuhr Jens unbeirrt fort. »In Sankt Peter-Ording konnte man ihnen quasi beim Sprießen zugucken. Jedem fallen deine Sommersprossen auf. Wenn das dein Hauptkriterium ist, müssten ziemlich viele Typen perfekt für dich sein.« Im Laufe seiner Rede hatte er immer lauter reden müssen, da ein Flugzeug herangerauscht kam.

»Das ist nicht mein Hauptkriterium!«

»Was dann?«

»Ich kann das nicht beschreiben, es ist ein Gefühl! Liebe ist doch nicht logisch erklärbar!« Die Maschine war nun direkt über uns und eine Unterhaltung nicht mehr möglich. Jens und ich sahen uns stumm in die Augen. Unsere Blicke schienen aneinander festzukleben, und alles andere um mich herum verschwamm. Meine Sommersprossen waren ihm aufgefallen, auch dass es in Sankt Peter-Ording mehr geworden waren. Dabei hatte ich immer geglaubt, er würde mich gar nicht richtig wahrnehmen.

»Tja. Wenigstens was das angeht, sind wir uns einig«, sagte Jens in normaler Lautstärke und brachte mich damit noch mehr in Verwirrung, denn ich hatte gar nicht mitgekriegt, dass das Flugzeug verschwunden war.

Er wandte seinen Blick von mir ab und rieb mit dem Zeigefinger an dem Eisfleck auf seiner Shorts rum. »Und was willst du tun, wenn dein Alex wieder da ist? Du hast doch garantiert einen Plan. Oder eine Liste zum Abarbeiten.«

Ich räusperte mich und sagte: »Ich will ihn nach unserem Termin fragen, ob er noch mit zu mir kommt.«

»Wow. Das nenne ich zielstrebig.«

»Doch nicht so! Ich habe nicht vor, mich an ihn ranzuschmeißen, ich will ihn nur besser kennenlernen.«

»Dann solltest du ihn vielleicht nicht fragen, ob er mit zu dir kommt. Das könnte er nämlich falsch verstehen.«

Nachdenklich kaute ich an meinem Daumennagel. »Ja, wahrscheinlich hast du recht.«

Bald darauf machten wir uns auf den Rückweg. Ich fuhr noch mit zu Jens, wo wir auf dem Balkon über Gott und die Welt redeten. Nur zwei Themen ließen wir tunlichst aus: Alex und potenzielle Aufreißaktionen von Jens. Wir befanden uns wieder auf sicherem Terrain, und wenn es nach mir ging, würden wir das auch nie wieder verlassen.

Merle kehrte braun gebrannt und vor Begeisterung übersprudelnd aus Frankreich zurück. Am Montagvormittag kam sie mit selbst gebackenen Himbeermuffins in den Laden, und bei einem Eiskaffee lauschte ich ihrem enthusiastischen Bericht, wie toll es gewesen sei und was für »meganette Leute« sie kennengelernt habe. »Die waren ganz anders drauf als die aus meiner Schule. Lilly und Klara zum Beispiel engagieren sich bei Greenpeace. Und Mattis ist freiwilliger Helfer in einer Flüchtlingsunterkunft.« Ihre Augen strahlten mit der Sonne um die Wette. »Ich find's schade, dass sie alle an anderen Schulen sind, aber wir können uns ja nachmittags und abends treffen. Morgen bin ich mit Mattis verabredet, dann nimmt er mich mit in das Flüchtlingsheim. Ich will auch endlich was Sinnvolles anfangen mit meinem Leben.« Sie stopfte sich einen halben Muffin in den Mund, und ich nutzte die Stille, um eine Frage einzuwerfen: »Und was ist mit dem Restaurant? Ist das Köchinnen-Thema vom Tisch?«

Sie schüttelte heftig den Kopf. »Überhaupt nicht! Ich kann doch trotzdem an zwei Abenden in der Woche bei Jens arbeiten und was lernen.« Sie trank einen Schluck von ihrem Eiskaffee, dann fragte sie betont beiläufig: »Habt ihr euch denn oft gesehen in letzter Zeit?«

»Ja, schon.«

»Ihr versteht euch ganz gut, oder?«

Sie sah mich so erwartungsvoll an, dass es mir fast das Herz brach. »Ja, wir verstehen uns gut. Aber kann es sein, dass du hoffst, dass aus uns beiden ein Paar wird?«

Merle wich meinem Blick aus und brach ein Stück von ihrem Muffin ab. »Ich finde, ihr würdet total gut zusammenpassen. Und es wäre so praktisch. Ich mag euch beide, und wenn ihr zusammenkommen würdet, könnte alles bleiben, wie es ist, und ich müsste mir keine Sorgen machen, dass einer von euch beiden mit jemand anderem zusammenkommt.«

Ich griff sanft nach ihrer Hand. »Merle, wenn wir zusammenkommen würden, würde *nichts* so bleiben, wie es ist. Und außerdem weißt du doch, dass ich Alex mag.«

»Ach, so 'n Blödsinn, du kennst den doch gar nicht!«

»Aber ich habe vor, das schleunigst zu ändern. Jens und ich sind Freunde, und das soll auch so bleiben.«

Ein Schatten huschte über Merles Gesicht, dann musterte sie mich eindringlich, als würde sie einschätzen wollen, ob ich das, was ich gesagt hatte, auch wirklich so meinte. Schließlich nickte sie. »Okay. Dann lass ich euch zukünftig in Ruhe. Immerhin seid ihr ja alt genug, man sollte meinen, dass ihr alleine klarkommt.«

»Vielen Dank«, sagte ich lachend. »So, und jetzt erzähl mir noch mal was von diesem Mattis.«

Daraufhin folgte eine halbstündige Lobeshymne auf den netten, intelligenten Mattis. Merle war, um es mal in ihren Worten zu sagen, »derbe verliebt«. Es sah ganz danach aus, als würden Jens und ich sie in nächster Zeit sehr viel weniger zu Gesicht kriegen.

Den Rest des Tages war ich gedanklich schon bei dem Treffen mit Alex. Gestern Abend hatte ich mir genau überlegt, wie ich ihn dazu bewegen konnte, endlich mal den nächsten Schritt zu gehen. Jetzt vertrieb ich mir die Wartezeit, indem ich wieder und wieder meine Worte probte – sowohl in Gedanken als auch vor dem Spiegel in der Toilette des Ladens. Nervös warf ich einen Blick auf mein Spiegelbild: Ich hatte mir extra für diesen Anlass ein besonders hübsches Kleid angezogen und Make-up aufgelegt, obwohl ich es bei der Hitze hasste, geschminkt zu sein.

Endlich klopfte es an der Tür, und augenblicklich setzte mein Herz einen Schlag aus. »Ich geh schon!«, rief ich und hastete an Brigitte vorbei, die in der Kaffeeküche Gläser und Tassen bereitstellte.

»War klar«, hörte ich sie noch sagen, dann sah ich auch schon Alex vor der Glastür stehen. Er war noch attraktiver, als ich ihn in Erinnerung hatte. Seine Haut war gebräunt, sein Haar von der Sonne ausgebleicht und sein Lächeln ansteckender und freundlicher als je zuvor.

»Hallo«, sagte er. »Schön, Sie wiederzusehen.«

»Hallo. Danke, gleichfalls.«

Dann standen wir ein paar Sekunden lang nur stumm voreinander und grinsten uns blöde an.

»Ähm, komm doch rein«, sagte ich schließlich und machte eine einladende Geste. »Sie, meine ich«, fügte ich schnell hinzu. »Wie war der Urlaub?«

»Es war traumhaft! Trotzdem bin ich froh, wieder hier zu sein. Sehr froh.« Konnten Augen noch blauer sein oder noch mehr strahlen? Schwer vorstellbar. Lediglich Jens brachte es fertig – wenn er besonders gut gelaunt war oder mal wieder einen dummen Witz machte –, mich zum Lächeln zu bringen, nur weil seine Augen so lustig blitzten. Wobei seine natürlich grün waren. Beziehungsweise braun, das wusste man ja nie so genau.

Ich ging Alex voraus ins Hinterzimmer. Brigitte verteilte Wasser und Kaffee, dann erzählten wir ihm, wie das Geschäft in den vergangenen Wochen gelaufen war. Ich berichtete von meinen Erfolgen bei Bestattern und Hochzeitsplanern und von den Aufträgen, die ich an Land gezogen hatte. Alex betrachtete auf dem Computerbildschirm die Bilanzen und nickte zufrieden. »Ja, das sieht gut aus.«

Nun war Brigitte an der Reihe. Sie klickte eine Seite weiter. »Seit zwei Wochen ist das Geschäft jedoch wieder deutlich zurückgegangen. Es ist fast so schlimm wie vorher. Kaum Laufkundschaft.«

Alex strich sich nachdenklich über sein Kinn, als er die Zahlen studierte.

»Aber das liegt an der Sommerflaute«, sagte ich schnell. »Die halbe Stadt ist ja im Urlaub.«

Brigitte verzog das Gesicht. »Oder es liegt daran, dass die Leute sich den neuen Laden angesehen haben und nun wieder zurück zur Konkurrenz gegangen sind.«

Dieser andauernde Pessimismus konnte wirklich ganz schön an den Nerven zehren. Ich mühte mich ab, während sie nur schlechte Stimmung verbreitete. »Es liegt am Sommerloch«, beharrte ich auf meiner Meinung.

Brigitte räusperte sich, dann fragte sie Alex: »Was meinen Sie, wie lange ist es sinnvoll, noch an diesem Laden festzuhalten? Wann können wir definitiv sagen, ob es nicht doch besser wäre, einfach zu verkaufen?«

Erschrocken ließ ich mein Glas sinken, aus dem ich gerade einen Schluck hatte nehmen wollen. »Das klingt so, als *wolltest* du verkaufen!«

Ich suchte Brigittes Blick, doch sie sah stur zu Alex. »Ich will nicht an etwas festhalten, das schon längst tot ist.«

Er sah betreten zwischen Brigitte und mir hin und her. Schließlich sagte er: »Ein paar Monate Zeit sollten Sie sich und dem Laden schon geben. Denn Isabelle … Frau Wagner hat nicht ganz unrecht damit, dass es in einigen Bereichen vielversprechend aussieht.« Mein Herz machte einen freudigen Hopser, als er mich beinahe beim Vornamen genannt hätte. »Allerdings haben Sie auch recht, Frau Schumacher, wenn Sie sagen, dass die Gesamtsituation unterm Strich erfreulicher sein könnte.«

Ich versuchte, aus Brigittes Miene schlau zu werden, doch ihr Gesichtsausdruck verriet nichts. »Du willst doch nicht verkaufen, Brigitte. Oder?«

Sie starrte für ein paar Sekunden auf den Bildschirm des Computers. Endlich sah sie mich an und sagte: »Nein. Das möchte ich nicht.«

»Gut«, sagte ich erleichtert. »Wir könnten doch eine Sommeraktion machen, um Kundschaft anzulocken. Kalte Getränke anbieten, Würstchen grillen, die Balkonpflanzen und -deko zu besonders günstigen Preisen verkaufen. Eine Art Sommerfest.«

Brigitte lächelte müde. »Ja, das klingt gut.«

Ich notierte mir gleich ein paar Stichpunkte. »Wenn dieses blöde Sommerloch erst mal vorbei ist, wird alles wieder besser. Wirst schon sehen.«

Alex ging noch für eine halbe Stunde die Zahlen mit uns durch, dann sagte er: »Gut. Damit sind wir für heute fertig.«

Unwillkürlich wurde mir flau im Magen, und mein Puls beschleunigte sich. Der geschäftliche Teil war also erledigt. Jetzt ging es ans Eingemachte.

Er stand auf und reichte Brigitte die Hand. »Tschüs, Frau Schumacher.« Nun wandte er sich an mich. »Bringen Sie mich noch zur Tür?«

»Eigentlich dachte ich, eventuell könnte ich ja vielleicht noch mit Ihnen zusammen ein Stück gehen.« Ich biss mir auf die Unterlippe und schloss kurz die Augen. »Es ist nur so, ich muss in die gleiche Richtung wie Sie. Dann könnten wir doch auch …« Hilflos brach ich ab. Na super! Ich hatte den Satz geübt, tausendfach. Und *das* war dabei rausgekommen?!

Alex war wie immer wunderbar. Er lächelte und schien sich tatsächlich aufrichtig zu freuen. »Ja, das ist eine gute Idee. Also dann, gehen wir?«

Ich griff nach meiner Handtasche, verabschiedete mich von Brigitte und folgte Alex nach draußen. »Wo müssen Sie denn hin?«, fragte er.

»Dahin«, sagte ich und deutete in die Richtung, in die er immer ging. »Richtung Eppendorf.«

Wenn er sich über meine unpräzise Angabe wunderte, ließ er es sich zumindest nicht anmerken. Eine Weile gingen wir schweigend nebeneinanderher, und ich suchte krampfhaft nach einem Gesprächsthema. In meiner Vorstellung war das alles so einfach gewesen, aber jetzt, mit Alex direkt neben mir, mutierte ich zum schüchternen Mauerblümchen. »Es ist ganz schön warm, was?« Wetter ging ja immer.

»Der heißeste Sommer in Norddeutschland seit dreiundzwanzig Jahren.«

»Ich wette, in Australien war es noch heißer.«

»Es geht. Eigentlich nicht.«

Wir bogen ab in den Mühlenkamp mit seinen schnieken Geschäften und Restaurants. Die Stühle und Tische am Straßenrand waren voll besetzt mit redenden und lachenden Menschen. Die hatten es gut. Die kannten sich bestimmt schon alle ewig und wussten genau, worüber sie miteinander sprechen konnten. »Und äh ... was für Fische haben Sie gesehen? Clownfische?«

»Ja, unter anderem. Es war einfach fantastisch! Sie können sich das vorstellen wie ... Waren Sie schon mal im Tropen-Aquarium im Tierpark Hagenbeck?«

»Nein, noch nie.«

»Da sollten wir unbedingt mal hingehen. Also, Sie, meine ich«, korrigierte er sich schnell. »Es gibt dort ein wunderschönes Korallenriff. Und das Hai-Atoll ist der Wahnsinn.«

»Das klingt herrlich. Ich würde gerne mal dorthin gehen.« Ich nahm all meinen Mut zusammen und sagte: »Auch mit Ihnen.« Mit klopfendem Herzen wartete ich auf seine Antwort.

»Möchten Sie ein Eis?«, fragte er und deutete auf die Eisdiele, an der wir gerade vorbeigingen.

Ich kam mir vor, als hätte er mir einen Eimer kaltes Wasser über den Kopf gekippt. Das war ja mal ein Themenwechsel! »Ähm, danke, ich mach mir eigentlich nicht so viel aus Eis.«

Er lachte nervös. »Okay, ich dachte ja nur, weil es so heiß ist, wäre das eventuell ...«

»Aber einen Milchshake hätte ich gerne«, sagte ich schnell.

»Welche Sorte? Erdbeere?«

»Haselnuss.«

Während Alex sich in die Schlange stellte, atmete ich ein paarmal tief durch und fragte mich, ob es mir nur so vorkam oder ob das hier tatsächlich das verkrampfteste Gespräch war, das jemals zwischen zwei Menschen stattgefunden hatte. Außerdem war ich nicht sicher, ob Alex mir nun einen Korb gegeben hatte, was das Aquarium anging, oder ob er sich durch die Eisaktion nur erspart hatte, darauf zu reagieren. Mein Gott, was sollte ich denn noch tun? Mir die Kleider vom Leib reißen? Wobei das wahrscheinlich auch keinen Zweck hätte, wenn ich so an Jens dachte. Der pennte ein, wenn ich leicht bekleidet neben ihm im Bett lag.

Alex kehrte zurück und drückte mir einen großen Milchshake in die Hand. Wir setzten unseren Weg fort und gingen Richtung Alster. Während Alex sein Eis genoss, trank ich einen Schluck von meinem Milchshake. »Was machen Sie denn eigentlich so, wenn Sie nicht gerade tauchen oder Unternehmen vor der Insolvenz retten?«

Er winkte ab. »Ach, dies und das. Nichts Spektakuläres. Ich mache Sport, lese, und zweimal die Woche führe ich Hunde aus dem Tierheim Gassi.«

Beinahe hätte ich mit dem Strohhalm meinen Mund verfehlt und ihn mir in die Nase gebohrt. Wollte der mich verarschen?

»Ich darf in meiner Wohnung leider keine Hunde halten,

also ist es die beste Lösung«, fuhr Alex fort. »Und das Tierheim kann Hilfe wirklich gut gebrauchen.«

Wahnsinn. Wie konnte ein einzelner Mensch so wunderbar sein? Mein Herz schmolz fast noch schneller als sein Eis, das schon bedenklich schief in der Waffel hing. Ich konnte gar nicht hinsehen. »Das finde ich großartig. Absolut bewundernswert. Ich liebe Hunde!«

»Ich würde ja sagen, komm einfach mal mit, aber da …«

Ohne weiter darüber nachzudenken, hielt ich ihn am Arm fest und zwang ihn stehen zu bleiben. »Du hast mich gerade schon wieder geduzt. Warum belassen wir es denn nicht einfach dabei?«

Er blickte mich irritiert an und sagte: »Ach, verdammt.« Dann holte er tief Luft. »Hör zu, Isabelle, ich glaube, du weißt, dass ich dich wirklich gerne duzen möchte. Es fühlt sich komplett falsch an, dich zu siezen und die ganze Zeit so formell zu sein, wenn ich doch eigentlich viel lieber mit dir flirten möchte. Und ausgehen. Ich möchte wirklich unbedingt mit dir ausgehen. Vom ersten Moment an oder spätestens seit du den Vortrag über Teesorten gehalten hast.«

In meinem Bauch kribbelte es ganz gewaltig, und ich war so aufgeregt, dass ich beinahe auf und ab gehüpft wäre. »Das möchte ich auch.«

»Ja, aber du bist meine Mandantin, und ich will Berufliches und Privates nicht miteinander vermischen.«

»Aber ich kann das total gut voneinander trennen, auch wenn es vermischt ist!«, beteuerte ich.

Alex schwieg für ein paar Sekunden. »Trotzdem denke ich, wir sollten warten, bis sich mit dem Laden alles geklärt hat«, sagte er schließlich ernst. »Denn selbst wenn wir beide es trennen können, bleibt es höchst unseriös für einen Anwalt, mit seiner Mandantin auszugehen.«

»Und wie lange dauert das noch?«

»Ein paar Wochen. Oder Monate.«

Entsetzt trat ich einen Schritt zurück. »Monate?! Was weiß denn ich, was in ein paar Monaten ist? Bis dahin könnte ich tot sein!«

»Rede nicht so, Isabelle.«

Ich atmete tief durch und sah in seine Augen, die voller Bedauern waren. Und obwohl ich traurig und enttäuscht war, konnte ich seine Argumentation nachvollziehen. Es machte ihn im Grunde genommen sogar noch anziehender, dass er so moralisch war. »Tut mir leid.«

»Mir auch«, erwiderte er. »Sehr sogar.«

Wir gingen langsam weiter, bis sich vor uns die Alster erstreckte, die in der Abendsonne glitzerte und funkelte. Ein paar Schwäne schwammen dicht an uns vorüber. »Vielleicht ist einer von ihnen Swanee«, sagte ich.

»Swanee? Wer ist das?«

»Kennst du den nicht? Er ist eine echte Hamburger Berühmtheit.«

Alex lächelte. »Ich komme aus Hannover.«

»Swanee wurde vor ein paar Jahren zu einem richtigen Medienstar, weil er sich in einen Tretboot-Schwan verliebt hat.«

»Ernsthaft?«, lachte Alex.

»Ja. Das Tretboot hieß übrigens Sweety. Swanee ist Sweety nicht von der Seite gewichen. Er hat einfach nicht verstanden, dass sie kein echter Schwan war. Vielleicht hat er es auch verstanden, vielleicht wusste er, dass nichts aus ihnen werden kann, aber es war ihm egal.«

»Wie ist die Geschichte ausgegangen?«

Ich blickte den Schwänen nach, die inzwischen mitten auf der Alster zwischen den Booten schwammen. »Na ja, der Winter kam, und Swanee musste in sein Winterquartier. Er wurde ganz krank vor Kummer, weil er Sweety so sehr vermisste.«

»Oje, der Arme.«

»Ja. Aber irgendwann sah er ein, dass er sich in etwas Sinnloses verrannt hatte, und lernte im Winterquartier ein hübsches Schwanenmädchen kennen. Und mit ihr lebt er noch heute glücklich und zufrieden auf der Alster. Sie haben inzwischen rund 20 Kinder und 60 Enkel.«

Alex musterte mich ungläubig. »Ernsthaft?«

Ich lächelte. »Nein. Das Ende gefällt mir einfach besser. Die Wahrheit ist: Im Frühling ging das Spiel von vorne los, und Swanee ist jahrelang vergeblich einem verdammten Tretboot hinterhergelaufen. Äh, -geschwommen.« Und wie es aussah, war ich genauso blöd. Für heute reichte es mir. Für heute war ich Alex wirklich genug hinterhergelaufen. Ich trank den letzten Schluck meines Milchshakes aus und sagte: »Hör mal, das hier war, ehrlich gesagt, überhaupt nicht meine Richtung. Und bevor ich nachher möglicherweise noch mit dem Bus zurückfahren muss, drehe ich jetzt lieber wieder um. Ich hasse Busfahren.«

Auf seinem Gesicht erschien ein verlegenes Lächeln. »Gut. Dann komm ich mal mit zurück. Ich war heute nämlich, ehrlich gesagt, mit dem Auto unterwegs. Es steht noch vor eurem Laden.«

Als mir klar wurde, was das zu bedeuten hatte, wurde ich noch trauriger. Er mochte mich, und trotzdem nützte mir das überhaupt nichts. Wir gingen den Weg wieder zurück, bis wir an seinem Auto angekommen waren. »Tja, dann ... tschüs. Und danke für die Begleitung«, sagte ich.

»Ich hab zu danken.«

Schweren Herzens ging ich zu meinem Fahrrad und schloss es auf. »Isabelle!«, hörte ich plötzlich Alex' Stimme. Ich drehte mich um und sah ihn auf mich zulaufen. »Vergiss das mit dem Warten, okay? Es gibt kein Gesetz, dass es uns beiden verbietet, miteinander auszugehen. Und ich …«, er schüttelte den Kopf, als würde er sich selbst darüber wundern, »… will überhaupt nicht warten, bis der Fall abgeschlossen ist. Also, gehen wir aus? Was essen oder trinken? Oder beides?«

Ich nickte lachend und wäre am liebsten vor Freude in die Luft gesprungen. »Ich könnte mit dir Gassi gehen. Also, mit dir und den Hunden«, korrigierte ich mich schnell, doch er lachte mich gar nicht aus. Er strahlte mich nur an, und wieder stand ihm diese widerspenstige Haarsträhne vom Kopf ab, die ich am liebsten glatt gestrichen hätte.

»Ich überleg mir was, okay? Und wann? Ist Samstag zu früh?«

»Nein, gar nicht!«

Wir tauschten unsere Nummern aus, dann sagte er: »Ich melde mich bei dir.«

Als er davonfuhr, sah ich ihm nach und fragte mich, ob das gerade wirklich passiert war oder ob ich es geträumt hatte. Es war fast zu schön, um wahr zu sein. Aber nein, seine Nummer war in meinem Handy, er hatte mich wirklich gefragt, ob ich mit ihm ausgehen wollte, und möglicherweise lehnte ich mich damit etwas zu weit aus dem Fenster, aber ich würde meinen Arsch darauf verwetten, dass er verliebt in mich war!

Aber wem sollte ich nun von meinem Erfolg erzählen? Wer würde sich mit mir freuen? Alle waren weg. Mein Blick fiel auf das Thiels. Es war erst neun Uhr, also würde Jens noch in der Küche stehen. Er würde sich bestimmt mit mir freuen. Nicht so wie Kathi oder meine Mutter, aber immerhin. Ich lief über die Straße, trat ein und huschte an Anne vorbei, die hinter der Theke Getränke vorbereitete. »Ich geh mal schnell in die Küche«, rief ich ihr zu, und dann drückte ich schon die Schwingtür auf.

Augenblicklich stieß ich gegen eine Wand aus Hitze. Draußen geriet man ja schon ins Schwitzen, aber hier drinnen waren es mindestens zwanzig Grad mehr! Edelstahl und Chrom blitzten mir entgegen, überall standen unheimlich aussehende technische Geräte, die mit den normalen Küchengeräten wenig gemeinsam hatten. Jens, Lukas und der Azubi Hakan blickten von ihrer Arbeit auf.

»Was willst du denn hier?«, fragte Jens, der alte Charmeur, wenig erfreut. »Es geht echt zu weit, dass du jetzt auch noch in meiner Küche auftauchst!«

»Du bist mich ja gleich wieder los. Ich wollte dir nur unbedingt die frohe Botschaft verkünden.«

Jens wandte sich wieder dem Herd zu und schwenkte eine Pfanne voll Gemüse, während er gleichzeitig ein Steak auf dem Grill umdrehte. Hatte er auf einmal zwanzig Hände?

»Und was ist das für eine frohe Botschaft?«, fragte er.

Ich warf einen Blick zu Lukas und Hakan, doch sie machten inzwischen wieder ihr eigenes Ding. Lukas richtete Desserts an, während Hakan Zwiebeln schnitt. Der Arme. Ich trat einen Schritt näher an Jens heran, der das Steak auf einen Teller gab und in den Ofen stellte, während er mit der anderen Hand das Gemüse mit Salz und Kräutern würzte und ein Stück Fisch auf den Grill legte. »Ich habe ein Date mit Alex!«, verkündete ich strahlend.

Jens blickte kurz auf, dann schmiss er ein paar Kartoffeln in eine weitere Pfanne und schwenkte sie. »Aha. Das ist ja schön.«

Ein bisschen mehr Begeisterung und Anteilnahme hätte er ruhig zeigen können. »Ja, er hat mich gerade gefragt. Übrigens wollte er sich schon die ganze Zeit mit mir verabreden, aber er hat es nicht gemacht, weil ich seine Mandantin bin und wir eine Geschäftsbeziehung haben. Das fand er unangemessen.«

Jens schob mich ein Stück zur Seite. »Du stehst mir im Weg, Isa. Und jetzt hätte er also keine Skrupel mehr, seine Geschäftsbeziehung zu vögeln?«

»Nö. Aber das ist ja auch wirklich ein bisschen albern. Ich meine, du hättest doch sicher auch kein Problem, etwas mit, sagen wir mal, deinen Angestellten anzufangen.«

Hakan schaute verschreckt und tränenüberströmt von seinen Zwiebeln hoch. »Hä?«

Jens gab Rosmarin und Knoblauch zum Fisch und nahm zwei Teller aus der Warmhaltevorrichtung. »Jetzt mach dir mal nicht ins Hemd, Hakan. Hast du deinen Läuterzucker noch im Blick?«

Hakan eilte an den Herd, wobei er tränenblind gegen die Ecke der Arbeitsfläche stieß.

»Es hilft, wenn du beim Zwiebelnschneiden einen Schluck Wein im Mund hast«, riet ich ihm.

»Wasser!«, sagte Jens zu Hakan, der schon eine Hand am Küchenwein hatte. Zu mir meinte er: »Ich hätte sogar ein großes Problem damit.«

Fasziniert sah ich Jens dabei zu, wie er mit fliegenden Händen Essen anrichtete, Sauce drum herum träufelte und sich anscheinend nicht mal anstrengen musste, dass es appetitlich und wunderschön aussah. »Und was ist mit Gästen? Hättest du etwa auch ein Problem damit, einen weiblichen Gast zu v…, also mit ihr auszugehen?«

Lukas lachte laut und dreckig, woraus ich automatisch schloss, dass das durchaus schon vorgekommen war. Aha, das war ja mal interessant. Da tat Jens immer so, als gäbe es keine Frauen in seinem Leben, und dann nahm er ständig Tussis aus dem Restaurant mit nach Hause, oder was? Wobei er ja nie behauptet hatte, keinen Sex zu haben. Er wollte nur keine Beziehung und glaubte nicht an die Liebe.

Jens stellte die Teller unter die Wärmelampen am Pass, drückte energisch auf die Klingel und drehte sich dann zu mir um. »Was ich mit meinen weiblichen Gästen mache oder auch nicht, hat doch wohl nichts mit dir und deinem Zwegat zu tun.«

»Nein, aber ich …« Mitten im Satz unterbrach ich mich, denn ich wusste gar nicht mehr genau, wie wir überhaupt auf das Thema gekommen waren. Um von dieser Tatsache abzulenken, trat ich wieder näher an den Herd und linste in einen Topf mit einer hellen cremigen Flüssigkeit. »Was ist das denn?«

»Ein Hummerschaumsüppchen.«

»Riecht köstlich. Darf ich mal probieren?« Mein Finger bewegte sich schon in Richtung Topf, doch kurz bevor ich ihn eintauchen konnte, griff Jens nach meiner Hand und hielt sie fest. »Bist du bescheuert? Wir sind hier doch nicht bei McDonald's!« Er nahm einen Löffel und gab etwas von der Suppe darauf. »Mund auf.«

Bereitwillig öffnete ich meinen Mund, und er schob mir den Löffel mit der Suppe hinein. »Mmh«, machte ich und schloss die Augen, als die cremige Suppe sanft meine Zunge umspielte. Gut, es war keine vietnamesische Nudelsuppe, auch keine Kartoffelsuppe mit Krabben. Sondern besser als das. Viel besser. Ich öffnete die Augen und begegnete Jens' intensivem Blick, der mich nicht mehr losließ. Mit einem Mal wurde mir bewusst, wie dicht wir beieinanderstanden. Ein Schauer lief mir über den Rücken, und in meinem Bauch begann es wie verrückt zu kribbeln. Jens hielt immer noch meine Hand und meinen Blick fest, und ohne mir dessen wirklich bewusst zu sein, verschränkte ich meine Finger mit seinen.

Wie von weit entfernt drangen die Worte »Jens, die Suppe!« an mein Ohr. Abrupt ließ er meine Hand los und wandte sich dem Herd zu.

Meine Finger wanderten an meinen Mund, ich hatte keine Ahnung, wieso. Es war unerträglich heiß und eng hier, Lukas und Hakan musterten mich neugierig, und Jens kümmerte sich nicht mehr um mich, sondern um seine Suppe.

Entnervt warf er den Topf in die Spüle. »Verdammt!«

Bei dem lauten Scheppern zuckte ich zusammen.

Jens atmete tief durch und drehte sich wieder zu mir um. »Isa, ich mein es nicht böse, aber ... raus aus meiner Küche. Okay?«

Obwohl ich wusste, dass es Blödsinn war, fühlte ich mich abgewiesen und zurückgestoßen. »Äh, ja. Klar. Ich wollte sowieso gerade gehen.«

»Dann bis morgen. Und Glückwunsch zu deinem Date.«

In einem Affenzahn eilte ich aus der Küche. Diesen Höllenschlund würde ich nie wieder betreten, das schwor ich mir! Die Hitze, die Düfte und die Enge machten einen so benommen, dass einem der Verstand wegschmolz und man weiche Knie bekam. Wäre jetzt gerade Alex statt Jens mit mir in der Küche gewesen, hätte es garantiert genau so einen Moment gegeben. Nein, einen noch viel heftigeren Moment!

Ach, Alex ... Er ging in seiner Freizeit mit Hunden aus dem Tierheim spazieren. Er war ein Held. Und dieser wunderbare, großartige, perfekte Mann mochte mich, vom ersten Augenblick an.

Eins stand jedenfalls fest: Die Sommerflaute war so was von vorbei!

Wie im Märchen

Am Mittwochmittag saß ich mit Knut vor dem Thiels. Er war am Wochenende aus England wiedergekommen, und ich hatte mich gleich mit ihm verabredet, weil ich unbedingt wissen wollte, wie es ihm ging. Jens war kurz rausgekommen, um mir einen Salat zu bringen und Knut Hallo zu sagen. Zum Glück war alles wieder wie immer zwischen uns, und die komische Irritation von Montag war vergessen. Knut wollte nichts essen. Stattdessen trank er eine Tasse Kaffee nach der anderen und rauchte Kette.

»Wie war denn überhaupt dein Urlaub?«, erkundigte ich mich, nachdem das Wetter als Gesprächsthema abgehakt war und ich ihm in aller Ausführlichkeit von Alex berichtet hatte.

Knut fummelte bereits die dritte Zigarette aus der Packung und zündete sie an. »Gut. Hab viel gesehen.«

»Und der Flug?«

»Wie so 'n Flug halt so is.«

Woher sollte ich das wissen? »Bist du mit einem A320 geflogen?«

»Na, logen.«

Besorgt musterte ich die dunklen Ringe unter seinen Augen. »Und wie geht's dir? Ich meine, wegen Irina.«

»Ach.« Er winkte ab. »Muss ja. Ich werd schon drüber wegkommen.« Nachdem er großzügig Zucker in seinen Kaffee gekippt hatte, rührte er um. »Bin gestern noch im Kiezhafen vorbeigefahren.«

»Echt?«

»Jo. Hab Irina gesacht, dass es mir leidtut und dass jetz alles wieder gut is zwischen uns. So wie früher, weißte?«

Ich ließ die Gabel voll Salat sinken, die ich mir gerade in den Mund schieben wollte. »Wieso hast du das denn gemacht?«

»Na, sie kann doch nix dafür, dass ich mich in sie verliebt hab. Außerdem ...« Er machte eine kleine Pause. »Wenn ich sie gar nich mehr sehen würd, würd sie mir fehlen.«

»Ach Knut«, seufzte ich. »Mit so viel Stil würde ich eine Abfuhr ganz sicher nicht hinnehmen.«

»Tja. Wat mutt, dat mutt. Irina is und bleibt 'ne tolle Frau, und dass ich sie nich kriegen kann, is scheiße. Aber da muss ich nu mit klarkommen, und deswegen werd ich mein Leben nich gleich komplett aufgeben. Wie ich ja immer sach: Von der Liebe darfste dich nich feddichmachen lassen.«

»Absolut nicht«, sagte ich bekräftigend. »Und von Irina auch nicht.«

Er trank einen Schluck von seinem Kaffee, dann sagte er betont beiläufig: »Sach mal, dieser Alex, lern ich den eigentlich mal kennen?«

»Früher oder später bestimmt. Wieso?«

»Och, nur so.« Ihm stand förmlich ins Gesicht geschrieben, dass er unbedingt seinen Senf zu Alex abgeben wollte. »Soll ich euch am Samstag fahren? Wenn du dein Rangdewuh mit diesem Wunderknaben hast?«

»Danke, das ist echt nett, aber lass mal.« Das fehlte mir noch, Alex gleich bei unserem ersten Date mit Knut zu überfallen.

»Hm. Ich weiß nich, ich weiß nich, Isa. Dieser Alex ... und wie du über ihn redest ...« Knut rieb sich nachdenklich das Kinn.

Unser Gespräch lief eindeutig in eine Richtung, die mir nicht behagte. »Was ist denn eigentlich aus deinem Beschluss geworden, dich nicht mehr in die Privatangelegenheiten anderer Leute einzumischen?«

»Aufgehoben«, sagte Knut schlicht. »Selbst wenn ich kein Glück in der Liebe habe – bei andern seh ich völlig klar. Wenn ich überlege, wie viele Leude ohne mich total aufgeschmissen gewesen wären ... Lena zum Beispiel. Wenn die nich auf mich gehört hädde, würd sie doch jetz immer noch mit dem Falschen rumhampeln. Oder diese Kleine, die ich damals bei der Eintracht-Weihnachtsfeier gefahrn hab. Karo. Von der hab ich neulich inner Zeitung gelesen«, sagte Knut mit deutlichem Stolz in der Stimme. »Und offenbar hat sie sich meinen Rat auch zu Herzen genommen. Sie sah richtich glücklich aus.«

»Ach ja?«, fragte ich. Knut hatte sich schon immer für den Amor unter Hamburgs Taxifahrern gehalten, aber irgendwie bezweifelte ich, dass seine Rolle beim Verkuppeln tatsächlich immer so groß war, wie er glaubte.

»Jo. Es is nu mal so: Hamburch braucht mich!«

Er wirkte so überzeugt, dass ich kaum etwas dagegen sagen konnte.

»Jedenfalls, dieser Alex klingt aus deinem Mund so perfekt, dass da was faul sein muss«, fuhr er fort. »Wie du über ihn redest, klingt nich echt, weißte? Sondern so, als würdste dir da ganz gepflegt was einreden.«

Empört schnappte ich nach Luft. »Spinnst du? Ich rede mir überhaupt nichts ein! Alex ist mein Traummann. Bei ihm habe ich endlich den BÄMM gespürt, und das lass ich mir von dir nicht miesmachen!«

Knut nahm einen tiefen Zug von seiner Zigarette. »Bämm, Bämm, Bämm«, murrte er. »Bämm am Arsch.«

Ich schob energisch meinen Teller zur Seite. »Hör auf damit!«

Knut presste die Lippen zusammen und trommelte mit den

Fingern auf der Tischplatte herum. Schließlich atmete er laut aus. »Nu sei mal nich beleidicht, Lüdde«, sagte er versöhnlich. »Ich mach mir ja nur Sorgen.«

»Du musst dir keine Sorgen machen.«

»Is klar.«

»Ich bin total verliebt in Alex.«

»Jo.«

»Er ist wirklich toll!«

»Na logen.«

»Boah, Knut!«, rief ich erbost, doch er grinste mich so breit an, dass meine Wut verrauchte. Selbst wenn er mit seiner Meinung über Alex und mich komplett danebenlag – immerhin war er wieder fröhlich. Und das war es mir wert.

Den Rest der Woche verbrachte ich damit, das Sommerfest des Blumenladens zu planen.

»Ich weiß nicht, ob das was bringt«, sagte Brigitte immer wieder. »Aber mach du nur, Isa.«

Meine Eröffnung, dass Alex und ich uns jetzt duzten und außerdem ein Date hatten, nahm sie gelassen hin. »Das habe ich kommen sehen«, sagte sie nur.

»Stört es dich? Ich meine, findest du es problematisch, dass ich mit unserem Anwalt ausgehe?«

»Nein, das ist schon in Ordnung.« Brigitte sortierte einige ›Sträuße der Woche‹ aus, von denen wir zu viele gemacht hatten und in denen ein paar Sonnenblumen welk waren. »Isa?«, sagte sie nach einer Weile, in der wir schweigend vor uns hin gearbeitet hatten. »Ich habe Dieter alles gebeichtet.«

Gespannt sah ich von meiner Kostenkalkulation auf. »Und?«

»So wütend habe ich ihn noch nie gesehen. Er hat seinen Koffer gepackt und ist abgehauen, aber drei Stunden später ist er wiedergekommen.« Sie warf die Sonnenblumen in den Müll und sah zu mir. »Wir wollen an unserer Ehe arbeiten. An uns. Gemeinsam.« So etwas Ähnliches wie ein Lächeln erschien auf ihrem Gesicht. »Mir ist klar geworden, dass ich ihn immer noch liebe und nicht so einfach aufgeben will.«

Ein dicker Stein purzelte von meinem Herzen. »Das finde ich großartig, Brigitte! Ich freu mich für euch!«

»Tja. Ganz so euphorisch wie du bin ich nicht. Es wird nicht leicht, aber ich denke, dass wir es schaffen können.« Sie holte ein paar frische Sonnenblumen und band die Sträuße neu zusammen. »Wir wollen es schaffen. Unbedingt.«

»Dann kriegt ihr es auch hin.« Ich war froh, dass sich Brigittes und Dieters Beziehung langsam wieder einzurenken schien. Wenn jetzt noch der Laden fette Gewinne abwerfen und das Date mit Alex ein voller Erfolg werden würde, war endlich alles wieder gut.

Am Samstag machte ich bereits mittags Feierabend, damit ich ausreichend Zeit hatte, mich aufzubrezeln. Alex wollte mich schon um vier Uhr abholen, wohin es ging, hatte er mir jedoch nicht verraten. Auf meine Frage, wie schick ich mich machen sollte, sagte er: »So mittelschick.« Das war natürlich eine Aussage, die mich nicht wirklich weiterbrachte, und ich zerbrach mir den Kopf darüber, in welchem Outfit ich sowohl in der Oper als auch im Tierheim eine gute Figur machen würde. Letzten Endes entschied ich mich für ein romantisches Vintagekleid mit Blumenmuster und Ballerinas. Zweimal war ich kurz davor gewesen, mich umzuziehen, als es endlich an der Tür klingelte.

Ich drückte den Summer und atmete tief durch. ›Ruhig bleiben, Isa. Du schaffst das.‹ Mit zitternden Händen öffnete ich die Tür. Alex sah toll aus. Zum ersten Mal sah ich ihn in Jeans, und dazu trug er ein dunkelblaues Hemd, das die Farbe seiner Augen betonte.

Er musterte mich von oben bis unten und pfiff anerkennend durch die Zähne. »Wow, Isabelle! Du siehst wunderschön aus!«

Hatte er wirklich wunderschön gesagt? Noch nie hatte mir jemand gesagt, ich würde *wunderschön* aussehen! »Vielen Dank«, sagte ich und berührte meine Frisur – eine aufwendige Flecht-Haarknoten-Kombination, für die ich drei Anläufe gebraucht hatte, obwohl es im YouTube-Tutorial als megaeinfach dargestellt worden war. »Ist das Outfit okay? Ich meine, ich weiß ja nicht, was wir vorhaben.«

Sein Lächeln vertiefte sich. »Es ist perfekt.«

Vor dem Haus wartete bereits ein Taxi auf uns. Ich musste sofort an Knut denken. Es hätte mich nicht gewundert, wenn es ihm gelungen wäre, sich doch noch irgendwie in dieses Date reinzumogeln, aber sein Taxi war mindestens fünfzehn Jahre älter als dieses hier. Alex hielt formvollendet die Tür für mich auf und ließ mich einsteigen.

»Verrätst du mir jetzt endlich, wo es hingeht?«, fragte ich ihn, als das Taxi losgefahren war.

»Du wirst es schon noch sehen. Sei doch nicht so ungeduldig.«

Auf der Fahrt erzählte ich ihm von meinen Plänen für das Sommerfest. »Meine Kostenkalkulation kann ich dir ja per Mail schicken und …«

»Stopp«, fiel er mir ins Wort. »Das hier ist privat. Und ich möchte auf unserem ersten Date nicht über Kostenkalkulationen oder Sanierungsmaßnahmen sprechen.«

»Oh. Entschuldige. Du hast recht, wir wollen das ja streng voneinander trennen.«

Alex lächelte mich an. »Genau. Außerdem siehst du so hübsch aus, und ich bin so froh darüber, endlich mit dir ausgehen zu dürfen, dass ich nicht die geringste Lust habe, über geschäftliche Dinge zu sprechen.«

Hach, das ging ja runter wie Öl. »Okay, dann … erzähl mir doch von Hannover. Was ist da so los?«

Er erzählte witzig und liebevoll von seinen Eltern, Geschwistern und Nichten und Neffen, zeigte mir sogar ein paar Fotos, die er auf seinem Handy gespeichert hatte. Aber diese Foto-Show war kein Vergleich zu der von Tom, denn Alex wusste, wann der Zeitpunkt zum Aufhören gekommen war.

Das Taxi hielt an, und zum ersten Mal, seit wir eingestiegen waren, blickte ich aus dem Fenster. »Hagenbeck!«, rief ich, als ich die Pagode und die hölzernen Kassenhäuschen vor mir sah. »Wir gehen ins Aquarium! Oh Mann, dass ich da nicht selbst drauf gekommen bin. Ich hatte die ganze Zeit das Tierheim im Kopf.«

»Ist das okay für dich?«, fragte Alex unsicher. »Ich dachte, nachdem wir darüber geredet haben, wäre es ganz nett.«

»Ja, das ist super! Ich freu mich total.«

Ich wollte schon aussteigen, doch Alex rief: »Warte!« Dann ging er um den Wagen rum und öffnete mir die Tür. Er reichte mir sogar galant den Arm, damit ich mich an ihm festhalten konnte. Wow, ich fühlte mich wie eine Prinzessin!

Wenig später schwirrte mir der Kopf, denn ich befand mich mitten in den Tropen. Es war heiß und schwül, und es roch exotisch und aufregend. Wir schlenderten durch Dschungelvegetation und Dörfer aus Bambushütten. Affen kletterten in Bäumen herum, ich sah knallbunte Frösche und Vögel, fleischfressende Pflanzen und sogar einen Wasserfall. Im dazugehörigen See lebten riesige Krokodile, an denen ich mich gar nicht sattsehen konnte. Genauso wenig wie an den Pythons, die faul auf einer Veranda herumlagen, oder den Vogelspinnen, die in ihrem Terrarium herumkrabbelten.

»Hast du gar keine Angst?«, fragte Alex, der mich dabei beobachtete, wie ich fasziniert die Spinnen anschaute. »Die meisten anderen Frauen rennen doch schreiend weg, wenn sie Spinnen nur von Weitem sehen. Selbst wenn die längst nicht so groß wie diese hier sind.«

»Ach, ich hab nichts gegen Spinnen. Es gibt andere Dinge, die ich gruselig finde.«

»Was denn zum Beispiel?«

Ich dachte einen Moment lang nach. »Achterbahnen und Gewitter, zum Beispiel.« ›Aber am meisten Angst habe ich vor Chaos und davor, dass Menschen, die mir wichtig sind, aus meinem Leben verschwinden könnten‹, dachte ich, doch das war mir fürs erste Date irgendwie zu persönlich. Mein Blick fiel auf ein Bullauge, das in die Wand eingelassen war. »Wahnsinn!«, rief ich und klebte beinahe an der Scheibe, hinter der sich ein riesiges Becken befand. »Da sind Haie! Und guck dir mal diesen riesigen ... Fisch da an!«

Alex warf einen Blick über meine Schulter. »Das ist ein Rochen. Aber komm weiter, wir haben gleich noch von einer anderen Stelle einen viel besseren Blick darauf.«

Wir traten ein in die schillernde Unterwasserwelt, in der sich in etlichen Aquarien Fische in den leuchtendsten Farben und Formen tummelten. Gelbe, blaue, rote, stachelige, kugelrunde, winzig kleine und sogar welche, die ich auf den ersten Blick gar nicht als Fische erkannt hatte. Am meisten faszinierte mich ein wirklich unglaublich hässlicher Fisch, der ganz alleine durchs Becken schwamm, während die anderen alle in kleinen Schwärmen unterwegs waren. »Wieso ist der denn alleine?«, fragte ich und deutete auf den Fisch. »Meinst du, die anderen schließen ihn aus, weil er so hässlich ist?«

Alex stutzte. »Ähm, das sind Fische, ich glaube, die achten nicht so auf Äußerlichkeiten.«

Ich war voll des Mitleids für diesen armen Fisch, der davon unbeeindruckt weiter seiner Wege schwamm. »Hoffentlich hat er Freunde im Aquarium, die jetzt nur alle was zu tun haben. Vielleicht ist er aber auch fies und deswegen alleine.«

»Also, das ... könnte natürlich sein, ja. Isabelle?«

Ich riss mich von dem Anblick dieses hässlichen Zeitgenossen los und wandte den Kopf zum wunderschönen Alex.

»Wollen wir weitergehen?«, fragte er. »Dahinten kannst du Clownfische sehen.«

»Klar.« Schweren Herzens folgte ich ihm. Ich hätte gerne noch länger diesen Fisch angeguckt und mir Geschichten über ihn ausgedacht. Doch dann bewunderte ich die hübschen Nemos, und schon bald hatte ich den leichten Anflug von Enttäuschung wieder vergessen.

»Und jetzt kommt das Beste von allem«, kündigte Alex feierlich an, als wir durch die nächste Tür traten.

Mir stockte der Atem. Ich befand mich in einem Raum von den Ausmaßen eines Theaters. Eine Wand war komplett verglast, von der Decke bis zum Boden, und dahinter befand sich das größte Aquarium, das ich je in meinem Leben gesehen hatte. Das Licht hier war so schummerig, dass ich das Gefühl hatte, tatsächlich auf dem Meeresboden zu stehen. Alex hatte recht gehabt, von hier aus waren die Haie viel besser zu sehen. Riesige Rochen schwebten durch das Wasser, und es gab Regenbogenfische, Muränen und einen Schwarm Thunfische, die ich bislang nur aus der Dose kannte. Live waren sie wunderhübsch anzuschauen mit ihren gelben Flossen und der metallen glänzenden Haut. Ehrfürchtig und stumm stand ich vor dieser völlig fremden, faszinierenden Welt und konnte sehr gut verstehen, warum Alex so gerne tauchen ging.

»Komm, setzen wir uns«, sagte er, und erst da nahm ich die Tribüne hinter uns wahr. Alex erzählte mir etwas über verschiedene Hai- und Rochenarten, Regenbogenfische, Muränen und deren Fressgewohnheiten, doch ich konnte ihm gar nicht richtig folgen, denn ich wollte einfach nur gucken und staunen. Er schien das zu spüren, denn er beendete seinen Vortrag, und wir saßen eine lange Weile stumm da.

»Schön?«, fragte er irgendwann.

»Und wie! Ich kann gar nicht glauben, dass ich das hier all die Jahre verpasst habe. Warum bin ich denn nicht früher hierhergekommen?«

»Na, immerhin hast du es jetzt entdeckt.«

»Du hast es für mich entdeckt.« Ich sah ihm in die Augen, die so blau waren wie das Meer vor uns. »Du hast mich hierhergebracht, und dafür werde ich dir ewig dankbar sein.«

Alex griff nach meiner Hand und drückte sie fest. »Ich freu mich, dass es dir so sehr gefällt.«

»Es ist traumhaft! Und es muss sogar noch viel schöner sein, wenn man da unten ist. Mittendrin, ohne diese Glasscheibe.«

Eine Lautsprecherdurchsage, die verkündete, dass das Tropen-Aquarium bald schließen würde, riss mich aus meiner euphorischen Stimmung. Ich sah mich um und stellte zu meiner Überraschung fest, dass wir inzwischen die Einzigen hier waren. »Ich glaube, wir müssen gehen.«

»Nein, müssen wir nicht. Wir essen hier.«

Wie aufs Stichwort erschienen zwei Männer, die einen Tisch trugen und ihn direkt vor der großen Glasscheibe aufbauten.

»Wir essen *hier?*«, wiederholte ich verblüfft. »Wow, ich weiß gar nicht, was ich sagen soll. Das ist das Tollste, was ich je in meinem Leben gemacht habe.« Abgesehen von dem Wochenende in Sankt Peter-Ording vielleicht. Das war zwar nicht ganz so spektakulär gewesen, aber ... Ich rief mich zur

Ordnung und konzentrierte mich wieder auf Alex. »Wieso bist *du* eigentlich Single?«

Er lachte. »Bislang war die Richtige einfach nicht dabei. Aber ich glaube ganz fest daran, dass für jeden Topf irgendwo da draußen der perfekte Deckel existiert.«

Ich nickte. »Ja. Das glaube ich auch.«

Alex deutete auf den Tisch, auf dem inzwischen wie von Zauberhand eine Tischdecke, weißes Porzellan, Weingläser und ein Kronleuchter mit Kerzen aufgetaucht waren. »Wollen wir uns setzen?« Er rückte meinen Stuhl zurecht, und plötzlich schoss mir die irrsinnige Frage durch den Kopf, ob er mir gleich auch noch mein Brot buttern würde.

Einer der beiden Kellner schenkte Alex einen Schluck Wein ein. »Das ist ein zweitausendneuner Château Blablablupp …« Den Rest bekam ich nicht mit, denn wie immer, wenn es um Wein ging, verstand ich nur Bahnhof.

Alex hielt das Glas gegen das Kerzenlicht, roch daran und trank einen Schluck. Hihi, genau wie Jens immer. Nachdem er dem Kellner zugenickt hatte, füllte der unsere Gläser.

Wir stießen an, und Alex sagte: »Ein wirklich ausgezeichneter Tropfen. Hervorragender, voluminöser Körper. Ausgereiftes Bouquet mit Nuancen von Waldfrüchten, Vanille und …«

»Bohnenkraut!«, rief ich lachend.

Alex sah mich befremdet an. »Bohnenkraut? Okay, wenn du meinst. Wein wird ja sehr subjektiv wahrgenommen.«

Ach du Schande, der meinte das ernst! Ich biss mir auf die Zunge und nahm noch einen Verlegenheitsschluck. »Bist du ein Weinkenner?«

»Ach, was heißt Kenner. Wein ist mein Hobby.«

»Du solltest dich mal mit Anne unterhalten. Sie ist Sommelière in Jens' Restaurant und kann stundenlang über Wein reden.«

»Jens' Restaurant?«

»Ja, ihm gehört das Thiels gegenüber dem Blumenladen. Er ist Koch. Wir sind befreundet, und er hat eine sechzehnjährige Schwester, die bei ihm lebt. Merle. Mittags geh ich immer rüber und dienstags, wenn er Ruhetag hat ...« Ich unterbrach mich mitten im Satz, um zu verhindern, dass ich einen stundenlangen Vortrag über Jens und Merle hielt. Das interessierte Alex doch überhaupt nicht. »Ähm, wie gesagt. Wir sind befreundet.«

»Aha.« Er reichte mir den Brotkorb und nahm sich dann selbst eine Scheibe. Zum Glück machte er keine Anstalten, mein Brot zu buttern. Stattdessen riss er ein Stück von seinem ab und steckte es sich in den Mund.

Der Kellner trat an den Tisch, um unsere Vorspeisen zu servieren. »Wir haben hier eine Gänseleberterrine an Endivien-Chicorée-Salat. Guten Appetit.«

Ich blickte auf meinen Teller und zuckte zurück. Darauf lag ... eine dicke Scheibe Leberwurst. Zumindest sah es so aus. Es roch auch so. Und ich hasste Leberwurst! Jens hatte mir noch nie Leberwurst serviert. Oh mein Gott, was sollte ich denn jetzt machen? Das konnte ich unmöglich essen, aber ich wollte vor Alex auch nicht gleich beim ersten Date wie eine mäkelige blöde Kuh rüberkommen. Er würde schon noch früh genug merken, wie krüsch ich war.

»Stimmt was nicht?«

»Nein, nein«, sagte ich schnell. Mit der Gabel trennte ich ein winzig kleines Eckchen von der Terrine ab und – es kostete mich beinahe körperliche Anstrengung – schob es mir in den Mund. Igitt, das war eindeutig Leberwurst! Ich trank schnell einen großen Schluck Wein und sagte dann: »Oje, da sind Zwiebeln drin. Gegen Zwiebeln bin ich leider allergisch. Wie ärgerlich.« Ich hatte geraten, aber Zwiebeln waren ja fast überall drin. Zwiebeln. Jetzt musste ich daran denken, wie Jens mir gezeigt hatte, wie man Zwiebeln schnitt, und wie verrückt mein Herz dabei gespielt hatte. Verdammt. Was war denn nur los mit mir? Konnte der mal aus meinem Kopf verschwinden? Das nervte!

»Ach, das ist ja schade«, sagte Alex. »Ich hätte vorher mit dir abklären sollen, ob du irgendwelche Allergien hast. Gibt es noch was, wogegen du allergisch bist?«

Ha, wenn ich das jetzt als Steilvorlage nutzen sollte, alles aufzuzählen, was ich nicht mochte, würden wir aber noch lange hier sitzen. Und außerdem *wollte* ich ja probieren. Solange es kein rohes Fleisch oder Leberwurst war, hatte jedes Gericht eine Chance verdient. So weit zumindest hatte ich mich mit Jens nach ein paar Wochen Diskussion geeinigt. Ach Mann. Schon wieder er. »Nein, sonst kann ich alles essen. Allerdings sollte ich vielleicht erwähnen, dass ich kein rohes Fleisch esse. Oder rohen Fisch. Aber Fisch wird es heute ja wohl sowieso nicht geben, das wäre doch ziemlich unpassend, was?« Ich kicherte und deutete mit dem Daumen auf das Aquarium, in dem die Haie und Rochen friedlich ihre Runden drehten.

Er machte ein betretenes Gesicht. »Ich fürchte, doch. Allerdings keinen, den wir heute hier gesehen haben«, beeilte er sich hinzuzufügen. »Es gibt Zander. Und ich werde gleich Bescheid sagen, dass du ihn unbedingt durch haben willst.«

»Super«, sagte ich. »Zander mag ich sehr.«

Allerdings nicht diesen Zander, wie ich feststellte, als ich wenig später von meinem Hauptgang kostete. Er war labberig und gar nicht so schön kross auf der Haut gebraten wie bei … sonst, und die Sauce schmeckte nach nichts. Aber immerhin, wenn etwas nach nichts schmeckte, konnte ich es problemlos essen.

Während des Hauptgangs unterhielten wir uns über das

Tauchen, beziehungsweise erzählte Alex mir alles darüber. Es war ein wahnsinnig tolles Erlebnis, hier zu essen, vor der spektakulären Kulisse des Aquariums, und mir spannende Geschichten über die Unterwasserwelt anzuhören. Ich hatte ein Traumdate mit meinem Traummann – wahrscheinlich war es das romantischste Date, das die Welt je gesehen hatte, und ich fühlte mich, als wäre ich in einem Märchen gelandet.

Als der Kellner mit den Desserts kam, dachte ich im Stillen: ›Bitte lass es ein Schokoladenmalheur sein!‹

»Für die Dame haben wir eine Mousse au Chocolat«, sagte er und stellte den Teller vor mir ab. »Und für den Herrn ein Granatapfel-Joghurt-Eis mit Vanilleküchlein.«

»Ich dachte, weil du ja neulich meintest, dass du dir nichts aus Eis machst. Und ich wiederum mach mir nichts aus Schokolade. Ist das okay?«, fragte Alex.

»Ja, natürlich. Das ist sehr aufmerksam, vielen Dank!« Ich probierte etwas von der Mousse. Sie erinnerte mich an Schokoladenpudding aus Tütenpulver und war garantiert nicht selbst gemacht. Jens ... also, viele Köche hassten ja Convenience-Produkte und waren der Ansicht, dass man ein Gericht erst gar nicht auf die Karte setzen sollte, wenn man nicht dazu in der Lage war, es selbst zu machen.

»Schmeckt es dir nicht?«, fragte Alex.

»Doch, doch. Ich bin nur schon ziemlich satt.«

»Willst du mal meins probieren?«

Ich stutzte. »Das ist nett, aber ich bin wirklich satt.«

»Probier doch mal«, sagte er, und schon ließ er einen Löffel voll Eis rüberwandern.

»Äh, danke, aber ich ...« Da war der Löffel auch schon nur noch wenige Millimeter von meinem Mund entfernt. Im allerletzten Moment drehte ich reflexartig meinen Kopf zur Seite, sodass Alex mir den Löffel in die Wange stieß.

»Oh Gott, entschuldige!«, rief er bestürzt. »Das tut mir leid.«

»Nein, *mir* tut es leid.« Ich rieb mir mit meiner Serviette über die Wange und schämte mich so sehr für mich selbst, dass ich ihm kaum in die Augen sehen konnte. Er hatte sich so für mich ins Zeug gelegt, und ich benahm mich zum Dank dafür wie ein bescheuertes bockiges Kleinkind. Was war denn nur los mit mir, verdammt noch mal? »Ich hab keine Ahnung, was das sollte, das war irgendein komischer Reflex, und ich ... Es tut mir *so* leid!«

Alex winkte ab. »Ist doch nicht schlimm. Du lässt dir halt nicht gerne ungebeten Essen in den Mund schieben. Und dann auch noch Eis. Eigentlich total nachvollziehbar, wenn man drüber nachdenkt.«

Seine Reaktion bestätigte mal wieder, wie absolut perfekt und großartig er war. Immerhin war das unselige Essen jetzt beendet, und ich konnte mich wieder etwas entspannen. Der Kellner schenkte uns Wein nach, und für den Rest des Abends genossen wir einfach nur die Atmosphäre des Aquariums. Wir unterhielten uns oder saßen schweigend da und beobachteten die Fische, die so eine friedliche, beruhigende Wirkung auf mich hatten, dass ich ihnen stundenlang hätte zuschauen können.

Um zehn Uhr mussten wir das Aquarium verlassen. Draußen wartete bereits ein Taxi auf uns, das Alex offenbar hierherbeordert hatte. Ich fragte mich, ob wir jetzt noch irgendwo anders hingehen würden, immerhin war es ja noch nicht so spät. Doch Alex brachte mich direkt nach Hause. Wieder öffnete er mir die Autotür und begleitete mich die paar Schritte zu meinem Wohnhaus.

»Vielen Dank für diesen wunderschönen Abend, Alex. Es war unglaublich toll.«

»Ja«, erwiderte er lächelnd. »Auch wenn das Essen nicht ganz dein Fall war. Aber immerhin weiß ich jetzt, dass du gegen Zwiebeln und Gefüttertwerden allergisch bist.«

»Oh Gott, das ist mir so unangenehm! Was Essen angeht, bin ich wirklich nicht ganz einfach, aber ich arbeite schon daran, und seit ich immer bei ... also, seit ich nicht mehr bei Mr Lee esse, ist es schon viel besser geworden. Na ja, den Eindruck hast du nach heute Abend wahrscheinlich nicht, aber ...« Ich hielt inne, denn ich hatte das Gefühl, es mit meinen Erklärungen nicht wirklich besser zu machen. »Du willst mich bestimmt nie wiedersehen«, sagte ich schließlich.

Er legte seine Hände an meine Oberarme und drückte sie sanft. »Das ist doch Blödsinn. Du bist eine bezaubernde Frau. Und ich finde, wir sollten das hier wiederholen.«

Er wollte mich tatsächlich wiedersehen? Und das, obwohl ich mich über weite Strecken des Abends benommen hatte wie eine Vollidiotin? Oh Mann, er war und blieb der großartigste Mann auf der Welt. »Ich auch.«

Alex beugte sich zu mir runter, und ich ermahnte mich in Gedanken, nicht wieder den Kopf wegzudrehen. Doch kurz bevor seine Lippen auf meinen landeten, überlegte er es sich offenbar anders, denn er gab mir lediglich einen sanften Kuss auf die Wange. »Gute Nacht, Isabelle. Schlaf gut.«

Ich berührte mit den Fingern die Stelle, die er geküsst hatte. »Du auch. Gute Nacht.«

Er warf mir einen letzten Blick zu, dann ging er zurück zum Taxi. Wie angewachsen stand ich vor der Haustür und versuchte mir auszumalen, wann ich mich von dem Schock darüber erholt haben würde, dass er mich nicht richtig geküsst hatte.

Upps! Die Pannenshow oder Mein Leben

Nachts kriegte ich kaum ein Auge zu, weil mir die ganze Zeit die Frage durch den Kopf ging, was mit Alex los gewesen war. Er fand mich »bezaubernd«, aber küssen wollte er mich nicht? Vielleicht hatte ich ihn abgeschreckt mit meinem Verhalten während des Essens und dieser unsäglichen Panne, als er mich hatte füttern wollen. Vielleicht dachte er, ich hätte kein Interesse, oder er hatte kein Interesse mehr, nachdem er mich besser kennengelernt hatte. Es gab so viele Möglichkeiten.

Als ich am Sonntagmorgen völlig übernächtigt aufwachte, schrieb ich umgehend Kathi eine Nachricht und bat dringend um ein Treffen. Zum Glück war sie wieder im Lande und schlug kurz darauf vor, dass wir uns nachmittags an den Wasserkaskaden in Planten un Blomen treffen sollten.

Obwohl ich noch todmüde war, stand ich auf, denn es war bereits jetzt bullenheiß und stickig in meiner Wohnung, und ich hielt es nicht mehr im Bett aus. Ich sprang unter die Dusche, zog mir das luftigste Sommerkleid an, das ich finden konnte, und machte mich auf den Weg zu dem kleinen portugiesischen Café um die Ecke, um mir was zum Frühstück zu holen. Im Eingang stolperte ich über Jens, der offenbar die gleiche Idee gehabt hatte wie ich, denn er trug einen großen Becher Galão und eine Papiertüte in den Händen.

»Hey Isa«, sagte er und musterte mich überrascht. »Schon wach?«

»Ja, es ist zu heiß zum Schlafen.« Ich deutete auf die Sachen in seiner Hand. »Frühstücken wir zusammen?«

Er nickte. »Ich warte draußen auf dich.«

Ich holte mir schnell ein mit Käse und Serranoschinken belegtes Croissant und einen Galão. Jens hatte mich auf den Geschmack gebracht, und inzwischen war ich fast so süchtig nach diesem köstlichen portugiesischen Milchkaffee wie nach seinen Schokoladenmalheurs. Wir gingen an den Goldbekkanal, setzten uns auf eine Bank und beobachteten ein paar Kanuten, die auf dem Wasser trainierten.

»Wie war überhaupt dein Date?«, fragte Jens betont beiläufig, nachdem er einen großen Bissen seines überbackenen Toasts verschlungen hatte.

Tja, wenn ich das nur selbst wüsste. »Sehr schön eigentlich.« Ich schilderte ihm kurz den Besuch im Tropen-Aquarium und unser exklusives Dinner mit Blick auf das Hai-Atoll.

»Wow, der Typ hat sich ja richtig ins Zeug gelegt. Was gab es zu essen? Wer hat gekocht?«

War ja klar, dass das Essen für Jens an erster Stelle stand. »Ich hab keine Ahnung, wer gekocht hat. Das Essen war ... okay. Es gab Leberwurst.«

»Leberwurst? Du meinst Gänseleberterrine?«

»Mhm.«

Er grinste. »Oje. Die ist bei dir doch tabu.«

»Ja, ich hab behauptet, ich hätte eine Zwiebelallergie.«

»Clever.«

Ich biss von meinem Croissant ab und sagte mit vollem Mund: »Zum Dessert gab es Mousse au Chocolat, die nach Tütenpudding schmeckte.« Mit Grauen dachte ich daran, wie ich meinen Kopf weggedreht und Alex mir seinen Löffel voll Eis in die Wange gebohrt hatte.

»Du musst dem Koch aber zugutehalten, dass es auch nicht so einfach ist, dich satt zu kriegen.«

»Du kriegst mich immer satt«, sagte ich und fragte mich, wieso anscheinend er der Einzige war, dem das gelang.

Jens lachte nur, und für eine Weile kauten wir schweigend vor uns hin.

»Und sonst?«, fragte er schließlich, immer noch in diesem Ton, als würde es ihn gar nicht wirklich interessieren. »War es ein voller Erfolg? Hast du ihm deine Snoopy-Unterwäsche gezeigt?«

Beinahe hätte ich mich an meinem Kaffee verschluckt. »Woher weißt du, dass ich Snoopy-Unterwäsche habe?!«

»Weiß ich gar nicht. War geraten. Also? Hast du sie ihm nun gezeigt oder nicht?«

»Nein. Ich hatte keine Snoopy-Unterwäsche an, aber auch die, die ich anhatte, hat er nicht zu sehen gekriegt. Wir haben uns nicht mal richtig geküsst.« Ich rieb mir die Stirn, als könne ich so den Gedanken an diesen freundschaftlichen Wangenkuss vertreiben. »Er hat mir gesagt, ich sei bezaubernd und dass er mich gerne wiedersehen will. Dann hat er mir einen Kuss auf die Wange gegeben und ist abgehauen. Das war's.«

Seltsam, bildete ich mir das nur ein oder lag da ein erleichterter Ausdruck in Jens' Augen? »Bezaubernd? Oha. Dabei findest du bezaubernde Menschen doch zum Kotzen.«

»Tja. Blöd gelaufen.« Mit dem Plastiklöffel kratzte ich den Milchschaum in meinem Becher zusammen. »Außerdem bin ich anscheinend sowieso nicht *bezaubernd* genug für ihn.«

Jens stöhnte entnervt auf. »Herrgott noch mal, Isa, mach doch nicht immer gleich ein Drama aus allem! Er hat dich nicht geküsst, na und? Vielleicht ist er ein Idiot und hat sich einfach nicht getraut.«

»Er ist ein erwachsener Mann und kein schüchterner Teenager! Wenn du er gewesen wärst, hättest du mich dann etwa auch nicht geküsst?«

Jens starrte mich für ein paar Sekunden sprachlos an, dann sagte er: »Ich? Was hat das mit mir zu tun?«

»Nichts, aber ...« Ich brach mitten im Satz ab. »Ach, ich weiß auch nicht. Es nervt mich einfach, dass er mich nicht geküsst hat.« Ich pfefferte den leeren Pappbecher in den Mülleimer neben der Bank. »Wie sieht's aus, gehen wir ein Stück spazieren?«

Er warf einen Blick auf seine Uhr. »Nein, ich muss ins Restaurant. Buchhaltung, Mise en Place, Arbeit halt. Was ist mit Dienstag? Gehen wir an den See?«

»Ja, unbedingt.«

Wir machten uns auf den Rückweg durch die Mittagshitze, und vor dem Restaurant verabschiedeten wir uns voneinander.

»Hey, Isa?«, rief Jens mir nach.

Ich drehte mich zu ihm um und sah ihn abwartend an. »Ja?«

Er schüttelte verwirrt den Kopf, als wüsste er nicht mehr, was er sagen wollte. »Sehen wir uns morgen Mittag?«

»Na, was denkst du denn?« Ich erinnerte mich an seine Frage, was er mit der Alex-Sache zu tun hatte, und in mir kam eine dumpfe Ahnung auf: ›Möglicherweise sehr viel mehr als mir lieb ist.‹ Immerhin war Jens gestern fast den ganzen Abend dabei gewesen. In meinen Gedanken. Und diese Tatsache brachte mich noch mehr durcheinander als der blöde Nicht-Kuss.

Kathi und Dennis waren bereits da, als ich zwei Stunden später an unseren Treffpunkt bei den Wasserkaskaden in Planten un Blomen kam. Sie hatten ein paar der gemütlichen weißen Gartensessel, die überall im Park herumstanden, in Beschlag genommen, hielten Becher mit quietschbuntem Slush-Eis in den Händen und reckten ihre Gesichter in die Sonne. »Hallo ihr beiden!«

Kathi und Dennis sprangen auf, um mich zu umarmen. »Gut seht ihr aus!«, rief ich. »Total braun seid ihr geworden. Wie war es denn?« Ich fläzte mich auf einen der Stühle und genoss den Blick auf das Wasser.

Kathi und Dennis schwärmten mir in den höchsten Tönen von ihrem Hotel und dem Strand vor, kamen aber schnell auf ihr Haus zu sprechen. Und zu meiner eigenen Überraschung musste ich zum ersten Mal nicht nur so tun, als würde ich mich für sie freuen, sondern ich tat es wirklich. »Lass uns doch mal zusammen hinfahren«, sagte ich, nachdem sie mir vorgeschwärmt hatten, wie schön der Garten zurzeit war.

»Klar, gerne!«, rief Kathi mit leuchtenden Augen.

Später kamen Bogdan, Kristin und Nelly dazu, und ich war wirklich froh, sie endlich alle wieder um mich zu haben.

»Was gibt's denn bei dir eigentlich Neues, Isa?«, fragte Dennis mich, nachdem Kristin und Bogdan von ihrem Urlaub in Kroatien berichtet hatten.

Ich erzählte kurz über die Fortschritte und Rückschläge des Blumenladens und erwähnte, dass ich mit Jens, Merle und Brigitte an der Nordsee gewesen war. Das fanden die anderen hochinteressant. »Aha?«, sagte Nelly. »Läuft da jetzt etwa doch was zwischen euch?«

»Ach Quatsch«, sagte ich eine Spur zu heftig, wie mir selber auffiel. »Da ist gar nichts. Wir sind gute Freunde, deswegen denke ich halt viel an ihn. In letzter Zeit gibt es auch immer mal wieder so Momente, aber das ist ja ganz normal.«

»Was denn für Momente?«, wollte Kathi wissen.

»So komische Spannungen halt. Sexuell. Aber nur von meiner Seite aus, und außerdem hat es nichts zu bedeuten. Es ist einfach schon eine Weile her, dass ich einen Freund hatte und ...« Ich suchte nach Worten. »Dann noch diese Hitze. Man ist ja ständig so leicht bekleidet, da kommt es halt ab und zu mal zu solchen Momenten. Auch zwischen guten Freunden.«

Nellys Augenbrauen wanderten bis zum Haaransatz. »Ach ja? Hattest du solche Momente etwa auch schon mit Dennis oder Bogdan?«

Ich sah mir die beiden genauer an. Dennis spitzte seine Lippen und warf Küsse in meine Richtung, während Bogdan breite Schultern machte und sich affektiert durchs Haar strich. »Nein.«

»Mit Knut vielleicht?«

»Spinnst du?«

»Dann hat es doch etwas zu bedeuten, dass du scharf auf Jens bist«, sagte Kathi.

»Ich bin nicht *scharf* auf ihn!«, protestierte ich. »Und er auf mich schon gar nicht.« Es nervte mich, dass meine Freunde mich noch mehr zum Nachdenken über Jens brachten, statt mich zu beruhigen und mir zu sagen, dass diese komischen Gefühle bald wieder vorübergehen würden. Denn genau das hatte ich von ihnen hören wollen. »Und außerdem gibt es viel wichtigere Neuigkeiten: Alex und ich hatten gestern ein megaromantisches Date!«

Nelly machte große Augen, was bei ihr immer besonders lustig aussah. »Wie krass ist das denn? Erzähl.«

Und so erzählte ich zum zweiten Mal am heutigen Tag die Geschichte vom Tropen-Aquarium. Nachdem ich geendet hatte, starrten meine Freunde mich mit offenen Mündern an.

»Der Typ hat das Hai-Atoll im Tropen-Aquarium nur für euch beide gemietet?«, fragte Kristin, die sich als Erste wieder gefangen hatte. »Ich hatte keine Ahnung, dass solche Dinge wirklich passieren.«

»Ist er Millionär?«, wollte Bogdan wissen.

»Wieso hast du dich nicht einfach von ihm füttern lassen?«, fragte Dennis. »Was ist daran denn bitte so schwer? Maul auf, Löffel rein, fertig.«

»Ich weiß!«, rief ich. »Das war ein Reflex, ich es kann mir ja selbst nicht erklären.« Vor allem, weil es noch ein paar Tage zuvor überhaupt kein Problem für mich gewesen war, mich von Jens ... Doch diesen Gedanken wollte ich nicht näher ausführen. »Aber was meint ihr, woran es liegen könnte, dass Alex mich nicht geküsst hat?«

»Vielleicht ist er schüchtern«, schlug Kristin vor.

»Oder er hat doch kein Interesse an dir«, meinte Dennis.

»Oder er ist ein Gentleman und wollte dir damit zeigen, dass er dich respektiert«, sagte Kathi.

»Oder er ist ein Idiot«, sagte Bogdan nüchtern und erinnerte mich damit an Jens, der diese Vermutung ja auch schon geäußert hatte.

»Oder«, war nun Nelly an der Reihe, »du hörst auf, es zu hinterfragen, und wartest einfach ab, was als Nächstes passiert.«

Ich blickte nachdenklich auf die Wasserspiele.

»Nie im Leben«, sagte Dennis. »Isa ist eine Frau. Und noch dazu eine Drama-Queen. Sie soll einfach abwarten, was passiert? Vergiss es.«

»Hey!«, sagte ich beleidigt. »So schlimm bin ich nun auch wieder nicht.«

Kathi schlürfte laut an ihrem Slush-Eis, das inzwischen nur noch flüssiges Zuckerwasser war. »Wann seht ihr euch denn wieder?«

»Ich weiß nicht. Wir haben uns heute ein paar Nachrichten geschrieben, aber nicht telefoniert oder ein neues Treffen abgemacht.«

»Dann hast du ja Zeit, herauszufinden, was diese Sache mit Jens zu bedeuten hat«, sagte Nelly.

»Das hat nichts zu bedeuten!«, rief ich heftig. »Er ist ein Freund, und er ist mir sehr wichtig. Sehr, sehr wichtig. Das werde ich nicht dadurch kaputt machen, dass Gefühle, welcher Art auch immer, dazwischenkommen.«

»Aber du ...«, setzte Kathi an, doch ich fiel ihr ins Wort und nutzte meine Wunderwaffe. »Das Thema ist für mich erledigt. Hey, wie wäre es, wenn wir jetzt alle nach Bullenhausen fahren?«

Sie stutzte kurz, doch dann strahlte sie mich an. »Ja, klar! Bullenkuhlen zwar, aber wenn ihr wollt, können wir sofort losfahren.«

»Das war ja mal ein ganz mieser Trick«, raunte Nelly mir zu. »Aber ich schwöre dir, dieses Thema ist nicht vom Tisch.«

Das würden wir ja sehen. Ich hatte jedenfalls nicht vor, mich weiter mit dem Thema Jens zu beschäftigen. Zumindest nicht noch mehr, als ich es sowieso schon tat.

Wir machten uns auf den Weg zu Kathis und Dennis' Haus, und es war tatsächlich gar nicht so weit bis dorthin. Und spätesten, als wir davorstanden, war mir klar, dass die beiden mich öfter sehen würden, als ihnen lieb war. Dieses Haus war ein Traum, und die Blumen im Garten erst! Ich würde sie ständig besuchen kommen.

Es war gar nicht so leicht, mich nicht mit dem Thema Jens zu beschäftigen, wenn er halbnackt neben mir am Stadtparksee lag. Leider hatte Merle keine Lust gehabt, mitzukommen, weil sie mit ihren neuen Freunden unterwegs war. Dabei wäre es gar nicht schlecht gewesen, sie als Anstandswauwau hierzuhaben. Oder als Abstandhalter zwischen mir und Jens. Seufzend drehte ich mich auf den Bauch, sodass ich nicht ständig die glitzernden Wassertropfen auf seinem Rücken und in seinem Haar vor Augen hatte.

»Ist irgendwas?«, fragte er.

»Nee, wieso?«

»Weil du alle drei Minuten seufzt wie meine Oma, wenn sie Rücken hat.«

Gegen meinen Willen musste ich kichern. »Stimmt ja gar nicht.«

»Oh doch. Die ganze Zeit.«

»Quatsch.« Ich richtete mich seufzend auf und stützte meinen Oberkörper auf den Armen ab, woraufhin Jens in Gelächter ausbrach. Als mir bewusst wurde, dass ich schon wieder geseufzt hatte, stimmte ich in sein Lachen ein. »Weißt du, womit das alles etwas erträglicher werden würde?«

»Das alles? Was denn?«

Ich machte eine unbestimmte Handbewegung. »Das alles halt. Die Hitze, der Sommer, die Sonne, der blaue Himmel, der See, der freie Tag.« ›Und du‹, hätte ich beinahe hinzugefügt, doch ich konnte mich gerade noch zurückhalten.

»Na? Womit?«

»Mit Alkohol.«

»Hm.« Gedankenverloren streckte Jens seinen Arm aus und strich sanft über meinen Rücken.

Es fühlte sich an wie ein elektrischer Schlag, und an der Stelle, die er berührte, kribbelte meine Haut wie verrückt. Ich war völlig unfähig, mich zu bewegen oder etwas zu sagen. Was machte er denn da? Wollte er mich mit aller Gewalt zum Seufzen bringen?

Jens sah mich an, und ich wusste nicht, was er an meinem Gesicht ablas, aber es war auf jeden Fall etwas, das ihn dazu bewog, seinen Arm zurückzuziehen. »Äh, du ... hattest Gras am Rücken.« Er hob die Hand, um mir zu zeigen, dass er einen Grashalm zwischen den Fingern hielt.

Plötzlich wurde mir bewusst, dass ich aufgehört hatte zu atmen, und ich holte tief Luft. »Alkohol«, sagte ich. »Du auch?«

»Unbedingt.«

Ich zog mein Kleid über, griff nach meinem Portemonnaie und ging, nein rannte fast zum Kiosk, um zwei Bratwürste und zwei große Biere zu holen. Zum Glück hatte Jens sich sein T-Shirt übergezogen, als ich wieder an unseren Platz kam.

»Oh, vielen Dank«, sagte er, als ich ihm seine Bratwurst und ein Bier gab. »Witzig, kaum warst du weg, dachte ich ›Eine Bratwurst wäre cool‹. Und jetzt kommst du mit einer an.«

»Das finde ich überhaupt nicht witzig, sondern extrem gruselig. Du hast mein Gehirn infiltriert!«

Wir stießen an, und ich nahm einen großen Schluck Bier. Mein Blick schweifte ein paar Decken weiter, wo ein Mann ein weinendes Baby in den Armen hielt. Sofort musste ich an meinen Vater denken. »Ich war ja übrigens ein sehr anstrengendes Baby«, informierte ich Jens.

Er schüttelte lachend den Kopf. »Deine Gedankensprünge sind echt phänomenal.«

»Ich hab die ganze Zeit geheult, und meine Mutter wäre fast an mir verzweifelt. Mein Vater war der Einzige, der mich beruhigen konnte. Er hat mir immer vorgesungen. Nena und so. Ach, er war schon ein toller Typ. So ähnlich wie der Vater da.«

Jens folgte meinem sehnsüchtigen Blick zu dem Mann auf der Decke, dann sah er mich nachdenklich an, sagte jedoch nichts dazu.

Ich biss von meiner Bratwurst ab. »Wie ist dein Vater eigentlich so?«

Er zuckte mit den Achseln. »Eigentlich ganz okay. Es gab

allerdings Zeiten, da fand ich ihn nicht besonders toll. Im Grunde genommen hab ich damals nur die Schule geschmissen, um ihn zu ärgern. Hat funktioniert.«

»Kann ich mir vorstellen.«

»Aber letzten Endes hat es sich dann ja als Glücksfall für mich herausgestellt, und mein Vater hat sich irgendwann damit abgefunden, dass kein Banker oder Professor für Altphilologie aus mir geworden ist.«

Lachend knüllte ich den Pappteller meiner inzwischen aufgegessenen Bratwurst zusammen. »Das ist ja auch ein schrecklicher Gedanke. Dann hätten wir uns nie kennengelernt. Ich meine, wer würde mir dann mein Essen machen?«

»Du denkst immer zuerst an dich, was?«, sagte er, doch seine Augen funkelten amüsiert.

»Tja, wenn ich nicht zuerst an mich denke, wer soll es denn dann tun? Und heute verstehst du dich besser mit deinem Vater?«

Er nickte. »Ja, wenn man älter wird, sieht man vieles mit anderen Augen. Noch ein Bier?«, fragte er unvermittelt und gab mir damit klar zu verstehen, dass er bis auf Weiteres genug über Gefühle geschwafelt hatte.

»Deine Gedankensprünge sind allerdings auch nicht zu verachten«, sagte ich. »Ja, bitte.«

Für den Rest des Nachmittags lagen wir auf unserer Decke und starrten Löcher in die Baumkronen, redeten, gingen schwimmen und alberten herum. Um halb neun machten wir uns auf den Weg nach Hause. An der Kreuzung, an der ich rechts abbiegen und er geradeaus weitergehen musste, blieben wir stehen.

»Das war ein schöner Nachmittag«, sagte ich, obwohl ich mich eigentlich noch gar nicht von ihm verabschieden wollte. »Sehen wir uns morgen?«

Er nickte. »Ja. Oder … wir trinken noch was zusammen. So spät ist es ja noch nicht.«

Mein Herz hüpfte freudig, und ich spürte, wie sich ein Lächeln auf meinem Gesicht ausbreitete. »Gerne. Auf deinem Balkon?«

Er zögerte für einen Moment, dann sagte er: »Wie wäre es mit dem Beachclub oben auf dem Parkhaus der Hamburger Meile?«

»Da ist ein Beachclub?«, fragte ich überrascht. »Auf dem Dach?«

Er nickte. »Ja, im 11. Stock. Ein Kumpel von mir arbeitet da.«

»Klingt cool.«

»Okay, dann hol ich dich ab. In einer Stunde?«

»Perfekt. Bis später.«

Genau eine Stunde und zwanzig Minuten später betraten wir den Beachclub, und sofort hatte ich das Gefühl, in einer anderen Welt zu sein. Das Dach war mit Sand bedeckt, im Zentrum befand sich ein Pool, überall standen Liegestühle, Sitzgruppen und Sonnenschirme herum. Aus den Boxen erklang chillige Café-del-Mar-Musik, Lampions und Lichterketten leuchteten bunt, und es duftete nach Gegrilltem. Zu meiner Rechten befand sich die längste Beachbar, die ich je gesehen hatte. An der Theke stellte Jens mir seinen Kumpel Eddy vor, der sehr lustig war und außerdem einen großartigen Mai Tai mixte. Nachdem wir ein Weilchen mit ihm geplaudert hatten, gingen wir an den Pool. Mit etwas Glück ergatterten wir noch ein freies Eckchen, setzten uns an den Rand und ließen die Füße ins Wasser baumeln. Ich saugte an meinem Strohhalm und blickte auf das abendlich beleuchtete Hamburg, auf das man von hier oben einen großartigen Blick hatte. Die drei Mundsburg-Hochhaustürme lagen unmittelbar vor uns, und ich kam mir sehr mondän und großstädtisch vor. »Das ist wie in New York hier, was?«

Er lächelte. »Fast.«

»Warst du da schon mal?«

»Ja, ich hab da ein paar Monate gearbeitet.«

»Und wie war es?«

Er trank einen Schluck aus seiner Flasche. »Sehr stressig. Der Küchenchef war die ganze Zeit vollgekokst bis an die Schädeldecke und der größte Arsch, den ich je in meinem Leben kennengelernt habe. Aber ich hab auch eine Menge gelernt.«

»Ich meine doch die Stadt!«

»Ach so. Ja, New York ist schon ganz cool.« Er grinste mich an. »Aber Hamburg ist besser.«

Mit den Füßen wirbelte ich das Wasser im Pool auf. »Ich will da trotzdem unbedingt mal hin.«

»Dann mach das«, sagte Jens. »Solange du wiederkommst.«

Ich versuchte in seinem Blick zu erkennen, ob er das wirklich ernst gemeint hatte. Er sah mich ganz aufrichtig an, ohne den Hauch eines spöttischen Lächelns. Mein Herz schlug schneller, und ich spürte ein verdächtiges Kribbeln in meinem Bauch. »Klar komme ich wieder.« Neben mir ertönte ein lautes Platschen, und ich zuckte heftig zusammen, als ein junges Mädchen mitsamt ihren Klamotten in den Pool sprang. Ihre beiden kreischenden Freundinnen taten es ihr gleich, und bald darauf sprangen ein paar Typen hinterher.

»Komm«, sagte Jens und zog mich sanft am Arm. »Für eine Poolparty bin ich noch nicht betrunken genug.«

»Ich auch nicht.«

Wir setzten uns auf Barhocker an einem Stehtisch und gerieten ins Gespräch mit den Leuten neben uns. Sie waren Touristen aus Süddeutschland, die uns um Hamburg-Geheimtipps baten. Ich riet ihnen selbstverständlich, im Thiels in Winterhude essen zu gehen, und pries es als *das* Hamburger Szene-Restaurant auf Sternekurs an, während Jens ihnen einen Shopping-Tipp für einen zauberhaften, kleinen Blumenladen gab, in dem man auch Skulpturen eines extrem angesagten Hamburger Künstlers kaufen konnte. Zum Dank luden sie uns auf ein Getränk ein, und dann hatten wir einen Heidenspaß zusammen, indem wir uns gegenseitig mit Vorurteilen über Nord- und Süddeutsche aufzogen. So viel gelacht hatte ich schon lange nicht mehr, doch irgendwann verabschiedeten sie sich, um zurück in ihr Hotel zu gehen.

»Ich bin gespannt, ob wir sie morgen zu Gesicht kriegen«, sagte ich, als ich den letzten Rest meines Cocktails schlürfte. »Übrigens nett, wie du über den Laden gesprochen hast.«

»Dir vielen Dank für den Sternekurs.«

Beim Stichwort »Sternekurs« fiel mir wieder etwas ein, an das ich schon längere Zeit nicht mehr gedacht hatte. »Ich muss dich unbedingt endlich mal was fragen«, sagte ich. »Dieser Fernsehkoch, mit dem deine Exfreundin dich betrogen hat – wer war das eigentlich?«

Jens sah mich völlig entgeistert an. »Was?«

»Na, Merle hat mir davon erzählt, aber sie wollte nicht sagen, wer es war. Ich weiß ja, dass mich das eigentlich nichts angeht, und es ist echt eine ganz furchtbare Geschichte. Es tut mir sehr leid, dass dir das passiert ist, aber es macht mich einfach wahnsinnig, dass ich nicht weiß, welcher verdammte Koch das war! Also bitte, sag es mir.«

»Ich wusste gar nicht, dass du so neugierig bist«, lachte er.

»Doch!«, rief ich. »Ich bin furchtbar neugierig. Seit Ewigkeiten rätsle ich, wer es gewesen sein könnte, und ich halte das nicht mehr aus. Also bitte sag es mir! Biiiiitte!«

Er ignorierte mein Flehen und sagte stattdessen: »Jetzt wird mir auch klar, wieso du diese komischen Bemerkungen über Schuhbeck und Lafer gemacht hast. Oder dass ich Fernsehköche nicht leiden kann.«

»War es Frank Rosin? Oder Tim Mälzer? Christian Rach? Steffen Henssler? Oh mein Gott, es war doch wohl nicht Horst Lichter?!«

Jens lächelte. »Was kriege ich, wenn ich es dir sage?«

»Was willst du denn haben?«

»Lass dir was einfallen. Aber der Preis für diese Information ist sehr hoch, das wirst du sicherlich verstehen.«

»Soll ich einen Strip hinlegen oder was?«, platzte es aus mir heraus. Hilfe, wo kam das denn her?

Er musterte mich aufreizend langsam von oben bis unten. »Das wäre bestimmt sehr nett, aber so viel würde ich dann doch nicht von dir verlangen. Immerhin bin ich ein Gentleman.«

»Ah ja. Klar. Gut, dann ... ein Gin Tonic.« Das war ziemlich niedrig gegriffen, und in diesem Moment konnte ich mir auch weitaus spannendere Arten der Bezahlung vorstellen.

Jens rieb sich das Kinn und tat so, als müsste er sich das Angebot noch mal durch den Kopf gehen lassen. »Okay.«

Ich war fast schon ein bisschen enttäuscht, dass ich so billig davonkam. »Echt? Ein Gin Tonic? Das ist alles?«

»Ja. Das ist ein Freundschaftsangebot.«

Ach ja. Freundschaft. Das war es, was uns verband. Und ich war so dumm, das in letzter Zeit immer wieder zu vergessen. Ich rutschte von meinem Barhocker. »Alles klar. Ich bin sofort wieder da.«

An der Theke bestellte ich bei Eddy zwei Gin Tonics und staunte nicht schlecht, als er mir die Gläser hinstellte. »Der ist ja blau.«

»Ich weiß. Da ist eine Geheimzutat drin, durch die das Tonic sich blau färbt.«

»Echt?«, fragte ich und betrachtete fasziniert das Glas. »So eine Art chemische Reaktion?«

»Mhm.« Er nickte ernst. »Eine chemische Reaktion. Wenn man mit der Substanz nicht umgehen kann, kann es sehr gefährlich werden.«

Misstrauisch sah ich ihn an. »Du verarschst mich doch.«

Er grinste mich breit an.

Ich streckte ihm die Zunge raus und grinste zurück, dann machte ich mich auf den Weg zu Jens. Schon von Weitem hielt ich die Gläser hoch und rief: »Guck mal, der Gin Tonic ist blau!« Noch während ich es sprach, stolperte ich über einen Flip-Flop, der im Sand lag, und geriet mächtig ins Straucheln. Ich versuchte meinen Sturz zu verhindern und gleichzeitig die Getränke zu retten und stolperte unbeholfen auf Jens zu. Unmittelbar vor ihm kam ich zum Stehen. Ich sah erst auf die Gläser und dann zu ihm auf in seine lachenden Augen. »Nicht nur der Gin Tonic, wie mir scheint«, sagte er.

»Hey, ich bin nicht blau. Immerhin habe ich den hier noch total geschickt gerettet.« Ich reichte Jens sein Glas. »Eddy wollte mir nicht verraten, was da Blaues drin ist.«

»Oktopus-Tinte«, sagte Jens ernst.

Ich stutzte kurz, doch dann brach ich in Gelächter aus und schlug ihm leicht gegen die Brust. »Du bist blöd! Und jetzt sag mir, welcher Fernsehkoch es war. Ich habe meinen Preis gezahlt.«

»Vielen Dank dafür«, sagte er. Dann sah er sich nach links und rechts um, fasste meinen Oberarm und zog mich näher zu sich heran. »Du musst mir hoch und heilig versprechen, dass du es niemandem erzählst.«

Ich hielt den Atem an, nicht nur, weil ich so neugierig war, sondern vielmehr, weil seine unmittelbare Nähe mich völlig aus dem Konzept brachte. Er roch so gut, und sowohl mein

Kopf als auch meine Knie schienen nur noch aus Watte zu bestehen. Jens beugte sich zu mir herab und flüsterte mir ins Ohr: »Es war ... niemand.«

Ich spürte seinen Atem sanft an meinem Ohr, und ein wohliger Schauer lief mir über den Rücken. Unwillkürlich schloss ich die Augen und hoffte, dass er weitersprechen würde. Doch es kam nichts mehr, und dann erreichten seine Worte endlich mein Hirn. Ich öffnete die Augen. »Was?«

»Diese Geschichte«, sagte er langsam und genüsslich, »ist erstunken und erlogen.«

»Von Merle? Aber warum sollte sie mir so etwas erzählen?«

»Keine Ahnung. Vielleicht wollte sie dich beeindrucken, und ihr ist nichts anderes eingefallen.«

Als ich daran dachte, dass Merle diese Bemerkung in ihrer Stalker-Phase gemacht hatte, im Beisein von Kathi und Nelly, kam mir Jens' Behauptung auf einmal ziemlich plausibel vor. »Da hab ich wohl mal wieder nicht gemerkt, dass ich verarscht werde.«

In Jens' Augen lag eine Zärtlichkeit, die ich noch nie zuvor an ihm gesehen hatte. »Du gehst halt nicht von vornherein davon aus, dass die Menschen dich anlügen oder verarschen wollen. Und im Grunde genommen ist das eine sehr nette Eigenschaft von dir.«

Mein Magen fühlte sich an, als würde ich Achterbahn fahren, und in diesem Moment wollte ich nichts mehr, als Jens zu küssen und von ihm geküsst zu werden. Aber nichts passierte. Wir standen einfach nur da und sahen uns an, bis der Zauber verflog und mit ihm die Gelegenheit. Als hätten wir auf einem Fünf-Meter-Brett gestanden, wären jedoch kurz vorm Absprung wieder runtergeklettert.

Ich ging zurück an die andere Seite des Tisches und setzte

mich auf meinen Barhocker. Jens fuhr sich durchs Haar und trank einen Schluck von seinem Gin Tonic.

»Merle ist schon ein verrücktes Huhn, was?«, sagte ich nach einem kurzen Räuspern. Jens ging dankbar auf diesen Themenwechsel ein, und so redeten wir über sie, bis wir unsere Gläser geleert hatten. Danach traten wir den Rückweg an und waren schon unterwegs in Richtung Winterhude, als Jens sagte: »Wir könnten doch auch noch auf den Kiez gehen. Es ist gerade mal zwölf.«

Ich musste morgen um neun Uhr im Laden stehen, hatte eindeutig ein paar Schlucke Gin Tonic zu viel getrunken, war müde und kaputt, und trotzdem fast schon erleichtert, als ich seine Worte hörte. »Klar«, sagte ich strahlend.

Wir fuhren nach St. Pauli und steuerten den Kiezhafen an. Der Laden war proppenvoll, und es schien so, als hätten sich halb Hamburg und ein paar Busladungen voll dänischer Touristen zum Feiern hier versammelt. Wir quetschten uns durch die Menge an die Theke, wo Irina ihr strenges Regiment führte. Sie trug wieder ihr ›*Kiezkönigin*‹-T-Shirt und war noch kleiner, zierlicher und hübscher, als ich sie in Erinnerung hatte.

»Isabelle!«, rief sie bei meinem Anblick erfreut. »Schön, dass du endlich mal vorbeikommst! Wie geht's dir?«

»Gut, danke. Das ist übrigens Jens«, sagte ich und deutete mit dem Finger neben mich.

Die beiden gaben sich die Hand, dann fragte Irina: »Was möchtet ihr trinken? Keinen Kaffee, nehme ich an?«

»Nein danke«, erwiderte ich lachend. »Ich nehme ein Bier.«

»Ich auch«, sagte Jens.

Irina kümmerte sich um unsere Bestellung und ignorierte dabei die lange Schlange an murrenden Gästen, die alle schon vor uns da gewesen waren. Kurz darauf stellte sie zwei Astra und zwei Schnapsgläser auf den Tresen. Sie nahm einen Krug und schenkte teuflisch aussehendes rotes Zeug ein.

»Ist das Mexikaner?«, fragte ich, beinahe ängstlich.

»Das ist der beste Mexikaner Hamburgs«, stellte sie klar. »Geht aufs Haus. Macht euch wieder nüchtern.«

Zweifelnd starrte ich auf mein Glas. Dass Mexikaner nüchtern machte, hatte ich auch noch nie gehört. Und wenn Irinas Mexikaner so gut war wie ihr Kaffee, dann Prost Mahlzeit.

»Trinkt!«, forderte Irina uns mit strengem Blick auf.

Ich zögerte immer noch, während Jens schnell nach seinem Glas griff.

»Eigentlich trinke ich nicht so gerne Kurze«, sagte ich. »Ich werde peinlich, wenn ich Schnaps trinke.«

»Wieso, was passiert denn dann?«, fragte Jens interessiert.

»Ich werde dann immer so ... anhänglich. Es könnte zum Beispiel sein, dass ich anfange, dich anzubaggern.«

Er griff nach dem zweiten Glas und drückte es mir in die Hand. »Hier, tu, was Irina dir sagt. Ich bin schon ziemlich lange nicht mehr angebaggert worden.«

Für einen Moment stockte mir der Atem, dann stieß ich mein Glas an Jens', und wir kippten den höllisch scharfen Mexikaner runter. Irina deutete auf unsere leeren Gläser. »Noch einen?«

»Auf jeden Fall«, sagte Jens.

Während Irina uns nachschenkte, sagte sie: »Knut kommt bestimmt auch gleich noch. Er macht immer um ein Uhr Pause und trinkt hier Kaffee.«

»Oh, schön.« Betreten knibbelte ich am Etikett meiner Bierflasche.

»Er hat dir erzählt, dass er in mich verliebt ist?«

»Ja.«

»Ich weiß nicht, was das soll. Er bringt alles durcheinander«, schimpfte sie, doch ihr Gesichtsausdruck war ungewohnt liebevoll. »Wir kennen uns schon so lange, warum muss er jetzt romantisch werden?«

»Woher kennt ihr beide euch denn eigentlich?«, fragte Jens.

»Er war der Bewährungshelfer meines Mannes.«

Beinahe wäre mir die Bierflasche aus der Hand gefallen. »Bewährungshelfer?! Knut war Bewährungshelfer?«

»Das wusstest du nicht?«, fragte sie überrascht.

»Nein! Ich habe ihn öfter gefragt, aber er wollte nie darüber reden, was er gemacht hat, bevor er Taxifahrer wurde.«

»Knut hat mir sehr geholfen damals. Mein Mann war ein ziemliches Arschloch. Ist er immer noch.« Ein sanftes Lächeln erschien auf ihren Lippen. »Aber Knut ist der Beste.«

»Auf Knut!«, rief Jens, hob sein Glas und forderte mich somit auf, zu trinken.

Nachdem ich mich ausgiebig geschüttelt hatte, fragte ich Irina: »Und warum hat er aufgehört, als Bewährungshelfer zu arbeiten?«

Sie schenkte uns erneut großzügig Mexikaner ein. »Knut hat eine große Seele. Er hat so viel gesehen, viel zu viel Elend und Hass und schlechte Dinge. Das konnte er nicht mehr ertragen. Und er war frustriert, weil er das Gefühl hatte, dass seine Arbeit niemandem hilft. Dass es keinen Unterschied macht, ob er da ist oder nicht. Also hat er seinen Job geschmissen.«

Oh Mann. Mein Herz quoll beinahe über vor Zärtlichkeit und Mitgefühl. »Er ist der Beste.«

Irina lächelte. »Sag ich doch.« Dann kümmerte sie sich wieder um ihre Gäste.

»Wenn ich Irina wäre, würde ich mich aber so was von sofort in Knut verlieben!«, sagte ich, während ich ihr nachblickte.

Jens schob das Schnapsglas in meine Richtung. »Dann einen Mexikaner darauf, dass du nicht Irina bist. Prost.«

Misstrauisch sah ich ihn an. »Willst du mich etwa abfüllen?«

»Quatsch«, sagte er, etwas zu schnell und heftig.

Mein Puls beschleunigte sich, und die Härchen in meinem Nacken richteten sich auf. »Doch. Du willst, dass ich dich anbaggere. Du … flirtest mit mir!«

»Ich? Ich flirte überhaupt nicht! *Du* flirtest mit *mir!*«

»Hallo? Wer hat denn gesagt, dass ich einen Strip für dich hinlegen soll?«

Er hob die Augenbrauen. »Das war dein Vorschlag.«

Ups. Ach ja.

»Ich würde es allerdings wirklich sehr gerne mal sehen«, sagte er, und ein Lächeln umspielte seine Lippen.

Ein paar Mädels traten an den Tresen, wodurch ich an Jens gedrängelt wurde. Obwohl hinter ihm noch Platz war, ging er keinen Schritt zurück. Im Gegenteil. Er umfasste meine Taille und zog mich noch enger an sich heran.

»Tja, du wolltest aber nur einen Gin Tonic«, sagte ich mit klopfendem Herzen.

»Manchmal bin ich echt dämlich.«

Wir sahen uns in die Augen, und es knisterte so heftig zwischen uns, dass ich die Funken förmlich sprühen sah. »Glaubst du, Irina hat uns was ins Glas getan?«, fragte ich. »Ich meine, irgendwas, das einen …« Hilflos brach ich ab.

»Na ja, anders lässt es sich natürlich überhaupt nicht erklären, warum wir so …« Er sprach den Satz nicht zu Ende, aber ich wusste genau, was er meinte.

Mein Herz schlug so heftig, dass ich es beinahe hören konnte, als ich meine Hände auf seine Hüften legte. »Also wenn dich jetzt jemand zwingen würde, entweder mit mir oder Brigitte zu schlafen …«

Jens lachte leise. »Glaub mir, mich müsste keiner dazu zwingen, mit dir zu schlafen.«

»Irina hat uns definitiv was ins Glas getan«, flüsterte ich. »Ich meine, sonst stehst du doch auch nicht auf mich.«

Mit den Daumen streichelte er sanft über meine Taille. »Ach nein? Wer sagt das?«

»Na du!«

Er tat so, als würde er angestrengt nachdenken. »Oh. Stimmt. Tja, manche Dinge ändern sich. Und außerdem, du redest nur davon, dass *ich* nicht auf *dich* stehe. Da stellt sich mir doch die Frage: Stehst du denn auf mich?«

Was für eine bescheuerte Frage! Da schmachtete ich ihn an wie nichts Gutes und reagierte auf jede seiner Berührungen, und er fragte mich, ob ich auf ihn stand? »Ich stehe auf dein Essen. Und damit wohl auch irgendwie auf dich. Meine Freundin Nelly meinte nämlich, Essen wäre wie Gaumensex und dass ich es mir demzufolge mindestens fünfmal die Woche ordentlich von dir besorgen lasse.«

Jens starrte mich zunächst verblüfft an, dann fing er an zu lachen. »Ich finde diese Theorie sehr interessant, aber auf der anderen Seite ist es auch schade, dass ich es dir demnach andauernd ordentlich besorge, ohne selbst etwas davon zu haben«, sagte er, während er mit einer Hand über meinen Rücken strich. »Also wäre mir persönlich die klassische Art, es dir zu besorgen, lieber.«

»Solange ich trotzdem weiterhin Essen von dir kriege, soll mir das recht sein«, sagte ich heiser. Dabei war Essen jetzt das, was ich am allerwenigsten von ihm wollte.

»Egozentrikerin«, flüsterte er. Dann nahm er mein Gesicht in seine Hände und küsste mich. Spätestens jetzt hatte ich keinen Zweifel mehr daran, dass Irina uns was ins Glas getan hatte. Mein Herz spielte völlig verrückt, und in meinem gesamten Körper kribbelte es so heftig, dass ich es kaum aushalten konnte. Ich legte meine Arme um seinen Nacken und zog ihn noch näher zu mir heran. Zuerst küssten wir uns sanft und zärtlich, als hätten wir alle Zeit der Welt, doch es dauerte nicht lang, bis der Kuss intensiver wurde und wir beide ungeduldig mehr forderten. Meine Hände strichen über seine Brust, während seine an meinen Hintern wanderten. Wahrscheinlich hätte Irina uns mit einem Wasserschlauch nassspritzen müssen, um uns voneinander zu trennen, doch irgendwann hörte ich wie aus weiter Ferne eine Stimme rufen: »Was geht 'n hier ab? Habt ihr kein Zuhause?«

Ich zog meinen Kopf zurück und begegnete Jens' Blick. Er sah mich ungläubig an, als wäre ihm völlig unverständlich, was gerade passiert war. Dann erschien ein Lächeln auf seinem Gesicht, das zu einem breiten Grinsen wurde. Und irgendwie war es ja auch seltsam. Wir standen an der Theke einer ziemlich schäbigen und lauten Kiezkneipe, in der tausend Leute um uns rum Bier soffen und Kippen rauchten, und machten rum, als gäbe es kein Morgen. Ich erwiderte sein Grinsen, und bald darauf fingen wir beide an zu lachen.

Ich spürte, wie mir jemand mit dem Zeigefinger an die Schulter tippte, und drehte mich um. Knut stand vor mir, die Hände in die Hüften gestemmt. Wahrscheinlich war er derjenige gewesen, der uns zur Ordnung gerufen hatte. »Isabelle Wagner, das hädde ich ja nu nich von dir gedacht«, sagte er gespielt streng.

»Ich auch nicht«, erwiderte ich, immer noch völlig entrückt. Doch dann fiel mir ein, was Irina uns vorhin über ihn erzählt hatte. Ich löste mich von Jens und drückte Knut spontan an mich. Durch die Trilliarden von Endorphinen und das Adrenalin, das immer noch durch meinen Körper jagte, war ich ganz euphorisch. »Du bist der beste Freund der Welt, und ich bin so froh, dass du damals an meiner Tür geklingelt und mich nicht in Ruhe gelassen hast!«

»Na, na.« Er klopfte etwas unbeholfen auf meinen Rücken. »Was is mit dir denn los?«

»Sie ist der Ansicht, dass jemand ihr was ins Glas getan hat«, sagte Jens mit einem Lachen in der Stimme.

»Den Eindruck hab ich auch.« Knut schob mich sachte von sich.

»Hier wird niemandem was ins Glas getan. Außer Alkohol«, protestierte Irina, die Knut einen Kaffee hinstellte. »Hast du eigentlich bei Alexander Lange angerufen, Isabelle?«

Ihre Worte kamen in etwa dem eben noch vorgestellten Wasserschlauch gleich. Alex. Mein Gott. An ihn hatte ich den ganzen Tag nicht für eine einzige Sekunde gedacht! »Äh, ja. Habe ich.«

»Und? Er ist gut, was?«

Ich nickte betreten. »Ja. Ist er.« Ich rückte ein Stück von Jens weg, und dann ging auf einmal alles ganz schnell.

Ein kleiner kräftiger Mann trat an Knut heran. Der Typ trug einen schlecht sitzenden Anzug, und sein schütteres Haar hatte er in dem vergeblichen Versuch, seine Glatze zu überdecken, über den Schädel gekämmt. Aus eng zusammenstehenden Augen blickte er Knut hasserfüllt an, und instinktiv spürte ich, dass dieser Mann gefährlich war. »Ich hab gehört, du baggerst meine Frau an?«, fragte er.

Knut wollte gerade etwas sagen, doch da holte der Mann auch schon weit aus und schlug ihm mit der geballten Faust heftig ins Gesicht. Knut geriet ins Taumeln und fasste sich an die Nase, aus der Blut herausfloss, und bevor er reagieren konnte, boxte ihm dieser widerliche Typ mit voller Wucht zweimal in den Magen. Knut krümmte sich und sackte in sich zusammen, während der Mann nun auch noch mit den Füßen auf ihn eintrat.

Ohne weiter darüber nachzudenken, stürzte ich auf ihn zu

und schubste ihn heftig zur Seite. »Lass ihn in Ruhe, du Arschloch!«

Er sah mich aus kleinen, bösen Augen an und kam langsam auf mich zu, da spürte ich, wie jemand mich hart am Oberarm packte und wegzog. Und dann brach das totale Chaos aus. Irina kam hinter dem Tresen hervor und rammte ihrem Ehemann mit voller Wucht das Knie in die Weichteile, woraufhin er ihr heftig ins Gesicht schlug. Ich wurde abrupt losgelassen und sah, wie Jens und ein anderer Gast auf Irinas Mann zustürzten und ihn festhielten. Zwei Security-Typen kamen herbeigelaufen, packten ihn sich und schleppten ihn Gott weiß wohin. Irinas Kolleginnen drängten sich um sie, um nach ihr zu sehen, Knut lag immer noch schwer nach Luft ringend am Boden, und all das wurde von einer Horde Gaffer beobachtet, die sich inzwischen um die Szenerie versammelt hatten. Ich lief zu Knut und kniete mich neben ihn. »Bist du verletzt?«

Er setzte sich langsam auf. »Nee, ich hab nur ordentlich was aufs Maul gekricht«, stöhnte er. »Holla, die Waldfee.«

Jens, der neben mir aufgetaucht war, fragte: »Soll ich einen Krankenwagen rufen?«

Knut schüttelte den Kopf. »Nee, lass mal.«

In dem Moment hörte ich Irinas Stimme, die laut in den Raum rief: »Schluss jetzt! Alle raus hier! Sofort!«

Automatisch gehorchte ich ihrem strengen Befehl und stand auf. Auch Knut machte Anstalten, sich aufzurappeln, doch Irina kniete sich neben ihn. »Du doch nicht«, sagte sie und griff nach seiner Hand.

Unschlüssig stand ich da und beobachtete die beiden, doch da wurden auch schon alle von der Security und Irinas Angestellten in Richtung Tür gedrängelt. Ich griff instinktiv nach Jens' Hand und drehte mich zu Knut um. »Melde dich bei mir, ja?« Doch Knut war voll und ganz auf Irina konzentriert und bekam nichts davon mit. Wir wurden nach draußen geschoben, in ein Gewühl von aufgeregt schnatternden Kneipengästen, die sich über das soeben Erlebte unterhielten. Frische Nachtluft wehte mir ins Gesicht, und ich merkte, wie meine Knie zu zittern begannen. Jens umfasste meine Hand fester und zog mich die Straße runter. »Alles okay?« Besorgt sah er mich an.

»Ja, ich …« In meinem Kopf rasten Bilder und Gedanken wirr durcheinander, und jetzt, wo alles vorbei war, bekam ich plötzlich Angst. Ich atmete ein paar Mal tief ein und aus und schloss die Augen.

Jens zog mich in seine Arme und drückte mich fest an sich. »Ich kann einfach nicht fassen, dass du dich gerade mit einem ehemaligen Knastinsassen angelegt hast.«

Ich verbarg mein Gesicht an seiner Brust »Das war ein Reflex, ich habe überhaupt nicht darüber nachgedacht. Meinst du, ich sollte Knut kurz anrufen, um noch mal zu hören, wie es ihm geht?«

»Nein, lass. Er ist in den besten Händen«, sagte er, fasste mich an den Schultern und schob mich ein Stück von sich weg, sodass wir uns ansehen konnten. »Ich glaube, wir fahren jetzt besser nach Hause, oder?«

Mein Kopf dröhnte immer noch, ich war unendlich müde und fühlte mich, als wäre ich schon seit Tagen auf den Beinen. Für heute war es wirklich genug. »Ja, ich muss echt ins Bett.«

Jens rief ein Taxi und stieg mit mir vor meinem Wohnhaus aus. Unschlüssig standen wir am Straßenrand, sahen uns an und wussten offenbar beide nicht, wie es jetzt weitergehen sollte. Ein Teil von mir wollte sich nicht von Jens trennen. Bevor Irina Alex erwähnt hatte und dieser Wahnsinnige aufgetaucht war, waren dieser Tag und diese Nacht wie ein Rausch gewesen. Und obwohl ich wusste, dass es falsch wäre und alles nur noch komplizierter machen würde, wollte ein Teil von mir Jens küssen, nur noch ein einziges Mal, bevor wir wieder zum Alltag übergehen würden. Denn genau das war es, was als Nächstes kommen würde. Morgen würden wir uns sagen, dass wir einfach nur zu viel getrunken hatten, gezwungen über unser Geflirte und unseren Kuss lachen und ab dann so tun, als wäre nie etwas passiert.

»Gute Nacht, Isa«, sagte Jens, nachdem wir beide uns eine gefühlte Ewigkeit nicht gerührt hatten. Er beugte sich zu mir und gab mir einen sanften Kuss auf die Wange.

»Gute Nacht«, flüsterte ich. Und bevor ich noch auf die Idee kommen konnte, ihn am Arm zu packen und in meine Wohnung und mein Bett zu zerren, drehte ich mich schnell um, schloss mit zitternden Händen die Haustür auf und lief nach oben.

Obwohl es in der Wohnung heiß und stickig war, stellte ich mich minutenlang unter die heiße Dusche. Dann holte ich mein Handy hervor, um Knut eine Nachricht zu schreiben, doch bevor ich dazu kam, entdeckte ich auf dem Display eine Nachricht von Alex. Ich bekam ein furchtbar schlechtes Gewissen. Alex war so ein wunderbarer Mensch, und ich blöde Kuh verschwendete nie auch nur einen Gedanken an ihn, wenn ich mit Jens zusammen war, während ich umgekehrt die ganze Zeit an Jens dachte, wenn ich mich mit Alex traf.

Mein Blick fiel auf das Foto meines Vaters neben meinem Glücksmomente-Glas. Er sah mich lachend an, als wüsste er genau, was mit mir los war, und würde mir sagen: *›Es gibt so vieles, was wir nicht verstehen.‹*

Ich nahm das Bild in die Hand. »Was soll ich denn nur tun, Papa?«, flüsterte ich. »Ich weiß einfach nicht, was ich jetzt tun soll. Alex ist perfekt, so wie du. Jens ist ... Mr Unperfekt.«

Sein Lächeln schien sich zu vertiefen. *›Nicht verzweifeln, Isa. Liebe wird aus Mut gemacht.‹*

»Das ist mir keine wirkliche Hilfe, weißt du?«

Ich ging ins Schlafzimmer, riss das Fenster weit auf und legte mich aufs Bett. Ich zwang mich, an Alex zu denken, doch Jens drängte sich immer wieder dazwischen. Jens mit seinen braungrünen Augen, der so umwerfend küsste. Das Letzte, woran ich dachte, bevor ich endlich einschlief, waren Jens' Hände, die sich um meine Taille legten, und an seine Lippen auf meinen.

Es knallt

Am nächsten Morgen erwachte ich mit hämmernden Kopfschmerzen. Durch die Fenster strömte drückende, schwüle Luft herein, die mir das Gefühl vermittelte, nicht genug Sauerstoff zu bekommen. Ein Blick nach draußen zeigte mir, dass es dicht bewölkt war. ›*Irgendwann wird es ganz gewaltig knallen*‹, fielen mir Jens' Worte wieder ein. Wie es aussah, würde das bald der Fall sein.

Beim Gedanken an Jens prasselte der komplette gestrige Tag wieder auf mich ein. Unser Flirten, das Knistern und der Kuss mitten im Kiezhafen. Und Alex, dessen Existenz mir komplett entfallen war. Ich dachte an diesen zuvorkommenden, freundlichen Mann mit seinem süßen Lächeln. Er hatte das Tropen-Aquarium für mich gemietet, hielt mir die Türen auf, gab mir das Gefühl, etwas ganz Besonderes zu sein. Mit ihm war es so, wie ich es haben wollte, wie es sein sollte. Jens war das genaue Gegenteil von Alex: ein unromantischer, geschiedener Zyniker, der nicht an die Liebe glaubte und klar gesagt hatte, dass er an Beziehungen keinerlei Interesse mehr hatte.

Und in diesem Moment wusste ich genau, was ich zu tun hatte: Ich griff nach meinem Handy und schrieb Alex eine Nachricht, in der ich ihn fragte, ob wir uns noch mal treffen wollten. Es dauerte keine zwei Minuten, da antwortete er mir schon, und wir verabredeten uns für Samstag.

Ich quälte mich aus dem Bett, duschte und zwang mich dazu, einen Kaffee zu trinken. Gleich würde ich Jens sehen, denn meine Blumenlieferung war heute fällig. Dann würden wir uns sagen, dass die Wirkung von was auch immer Irina uns ins Glas getan hatte, verflogen war. Dass wir das Ganze einfach vergessen sollten. Mir wurde übel bei dem Gedanken daran. Aber es war von Anfang an klar gewesen, dass das kommen würde, und es war gut und vernünftig. Alex war der Richtige.

Im Laden lud Brigitte zusammen mit Dieter die Blumen aus, die sie heute Morgen vom Großmarkt geholt hatte. Dieter hatte schon seit Ewigkeiten nicht mehr im Laden geholfen, und es freute mich, dass er sich mal wieder hier blicken ließ. Anscheinend waren die beiden auf einem guten Weg. Auf ihr Geplauder konnte ich mich allerdings kaum konzentrieren, in Gedanken war ich die ganze Zeit bei dem bevorstehenden Gespräch mit Jens. Ich räumte meine Utensilien und die Blumen zusammen und machte mich mit klopfendem Herzen und einem mehr als unguten Gefühl auf den Weg ins Thiels.

Jens saß an einem Tisch, seinen Laptop vor sich, und trank eine Tasse Kaffee. Lächelnd sah er zu mir auf, schreckte bei meinem Anblick jedoch leicht zusammen. »Du siehst ja furchtbar aus.«

Ich stellte meine Kiste auf dem Tresen ab. »Ja, ich habe schlecht geschlafen. Und Kopfschmerzen. Es ist so schwül.«

»Im Radio haben sie für den Rest der Woche schwere Gewitter und Regen angekündigt. Kühler werden soll es auch. Sieht so aus, als wäre der Sommer vorbei.« Jens stand auf und kam auf mich zu. »Hast du was von Knut gehört?«

»Ja, er hat mir gestern Nacht noch geschrieben, dass alles okay ist.«

»Gut.« Er öffnete den Mund, als wolle er noch mehr sagen, doch dann schloss er ihn wieder. Mit in die Hosentaschen gesteckten Händen stand er vor mir und sah mich abwartend an.

Wollte er etwa, dass ich es zuerst sagte? Ich atmete tief durch und spielte nervös an dem Anhänger meiner Halskette. »Hör mal, wegen gestern ... Wir haben ganz schön viel getrunken, oder?«

Jens runzelte leicht die Stirn. »Ja, schon ein bisschen.«

Ich räusperte mich und versuchte verzweifelt, dieses schreckliche Gefühl in meinem Magen zu ignorieren. »Ähm, so nüchtern betrachtet haben wir uns da wohl zu was hinreißen lassen, und ich würde vorschlagen, dass wir das Ganze einfach vergessen. Das ist doch auch in deinem Sinne.«

Für drei Sekunden starrte er mich wortlos an, dann trat er ein paar Schritte zurück. »Das musste ja kommen. Ich hätte mir eigentlich auch denken können, dass du heute alles auf den Alkohol schieben und sagen würdest, dass wir es lieber vergessen sollen.«

»Ja, aber das war doch klar, ich meine ... immerhin gibt es Alex, und wir haben Samstag ein Date. Es tut mir wahnsinnig leid, dass ich dich gestern geküsst habe. Das wird nie wieder vorkommen. Wir sind Freunde. So denkst du doch auch.«

»Nein, ganz und gar nicht!«, rief er wütend. »Soll ich dir mal sagen, wie ich denke? Ich denke, du solltest am Samstag nicht auf dieses Date gehen, auch nicht am Sonntag oder an irgendeinem anderen Tag, denn es kotzt mich komplett an, dass du dich mit diesem Typen triffst! Und mir tut es überhaupt nicht leid, dass ich dich gestern geküsst habe. Von mir aus darf das ruhig noch viel öfter vorkommen. *Das* denke ich!«

Mein Hirn war wie leer gefegt, und ich wusste überhaupt nicht mehr, was ich denken, sagen oder fühlen sollte. »Was ... Wieso überrumpelst du mich jetzt auf einmal damit? Du weißt doch, dass ich ...«

»Ich überrumpele dich damit, weil ich selbst davon überrumpelt wurde. Soll ich es etwa erst mal sacken lassen und warten, bis du mit diesem bescheuerten Zwegat verheiratet bist?«

»Er ist nicht bescheuert! Er ist der perfekte Mann. Ein Traummann, das ist er.«

»Oh, ein *Traum*mann«, sagte Jens höhnisch. »Und was machst du mit dem, wenn du wach bist?«

»Dann sitze ich im Hai-Atoll des Tropen-Aquariums, das er extra für mich gemietet hat, und diniere Gänseleberpastete. Mit dir saufe ich Mexikaner und gerate in eine Kneipenschlägerei.« Ich wusste, dass das unfair war, denn Jens hatte mit dieser Schlägerei nicht das Geringste zu tun gehabt. Aber trotzdem war ich mir sicher, dass mir so etwas mit Alex nicht passiert wäre.

Jens lachte humorlos. »Genau, denn Gänseleberpastete liebst du ja.«

»Was willst du eigentlich von mir? Du hast klar und deutlich gesagt, dass du nicht auf mich stehst und dass du durch bist mit dem Thema Beziehungen. Und nur, weil du gestern Abend zu viel getrunken hast, soll das jetzt anders sein?«

»Der gestrige Abend wäre genauso abgelaufen, wenn wir die ganze Zeit nur Milch getrunken hätten, und das weißt du auch ganz genau!«, rief Jens aufgebracht. »Außerdem habe ich auch gesagt, dass ich, wenn ich mich wider Erwarten doch noch mal verlieben sollte, auch bereit wäre, es mit einer Beziehung zu versuchen. Mir ist klar, dass ich nicht einfach bin, aber Isa, du bist es auch nicht. Du bist alles andere als das. Es gibt tausend Gründe, die dagegen sprechen, und es wird bestimmt harte Arbeit, aber wenn wir uns anstrengen, dann könnten wir es miteinander schaffen. Und das ist es, was ich will!«

Wie vor den Kopf geschlagen stand ich da und konnte kaum glauben, was er da gerade gesagt hatte. »Das sind doch mal die Worte, auf die eine Frau ihr Leben lang gewartet hat. Eine Beziehung mit mir ist nichts als Schweinestall und Death Metal, aber wenn wir uns nur genug anstrengen, könnte es eventuell trotzdem klappen.«

»Das habe ich doch überhaupt nicht gesagt!«

»Doch, genau das hast du gesagt! Und so etwas würde Alex niemals zu mir sagen!«

Jens schloss kurz die Augen, dann sah er mich eiskalt an. »Du hast dir in deiner rosaroten Blümchen-Fantasie einen Typen zusammengebastelt, den es so überhaupt nicht geben kann. Früher oder später wirst du bei ihm ein Haar in der Suppe finden, denn deinen Ansprüchen kann kein Mann der Welt genügen, weder er noch ich noch sonst irgendeiner. Und weißt du, was ich glaube? Ich glaube, du willst es auch gar nicht anders haben.«

Seine Worte trafen mich hart, und jedes einzelne fühlte sich an wie ein Messerstich. Tränen stiegen in mir auf, und mein Kinn fing an zu zittern. Ich wollte nur noch weg von ihm, ihn nicht mehr ansehen müssen. »Die Blumen lasse ich hier. Du kannst sie selbst in die Vasen stellen.« Dann drehte ich mich um und lief blind vor Tränen aus dem Restaurant.

Ich hatte keine Ahnung, wie ich den Rest des Tages überstehen sollte. Brigitte sah mir natürlich sofort an, dass etwas nicht stimmte, aber sie akzeptierte, dass ich nicht darüber reden wollte. Meine Gedanken rasten wild hin und her, und meine Gefühle wechselten sekündlich. Jens war in mich verliebt. Jens! War in mich verliebt! Er wollte es mit mir »versuchen« und hielt genau das für Schwerstarbeit. Was für ein Arschloch! Und er behauptete, dass ich geradezu Fehler an Männern suchte, als hätte ich meine Ansprüche absichtlich so hoch geschraubt, dass niemand sie erfüllen konnte. Als wollte ich gar nicht glücklich sein. Was für ein Schwachsinn! Dann dachte ich daran, dass unsere Freundschaft jetzt wohl vorbei war, und es brach mir fast das Herz, dass wir uns nicht mehr sehen würden, dass ich nie mehr bei ihm essen, mit ihm reden und lachen würde. Und dann fiel mir wieder ein, dass Jens in mich verliebt war, dass er nicht bereut hatte, was gestern passiert war, und dass er mich gerne noch viel öfter küssen würde.

Hinzu kam noch diese furchtbare Schwüle, die mich lähmte und mir weiterhin Kopfschmerzen verursachte. Ich schwitzte, obwohl ich mich überhaupt nicht bewegte, und ich wünschte mir, dass es endlich gewittern würde.

Nachmittags stand ich am Bindetisch und band ein Grabgesteck, als Merle hereinkam. Sie trug einen schwarzen kurzen Rock, ein schlabberiges, schwarzes Riesenshirt und etliche Halsketten. Ihre Augen waren wie immer dick mit Kajal umrandet, und sie musterten mich besorgt. »Jens hat mir erzählt, dass ihr euch gestritten habt«, sagte sie ohne Umschweife.

Ich konzentrierte mich besonders intensiv auf die Lilie, die ich gerade mit Draht fixierte. »Ja. Das stimmt.«

»Aber ihr versöhnt euch doch wieder. Ich meine, ihr seid jetzt zwei Tage beleidigt, dann merkst du, dass du unbedingt ein Schokoladenmalheur brauchst, gehst ins Restaurant, ihr redet miteinander, und alles ist wieder wie vorher. Richtig?«

Ich schluckte schwer, um den dicken Kloß in meinem Hals loszuwerden. »Nein, Merle. Selbst wenn wir uns irgendwann mal wieder versöhnen: Es wird nie mehr so sein wie früher.«

»Aber worum ging es denn überhaupt in dem Streit? Jens will es mir nicht sagen.«

»Dann werde ich das auch nicht tun.«

Sie sah mich lange schweigend an, dann fragte sie: »Hat sich einer in den anderen verliebt, aber der andere nicht in den einen? Irgend so etwas muss es doch sein.«

Ich war erstaunt, wie nah sie dran war.

»Ihr seid bescheuert!«, rief Merle, ohne meine Antwort abzuwarten. »Da lässt man euch für ein paar Wochen aus den

Augen, und dann macht ihr so einen Scheiß. Das werde ich nicht zulassen.«

»Ach, Merle. Da kannst du leider gar nichts machen. Es ist wirklich besser, wenn wir jetzt erst mal etwas Abstand zueinander kriegen.«

»Das hat Jens auch gesagt. Ich will nicht, dass ihr so seid, so ... dämlich!«

Es kostete mich unendlich viel Kraft, nicht in Tränen auszubrechen. »Tut mir leid, Süße, aber es ist, wie es ist. Jetzt erzähl mir lieber was von dir. Wie läuft es mit Mattis?«

Merle zog eine Schnute wie eine beleidigte Fünfjährige. »Tolles Ablenkungsmanöver.«

»Ich weiß.«

Sie grummelte noch für ein paar Sekunden, doch dann erschien ein verliebtes Lächeln auf ihrem Gesicht. »Mattis und ich sind zusammen. Und ich helfe seit Kurzem auch im Flüchtlingsheim. Ich weiß jetzt genau, was ich will, verstehst du? Ich will reisen und in sozialen Projekten arbeiten. Und kochen. Ich muss nur noch rausfinden, wie ich das alles miteinander verbinden kann.«

Eine Weile lang schwärmte sie mir noch von Mattis vor und erzählte mir von ihren neuen Freundinnen, die »voll die Nerds, aber derbe cool« waren. »Am Samstag bin ich bei Klara auf eine 80er-Jahre-Party eingeladen«, schloss sie ihren Bericht. »Ich weiß noch gar nicht, was ich anziehen soll. Ich brauch halt so megahässliche 80er-Klamotten.«

»Da musst du doch nur zu H&M gehen.«

»Nee.« Gedankenverloren spielte sie an einer Rose herum. »Ich hätte gerne richtige, originale Klamotten. Hast du vielleicht welche?«

»Selbst wenn, würden sie dir nichts nutzen. Ich bin 1988 geboren.« Ich nahm Merle die Rose aus der Hand, um sie in dem Gesteck zu verarbeiten. »Aber ich fahre morgen Abend nach dem Friedhof zu meiner Mutter. Kann gut sein, dass noch ein paar ihrer alten Klamotten auf dem Dachboden herumliegen. Sie kann sich von nichts trennen. Vielleicht finde ich ja was für dich, ich werde auf jeden Fall mal nachsehen.«

Merle bedankte sich überschwänglich und machte sich kurz darauf auf den Weg. »Du kommst doch aber morgen Mittag wieder ins Restaurant. Richtig?«

»Nein, Merle«, sagte ich leise.

»Ihr seid echt richtig bescheuert. Das verzeihe ich euch nie.« Dann öffnete sie die Tür, rief mir über die Schulter noch »Tschüs Isa, hab dich lieb« zu und ging.

Am nächsten Abend fuhr ich nach meinem Friedhofsbesuch zu meiner Mutter. Sie lag auf dem Sofa und fächelte sich Luft mit einer Zeitschrift zu. »Hallo Mama«, sagte ich, umarmte sie und drückte ihr einen Kuss auf die Wange. »Du bist ja richtig braun gebrannt. Wie war der Urlaub?«

»Es war traumhaft schön. Aber diese Schwüle hier hält doch kein Mensch aus.« Theatralisch fasste sie sich an die Schläfen. »Ich glaub, mein Schädel explodiert!«

»Geht mir genauso.« Ich setzte mich auf den Sessel, schob die Ballerinas von meinen Füßen und zog die Beine an.

Meine Mutter richtete sich auf und sah mich prüfend an. »Was ist los, Isa? Du siehst so bedrückt aus.«

Typisch. Mütter witterten auch auf hundert Meter Entfernung, wenn was mit ihren Kindern nicht stimmte. »Ja, ich … Ach, ich weiß auch nicht.«

»Was weißt du nicht?«

»Was ich will!«

»Generell im Leben? Oder in einer bestimmten Sache?«

Ich ließ gedankenverloren die Fransen eines Sofakissens durch meine Finger gleiten. »Erinnerst du dich an Alex? Ich hab dir doch von ihm erzählt. Der, der so nett ist.«

»Ja, natürlich erinnere ich mich.«

»Wir hatten Samstag ein Date. Und am kommenden Samstag wieder.«

Sie strahlte. »Das ist doch toll. Oder ... war es nicht gut?«

»Doch!«, rief ich. »Es war ein Traum. Er hat mir die Türen aufgehalten und den Stuhl zurechtgerückt, und wir hatten ein megaromantisches Essen im Tropen-Aquarium. Er ist perfekt, verstehst du?«

Sie schüttelte verwirrt den Kopf. »Nein, verstehe ich nicht. Wo ist denn dann das Problem?«

»Jens! Jens ist das Problem, er hat sich irgendwie dazwischengedrängelt. Wir haben uns aus Versehen geküsst, und das war einfach ... Und gestern hat er mich dann völlig überrumpelt und mir gesagt, dass er in mich verliebt ist, aber auf eine so seltsame Art, dass es als totale Beleidigung rüberkam. Dann haben wir uns gestritten, und jetzt reden wir nicht mehr miteinander.«

»Hm«, machte meine Mutter nachdenklich. »Und jetzt weißt du nicht, in welchen von beiden du verliebt bist?«

»Nein. Im Moment toben so viele verschiedene Gefühle in mir, ich kann das einfach nicht mehr zuordnen. Jens ist komplett falsch für mich und Alex komplett richtig.«

»Im Grunde genommen ist es doch ganz einfach«, sagte sie. »Wenn Alex so ist, wie du ihn beschreibst, und du bei ihm von Anfang an das Gefühl hattest, dass er der Richtige für dich ist, dann ist er es auch. Bei deinem Vater und mir war es genauso. Wir haben es beide von Anfang an gewusst, und es hat perfekt funktioniert. Und so soll es auch sein. Harmonisch und liebevoll.«

Mit beiden Händen rieb ich mir müde die Augen. »Ich habe mich ja auch für Alex entschieden.«

Sie tätschelte meinen Oberschenkel. »Dann ist doch alles gut.«

»Nein«, sagte ich leise. »Es ist eben *nicht* alles gut, Mama, verstehst du das denn nicht?« Ich stand auf und zog meine Ballerinas wieder an. »Hast du eigentlich noch Klamotten aus den 80ern? Merle braucht welche für eine Party.«

Meine Mutter sah mich prüfend an, ging jedoch auf meinen Themenwechsel ein. »Ja, auf dem Dachboden sind noch ein paar alte Kisten von mir. Guck dich ruhig um.«

Ich nahm den Schlüssel von der Kommode im Flur und ging zwei Etagen rauf. Auf dem Dachboden schloss ich unsere Parzelle auf und war erst mal erschlagen von dem Kram, der hier noch rumstand. Kaputte Küchenstühle, ein ausgedienter Herd, mein Babybett, Spielzeug, zwei alte Fahrräder und etliche Umzugskartons. Auf der Suche nach Klamotten wuchtete ich etliche Kartons hin und her, was bei der Schwüle alles andere als ein Vergnügen war. Schon bald lief mir der Schweiß in Strömen übers Gesicht und meinen Rücken hinab. Endlich fand ich eine Kiste, die mit »Klamotten, 1989« beschriftet war. Bei dieser Hitze war die erste Wahl definitiv die beste. Ich öffnete den Karton und wühlte darin herum. Für Merle suchte ich zwei Moonwashed-Jeans, einen Ballonrock, einen furchtbar hässlichen Pullover und einen Blazer mit Schulterpolstern heraus. Eigentlich hätte ich jetzt wieder runtergehen können, aber ich war neugierig geworden und stöberte weiter in den alten Sachen. Ich fand ein paar Babystrampler von mir, und dann, ganz unten in der Kiste, zu meinem großen Schreck Polohemden und T-Shirts meines Vaters. Ich war immer davon ausgegangen, dass meine Mutter all seine Sachen entsorgt hatte. Doch nun hielt ich ein T-Shirt in den Händen, das vor gut sechsundzwanzig Jahren mein Vater getragen hatte. Ich drückte meine Nase in den Stoff und atmete tief ein. Nur zu gerne hätte ich gewusst, wie er gerochen hatte. Doch ich nahm nur den Geruch von Staub wahr.

Dann kramte ich weiter, um zu sehen, ob sich noch andere Schätze in der Kiste verbargen. Zwei Paar Jeans, Turnschuhe, und ganz unten fand ich einen Brief. Er war adressiert an meine Mutter, und als ich sah, wer der Absender war, stockte mir der Atem. Martin Wagner, Stresemannstraße, Hamburg. Wieso Stresemannstraße? Ohne weiter darüber nachzudenken, nahm ich den Brief aus dem Umschlag und faltete ihn auf. Ich starrte auf die schwarze Tinte, die kleinen, leicht nach rechts geneigten Buchstaben, und strich vorsichtig darüber. Ganz oben stand das Datum. 23. April 1989. Tränen schossen mir in die Augen. Das war drei Tage vor seinem Tod gewesen. Ohne weiter zu zögern, las ich den Brief:

Liebe Doris,

ich schreibe dir, weil wir beide nicht mehr in der Lage sind, ein vernünftiges Gespräch zu führen. Alle Diskussionen, die wir in den letzten Monaten und vor allem in den letzten Tagen geführt haben, waren sinnlos und haben uns nur noch unglücklicher gemacht. Ich werde nicht zurückkommen. Und ich hoffe so sehr, dass du eines Tages meine Gründe dafür, dass ich gegangen bin, akzeptieren kannst.

Wir sind beide noch so jung, viel zu jung, um Eltern und ein Ehepaar zu sein. Ich bin noch nicht bereit für diese große Verantwortung. Ich will reisen und die Welt entdecken, Gärten anlegen in Italien, England und Japan. Ich habe nie damit gerechnet, dass ich unmittelbar nach meinem Studium Vater sein und eine Familie ernähren müsste. Ich fühle mich eingeengt, ich kann nicht atmen, und ich kann so nicht leben.

Isabelle weint so viel. Sie sieht mich an, als würde sie mich hassen. Als würde sie spüren, was in mir vorgeht. Ich liebe sie über alles, wirklich. Aber ich kann ihr nicht geben, was sie braucht. Und dir auch nicht. Ich bin kein Vater und kein Ehemann, und wenn ich bei euch geblieben wäre, hätte ich nicht nur mich, sondern uns alle unglücklich gemacht.

Du und Isabelle, ihr verdient etwas Besseres.

Bitte verzeih mir.

Martin

In meinen Ohren begann es zu rauschen, und meine Hände zitterten so heftig, dass der Brief mir aus der Hand fiel. Ich griff nach dem Umschlag, schaute noch mal nach dem Absender, drehte ihn um, als könnte die Rückseite mir irgendetwas verraten. Als würde »Haha, alles nur ein Scherz« darauf stehen.

Ich las den Brief noch mal, und noch mal. Und als ich ihn zum vierten Mal las, kamen die Worte allmählich bei mir an. Was mein Vater da geschrieben hatte, war so unfassbar, so monströs, dass ich mich liebend gerne versteckt hätte. Aber es gab kein Entkommen vor der Wahrheit, die hier in diesem Brief, auf dem stickigen Dachboden meiner Mutter, all die Jahre auf mich gelauert hatte. Meine Kehle fühlte sich an, als würde jemand sie mit eisernem Griff zudrücken, und mein Bauch und mein Herz taten so weh, dass ich mich zusammenkrümmte. Ein kümmerliches Wimmern entfuhr mir, vor dem ich mich selbst erschreckte. Ich stand auf und ging mit zitternden Knien nach unten ins Wohnzimmer. Meine Mutter saß immer noch auf dem

Sofa, die Fernbedienung in der Hand, und zappte durch die Kanäle. »Na, hast du was gefunden?«

Ich hielt den Brief hoch. »Ja. Den hier.« Meine Stimme klang fremd und dünn.

Sie schaute auf und wurde augenblicklich leichenblass. »Oh mein Gott!«, stieß sie aus und sprang vom Sofa auf. »Ich hab überhaupt nicht mehr daran gedacht, dass dieser Brief da oben ist. Hast du ... ihn gelesen?«

»Ja. Habe ich.« Ich spürte, wie mein Schock sich allmählich in Wut verwandelte.

Nachdem meine Mutter ein paar Sekunden lang reglos dagestanden hatte, sagte sie leise: »Es tut mir so leid, Isa, ich wollte nicht, dass du ...«

»Dass ich erfahre, was für ein Arschloch mein Vater war?«, fiel ich ihr ins Wort. »Dass er uns sitzengelassen hat? ›Ich, ich, ich‹, das ist alles, worum es in seinem Brief geht, das ist wahrscheinlich alles, worum es ihm in seinem ganzen Leben ging! Und du hast mir erzählt, was für ein toller Typ er war, wie romantisch und liebevoll und was für ein großartiger Vater!« Während ich sprach, wurde ich immer lauter, bis ich sie irgendwann anschrie: »Stimmt eigentlich irgendetwas von dem, was du mir über ihn erzählt hast?«

»Ja natürlich!« Sie kam auf mich zu und umfasste meine Oberarme. Tränen standen in ihren Augen.

Ich riss mich von ihr los. »Warum hast du mich angelogen? Du hast mich mein Leben lang angelogen, Mama!«

»Es war doch schon schlimm genug, dass er gestorben ist. Sollte ich dich etwa auch noch in dem Wissen aufwachsen lassen, dass er uns kurz vor seinem Tod verlassen hat?«

Ich lachte bitter auf. »Nein, es ist natürlich besser, wenn ich das mit siebenundzwanzig erfahre, durch einen verdammten Brief, den ich zufällig auf dem Dachboden finde.«

»Du solltest es nie erfahren!«

Fassungslos sah ich sie an und hatte das Gefühl, sie überhaupt nicht mehr zu kennen. »Und warum musstest du diese Märchen über eure perfekte, harmonische Beziehung erzählen und dass er ein absoluter Traummann und Traumvater war? Eure Ehe war doch aus seiner Sicht die reinste Hölle. Und *ich* war auch die reinste Hölle für ihn!«

Nun fing meine Mutter an zu weinen. »Er hat dich geliebt, Isa. Wirklich, er hat dich sehr geliebt.«

Ich schnaubte. »Schwachsinn. Er hat mich nicht geliebt und dich auch nicht, und du hast dir das alles ausgedacht, weil du es nicht wahrhaben wolltest!« In mir tobte eine Wut, wie ich sie noch nie erlebt hatte. Ich hätte schreien, um mich schlagen und Sachen gegen die Wand pfeffern können. Ich wollte etwas kaputt machen, so wie gerade in mir etwas kaputtgegangen war. »Nicht *er* hat mich die ganze Zeit getragen und mir Nena-Songs vorgesungen. Das warst du, stimmt's? Und nicht *du* warst mit den Nerven am Ende, weil ich die ganze Zeit geheult habe. Sondern er!«

Sie sagte nichts mehr, sondern stand nur bitterlich weinend da.

Ich konnte das alles nicht mehr ertragen, sie nicht, diese Wohnung nicht und diesen Schmerz, der in mir wütete. Ohne ein weiteres Wort knallte ich den Brief auf den Wohnzimmertisch und drehte mich um. Als ich schon fast zur Wohnungstür raus war, kam meine Mutter mir nach und rief: »Isa, bitte geh nicht! Lass uns reden und versuchen ...«

»Nein! Ich will nicht reden, denn was auch immer du mir erzählst, wird sowieso gelogen sein.« Dann knallte ich die Tür hinter mir zu, lief raus und setzte mich auf mein Fahrrad. Ich trat heftig in die Pedalen, wurde schneller und schneller. Dass es anfing zu donnern und Blitze über den Himmel zuckten, bemerkte ich nur am Rande. Wie blind fuhr ich durch die Gegend, ohne wirklich wahrzunehmen, wohin. Irgendwann fing es an zu regnen, und starker Wind kam auf, doch ich fuhr weiter und weiter. Inzwischen liefen die Tränen mir in Strömen über das Gesicht, ich weinte, schluchzte und heulte, aber all das ging in Donner und Regen unter. Als meine Beine schlapp wurden, stieg ich vom Fahrrad ab, setzte mich auf eine Bank, zog die Beine an und weinte noch mehr. Ich war durchnässt bis auf die Haut, der Wind war inzwischen zu einem Sturm geworden, und irgendwo tief in meinem Innersten sagte eine Stimme mir, dass es gefährlich war, im Gewitter auf einer Bank unter einem Baum zu sitzen. Dass ich sogar eigentlich Angst vor Gewittern hatte. Aber es war mir völlig egal.

Irgendwann begann ich, vor Kälte zu zittern, und wusste, dass ich nicht länger hierbleiben konnte. Durch den peitschenden Regen fuhr ich nach Hause, schloss die Wohnungstür zweimal hinter mir ab, legte mich, so nass wie ich war, in mein Bett und weinte, bis ich völlig entkräftet im Donnergrollen einschlief.

Ich erwachte in einem klammen Bett und verstand für ein paar Sekunden nicht, warum. Doch dann fielen mir die Ereignisse des gestrigen Tages wieder ein, und erneut spürte ich den Schmerz und die Wut darüber, dass ich meinen Vater zum zweiten Mal verloren und dass meine Mutter mich mein Leben lang angelogen hatte. Am liebsten wäre ich im Bett geblieben und hätte mich versteckt, doch zum einen war es nicht besonders angenehm, in dieser feuchten Höhle zu liegen, und zum anderen war da ja noch der Laden. Er würde mich auf andere Gedanken bringen. Das Sommerfest musste weitergeplant werden, und dann konnte ich mich um die Hochzeitsmesse im

Oktober kümmern. Listen schreiben, Kalkulationen erstellen und Kränze binden. Wenigstens während meiner Arbeit so tun, als wäre alles noch genau wie früher, und als wäre mir nicht der Boden unter Füßen weggerissen worden.

Das gestrige Gewitter hatte keine wirkliche Erleichterung gebracht, denn das nächste war offenbar schon im Anmarsch. Draußen war es noch immer schwül und stickig, und durch die hohe Luftfeuchtigkeit kam ich mir vor wie im Tropen-Aquarium.

Brigitte goss die Zimmerpflanzen, als ich in den Laden kam. »Hallo Isa.« Sie sah mir prüfend ins Gesicht. »Geht's dir nicht gut?«

»Ach, du weißt doch, dass ich dieses schwüle Wetter nicht vertrage.« Ich konnte ihr nicht sagen, was passiert war. Es war viel zu ungeheuerlich, um es in Worte zu fassen.

»Hör mal, ich muss mit dir reden.« Sie schloss die Ladentür ab und drehte das ›*Bin in zehn Minuten wieder da*‹-Schild um. »Gehen wir nach hinten?« Ihr Tonfall machte mir Angst.

Sie ging mir voraus ins Hinterzimmer und deutete auf einen Stuhl. »Setz dich.« Als wir beide saßen, holte sie tief Luft und sagte: »Ich habe mir das lange überlegt. Sehr lange, und es fällt mir nicht leicht, das kannst du mir glauben. Aber ich habe mich dazu entschlossen, den Laden aufzugeben. Ich werde verkaufen.«

Für ein paar Sekunden saß ich regungslos da. Das konnte sie nicht wirklich gesagt haben. So viel Mist konnte doch nicht innerhalb von so kurzer Zeit auf einen niederprasseln.

»Es tut mir wirklich sehr leid, Isa«, sagte sie, als ich nicht reagierte. »Ich weiß, wie sehr du an diesem Laden hängst, und du hast dich so reingekniet in den letzten Wochen.«

Ich betrachtete meine Fingernägel. Sie sahen ungepflegt und abgekaut aus.

»Sag doch was«, forderte Brigitte mich eindringlich auf.

»Warum?«, fragte ich nach einer halben Ewigkeit. »Warum willst du den Laden verkaufen? Wir wollten es doch weiter versuchen. Wir wollten kämpfen und …« Meine Stimme brach ab.

Brigitte legte ihre Hand auf meine. Ich zog sie weg. »Nein, Isa. Mir ist klargeworden, dass nur du kämpfen wolltest. Ich bin so müde, ich kann einfach nicht mehr. Und das ist nicht erst seit gestern so, ich habe schon lange das Gefühl, dass dieser Laden mich auffrisst. Seit dreißig Jahren komme ich hierher, jeden Tag, sechs bis sieben Tage die Woche. Ich weiß gar nicht, wann ich den letzten richtigen Urlaub hatte.«

»Dann mach halt einen verdammten Urlaub, ich kann den Laden auch ein paar Wochen alleine führen«, sagte ich und war selbst überrascht über die Aggressivität in meinem Tonfall. »Oder wir stellen eine Aushilfe ein.«

»Wovon soll ich die denn bezahlen?«

»Daran arbeiten wir doch schon!«

»Wir wissen aber nicht, ob das Erfolg haben wird.« Sie rieb sich die Stirn. »Ich bin sechsundfünfzig, und ich habe noch nichts von der Welt gesehen. Wenn ich verkaufe, bin ich sämtliche Schulden los, und es bleibt noch genug übrig, damit Dieter und ich uns ein Wohnmobil kaufen und durch Europa touren können. Das ist es, was ich machen will, und das ist genau das, was Dieter und ich brauchen.«

»Das könnt ihr doch auch noch in zehn Jahren machen.«

»In zehn Jahren ist es vielleicht zu spät.«

Ich sprang so heftig auf, dass der Stuhl hintenüberkippte. »Und was wird aus mir?«, schrie ich. »Ich kann dir den Laden jetzt noch nicht abkaufen!«

»Das weiß ich, und es tut mir wirklich so furcht…«

»Ich habe mir in den letzten Wochen den Arsch aufgerissen,

damit das Geschäft wieder in Schwung kommt. Seit elf Jahren reiße ich mir den Arsch auf, und jetzt lässt du mich einfach im Stich! Was bleibt mir denn noch, wenn es den Laden nicht mehr gibt?«

Brigitte sah mich mit Tränen in den Augen an. »Ich hätte dir den Laden so gerne überlassen, glaub mir. Ich weiß, wie sehr dein Herz daran hängt, aber er ist doch nicht dein Leben. Da gibt es doch noch viel mehr.«

»In meinem Leben gibt es gar nichts mehr! Nichts mehr, was mir wichtig war und woran ich immer geglaubt habe!«

Sie stand auf und kam auf mich zu, machte Anstalten, mich in den Arm zu nehmen, doch ich wich ihr aus. »Und wann? Wie lange geht das hier noch?«

Sie ließ ihre Arme sinken. »Ich weiß es nicht. Bis zum Ende des Jahres vielleicht, je nachdem, wie schnell ich einen Käufer finde. Aber mach dir keine Sorgen, du kannst auf jeden Fall bis zum Schluss bleiben, wenn du willst. Ich halte mich natürlich an die gesetzliche Kündigungsfrist, und im Zweifelsfall zahle ich dir dein Gehalt, auch wenn ...«

Sie redete weiter und weiter, doch ich kriegte nichts mehr mit. Bis zum Ende des Jahres. Das war schon in vier Monaten. Plötzlich fühlte ich mich leer. Komplett leer. Und ich konnte mir nicht vorstellen, auch nur noch vier Sekunden hier zu sein. Wozu auch? Dieses Geschäft war im Grunde genommen bereits tot, und alles, was wir für die kommenden Wochen geplant hatten, war völlig sinnlos. »Ich nehme Urlaub«, sagte ich mit zitternder Stimme. »Ab jetzt.« Dann drehte ich mich um und ging zum Ausgang.

»Warte doch, Isa!«

Doch ich reagierte nicht, ging durch den Laden, ohne nach rechts und links zu blicken. Ich wollte das alles nie wiedersehen, die Blumen, Zimmerpflanzen, Sträuße, Vasen, Dekoartikel, Mario Kunzendorfs Plastiken, die alte Vitrine. In all das hatte ich so viel Zeit, Liebe und Arbeit investiert. Für nichts und wieder nichts. Das hier war nicht mehr mein Leben und schon gar nicht mehr meine Zukunft.

Ich ging geradewegs nach Hause und schloss die Tür hinter mir ab. Auf meinem Handy befanden sich etliche Anrufe von meiner Mutter und eine Nachricht von Alex. Ich schrieb ihm nur kurz zurück, dass ich krank war und unser Treffen absagen musste, danach stellte ich das Handy aus. Im Wohnzimmer nahm ich das Foto von meinem Vater aus dem Regal und verstaute es tief unten in einer Schublade. Dann zog ich den Stecker des Telefonkabels aus der Wand und legte mich aufs Sofa. Obwohl es schwül und heiß in der Wohnung war, deckte ich mich mit einer Wolldecke zu. Und dann weinte ich um all das, was ich in den vergangenen Tagen verloren hatte. Es war einfach zu viel, und es tat so unfassbar weh, dass ich keinen einzigen klaren Gedanken mehr fassen konnte.

Ich bewegte mich drei Tage lang nicht von der Stelle, lag dumpf und kraftlos auf dem Sofa, starrte Löcher in die Decke, heulte und ertrank in meinem Kummer. Ich stand nur auf, um auf die Toilette zu gehen oder mir Wasser zu holen. An Essen war nicht zu denken. Ein paarmal klingelte es an meiner Tür, doch ich machte nicht auf. Ich wollte niemanden sehen, mit niemandem reden und mir von niemandem kluge Ratschläge oder belanglose Worte des Trostes anhören. Es gab sowieso nichts, was mich hätte trösten können. Noch immer war es mir unbegreiflich, wie mein Leben innerhalb so kurzer Zeit völlig in sich hatte zusammenbrechen können. Wieso war mir nie klar gewesen, wie leicht zerstörbar dieses Leben war, das ich mir aufgebaut hatte? Als wäre es ein Kartenhaus, das nur irgendjemand anhauchen musste, um es zum Einstürzen zu bringen.

Irgendjemand hämmerte laut mit der Faust gegen meine Wohnungstür, und ich schreckte aus einem Dämmerschlaf auf. Für einen Moment konnte ich kaum einordnen, wie spät es war, geschweige denn, welchen Tag wir hatten. Draußen grummelte es mal wieder, und ich überlegte, ob ich das Geräusch an der Tür mit dem Donner verwechselt hatte.

Doch dann hörte ich Kathis Stimme. »Isa! Wenn du nicht sofort die Tür aufmachst, wird die Feuerwehr sie aufbrechen. Die steht hier neben mir.« Sie klang panisch und wütend zugleich, und ich hatte keinen Zweifel daran, dass sie es ernst meinte.

Mühsam erhob ich mich vom Sofa und geriet nach ein paar Schritten ins Wanken, weil mir schwarz vor Augen wurde. Es fühlte sich an, als wären sämtliche Muskeln in meinen Beinen verschwunden. Ich hielt mich für ein paar Sekunden an der Sofalehne fest, und als mein Blick wieder einigermaßen scharf war, ging ich weiter zur Wohnungstür, drehte den Schlüssel um und öffnete sie.

Vor mir standen Kathi und Nelly, beide mit besorgten Gesichtern. Von der Feuerwehr keine Spur. Kathi musterte mich von oben bis unten, dann zog sich ihre Stirn in Falten, und aus ihren Augen schossen wütende Pfeile in meine Richtung. »Bist du bescheuert, einfach so abzutauchen? Wir versuchen alle schon seit Tagen, dich zu erreichen, und niemand wusste, wo du bist. Kannst du dir nicht vorstellen, dass wir uns Sorgen gemacht haben?«

Ich trat einen Schritt zurück, um die beiden reinzulassen.

»Wie siehst du überhaupt aus?«, fragte Nelly und beugte sich etwas vor, um an mir zu riechen. »Igitt, du stinkst!«

Mir kam das Stehen allmählich mühsam vor, also schlurfte ich zurück zum Sofa und ließ mich darauf fallen.

Kathi und Nelly folgten mir und setzten sich neben mich.

»Herrgott noch mal, jetzt sag doch endlich, was los ist!«, rief Kathi.

Allmählich dämmerte mir, dass es ziemlich egoistisch von mir gewesen war, mich einfach von der Welt abzunabeln. Ich hatte keine Sekunde darüber nachgedacht, wie es für die anderen war, wenn ich mich bei niemandem mehr meldete und nicht ans Telefon ging. Im umgekehrten Fall wäre ich wahrscheinlich auch ganz krank vor Sorge um meine Freunde gewesen. »Es tut mir leid«, krächzte ich. Das letzte Wort hatte ich vor drei Tagen gesprochen, wahrscheinlich war meine Stimme die Anstrengung nicht mehr gewöhnt. Wieder mal schossen mir Tränen in die Augen. Ich beugte mich vor und verbarg das Gesicht in meinen Händen. »Es ist alles kaputtgegangen. Mein ganzes Leben.« Dann fing ich laut an zu schluchzen und konnte mich nicht mehr beruhigen.

Nelly und Kathi saßen hilflos neben mir, strichen mir übers Haar und murmelten beruhigende Worte auf mich ein. Als meine Tränen endlich versiegt waren, gab Nelly mir ein Taschentuch, und ich schnäuzte mich ausgiebig. Kathi drückte mir ein Glas Wasser in die Hand, das ich in einem Zug austrank.

»Jens und ich haben uns geküsst und dann gestritten«, sagte ich nach einer halben Ewigkeit. »Er hat gesagt, dass er verliebt in mich ist, aber gleichzeitig war er irgendwie so nüchtern und emotionslos, dass ich mir fast schon verarscht vorkam. Ich habe gesagt, dass ich in Alex verliebt bin und dass er der Richtige für mich ist. Aber eigentlich bin ich mir da überhaupt nicht mehr sicher. Seitdem reden Jens und ich nicht mehr miteinander, und ich weiß einfach nicht, was ich machen soll. Er fehlt mir so!« Ich zerknüllte mein Taschentuch und warf es auf den Couchtisch.

»Und dann hat Brigitte mir gesagt, dass sie den Laden verkaufen wird. Sie hat mich einfach vor vollendete Tatsachen gestellt, ich konnte überhaupt nichts dagegen unternehmen. Versteht ihr, es ist alles weg. Ich habe *nichts* mehr.« Ich war kurz davor, den beiden von meinem Vater zu erzählen, doch aus irgendeinem Grund brachte ich es nicht über die Lippen. Was diese Sache anging, fehlten mir nach wie vor die Worte.

Für eine Weile saßen wir still da. »Das stimmt doch gar nicht«, sagte Kathi schließlich energisch. »Du hast uns. Deine Freunde, Knut, Brigitte, Merle, deine Mutter. Sind wir etwa *nichts?*«

»Und du bist immer noch Floristin«, fügte Nelly hinzu. »Selbst wenn du nicht mehr bei Brigitte arbeitest. Dass du ihren Laden nicht übernimmst, heißt doch nicht, dass du niemals einen eigenen haben wirst.«

»Ich wollte aber den!«, sagte ich trotzig.

»Tja, den gibt's nun mal nicht«, erwiderte sie gnadenlos. »Zeit für Plan B.«

Kathi nickte bekräftigend. »Außerdem muss man auch mal sagen, dass du, was Jens und Alex angeht, ein echtes Luxusproblem hast.«

Ich schnaubte. »Spinnst du?«

»Zwei Typen sind in dich verliebt, und du kannst dir einen aussuchen. Das ist mir noch nie passiert.«

»Ich glaube übrigens auch gar nicht, dass diese Entscheidung wirklich so schwer ist«, meinte Nelly. »Wenn du mal genau auf dein Herz und auf deinen Bauch hörst, wirst du wissen, was zu tun ist.«

»Boah!«, rief ich. »Ich hätte nicht gedacht, dass so etwas Abgedroschenes jemals aus deinem Mund kommen würde.«

»Aber es ist wahr«, verteidigte Nelly sich.

Ich lehnte meinen Kopf an ihre Schulter, und sie legte den Arm um mich. Dann kuschelte Kathi sich von der anderen Seite an mich heran, und so saßen wir lange da, ohne etwas zu sagen. Noch immer tat mir alles weh. Aber das Bewusstsein, dass meine Freunde für mich da waren und immer da sein würden, machte alles ein kleines bisschen erträglicher.

Irgendwann stieß Nelly mich leicht in die Seite. »Isa? Nimm's mir nicht übel, aber könntest du bitte duschen gehen und dir die Zähne putzen? Ich halt das nicht mehr aus.«

»Sie hat recht«, sagte Kathi. »Und in der Zeit bestellen wir eine dicke, fette Pizza. Ich geh mal davon aus, dass du in den letzten Tagen nicht gerade viel gegessen hast.«

»Ich will keine Pizza.«

»Was denn dann?«

Ganz egal was, Hauptsache, Jens hatte es gekocht, und im Anschluss gab es ein Schokoladenmalheur. Ich zuckte ratlos mit den Schultern. »Weiß nicht.«

»Dann halt was vom Chinesen. Hähnchen süß-sauer isst du doch.«

»Hm. Von mir aus.« Wenig begeistert stand ich auf und stellte mich unter die heiße Dusche. Danach putzte ich mir die Zähne, zog mir frische Klamotten an und gesellte mich zu Nelly und Kathi, die gerade das gelieferte Essen auspackten.

Kathi drückte mir mein Handy in die Hand. »Hier. Bevor es was zu essen gibt, schreibst du erst mal allen eine Nachricht und gibst ein Lebenszeichen.«

Ich stellte mein Handy an, und als ich sah, wie viele Nachrichten und Anrufe ich in den letzten Tagen erhalten hatte, stockte mir der Atem. Kathi, Dennis, Bogdan, Kristin, Nelly, meine Mutter, Brigitte, Knut, Merle, Alex und Jens. Als Erstes öffnete ich die Nachricht von Jens: *›Deine Freundinnen waren gerade hier und haben gefragt, wo du steckst. Alles okay?‹* Mehr nicht. Das war die einzige Nachricht von ihm. Aber es war schon nett, dass er sich überhaupt nach mir erkundigt hatte, nachdem ich erst die ganze Nacht mit ihm geflirtet und ihn geküsst hatte, nur um ihn am nächsten Morgen fies abblitzen zu lassen.

Ich schickte eine Sammelnachricht an alle mit dem lapidaren Text: ›*Sorry, war krank, melde mich. Isa*‹

Kathi und Nelly blieben noch ein paar Stunden. Wir sahen uns eine furchtbar schlechte Castingshow an, wobei wir uns vor Lästern nicht mehr einkriegten. Die Normalität tat mir gut, doch als ich wieder alleine war, merkte ich, dass ich noch lange nicht wieder auf dem Damm war. Aber immerhin regte sich so etwas wie ein Wille in mir, diese Situation nicht einfach hinzunehmen und in meinem Elend zu ertrinken, sondern sie in den Griff zu kriegen.

Irgendetwas sagte mir, dass Alex der erste Schritt war, den ich gehen musste, also rief ich ihn gleich am nächsten Morgen an.

»Isabelle!«, rief er, ohne sich groß an einem Hallo aufzuhalten. »Schön, dass du dich meldest.«

»Tut mir leid, dass ich mich in den letzten Tagen so rargemacht habe. Bei mir war einiges los, und ich musste erst mal den Kopf klar kriegen.« Ich zog eine Grimasse. Als wäre mein Kopf jetzt klar.

»Ich weiß«, sagte er. »Das mit dem Laden muss schlimm für dich sein.«

»Es ist furchtbar. Da waren auch noch ein paar andere Sachen, aber … es würde zu weit führen, dir das jetzt alles zu erklären.«

Es entstand eine kleine Pause, dann sagte er: »Okay, das verstehe ich.«

Ich war ihm dankbar, dass er es hinnahm. Jens hätte sich garantiert nicht so leicht abspeisen lassen, er hätte so lange nachgebohrt, bis ich ihm gesagt hätte, was los war. »Du hast nicht zufällig Lust, das verschobene Date nachzuholen?«

»Doch«, sagte er schnell. »Natürlich habe ich Lust. Wann denn?«

»Wie wäre es mit Donnerstag?«

Es raschelte am anderen Ende der Leitung. Wahrscheinlich konsultierte er seinen Terminkalender. »Donnerstag ist super. Ich hol dich um sieben ab, okay?«

»Okay. Wir könnten mit den Hunden spazieren gehen.«

»Wirklich? Darauf hättest du Lust?«

»Ja, und wie!«

Wieder entstand eine kleine Pause. »Ich denk noch mal drüber nach. Eigentlich würde ich lieber etwas ... Schickeres mit dir machen.«

Na, dann konnte ich ja schon mal gespannt sein, welche Location er dieses Mal exklusiv für uns buchen würde. Das Miniatur Wunderland? Das Völkerkundemuseum? Würde er extra für mich bis Donnerstag die Elbphilharmonie fertig bauen lassen und mich dahin ausführen, in ein Privatkonzert nur für uns beide? Ich biss mir auf die Lippen, als mir bewusst wurde, was ich da gerade dachte. ›Du machst es tatsächlich, Isa. Du suchst ein Haar in der Suppe.‹ »Okay, ich lass mich überraschen«, sagte ich schließlich. »Ich freue mich.«

»Ich mich auch.«

Puh, das war geschafft. Ich drückte das Gespräch weg und legte mein Handy neben mich aufs Sofa. Donnerstag war eigentlich mein Friedhofstag. Andererseits hatte ich nicht die geringste Lust, auf den Friedhof zu gehen, weder an diesem Donnerstag noch an irgendeinem anderen Tag für den Rest meines Lebens. Wozu auch? Mein Vater hatte uns verlassen, ich war eine Last für ihn gewesen, und zum Dank dafür pflegte ich sein Grab? Das konnte er vergessen! Sollten seine Blumen doch verrotten. Und was hatte ich mit Herrn Fritzschner zu tun?

Die nächsten Tage verbrachte ich auf dem Sofa, schaute mir dummes Zeug im Fernsehen an oder lag einfach nur rum. Ich schrieb mal wieder eine Beschwerde-Mail an Michael Schulz, was ich schon seit fast zwei Wochen nicht mehr getan hatte. Obwohl ich eigentlich keine große Lust mehr darauf hatte, diesen armen Menschen mit E-Mails zu bombardieren, und mir durchaus bewusst war, dass meine Bemühungen nicht von Erfolg gekrönt sein würden, hätte eine Dosis *Liebe! Liebe! Liebe!* mir jetzt wirklich gutgetan.

Am Donnerstag raffte ich mich auf, um mich für das Date fertig zu machen. Während ich mich schminkte, merkte ich, dass ich überhaupt nicht aufgeregt war, dabei würde ich doch gleich endlich Alex wiedersehen. Alex, den Traummann. Andererseits hatten die Ereignisse der letzten Tage mich stark ins Zweifeln gebracht, ob es Traummänner überhaupt gab. Und wenn ja, ob ich dann einen wollte. Wie hatte Jens doch gleich gesagt: »Was machst du mit dem, wenn du wach bist?«

Mein Herz schlug nicht wesentlich schneller, als Alex an der Wohnungstür klingelte, was aber auch daran liegen konnte, dass es in den vergangenen Tagen so viel Mist mitgemacht und so wehgetan hatte, dass es jetzt etwas vorsichtiger war und es ruhig angehen ließ. Ich öffnete die Tür, und Alex stand vor mir. Gut aussehend, lächelnd und freundlich wie immer. »Hallo Isabelle«, sagte er und hauchte mir einen Kuss auf die Wange. »Du siehst toll aus.«

»Danke. Und, was machen wir heute?« Ich hoffte inständig, dass wir die Hunde besuchen gingen.

»Wir gehen ins Ballett«, verkündete er. »Ich habe Karten für *Schwanensee*.«

Oh nein. Abgemagerte Menschen, die über die Bühne hopsten und am Ende alle starben, waren überhaupt nicht mein Ding. »Wie schön«, sagte ich bemüht begeistert.

Alex sah mich unsicher an, als würde er mein Zögern zu bemerken. »Ich dachte ... wegen Swanee. Verstehst du?«

Augenblicklich schmolz mein Herz, und ich hatte ein furchtbar schlechtes Gewissen. Dieser Mensch war einfach zu süß, um wahr zu sein.

Mit seinem Auto fuhren wir ins CCH, wo die Veranstaltung stattfinden sollte. »Und was hast du jetzt vor? Ich meine, wenn der Laden geschlossen wird«, erkundigte Alex sich.

Wenn ich das nur wüsste. »Tja, ich werde mir wohl einen neuen Job suchen müssen. Ich kann es ja mal bei der Konkurrenz versuchen. Da weiß ich immerhin, dass der Laden läuft.« Ich seufzte. »Momentan kann ich es mir allerdings nicht wirklich vorstellen. Ich will in keinem anderen Laden arbeiten.«

»Das wird schon alles werden, Isabelle.«

Ich sah aus dem Fenster auf die vorüberziehenden Häuser der Stadt. Der Himmel hing tief und grau über Hamburg. Inzwischen hatten die Gewitter aufgehört, und es war deutlich abgekühlt. Nachdem es so lange so heiß gewesen war, fror ich erbärmlich. »Ich habe Lust, wegzufliegen. Ich bin noch nie geflogen. Vielleicht mach ich das.«

»Wie?«, fragte er entgeistert. »Wohin denn?«

»Nach Honolulu, Ulan Bator, New York, Madagaskar ... keine Ahnung. Irgendwohin.«

»Aber du kannst doch nicht einfach so wegfliegen. Du musst dich auf dein Reiseziel vorbereiten, gucken, welche Impfungen du brauchst, zum Beispiel. Du musst ein Hotel buchen. Eine Reiseroute planen.«

Oje, er hatte recht. An all das hatte ich tatsächlich nicht gedacht, der Gedanke, einfach abzuhauen, war viel zu verlockend gewesen. Ich fragte mich, ob ich diesen Wunsch von meinem Vater hatte. Es war ja auch sein Traum gewesen, um die

Welt zu reisen. Wenn das der Fall war, wollte ich sowieso nicht mehr weg. Um keinen Preis wollte ich so sein wie er!

Alex parkte in der Tiefgarage des CCH, und als wir oben im Foyer ankamen, deutete er auf einen der Verkaufsstände. »Möchtest du ein Glas Wein?«

»Ja, bitte.«

Mit einem Wein und einem Wasser bewaffnet kam er kurz darauf zurück. »Wie blöd, ich hab überhaupt nicht drüber nachgedacht, dass ich gar nichts trinken kann, wenn ich mit dem Auto fahre.«

»Macht doch nichts. Besaufen wir uns halt ein anderes Mal.«

Er sah mich leicht konsterniert an. »Von besaufen habe ich eigentlich nicht gesprochen. Ich genieße gelegentlich gerne mal ein gutes Glas Wein, aber besaufen ist nicht so mein Ding.«

»Ja, natürlich«, sagte ich schnell. »Klar, das äh … meinte ich auch nicht so.« Ich nahm einen Verlegenheitsschluck und musste daran denken, wie Jens und ich blauen Gin Tonic und furchtbar starken Mexikaner in uns reingeschüttet hatten. »Gehst du oft ins Ballett?«

»Nein, nicht oft. Eigentlich bevorzuge ich Theater und Kabarett. Und du?«

Äh … Nichts von alldem? Mein Gott, Alex war so kultiviert. Ich leider überhaupt nicht. »Na ja, ich … Also, ich habe sehr gerne eine Kultursendung im Fernsehen angeguckt, aber leider wurde sie kürzlich abgesetzt.« Verdammt, wieso hatte ich das gesagt?

»Welche denn?«, fragte Alex prompt.

Um ihm nicht erläutern zu müssen, wieso ich *Liebe! Liebe! Liebe!* als Kultursendung bezeichnete, sagte ich: »Ich bastele gerne Sachen aus Müll.« Da konnte er mal sehen, dass ich durchaus auch eine feingeistige Seite hatte.

Alex sah mich verdutzt an. »Aus Müll?«

»Ja, man nennt das Upcycling. Ich mache Blumenvasen aus Flaschen, Windlichter aus Marmeladengläsern, Gewürzregale aus Europaletten. All so was.«

Eine Gesprächspause entstand. »Ah. Verstehe«, sagte Alex schließlich. »Das ist ... gut für die Umwelt. Und du bist sehr kreativ. Das finde ich toll.«

»Mhm.« Irgendwie kam es mir vor, als würde er sich das selbst nicht ganz abkaufen.

Wir tranken unsere Gläser aus und unterhielten uns über unverfänglichere Themen, bis der dritte Gong ertönte und wir uns setzen mussten. Innerlich stöhnte ich auf und wappnete mich für die langweiligsten zweieinhalb Stunden meines Lebens.

Zweieinhalb Stunden später verließ ich selig und tränenüberströmt den Saal. Ich konnte kaum fassen, wie wunderschön das Ballett gewesen war und wie sehr es mich verzaubert hatte. Die Musik, die Tänzer, die vom ersten Rang aus gar nicht hager, sondern wahnsinnig grazil und elegant aussahen, die Geschichte. Es hatte mich nicht mal gestört, dass sowohl Siegfried als auch Odette am Ende gestorben waren. Okay, es gefiel mir auch nicht besonders, aber immerhin passte dieses Ende zu meiner momentanen Stimmung. »Das war so toll!«, sagte ich zum hundertsten Mal, seit die Lichter wieder angegangen waren. »Ich bin so froh, dass du mit mir da hingegangen bist. So was Schönes hab ich noch nie gesehen.«

Alex lachte. »Freut mich, dass es dir gefallen hat.«

»Es hat mir mehr als gefallen. Vielen, vielen Dank, Alex.«

Wir waren inzwischen in der Tiefgarage angekommen, und er hielt mir galant die Autotür auf.

›Jetzt wäre doch eigentlich ein guter Moment für einen Kuss‹, schoss es mir durch den Kopf. Ich gab mir einen Ruck, schlang die Arme um Alex und presste meine Lippen auf seine.

Zunächst schien er völlig überrumpelt zu sein, doch nach

zwei Schrecksekunden umfasste er meine Taille und erwiderte den Kuss. Was dann passierte, hatte ich allerdings nicht kommen sehen. Denn es passierte: nichts. Absolut gar nichts. Kein Knistern, kein Kribbeln, keine weichen Knie. Ich hätte genauso gut Knut, Bogdan oder Herrn Dr. Hunkemöller küssen können.

Und irgendwie hatte ich das Gefühl, dass es nicht nur mir so ging, denn nach einer Weile ließ Alex von mir ab und sah mich fassungslos an. Noch bevor ich etwas sagen konnte, schüttelte er den Kopf und zog mich erneut an sich, um mich zu küssen, stürmisch dieses Mal, als wollte er unsere Leidenschaft geradezu erzwingen.

Aber immer noch nichts. Und das Schlimmste war: Ich musste dabei an Jens denken, an unseren Kuss im Kiezhafen und wie sehr ich auf seine Berührungen reagiert hatte. ›Das hier geht gar nicht‹, dachte ich, zog meinen Kopf zurück und drückte Alex sanft von mir weg.

In seinen Augen stand Ratlosigkeit. »Ich …«, setzte er an, unterbrach sich jedoch, um kurz darauf einen neuen Anlauf zu nehmen. »Also, das war … irgendwie nicht so wie erwartet. Oder?«

»Nein«, stimmte ich ihm zu. »War es nicht.«

»Aber wieso nicht? Du bist doch genau so, wie ich mir meine Traumfrau immer vorgestellt habe.« Mit entschlossener Miene trat er einen Schritt vor. »Ich denke, wir sollten es noch mal versuchen.«

Er wollte mich an den Schultern packen, doch ich wich zurück. »Glaubst du wirklich, dass das etwas bringt?«

Nachdenklich rieb er sich das Kinn. »Nein«, sagte er schließlich resigniert. »Wahrscheinlich nicht.«

Ich ließ mich auf den Sitz des Autos fallen und versuchte, die wirren Gedanken zu ordnen, die in meinem Kopf umherschwirrten. Drei Monate lang hatte ich mich verrückt gemacht wegen Alex. Ich hatte mir eingebildet, er wäre genau der richtige Mann für mich, war ihm hinterhergelaufen, und jetzt, wo ich ihn endlich hatte, merkte ich, dass ich ihn gar nicht wollte. Andererseits musste ich zugeben, dass mich diese Tatsache eigentlich gar nicht so sehr überraschte.

Kurz darauf stieg Alex auf der Fahrerseite ein. »Ich verstehe das einfach nicht, Isabelle. Ich habe wirklich geglaubt, dass ich verliebt in dich bin. Es tut mir leid.«

Ich legte meine Hand auf seinen Arm. »Muss es nicht. Ich meine, mir geht es doch genauso wie dir. Anscheinend haben wir uns beide etwas vorgemacht.«

Für ein paar Sekunden blickten wir uns schweigend und voller Bedauern an.

»Ach, das ist doch scheiße!«, sagte Alex schließlich.

»Hey, ich hätte nicht gedacht, dass du jemals dieses Wort in den Mund nimmst«, sagte ich und spürte ein hysterisches Kichern in mir aufsteigen.

Er machte ein finsteres Gesicht. »Hast du 'ne Ahnung.«

Zum Glück konnte ich den Kicheranfall erfolgreich unterdrücken. Die ganze Sache war ja auch wirklich nicht zum Lachen.

»Und jetzt?«, fragte Alex, nachdem wir eine Weile schweigend unseren Gedanken nachgehangen hatten.

Ich seufzte. »Jetzt möchte ich nach Hause, auf dem Sofa liegen, Schokolade essen und in Ruhe darüber nachdenken, warum ich so bescheuert bin.«

»Klingt nach 'nem Plan«, erwiderte er und startete den Wagen. »Das werde ich auch tun. Allerdings werde ich beim Nachdenken wohl eher joggen als Schokolade essen.«

Zwanzig Minuten später hielt Alex vor meinem Wohnhaus. »Tja, dann ... Das ist alles ziemlich blöd gelaufen, was?«

Ich nickte. »Ja. Das kann man wohl sagen.«

»Ich bin froh, dass es wenigstens uns beiden so geht.«

»Ja, ich auch. Du bist ein großartiger Typ, Alex. Dieses Date im Tropen-Aquarium, das Ballett heute … So was habe ich noch nie erlebt, und dafür bin ich dir echt dankbar.«

Er lächelte mich traurig an, beugte sich zu mir herab und gab mir einen Kuss auf die Wange. »Gute Nacht, Isabelle. Mach's gut.«

»Du auch.«

Er ging zu seinem Auto, stieg ein und fuhr davon, ohne sich noch einmal zu mir umzusehen.

Glücksmomente

Am Samstagmittag war ich mit Knut verabredet. Obwohl ich nach wie vor am liebsten zu Hause war und darüber nachdachte, wie grundlegend mein Leben schiefgelaufen war, hatte er sich nicht davon abbringen lassen und mich regelrecht zu einem Treffen gezwungen. Er wusste immer noch nicht genau, was passiert war.

Um Punkt zwölf Uhr klingelte er an meiner Tür. »Hallo Knut!«, rief ich und nahm ihn fest in den Arm. »Zeig mal dein Gesicht.« Ich überprüfte seine Nase und sein Auge, doch die Spuren seiner Schlägerei waren schon deutlich verblasst. Über der Nasenwurzel hatte er nur noch eine Schramme, und man musste schon genau hinsehen, um eine gelbliche Schattierung zu erkennen. Und als ich ihm in die Augen schaute, strahlten sie so glücklich, dass ich sofort wusste, welchen Ausgang der Abend in Irinas Kneipe für die beiden genommen hatte.

Knut begutachtete mich ebenfalls ausführlich. »Siehst ja schlimm aus. Bist ganz dünn geworden.«

Ich winkte ab. »Ach, geht schon.«

»Fahren wir Flugzeuge gucken?«

»Unbedingt!«

Wir saßen kaum in seinem Taxi, da hatte er auch schon eine Kippe im Mund und machte seine Lieblingskassette an: *Best of AC/DC*. »Du, bevor wir losfahrn, muss ich dir unbedingt noch was erzählen«, sagte er mit breitem Grinsen. »Irina und ich, wir ...« Seine Wangen färbten sich rot. »Wir sind jetzt quasi 'n Paar.«

»Oh Mann, Knut!«, rief ich. »Ich freu mich so für euch! Wie ist denn der Abend nach der Prügelei weitergegangen?«

Er startete den Wagen und nahm einen tiefen Zug von seiner Zigarette. Ich kurbelte das Fenster herunter. Wie ich dieses Gequarze im Auto hasste!

»Irina hat sich um mich gekümmert und ich mich um sie. Und dann sind wir zur Polizei und haben Anzeige erstattet. Ja nu, und als wir denn hinterher vor der Wache standen, hat se gesacht, dass ihr klar geworden is, dass sie mich mag und dass sie sich nur nich getraut hat, weil alles immer so schwierig war, und sie ja auch noch verheiratet war. Is.« Er erhöhte die Geschwindigkeit, um noch über eine orange Ampel zu fahren, doch im letzten Moment überlegte er es sich anders und drückte voll auf die Bremse, sodass ich hart gegen meinen Sicherheitsgurt geschleudert wurde.

»Und nu sind wer zusammen.«

»Und was ist mit ihrem Mann?«

»Den ham wer seitdem nich mehr gesehen. Sie hat die Scheidung eingereicht. Wird alles nich so einfach. Aber das kriegen wer schon.«

Unwillkürlich musste ich an Jens' Worte denken. Sinngemäß hatte er etwas ganz Ähnliches gesagt. Ich fragte mich allerdings immer noch, was genau er sich an einer Beziehung mit mir so wahnsinnig schwierig vorstellte.

Als wir an unserem Platz jenseits des Zauns ankamen und uns auf die Motorhaube von Knuts Wagen gesetzt hatten, blickte er mich ernst an. »So Isa, nu aber mal Budder bei die Fische. Was is los bei dir?«

Ich hatte ihm nur erzählt, dass Brigitte den Laden schließen würde. Es fiel mir immer noch schwer, über das zu reden, was passiert war.

»Es kann doch nich nur am Laden liegen. So traurich is man

doch nich nur, weil man sich ’n andern Job suchen muss. Ich weiß ja, wie wichtig dir dieser Laden is, aber Isa, ganz ehrlich: Manchmal isses gut, was Neues anzufangen. Manchmal is genau das richtich.« In diesem Moment donnerte die Zwölf-Uhr-dreiunddreißig nach Abu Dhabi auf uns zu, hob ab und tauchte in die tief hängenden schmuddelig grauen Wolken ein. Als der Lärm verklungen war, setzte Knut seine Rede fort: »Montags dies, dienstags das, mittwochs jenes, in zwei Jahren biste da und in fünfzehn Jahren dort. Mensch Isa, das is doch nich gut. Lass doch mal ’n büschn locker.«

»Ich kann das aber nicht! Ich brauche meinen festen Rhythmus und Tagesablauf, weil sonst das Chaos ausbricht!«

Knut musterte mich intensiv, während er sich noch eine Zigarette anzündete. »Dann guck doch mal genau hin. Was isses denn, was jetz bei dir herrscht? Du kannst nich verhindern, dass es auch mal chaotisch wird.«

»Das ist doch scheiße«, sagte ich, während ich die Beine anhob und mit meinen Armen umschlang.

»Tja, nu. Das is das Leben.«

Wir beobachteten das nächste Flugzeug, das die Startbahn runterdüste. Ich dachte daran, dass ich das letzte Mal mit Jens hier gewesen war. Da war es noch heiß gewesen, er hatte Eis gegessen und gesagt, er wolle mal eine Tussi mit hierherbringen. Und ich … war so was von eifersüchtig gewesen!

»Was is mit Jens?«, fragte Knut prompt. »An dem Abend im Kiezhafen habt ihr nich grad unverliebt ausgesehen.«

Ich ließ mir Zeit mit der Antwort, schaute dem Flugzeug hinterher, bis es in den Wolken verschwunden war. Dann sagte ich: »Jens hat mir gesagt, dass er in mich verliebt ist.«

Knut stöhnte auf. »Eigentlich sollte man jetzt denken: Dann is doch alles gut. Aber so wie ich euch Frauen inzwischen kenne, geh ich davon aus, dass du jetzt alles richtich schön kompliziert machst. Stimmt's oder hab ich recht?«

»Nein, ich ... Ach, ich weiß es doch auch nicht. Ich hab die ganze Zeit gedacht, ich wäre in Alex verliebt. Beziehungsweise, inzwischen weiß ich, dass ich unbedingt in Alex verliebt sein *wollte*, es aber nicht bin. Und auch nie war.«

»Siehste«, sagte er mit erhobenem Finger. »Das hab ich dir doch gesacht. Hab ich's dir nich gesacht? Isabelle Wagner, ich kenn dich nu schon seit acht Jahren, und wenn ich dich jemals verliebt erlebt hab, dann zusammen mit Jens. Also hör auf, so einen Affentanz zu machen. Mann!«, rief er erbost und schnippte seine Zigarettenkippe weg.

Ach, jetzt war ich also an allem schuld? Die Zwölf-Uhr-vierzig nach Singapur kam auf uns zugerollt, und die dröhnenden Triebwerke machten eine weitere Unterhaltung erst mal unmöglich. Als die Maschine weg war, sagte ich: »Als Jens mir gesagt hat, dass er in mich verliebt ist, hat er sofort hinterhergeschoben, dass wir es schwer haben werden und dass er es trotzdem versuchen will. Dass wir es schaffen *könnten*. Klingt das etwa nach jemandem, der von seiner Sache überzeugt ist? Und außerdem: Jens ist alles, was ich nie an einem Mann wollte. Er ist ungefähr so romantisch wie ein Briefkasten, er ist zynisch, macht sich andauernd über mich lustig und ... noch tausend andere Dinge.«

»Na und? Zum einen klingt das, was er gesacht hat, für mich nach 'ner gesunden Einstellung, an die Sache ranzugehen. Und zum andern heißt Liebe doch nich, dass alles immer nur ganz toll, perfekt und harmonisch is, die Zukunft nach Rosen duftet und der Himmel voller Geigen hängt. In Wahrheit isses doch so: Glück is, wenn man *trotzdem* liebt!«

Es klang alles so plausibel. Wie weit war ich denn mit meiner Traumvorstellung vom perfekten Glück gekommen?

Knut stupste mich leicht in die Seite. »Isa? Du weißt, dass ich dich richtich gerne mag, oder? Deswegen macht es mich echt sauer, dass du dir selbst im Weg stehst.«

Wie so oft in letzter Zeit kamen mir die Tränen. Ich lehnte meinen Kopf an seine Schulter. »Ja, weiß ich.«

Er legte einen Arm um mich. »Ich will ja nur, dass du glücklich bist, Lüdde.«

»Und Glück ist, wenn man trotzdem liebt?«

»Jo.«

Ich wollte Knut schon von meinem Vater erzählen, aber letzten Endes schreckte ich davor zurück und konnte es einfach nicht. ›Glück ist, wenn man trotzdem liebt‹, sagte ich mir immer wieder. Doch ich sah nicht, wie es möglich sein sollte, bei all dem Mist, der in meinem Leben momentan passierte, auch noch zu lieben. Trotzdem zu lieben. Es erschien, wie alles, was Knut von sich gab, so wunderbar einfach. War es aber nicht.

Knut hatte mir definitiv einiges zum Nachdenken gegeben, und ich war froh, als ich wieder alleine in meiner Wohnung war. Mein Kopf schwirrte, und ich wusste gar nicht, an welcher Stelle ich anfangen sollte, nachzudenken. Mein Blick fiel auf das Glücksmomente-Glas in meinem Regal. Eigentlich wollte ich es erst an meinem Geburtstag öffnen, aber ich fand, dass ich mir ein paar Glücksmomente jetzt mehr als verdient hatte.

Ich holte das Glas, setzte mich auf den Boden und kippte die bunten Zettel aus. Auf dem ersten Zettel stand: *›Es schneit Wattebäuschchen!‹* Ich erinnerte mich daran, wie ich aus dem Fenster im Laden gesehen hatte und völlig hingerissen von diesen riesigen flauschigen Schneeflocken gewesen war.

Ich faltete den nächsten Zettel auseinander. *›Eine Frau in der*

U-Bahn hat mich einfach so angelächelt. Ohne Grund.‹ Und das zu einem Zeitpunkt, an dem es mir total schlecht gegangen war. Ich hatte Zahnschmerzen gehabt und war auf dem Weg zum Arzt gewesen. Dieses Lächeln hatte mir richtig gutgetan.

Auf einem grünen Zettel stand: *›Zum ersten Mal in meinem Leben Kartoffelsuppe mit Krabben gegessen. Bei Jens. Und es hat mir geschmeckt!‹* Ja, das war das erste von vielen, vielen Essen bei ihm gewesen. Wenn ich an mein anfängliches Misstrauen dachte, war es erstaunlich, dass ich mich letzten Endes doch so schnell von ihm um den Finger hatte wickeln lassen.

Der nächste Glücksmoment lautete: *›Den ersten Schmetterling des Jahres gesehen! Es wird Frühling!‹* Das war auf dem Friedhof gewesen. Ich wusste noch genau, wie glücklich es mich gemacht hatte, dass dieser kleine Zitronenfalter ein Stück des Weges zu Papas Grab vor mir hergeflattert war.

›Schokoladenmalheur gegessen, ein Traum, Blumen-Tellerdeko von Merle, sehr süß, und Wein mit Jens. Für ihn ist Liebe Death Metal und Schweinestall. Muss schlimm sein, wenn man keine Ahnung hat. ☺‹, stand auf dem nächsten Zettel. An diesem Tag hatte ich erfahren, dass der Laden in Schwierigkeiten steckte, und mein Date mit Tom gehabt. Es war ein furchtbarer Tag gewesen, aber dann auch wieder nicht, weil ich mich zum ersten Mal richtig mit Jens unterhalten hatte.

Ich las einen Glücksmoment nach dem anderen durch. Danach saß ich noch lange auf dem Boden und starrte auf all die bunten Zettel rings um mich. Mir wurde bewusst, dass mein Glück nicht vom Blumenladen abhing und auch nicht von meinem Vater. Mein Glück lag in ganz anderen Dingen. Es bestand aus vielen kleinen, scheinbar bedeutungslosen Begebenheiten, die für mich aber überaus wichtig waren, mir ein Lächeln ins Gesicht zauberten und den Tag lebenswert machten. Selbst jetzt, wo ich das Gefühl hatte, dass mein Leben komplett über den Haufen geworfen worden war, selbst jetzt gab es Glücksmomente. Nelly und Kathi, die nach mir gesehen und mich getröstet hatten, mit denen ich Hähnchen süß-sauer gegessen und diese schreckliche Castingshow angeguckt hatte. Die Orchidee auf meiner Fensterbank, die zum ersten Mal seit Monaten wieder Blüten bekam. Knut, mit dem ich Flugzeuge geguckt und der mir dabei so ernst ins Gewissen geredet und mir gesagt hatte, wie gerne er mich mochte. Das wunderschöne Schwanensee-Ballett. Selbst in den schlimmsten Zeiten war das Glück immer da, wenn man nur richtig hinsah. Es war selten spektakulär und perfekt, und man musste gut hinsehen, um es überhaupt zu entdecken. Aber trotzdem blieb es doch immer noch Glück.

Viele meiner Glücksmomente hingen mit Kathi, Dennis, Nelly, Bogdan, Knut, Brigitte, meiner Mutter, Merle und Alex zusammen. Aber keinen Namen hatte ich so oft gelesen wie den von Jens. Mir war überhaupt nicht bewusst gewesen, wie glücklich er mich machte! Und hier und jetzt, auf dem Fußboden meiner Wohnung, am Ende eines ereignisreichen und turbulenten Sommers, sah ich endlich klar und deutlich, was ich so lange nicht hatte wahrhaben wollen: Natürlich war ich in Jens verliebt! Wenn ich daran dachte, wie wichtig er innerhalb kürzester Zeit für mich geworden war, wie sehr es mich ständig zu ihm hingezogen hatte, wie ich mich darüber geärgert hatte, als er mir in Sankt Peter-Ording gesagt hatte, dass er nicht auf mich stand. All die Situationen, in denen er mir so sehr unter die Haut gegangen war.

In den letzten Monaten, in denen ich mich um Alex bemüht hatte, war die ganze Zeit tatsächlich Jens derjenige gewesen, in den ich mich still und heimlich und von Tag zu Tag ein bisschen mehr verliebt hatte – und zwar völlig ohne diesen einen, speziellen BÄMM-Moment. Es war, wie ich es auch schon meiner

Mutter gesagt hatte: Jens hatte sich einfach dazwischengedrängelt. Jens, der absolut kein Traummann war, der mich permanent herausforderte, der mich dazu brachte, etwas Neues auszuprobieren, etwas zu wagen, über mich selbst zu lachen.

In meinen Beinen begann es zu kribbeln, weil ich viel zu lange im Schneidersitz auf dem Fußboden gesessen hatte. Ich stand auf und ging ein paar Schritte, um meine eingeschlafenen Beine wieder aufzuwecken. Jens war nicht die einzige Baustelle in meinem Leben. Es gab noch so viele andere. Knut hatte recht: Ich war total fixiert auf meine Routine, ich kam nicht mit Veränderungen klar, und ich hatte mein ganzes Leben lang versucht, ihnen aus dem Weg zu gehen. Aber das war nun mal nicht möglich. Es war an der Zeit loszulassen. Und genau das würde ich tun! Am liebsten hätte ich gleich einen Plan erstellt, wo ich am besten anfangen sollte loszulassen und welche Baustelle ich als erste in Angriff nehmen sollte, doch dann wurde mir bewusst, wie dämlich das war, und ich handelte einfach aus dem Bauch heraus.

Als Allerterstes ging ich zur Bank und kontrollierte das Guthaben auf meinem Giro- und meinem Sparkonto. Danach suchte ich das Reisebüro um die Ecke auf und buchte einen Flug, der schon in der nächsten Woche losging.

Als ich wieder zu Hause war, wurde mir klar, dass ich für den nächsten Punkt doch wieder eine Liste brauchte oder zumindest etwas zu schreiben. Aber das war okay. Hier ging es um Geschäftliches, und niemand konnte von mir verlangen, dass ich einen Geschäftsplan einfach nur im Kopf erstellte.

In den nächsten Tagen war ich sowohl mit meinen Reisevorbereitungen als auch mit meinen Planungen und Kalkulationen schwer beschäftigt, rief sogar bei Alex an, um ihn um Rat zu fragen. Er riet mir dringend von meinem Vorhaben ab. Ich entschied mich, es trotzdem zu versuchen.

Ich war oft kurz davor, zu Jens zu gehen, ich wollte unbedingt mit ihm reden, ihm mein Herz ausschütten und von meinen Plänen erzählen. Ihm sagen, dass ich in ihn vermisste und in ihn verliebt war und dass es mir egal war, dass er eine Beziehung mit mir geradezu als Zumutung ansah. Er würde schon noch sehen, wie charmant und liebenswert ich war! Aber dann hielt mich immer etwas davon ab, und zwar vor allem das starke Gefühl, dass erst mal andere Dinge geklärt werden mussten. Dass es jetzt erst mal und an erster Stelle um *mich* ging.

Merle und ich schrieben uns häufig über WhatsApp, aber sie war jetzt schwer eingespannt mit Mattis, ihren neuen Freundinnen und der Arbeit in Jens' Restaurant, sodass wir uns nie trafen. Obwohl ein Teil von mir sie sehr vermisste, freute ich mich auch für sie. Meine Mutter und Brigitte versuchten immer wieder, mit mir zu reden. Doch letzten Endes schrieb ich beiden eine Nachricht, dass ich mir erst mal über einiges klar werden musste und mich dann bei ihnen melden würde.

Ich hatte lange gezögert, und ich wusste immer noch nicht, ob es richtig war, hierherzukommen, als ich am Sonntagabend mit dem Fahrrad zum Ohlsdorfer Friedhof fuhr. Es war acht Uhr, und mir blieb eine Stunde, bevor die Tore geschlossen werden würden. Sobald ich den Hauptweg verließ, stieg ich vom Fahrrad ab und schob es durch die langen Gräberreihen. Meine Schritte wurden langsamer, je näher ich dem Grab meines Vaters kam, und schließlich stand ich unmittelbar davor. Ich sah mich nach links und rechts um, doch um diese Zeit an einem Sonntagabend war der Friedhof wie verlassen. Unschlüssig betrachtete ich den Grabstein, den eingemeißelten Namen und die Lebensdaten. Dann nahm ich die Blumen und Pflanzen in Augenschein, und automatisch kontrollierte ich auch das Grab von Herrn Fritzschner. Nachdem ich die beiden Gräber gegossen hatte, begann ich, leise zu reden. »Hallo Papa. Mir sind da ein paar Dinge über dich zu Ohren gekommen, die mich völlig umgehauen haben. Ich meine, wahrscheinlich hast du dich schon all die Jahre gewundert, wieso ich überhaupt ständig herkomme und dich volltexte, wo du mich und Mama doch verlassen hast. Aber das wusste ich nicht. Ich hab's grad erst rausgefunden.«

Ich hockte mich auf die Steinumrandung seines Grabes und erzählte einfach weiter, was mir im Kopf herumspukte. »Du warst immer ein Superheld für mich. Kein Mensch konnte mit dir mithalten, und ich hab dich so sehr vermisst, an jedem Tag meines Lebens. Inzwischen ist mir klar, dass du überhaupt kein Superheld warst, sondern dass ich mir einfach den Vater zusammengebastelt habe, den ich gerne gehabt hätte. Ich werde nie erfahren, wie oder wer du nun wirklich warst. Auch nicht, wie mein Leben verlaufen wäre, wenn du nicht gestorben wärst. Vielleicht hättest du mir nur zu Weihnachten und zum Geburtstag eine Postkarte geschickt und ansonsten nichts von dir hören lassen. Vielleicht wärst du auch auf deine Art trotzdem ein guter Vater geworden. Aber es ist im Grunde genommen auch egal, weil du nun mal gestorben bist. Du bist nicht da. Du warst nicht der, für den ich dich immer gehalten habe. Und mit beidem muss ich mich endlich abfinden.«

›*Im Sturz durch Zeit und Raum erwacht aus einem Traum, was?*‹

»Genau. Ich muss mir noch über vieles klar werden, und möglicherweise werde ich in Zukunft nicht mehr so oft hierherkommen. Ich werde auch nicht mehr so oft mit dir reden, vielleicht gar nicht mehr, denn ganz ehrlich: Du antwortest sowieso fast nie, und wenn, dann nur mit Nena-Songtexten, und das hilft nicht wirklich.« Ich stand auf und schaute lange auf den Grabstein. Dann sagte ich: »Ich will nur, dass du eins weißt: Ich hasse dich nicht. Und ich bin mir ziemlich sicher, dass ich dich auch mit sechs Monaten nicht gehasst habe.« Ich nahm mein Fahrrad und sagte: »Tschüs, Papa.« Und zum Nachbargrabstein: »Tschüs, Herr Fritzschner.«

Dann machte ich mich auf den Weg zu meiner Mutter.

Ich hatte meinen Besuch nicht angekündigt und wusste nicht, ob sie überhaupt da war. Doch kurz nachdem ich geklingelt hatte, öffnete sie die Tür. Bei meinem Anblick huschten die unterschiedlichsten Emotionen über ihr Gesicht: Erleichterung, Sorge, Angst. Sie blieb unsicher im Türrahmen stehen, die Hand an der Klinke, und sagte: »Hallo Isa.«

»Hallo Mama.«

»Ich bin froh, dass du gekommen bist.« Sie machte eine Handbewegung in Richtung Wohnzimmer. »Wollen wir uns setzen?«

»Ja, warum nicht?« Es war seltsam, wie betont höflich wir miteinander umgingen. Als wüssten wir beide, dass dieses Gespräch nicht einfach werden würde und als versuchten wir, uns hinter der Förmlichkeit zu verstecken.

Sie setzte sich auf die Couch und ich mich auf den Sessel. Nach einem Moment der unangenehmen Stille sagte sie: »Ich möchte versuchen, dir zu erklären, warum ich dich angelogen habe.«

Ich schüttelte den Kopf. »Das ist nicht nötig, Mama. Wie hättest du mir das erklären sollen? ›Isa, dein Papa ist gestorben, und du musst ohne ihn aufwachsen, ist aber auch egal, hättest du sowieso gemusst, weil er uns kurz vor seinem Tod verlassen hat‹?« Ich machte eine kurze Pause, in der meine Mutter mich abwartend ansah. »Das ist alles noch so frisch, und es ist ein ganz schöner Batzen, den ich zu verdauen habe. Ich kann nicht behaupten, dass ich es wirklich verstehe. Aber ich kann nachvollziehen, warum du mir nie die Wahrheit gesagt hast.«

Sie machte Anstalten, etwas zu sagen, doch ich hielt abwehrend eine Hand hoch. »Was ich aber definitiv nicht nachvollziehen kann, ist, warum du ihn zu einem solchen Helden gemacht hast. Warum du mir all die Märchen über ihn und eure Ehe erzählt hast. Über die große, wahre Liebe und den einzig Richtigen, wo du das mit ihm doch überhaupt nicht erlebt hast.«

Sie spielte an ihrem Ehering herum, den sie in all den Jahren nie abgelegt hatte. »Ich hab deinen Vater unendlich geliebt, Isa. Ich konnte nicht akzeptieren, dass er gegangen ist, und ich hatte die Trennung noch nicht mal ansatzweise verarbeitet, da ist er gestorben. Ich hab mich in den Gedanken reingesteigert, dass er wiedergekommen wäre. Und …« Hilflos brach sie ab und rieb sich über die Augen. »Wenn ich dir von ihm erzählt habe, klang unsere Ehe so, wie ich sie gerne gehabt hätte.« Dann konnte sie die Tränen nicht mehr zurückhalten und schluchzte laut los.

In mir wuchs eine so große Zärtlichkeit heran, wie ich sie ihr gegenüber noch nie empfunden hatte. Ich setzte mich neben sie, zog sie in meine Arme und weinte mit ihr. Wir hielten uns lange eng umschlungen und trauerten um einen Menschen, den es nie gegeben hatte. »Weißt du, was das Schlimme an dieser Sache ist?«, fragte ich, als wir beide uns wieder einigermaßen beruhigt und ausgiebig unsere Nasen geputzt hatten. »Die ganze Zeit hast du meinen Vater zum Helden gemacht, und ich bin voll drauf eingestiegen. Dabei bist in Wahrheit immer du die Heldin in meinem Leben gewesen.«

»Ach, Isa«, sagte sie, und zog mich wieder in ihre Arme. »Ich hab zwar nicht viel auf die Reihe gekriegt, aber du, du bist mir wirklich gut gelungen. Trotz allem.«

»Wir müssen aufhören, in einer Traumwelt zu leben«, murmelte ich an ihrer Schulter. »Wir wachen jetzt auf, okay?«

Sie drückte mich so fest an sich, dass ich kaum noch Luft bekam. »Ja«, sagte sie. »Ja, es wird Zeit, aufzuwachen.«

Wir saßen noch bis in die Morgenstunden zusammen und redeten. Nachdem die Wahrheit einmal auf dem Tisch war, gab es kein Halten mehr. Sie erzählte mir von meinem Vater und der schwierigen Zeit, die angefangen hatte, nachdem sie schwanger geworden war. Was ich über meinen Vater herausgefunden hatte, war schlimm. Aber dennoch war ein Teil von mir froh, dass es so gekommen war, denn dadurch lernte ich meine Mutter erst wirklich kennen.

Um halb sieben Uhr morgens fiel ich todmüde in mein Bett. Trotzdem stellte ich mir den Wecker auf zehn Uhr, denn es gab noch so viel, was ich zu erledigen hatte, bevor ich am Mittwoch meine Reise antrat.

Völlig übernächtigt stand ich auf und ging zu Brigitte in den Laden. Sie bediente einen Kunden, der sich offenbar für eine Mario-Kunzendorf-Plastik interessierte. Dabei wollte ich nun wirklich nicht stören, also winkte ich ihr nur zu und drückte mich bei den Zimmerpflanzen herum, um das Gespräch zu belauschen. Es gelang Brigitte, die Plastik für einhundertfünfzig Euro zu verkaufen. Es war das erste Mal, dass wir etwas von Mario Kunzendorf verkauften, seit ich Jens durch einen miesen Trick eine Plastik angedreht hatte.

Als der Kunde den Laden verlassen hatte, kam Brigitte zu mir. »Dass ich das noch erleben darf. Ich verkaufe was von Mario.«

»Schon irgendwie traurig, dass du den Laden erst schließen musst, um das erleben zu dürfen«, meinte ich.

Sie legte bedauernd den Kopf schief. »Isa, es tut mir wirklich ...«

»Nein, lass«, unterbrach ich sie. »Ich bin nicht hier, um dir Vorwürfe zu machen.«

»Trinken wir einen Kaffee?«

Wir gingen nach hinten, wo Brigitte Kaffee in den Filter schaufelte und ich mich an den Tisch setzte. »Hast du schon einen Käufer gefunden?«

»Es gibt ein paar Interessenten, aber noch steht nichts fest.«

Während der Kaffee in die Kanne tropfte, gesellte sie sich zu mir. »Ich hab mir solche Sorgen um dich gemacht. Mir war zwar klar, dass dich das mitnehmen würde, aber dass es dich so umhaut, hätte ich nicht erwartet.«

»Es war nicht nur das. Da sind auch noch ein paar andere Dinge passiert. Sagen wir mal so, die letzten Tage waren verdammt turbulent für mich.«

Sie musterte mich nachdenklich. Nach einer Weile sagte sie: »Ich hab diesen Laden nur deinetwegen so lange weitergeführt. Das wollte ich dir unbedingt noch sagen. Eigentlich war ich schon viel länger der Überzeugung, dass ich verkaufen will, aber du warst so engagiert, und du liebst diesen Laden so. Es ist mir unendlich schwergefallen, dir das anzutun.«

Die Maschine röchelte die letzten Tropfen Kaffee in die Kanne, und ich stand auf, um uns zwei Tassen einzuschenken. »Ich kann nicht behaupten, dass ich es toll finde, dass du verkaufst«, sagte ich, als ich mich wieder zu ihr setzte und die Tassen vor uns hinstellte. »Es macht mich sogar extrem wütend. Und ich kann überhaupt nichts dagegen tun, das ist das Schlimmste daran. Aber es ist *dein* Laden. Und wenn du überzeugt davon bist, dass es richtig ist, zu verkaufen und mit Dieter um die Welt zu reisen, dann muss das wohl so sein.«

»Ja. Es ist das Richtige. Sowohl für Dieter als auch für mich. Aber leicht fällt es mir nicht. Immerhin stecken dreißig Jahre meines Lebens hier drin.«

Ich legte meine Hände um die Kaffeetasse. »Ich werde übrigens auch um die Welt reisen. Na ja, nicht ganz, aber ich habe einen Flug gebucht. Übermorgen geht's los.«

Sie riss die Augen auf. »Was? So spontan?«

Ich nickte. »Ja. Ich hoffe, es ist okay, dass ich noch zwei Wochen Urlaub nehme?«

»Ja, natürlich.«

Für eine Weile saßen wir schweigend da, dann fasste ich mir ein Herz und sagte: »Und darf ich danach zurück in den Laden kommen, damit wir beide das hier gemeinsam über die Bühne bringen können? Ich möchte dich in den letzten Monaten nicht hängenlassen.«

»Ich würde mich total darüber freuen, Isa!«, rief sie, und ein Lächeln breitete sich auf ihrem Gesicht aus.

Mir fiel ein Stein vom Herzen, denn ich hatte insgeheim befürchtet, dass sie sauer auf mich war. »Es tut mir leid, dass ich einfach so abgehauen bin. Normalerweise hättest du mir auch fristlos kündigen können.«

»Ach, das ist doch Unsinn.«

Wir lächelten uns an, so aufrichtig wie schon lange nicht mehr, und ganz ohne versteckte Gedanken und Gefühle. »Du wirst mir echt fehlen, Brigitte.« Ich machte eine unbestimmte Handbewegung um mich herum. »Das alles hier wird mir schrecklich fehlen.«

Sie seufzte. »Mir doch auch.«

Nervös spielte ich an meiner Halskette herum. »Ich wollte dich übrigens noch was fragen. Wenn der Laden geschlossen hat, kann ich dann die Bestände an Deko-Kram aufkaufen? Und das Werkzeug?«

Brigittes Gesicht war ein einziges Fragezeichen. »Ja, klar. Aber … warum?«

»Ich habe gedacht, es wäre doch schade, all die neuen Kontakte zu Bestattern, Caterern und Hochzeitsplanern einfach im Sande verlaufen zu lassen. Ich mache mich selbstständig. Als Dekofee. Und als Hochzeits- und Beerdigungsfee.«

Brigitte klatschte einmal laut in die Hände. »Das ist eine großartige Idee, Isa! Ach, ich freu mich so!«

Ich lachte. »Mir macht es ehrlich gesagt ziemliche Angst. Alex hat mir dringend davon abgeraten, er sagt, das sei viel zu riskant.« Mit dem Finger pickte ich ein paar Zuckerkrümel vom Tisch.

»Was ist eigentlich mit euch?«, fragte Brigitte vorsichtig. »Seid ihr jetzt zusammen?«

Ich schüttelte den Kopf. »Nein. Wir haben festgestellt, dass wir nicht ineinander verliebt sind. Frag mich nicht, wie das passieren konnte.«

»Hm«, machte sie. »Ich hab da so einen Verdacht. Und der hat sein Restaurant gleich gegenüber.«

Ich zögerte mit meiner Antwort, doch schließlich sagte ich: »Ja, du hast recht. Aber in letzter Zeit ist so viel in so kurzer Zeit passiert, ich musste erst mal mit mir selbst klarkommen, verstehst du?«

»Ja«, sagte sie. »Das verstehe ich vollkommen.«

»Aber ich werde es ihm sagen. Nach meinem Urlaub.« ›Vorher bringt das doch eigentlich nichts mehr‹, fügte ich in Gedanken hinzu.

Brigitte sah mich ernst an. »Gut. Mach das, Isa. Und jetzt erzähl mir mal mehr über das Geschäft, das du planst. Alex hat dir also davon abgeraten?«

»Ja, aber warum sollte ich es denn nicht wenigstens versuchen? Ich habe genug angespart, um ein paar Monate davon überleben zu können. Das Einzige, was mir noch fehlt, ist ein Raum, in dem ich arbeiten kann. Möglichst günstig, natürlich.«

Brigitte setzte sich aufrecht hin. »Mario hat einen ziemlich komfortablen, großen Keller«, sagte sie aufgeregt. »Er nennt es zwar sein ›Atelier‹, aber unterm Strich ist es ein Keller. Keine Angst, es ist kein dunkles Loch, sondern ein Souterrain, im Sommer schön kühl, im Winter schweinekalt, aber dafür gibt's ja Heizlüfter. Strom, Wasser, alles da. Und ich weiß zufällig, dass ein Raum dort frei ist.«

Ich schnappte nach Luft. »Das wäre ja der Hammer! Wo ist es denn überhaupt, ich war ja nie in seinem Atelier. Wollen wir gleich mal anrufen? Dann kann ich heute noch hinfahren und es mir angucken.«

Sie lachte. »Du kannst es kaum erwarten, was? Es ist gleich um die Ecke. Zu Fuß keine zehn Minuten von hier.«

Ich sprang auf. »Das ist perfekt! Los, rufen wir an.«

Noch am selben Tag traf ich mich mit Mario, um mir den Raum anzusehen. Er war für meine Zwecke perfekt geeignet, und die Miete konnte ich auch aufbringen.

»Ich bin froh, wenn ich nicht immer alleine hier unten bin«, sagte er. »Ist doch schön, wenn man mal jemanden hat, mit dem man zwischendurch schnacken und einen Kaffee trinken kann.«

»Das finde ich auch. Also dann, Hand drauf?«

Als ich wieder in meiner Wohnung war, sank ich erschöpft, aber mit dem guten Gefühl aufs Sofa, dass ich einen großen Schritt in die richtige Richtung getan hatte. Wie hieß es doch immer: ›Wenn eine Tür sich schließt, geht irgendwo anders eine neue auf.‹ Da schien wirklich was dran zu sein.

Ich checkte kurz meine E-Mails, um zu sehen, ob es eine

Nachricht bezüglich meines Fluges gab. Die Dame im Reisebüro hatte mir gesagt, dass die Flugzeiten möglicherweise noch verschoben wurden und dass ich in diesem Fall per E-Mail informiert werden würde. Seit ich den Flug gebucht hatte, guckte ich also mindestens zweimal pro Stunde, ob es Neuigkeiten gab. So ganz konnte ich dann wohl doch nicht aus meiner Haut. Ich hatte keine E-Mail vom Reisebüro oder der Fluggesellschaft. Stattdessen aber eine von Michael Schulz. Ich musste mehrmals hinsehen, da ich es kaum glauben konnte.

Sehr geehrte Frau Wagner,

ich danke Ihnen vielmals für Ihre zahlreichen E-Mails bezüglich Liebe! Liebe! Liebe!. *Nachdem ich drei Wochen im Urlaub und anschließend zwei Wochen krank war und heute 24 E-Mails von Ihnen in meinem Posteingang hatte, möchte ich Ihnen nun jedoch endlich mitteilen, dass ich keineswegs der Geschäftsführer von* Fun-TV *bin und allmählich ein schlechtes Gewissen habe, Sie in dem Glauben zu lassen, Sie wären bei mir an der richtigen Adresse. Mein Name ist zwar ebenfalls Michael Schulz, aber ich bin IT-Administrator und von einem Führungsposten bei Fun-TV leider so weit entfernt wie Sie von einem guten Fernsehgeschmack.*

Ihre wirklich sehr zahlreichen E-Mails und Ihre leidenschaftlichen Forderungen, Liebe! Liebe! Liebe! *wieder ins Programm zu nehmen, haben mir und allen Kollegen in der IT große Freude bereitet. Leider müssen wir Ihnen aber sagen, dass diese Serie niemals wieder aufgenommen werden wird. Die Einschaltquoten waren so unterirdisch, dass zuletzt wahrscheinlich Sie die Einzige waren, die sich diesen Schrott angeschaut hat.*

Ich hoffe, Sie finden bald ein Alternativprogramm.

Mein Vorschlag: Lesen Sie doch mal ein gutes Buch oder treffen Sie sich mit Freunden.

Mit freundlichen Grüßen
Michael Schulz
IT-Administrator
Fun-TV

P.S.: Nein, ich werde Ihnen die richtige E-Mail-Adresse des richtigen Michael Schulz nicht verraten.

Ich starrte für ein paar Sekunden fassungslos auf den Bildschirm. Dann brach ich in so heftiges Lachen aus, dass mir die Tränen über die Wangen strömten, und konnte mich kaum wieder einkriegen. Schließlich schrieb ich Michael Schulz eine letzte E-Mail, in der ich ihm sagte, ich hätte seinen Rat befolgt und würde mich jetzt mit Freunden auf ein Bier treffen. Und als ich die Nachricht abgeschickt hatte, schloss ich für alle Zeit das Kapitel *Liebe! Liebe! Liebe!*. Es war mir inzwischen völlig egal, wie es mit Lara und Pascal ausgegangen wäre.

Über den Wolken

Am Dienstag fuhr ich zu Bogdan, um mir seinen großen Trekking-Rucksack zu leihen. Für meine Rundreise war ein Rucksack einfach praktischer als ein Koffer. Zunächst bereitete es mir ziemliches Kopfzerbrechen, dass ich nur ein Gepäckstück mitnehmen konnte, das auch noch auf zwanzig Kilo Gewicht beschränkt war. Doch zu meiner eigenen Überraschung fiel mir das Packen längst nicht so schwer wie erwartet, und um sechs Uhr abends saß ich vor meinem abreisefertigen Rucksack, auf dem Flugticket, Reisepass und ein Reiseführer bereitlagen.

Ich konnte kaum glauben, dass ich schon morgen fliegen würde. Meine Gedanken wanderten mal wieder zu Jens. Er fehlte mir so sehr, dass ich am liebsten sofort zu ihm gegangen wäre. Aber das Problem war ... ich traute mich einfach nicht! Und allmählich dämmerte es mir, dass ich diese Sache auch deshalb aufgeschoben und an die hinterste Stelle verbannt hatte, weil sie die schwierigste war. Die, bei der ich am meisten zu verlieren hatte. Jens hatte mir zwar vor nicht allzu langer Zeit gesagt, dass er verliebt in mich war, aber nach meiner Reaktion wäre es doch wohl mehr als verständlich, wenn er sich umgehend entliebt hätte. Und jetzt hatte ich schon so lange gezögert. Am Abend vor meiner Abreise war es nun wirklich zu spät, ihm zu sagen, dass ich in ihn verliebt war. Immerhin wollte ich ihn ja auch nicht so überfallen, wie er mich damit überfallen hatte. Nein, es war besser, bis nach meiner Reise zu warten. Dann hatte ich noch zwei Wochen Zeit, mir die passenden Worte zurechtzulegen.

Ich war so in Gedanken, dass ich heftig zusammenzuckte, als

es an meiner Tür klingelte. Ich sprang auf, um auf den Summer zu drücken, und sah wenig später Merle die Treppe hochkommen. Auf den ersten Blick war klar, dass etwas mit ihr nicht stimmte. Ihr schwarzer Kajal war verschmiert und verteilte sich großzügig unter ihren verheulten Augen. Ihr berühmter Cro-Panda-Look.

»Was ist los?«, fragte ich, als sie vor mir stand.

»Ich hab mich derbe mit Jens gestritten«, schniefte sie, ging ins Wohnzimmer und setzte sich aufs Sofa. »Er ist so ein Arschloch!«

»Was war denn?«, fragte ich besorgt und setzte mich neben sie.

Sie trötete ausgiebig in das Taschentuch, das ich ihr in die Hand gedrückt hatte. »Ich hab ihm gesagt, dass ich am Donnerstag nicht zurück in die Schule gehen werde, weil ich einfach keinen Sinn darin sehe, da rumzuhängen, wenn ich doch jetzt schon weiß, dass ich Köchin werden will. Und außerdem hab ich keinen Bock mehr auf diesen Scheiß, das interessiert mich alles nicht!«

Ich stöhnte auf. »Das hattet ihr doch alles schon. Ihr habt euch doch darauf geeinigt, dass ...«

»*Er* hat sich darauf geeinigt und mich mit meinen Eltern erpresst!«, rief sie. »Aber wie *ich* das alles sehe, interessiert natürlich mal wieder keinen. Ich geh nicht in die Schule! Er kann mich ja wohl kaum da hinprügeln. Und wenn er mich rausschmeißt, ziehe ich halt zu Mattis.«

»Ach komm, jetzt hör aber auf. Das meinst du doch nicht ernst. Und Jens wird dich schon nicht rausschmeißen.« Er konnte manchmal zwar durchaus etwas aufbrausend sein, aber das schien mir doch ein bisschen übertrieben.

»Kannst du nicht mit ihm reden?« Sie guckte wie ein kleiner Hundewelpe. »Auf mich hört er ja nicht.«

Oje. Das hatte mir gerade noch gefehlt. »Das würde dir aber nicht viel bringen. Was diese Sache angeht, bin ich nämlich *seiner* Meinung.«

»Du sollst ja nur vermitteln. Wenn du da bist, ist er irgendwie immer lockerer drauf.«

»Jens ist stinksauer auf mich, Merle. Ich glaube nicht, dass es ihn *lockerer* machen würde, mich zu sehen.«

Tränen schimmerten in ihren Augen, und ihr Kinn zitterte. »Doch, bestimmt.«

Obwohl ich bei ihrem Anblick am liebsten mitgeheult hatte, sträubte sich alles in mir gegen diese Idee. »Außerdem geht mich das doch auch streng genommen gar nichts an.«

Merle schniefte und wischte sich mit der Hand über die Augen. »Bitte, Isa. Ich brauch dich jetzt. Echt!«

Sie wirkte so unglücklich und hilflos, dass ich es einfach nicht übers Herz brachte, Nein zu sagen. Ich seufzte tief. »Also gut. Dann komm.«

Ich zog meine Strickjacke über, denn inzwischen war es ganz schön kühl geworden. Schweigend liefen wir die fünf Minuten zu Jens' und Merles Wohnung. Von Schritt zu Schritt steigerte sich meine Nervosität. Was, wenn Jens mich umgehend rausschmiss?

Merle schloss die Tür auf, und schon im Flur kam er uns entgegen. »Sag mal, spinnst du, einfach ...« Er hielt mitten im Satz inne, als sein Blick auf mich fiel. »Isa!«

Sein Anblick haute mich vollkommen um. Das Herz schlug mir bis zum Hals, und von einem bloßen Kribbeln im Bauch konnte man kaum noch sprechen. Da war ein ganzer Ameisenstaat unterwegs! Er sah noch genauso aus wie beim letzten Mal. Die braungrünen Augen, die mich jetzt gerade erstaunt und fragend ansahen, die dunklen Haare, die weichen Lippen. Aber trotzdem war es, als sähe ich ihn zum ersten Mal, denn es war ja auch das erste Mal, seit mir klar geworden war, dass ich ihn liebte.

»Ich hab mir Verstärkung geholt«, hörte ich Merle sagen. »Isa findet nämlich auch, dass es sinnlos ist, wenn ich noch weiter zur Schule gehe.«

Ich riss mich von Jens' Anblick los. »Hä? Das stimmt doch gar nicht!«

»Ist aber trotzdem so«, beharrte sie und ging in die Küche.

Jens und ich tauschten einen kurzen, unsicheren Blick, dann folgten wir ihr. Immerhin, er hatte mich nicht umgehend rausgeschmissen.

Im hellen Küchenlicht fiel mir auf, wie blass Jens' Gesicht war. Er lehnte sich an den Kühlschrank und fragte müde: »Was soll denn der Scheiß, Merle? Es sind doch nur noch zwei Jahre bis zum Abi.«

»Zwei Jahre sind eine Ewigkeit! Wenn man so alt ist wie ihr, vielleicht nicht, aber *ich* bin noch jung!«

»Aua«, sagte ich trocken.

»Ich hab jedenfalls keinen Bock, meine kostbare Zeit zu verschwenden.«

»Und was hast du vor, wenn du nicht mehr zur Schule gehst?«, fragte Jens. »Niemand wird deinen Ausbildungsvertrag unterschreiben, das ist dir hoffentlich klar.«

Merle schob trotzig ihr Kinn vor. »Dann mach ich eben gar nichts, bis ich das alleine darf.«

»Ja«, sagte ich. »Oder du machst dein Abi, damit du die Wahl hast. Wie du ja selbst sagst, sind zwei Jahre eine Ewigkeit für dich. Bis du achtzehn bist, ist es noch über ein Jahr. Es kann doch auch sein, dass du dann gar nicht mehr Köchin werden willst.«

»Doch! Wieso glaubt ihr mir das nicht?«

Jens verstand meine Taktik offenbar, denn er sagte: »Wir

glauben dir ja, aber es besteht doch die Möglichkeit, dass du dann viel lieber Meeresbiologin bei Greenpeace oder Sozialarbeiterin werden willst.«

»Oder du willst Ärztin werden und dich für Ärzte ohne Grenzen engagieren«, fügte ich hinzu.

Merle starrte für eine Weile ins Leere. Dann sagte sie: »Ja, das klingt alles nicht uncool, aber ich bin nun mal zur Köchin berufen.«

Ich biss mir auf die Lippen und musste Jens' Blick ausweichen, um nicht in Gelächter auszubrechen. Auch er wandte sich auffallend schnell ab, um eine Flasche Wasser aus dem Kühlschrank zu holen.

Merles Blick wanderte von mir zu Jens, und mit einem Mal sah sie sehr zufrieden aus. »Na schön«, sagte sie. »Dann geh ich eben am Donnerstag in die verdammte Schule. Aber wenn ich achtzehn bin, dann mach ich, was ich will. Und ich werde mich von euch nicht davon abbringen lassen. Von euch nicht!«, wiederholte sie dramatisch. »So, und jetzt geh ich zu Mattis. Tschüs.« Hocherhobenen Hauptes verließ sie die Küche, und kurz darauf hörten wir die Wohnungstür ins Schloss fallen.

Jens und ich starrten ihr völlig verdattert nach. »Wow«, sagte er schließlich. »Das war aber ein sehr plötzlicher Meinungsumschwung.«

»Mhm. Schon fast ein bisschen *zu* plötzlich.«

»Ziemlich verdächtig, oder?«

Ich nickte langsam. »Sehr verdächtig. Aber unterm Strich eine schöne Inszenierung.«

»Vielleicht hätten wir noch Schauspielerin als möglichen Beruf aufzählen sollen.«

Wir sahen uns ernst und peinlich berührt an, doch irgendwann mussten wir beide grinsen. Von da an war alles viel einfacher.

»Schön, dich mal wieder zu sehen, Isa«, sagte Jens.

Mir fiel ein riesengroßer Felsklotz vom Herzen. Er fand es schön, mich zu sehen. Er war nicht stinksauer auf mich. Oder nicht mehr. »Ja, finde ich auch.«

»Wie geht's dir?«

»Wieder besser. Ich ... Also, was ich dir übrigens die ganze Zeit schon sagen wollte: Es tut mir sehr leid, dass ich neulich einfach so abgehauen und dann untergetaucht bin. Das war echt scheiße von mir.«

Jens musterte mich prüfend. »Was war denn überhaupt los? Ich hab ein paarmal versucht, dich zu erreichen, und auch an deiner Tür geklingelt, aber du hast nie aufgemacht. Dann kam irgendwann deine nichtssagende Rund-Nachricht, und ich dachte, dann willst du wohl offenbar nichts mehr von mir hören.«

»Nein, ich hatte einfach eine Scheißzeit und musste alleine sein.«

»Ist es, weil der Laden schließt?«, fragte er. »Brigitte hat es mir erzählt.«

»Ja, unter anderem.«

»Weswegen noch?«

»Das ist eine längere Geschichte, fürchte ich.«

Jens setzte sich an den Küchentisch und lehnte sich bequem in seinem Stuhl zurück. »Ich hab Zeit.«

Für einen Moment zögerte ich, doch dann setzte ich mich zu ihm und erzählte ich ihm alles über meinen Vater. Anfangs kamen die Worte noch etwas stockend, doch dann sprudelten sie nur so aus mir heraus. All die Gedanken und Gefühle, der Schock, der Schmerz und die völlige Ratlosigkeit, wie ich damit umgehen sollte. Als ich meine Erzählung beendet hatte, fühlte ich mich, als wäre eine schwere Last von meinen Schultern gefallen. Und auch wenn die Sache mit meinem Vater noch lange nicht ausgestanden war und die Narben dieser Wunde für immer bleiben würden, wusste ich, dass es ab jetzt leichter werden würde.

Jens rieb sich mit beiden Händen durchs Gesicht und atmete laut aus. »Oh Mann«, sagte er. »Und das alles hast du mit dir alleine ausgemacht? Warum bist du denn nicht zu mir gekommen?«

»Ein paarmal war ich kurz davor, aber letztlich hab ich es nie übers Herz gebracht, und ...« Ich hielt inne, doch dann gab ich mir einen Ruck und fuhr fort: »Außerdem hatten wir uns ja auch gestritten und ... das war alles nicht leicht für mich. Dieser Streit, das alles zwischen uns. Du hast mir gefehlt.«

Er sah mich nachdenklich an. »Du mir auch«, sagte er. Dann stand er unvermittelt auf. »Komm, wir gehen ins Restaurant, und ich mach dir ein Schokoladenmalheur. Du hast dir wirklich eins verdient.«

Oh mein Gott, ja, ein Schokoladenmalheur war jetzt tatsächlich genau das Richtige. Diese letzten Wochen ohne meine Droge waren kaum auszuhalten gewesen. Ich erhob mich ebenfalls, und kaum dass ich stand, zog Jens mich an sich und nahm mich fest in den Arm. Obwohl ich völlig überrumpelt war, reagierte mein Körper instinktiv. Ich schlang meine Arme um Jens, verbarg meinen Kopf an seiner Brust und fühlte mich so sicher, geborgen und getröstet wie schon seit Langem nicht mehr.

Als wir uns nach einer langen Weile voneinander lösten, sagte ich: »Du gibst richtig gute Umarmungen, weißt du das eigentlich?«

»Vielen Dank«, sagte er lachend. »Aber noch besser bin ich im Schokoladenmalheur-Machen.«

Wenig später saßen wir im Restaurant, ich löffelte ein Schokoladenmalheur (er hatte es mir sogar ohne das lästige Obst serviert) und kriegte mich kaum wieder ein, weil ich so unendlich glücklich war, endlich wieder diese Köstlichkeit essen zu dürfen. Endlich wieder in seinem Restaurant zu sitzen, mit ihm, einen Rotwein vor uns, bei dem es uns scheißegal war, welchen Körper oder welches Bouquet er hatte. Endlich wieder mit ihm zu reden und ihn ansehen zu können. Als ich meinen Teller leer gegessen hatte, lehnte ich mich entspannt zurück. »Das war unglaublich lecker! Aber ich kann nicht behaupten, dass es mir gefällt, wie süchtig ich nach diesem Zeug bin.«

»Oh, mir gefällt das ziemlich gut.« Er drehte sein Weinglas in den Händen, dann sah er auf und fragte: »Was ist eigentlich mit Alex? Bist du jetzt mit ihm zusammen?«

Ich zögerte kurz, dann sagte ich: »Nein. Es war dann doch irgendwie nicht das Richtige. *Er* war nicht der Richtige.«

Jens sah mich so intensiv an, dass mir ein Schauer über den Rücken lief und mein Puls sich beschleunigte. ›Du bist der Richtige. Ich liebe dich‹, wollte ich sagen. »Ich fliege morgen nach Ho Chi Minh City. Oder Saigon, es ist dieselbe Stadt«, sagte ich stattdessen.

Für ein paar Sekunden saß Jens stumm da, dann fragte er fassungslos: »Was?«

»Das ist in Vietnam.«

»Ja, schon klar. Aber ... wieso morgen? Warum ausgerechnet dahin? Und vor allem, für wie lange?«

Mit dem Zeigefinger malte ich eine Blume auf den Teller. »Ich bin ins Reisebüro gegangen und habe gesagt, dass ich einen Flug möglichst bald, möglichst weit weg für möglichst wenig Geld buchen will. Ho Chi Minh City war ein totales Schnäppchen. Und von da aus reise ich zwei Wochen lang durch Vietnam. Auf eigene Faust, mit dem Rucksack.«

»Du machst es also tatsächlich. Du fliegst.« Jens sah vollkommen geplättet aus, doch dann fing er an zu grinsen. »Also eins steht fest. Da kriegst du Nudelsuppe ohne Ende.«

Ich lachte. »Stimmt! Daran habe ich ja noch gar nicht gedacht. Es gibt übrigens noch mehr Neuigkeiten: Ich werde mich als Floristin selbstständig machen. Nicht mit einem Laden, sondern als Dekofee. Und als Hochzeits- und Beerdigungsfee. Ich habe keine Ahnung, ob ich erfolgreich damit sein werde, aber das ist es, was ich machen will. Also muss ich es auch versuchen.«

Darauf schien ihm gar nichts einzufallen. »Wer bist du, und was hast du mit Isabelle Wagner angestellt?«, fragte er schließlich.

»Es ist schon komisch, oder? Zum ersten Mal in meinem Leben habe ich keine Ahnung, was passieren wird oder wo ich in zwei, fünf oder gar zehn Jahren sein werde. Und das macht mir eine Heidenangst. Aber trotzdem finde ich es gut.«

Er lächelte mich an, beinahe zärtlich. »Ich auch, Isa. Und wenn ich dir helfen kann, dann weißt du ja, wo du mich findest.«

Oh Mann, dieser Blick. Am liebsten hätte ich mich umgehend auf ihn gestürzt. Ich räusperte mich. »Tja, manchmal muss man halt was riskieren. Jemand hat mir mal den guten Rat gegeben, ich soll einfach damit aufhören, Angst zu haben.«

»Oha. Wer sagt denn so was Plattes?«

»Na, du!«

»Ich?« Jens lachte. »Diese Weisheit muss ich wohl von einem Yogitee-Beutel haben.«

Nachdem wir noch drei Stunden miteinander geredet und Wein getrunken hatten, brachte er mich nach Hause. Wir standen vor meiner Haustür, und ich musste an unseren Wahnsinnskuss im Kiezhafen denken. Daran, wie sehr ich in Jens verliebt war. Wieso traute ich mich, nach Vietnam zu fliegen und mich selbstständig zu machen, aber nicht, ihm das zu sagen?

Jens umarmte mich und sagte: »Flieg vorsichtig, Isa. Pass gut auf dich auf. Und wenn du in zwei Wochen wieder da bist, kommst du gleich vorbei, okay?«

Ich nickte nur, denn ich hatte einen dicken Kloß im Hals. Nachdem ich schwer geschluckt hatte, sagte ich: »Ja, mach ich. Und dann will ich dir unbedingt …« Hilflos brach ich ab. »Dann will ich unbedingt ein Schokoladenmalheur essen.« Verdammt. Ich kam mir vor wie der letzte Feigling.

»Und ich will dir dann unbedingt ein Schokoladenmalheur machen.« Er lächelte mich an, gab mir einen Kuss auf die Wange, der mein Herz zum Stolpern brachte, und ging davon.

Während ich ihm nachsah, fiel mir auf, dass meine Haustür offenbar der Ort war, an dem es für mich niemals mehr gab als einen beknackten Kuss auf die Wange.

Knut brachte mich mit dem Taxi zum Flughafen und suchte mit mir auf der Anzeigetafel meinen Flug. »Wann geht die Maschine denn?«

»Um fünf nach zwölf. Nach Frankfurt erst mal. Da muss ich dann umsteigen.«

»Um fünf nach zwölf?«, fragte er entsetzt. »Was willste dann jetzt schon hier? Es ist gerade mal erst neun.«

»Na, ich muss doch noch den Schalter finden, meinen Rucksack aufgeben, durch die Sicherheitskontrolle und zum Gate gehen. Also dachte ich, ich plane ausreichend Zeit ein, damit es nicht so stressig wird.«

»Oh Mann, Isa«, stöhnte er. »Wahrscheinlich kannste dein Gepäck jetz noch nich mal aufgeben.«

Doch der Schalter war bereits geöffnet, und da es noch so

früh war, war ich meinen Rucksack innerhalb von ein paar Minuten los und hielt meine Bordkarten in der Hand. Inzwischen war ich so aufgeregt, dass mir richtig übel war. Ich kontrollierte dreimal, ob ich auch wirklich alles im Handgepäck hatte, was ich während des Fluges brauchte. Dann ging ich mit Knut in Richtung Sicherheitskontrolle. »Wir hätten noch mehr als genug Zeit für 'nen Kaffee«, sagte er.

»Nein, ich ... muss da jetzt durch.«

»Na gut, Lüdde. Denn pass gut auf dich auf. Meld dich, wenn du angekommen bist.« Er drückte mich fest an sich und schlug mir aufmunternd auf den Rücken. »Ich soll dir auch noch eine gute Reise von Irina wünschen, und wenn du wieder da bist, sollste mal im Kiezhafen vorbeikommen. Mit Jens, sacht se.«

Dann ließ er mich los, und ich wusste, dass ich jetzt eigentlich durch die Sicherheitskontrolle gehen musste. Doch ich rührte mich nicht vom Fleck.

»Was is?«, fragte Knut.

Mir schlug das Herz bis zum Hals, meine Handflächen waren feucht, und meine Übelkeit wurde so schlimm, dass ich mich auf der Stelle hätte übergeben können. »Wenn ich da erst mal durchgehe, kann ich nicht wieder raus, oder?«

»Ich weiß nich. Hab ich noch nie ausprobiert.«

»Das Flugzeug ist doch sicher. Oder?«

»Ja natürlich. Dir wird schon nix passieren. Keine Angst.«

»Aber ... Wenn dieses Flugzeug abstürzt, wird Jens niemals erfahren, dass ich verliebt in ihn bin!«, rief ich. »Wieso habe ich daran denn nicht gestern schon gedacht? Ich kann doch nicht wegfliegen, ohne ihm das gesagt zu haben!«

Knut rieb sich das Kinn. »Tja nu, in zwei Wochen is ja auch noch Zeit dafür, nä?«

Ich hatte auf einmal eine solche Panik, dass ich kaum noch

Luft bekam. »Ja, aber was, wenn ich nicht wiederkomme? Wer weiß denn, was mir alles passieren kann? Ich muss ihm das *jetzt* sagen!«

Er musterte mich für ein paar Sekunden, dann warf er einen Blick auf seine Uhr. »Es sind noch fast zwei Stunden bis zum Boarding.«

»Dann los.« Ich packte ihn am Arm und zerrte ihn hinter mir her, während ich zum Ausgang rannte. Als wir in seinem Taxi saßen, rief ich: »Beeil dich, Knut!«

Das musste ich ihm nicht zweimal sagen. Er fuhr ja sowieso schon, gelinde gesagt, recht zügig, aber jetzt heizte er durch die Straßen wie ein Wildschwein auf Speed. Bei seinem scharfen Abbiegen, den waghalsigen Überholmanövern und zahlreichen Vollbremsungen, wenn eine rote Ampel oder ein zu langsamer Vordermann ihm in die Quere kamen, bekam ich noch größere Panik und begann irgendwann innerlich zu beten, während ich mit fest zusammengekniffenen Augen dasaß: ›Bitte lass mich heil hier rauskommen.‹ Ich sehnte mir eine Plastiktüte herbei oder wollte zumindest den Kopf aus dem Fenster stecken, aber ich klammerte mich mit beiden Händen am Sicherheitsgurt fest und traute mich nicht, ihn loszulassen.

Zum Glück dauerte es nur dreizehn Minuten, bis Knut mit quietschenden Reifen vor Jens' Restaurant hielt. »Ich warte hier auf dich. Viel Glück, Lüdde!«

Erleichtert, diese Höllenfahrt überlebt zu haben, sprang ich aus dem Taxi, rannte die paar Schritte zum Restaurant und warf mich mit so viel Schwung gegen die Tür, dass sie mit Karacho aufsprang und ich mehr in den Raum stolperte als ging.

Die Schwingtür zur Küche öffnete sich. »Was ist hier denn ...« Jens kam raus und blieb bei meinem Anblick abrupt stehen. »Isa? Was machst du denn hier? Ich dachte, du fliegst gleich.«

»Ja, ich hab schon mein Gepäck aufgegeben und stand vor der Sicherheitskontrolle, aber dann wurde mir klar, dass ich unbedingt noch etwas mit dir klären muss, bevor ich fliege. Also hat Knut mich schnell vorbeigebracht.«

Völlig entgeistert schüttelte er den Kopf. »Hatte das denn nicht bis in zwei Wochen Zeit?«

»Nein!« Mein Herz hämmerte in meiner Brust, und mir fiel auf, dass ich mir immer noch keine Worte zurechtgelegt hatte.

Jens kam auf mich zu und sah mich abwartend an. »Und was hast du so Dringendes mit mir zu klären?«, fragte er, als ich nach einer Weile immer noch nicht mit der Sprache rausgerückt war.

Ich holte tief Luft. »Wenn du dich das nächste Mal verliebst, solltest du der Person, in die du dich verliebt hast, besser nicht sagen, dass du überhaupt nicht auf sie stehst. Das könnte nämlich zu Irritationen führen.«

Er hob die Augenbrauen. »Okay. Vielen Dank für den guten Tipp. Allerdings möchte ich zu meiner Verteidigung anmerken, dass ich in dem Moment, als ich das gesagt habe, auch davon überzeugt war. Dass es totaler Schwachsinn war, hat sich erst später rausgestellt.«

»Wann denn?«, bohrte ich nach.

»Ich weiß es nicht mehr auf den Tag genau. Das war ein ziemlich schleichender Prozess.«

Ein schleichender Prozess. Ich wusste genau, was er meinte. So war es bei mir ja auch gewesen.

»Sonst noch was?«

»Ja. Gilt das noch?«

»Was?«, fragte er, doch ich war mir sicher, dass er sich mit Absicht blöd stellte.

»Na, dass du in mich verliebt bist!«

Jens lachte ungläubig. »Na ja, es ist immerhin gut drei

Wochen her, dass ich dir das gesagt habe. So lange hält so was bei mir nicht.«

Ich trat einen Schritt zurück und musterte ihn verunsichert. »Echt nicht?«

»Oh Mann, Isa«, stieß er aus. »Natürlich bin ich noch verliebt in dich! Was denkst du denn?«

Vor Erleichterung zitterten mir die Knie. Am liebsten wäre ich ihm sofort um den Hals gefallen, doch ich musste das hier mit Anstand über die Bühne bringen. »Du hast gesagt, dass ich früher oder später bei Alex ein Haar in der Suppe finden würde. Weißt du noch?«

Er nickte.

»Du hattest recht. Ich habe eins gefunden. Und dieses Haar bist du.«

Jens brauchte ein paar Sekunden, um diese Information zu verarbeiten. Dann erschien ein Lächeln auf seinem Gesicht, und seine Augen begannen zu strahlen. »*Ich* bin das Haar?«

Seine Freude darüber, dass er das Haar war, verleitete mich zum Kichern, doch es gelang mir, Haltung zu wahren. »Ja, bist du. Ich bin auch verliebt in dich, Jens! Ich bin total verliebt in dich, bis über beide Ohren, hoffnungslos! Und das, obwohl du gar nicht so bist, wie ich mir meinen Traummann immer vorgestellt habe. Dieser Traummann kann mir gestohlen bleiben. Ich will nämlich wach sein. Mit dir. Trotz Schweinestall und Death Metal.«

Jens' Lächeln vertiefte sich, und er kam etwas näher, sodass wir unmittelbar voreinander standen. »Ich muss dir auch noch was sagen, Isa. Eigentlich wollte ich das in zwei Wochen machen, aber wo du jetzt schon mal da bist ...«

»Und was wolltest du mir sagen?«

»Dass ich es vollkommen falsch angegangen bin. Es hat lange gedauert, bis ich endlich kapiert habe, dass ich in dich verliebt bin, und als ich es dann für mich klar hatte, habe ich dich damit total überfallen. Und *wie* ich es dir gesagt habe, war auch alles andere als charmant.« Er legte seine Hände um mein Gesicht und sah mich so zärtlich an, dass mein Herz vor Freude beinahe in meiner Brust zersprang. »Du bist die wunderbarste, verrückteste, liebenswerteste, pedantischste und hübscheste Frau, die ich je in meinem Leben getroffen habe. Du bist warmherzig und mutig und auf eine ziemlich verwirrende Art süß und sexy zugleich, und ich bin vollkommen verrückt nach dir. Ich will mit dir zusammen sein. Und das sehe ich überhaupt nicht als Zumutung an, sondern als das, was mich am allerglücklichsten machen würde. Du hast neulich mal zu mir gesagt, ich hätte dein Gehirn infiltriert. Aber du meins auch. Vor drei Tagen habe ich eine Sternschnuppe gesehen, und ich hab mir was gewünscht!«

»Was denn?«, fragte ich mit angehaltenem Atem.

»Eigentlich darf man es ja nicht sagen, weil es dann nicht in Erfüllung geht, aber … ich hab mir eine Sternschnuppe für *dich* gewünscht. Siehst du, so weit ist es schon mit mir gekommen.«

Ich spürte, wie ein dickes, fettes Strahlen sich auf meinem Gesicht ausbreitete. »Wow. Solche Worte hätte ich dir gar nicht zugetraut. Das war ja geradezu romantisch.«

Jens lachte. »Du wirst noch überrascht sein, wie romantisch ich sein kann. Ich werde auf einem Schimmel mit dem Arm voller Rosen über eine Blumenwiese auf dich zugeritten kommen, im Hintergrund ein Streichorchester, das *Best of Kuschelrock* spielt, ein Meer von Duftkerzen wird brennen, am Himmel fliegt ein Flugzeug, das ein Band hinter sich herzieht, auf dem lauter Herzchen aufgemalt sind und …«

»Ach, Blödsinn.« Ich legte ihm meinen Finger auf die Lippen. »Das will ich alles nicht. Ich will dich.«

Wir strahlten uns an, und dann zog Jens mich in seine Arme, um mich stürmisch zu küssen. Hm, daran konnte ich mich gewöhnen. Davon würde ich nie genug kriegen. Ich ließ meine Finger durch sein Haar gleiten, spürte seine Lippen auf meinen, seine Hände, die über meinen Rücken strichen, und war völlig überwältigt von dem Riesentumult, den Jens in meinem Körper auslöste.

Als wir uns viel später voneinander lösten und uns gegenseitig anhimmelten wie zwei verliebte Teenies, sagte ich: »Ich würde dich jetzt wirklich sehr gerne fragen, ob du mit zu mir kommst und mir noch mal zeigst, wie man Zwiebeln schneidet.«

Er lachte. »Und ich würde dir jetzt gerne beweisen, dass ich sehr wohl an der Startbahn des Flughafens eine Frau rumkriege.«

»Das muss dann aber eine sein, die ziemlich leicht zu haben ist«, murmelte ich und zog seinen Kopf wieder zu mir runter, um ihn nochmals ausgiebig zu küssen.

Schon bald wurden unsere Küsse drängender, doch als ich meine Hände in die Hintertaschen seiner Jeans steckte, drückte Jens mich sanft von sich weg. »Isa... dein Flieger wartet nicht auf dich.«

Ich zog eine Schnute. »Ich will sowieso viel lieber hierbleiben. Wie bescheuert ist das denn, dass ich jetzt wegmuss?«

Er strich mir mit dem Finger eine Haarsträhne aus der Stirn. »Es sind nur zwei Wochen, und du träumst schon dein ganzes Leben lang davon, zu fliegen. Also bringen Knut und ich dich jetzt zum Flughafen, und dann steigst du in dieses verdammte Flugzeug!«

»Jaha«, sagte ich. »Mach ich ja, ich wollte nur ein bisschen jammern, das wird doch wohl noch erlaubt sein. Über diesen Befehlston müssen wir dringend noch mal reden, wenn ich wieder da bin. So nicht, mein Freund. So nicht!«

Wir lachten uns an und küssten uns noch mal ausgiebig, dann rissen wir uns endlich voneinander los, und ich ließ mich von Knut und Jens zurück zum Flughafen bringen. Und jetzt war ich so überglücklich und kribbelig, dass ich von Knuts Fahrweise nicht das Geringste mitbekam.

Um Punkt zwölf Uhr rollte die Maschine langsam auf die Startbahn. Ich saß am Fenster, starrte wie hypnotisiert nach draußen und lauschte darauf, wie das Dröhnen der Triebwerke immer lauter wurde. Dann nahm das Flugzeug an Fahrt auf, wurde schneller und schneller, so schnell, dass ich in den Sitz gepresst wurde. Die Nase des Flugzeugs hob sich in die Luft, und kurz darauf setzte die Maschine mit einem kleinen Ruck ab. Ich flog! Das war der Wahnsinn!

Neben mir blätterte eine Frau gelangweilt in einer Zeitschrift. Ich stieß sie an und rief: »Ist das nicht der Hammer? Wir fliegen!«

Sie sah mich zunächst irritiert an, doch dann lächelte sie freundlich. »Stimmt, wenn man genauer drüber nachdenkt, ist es der Hammer.«

Wieder sah ich aus dem Fenster und versuchte, Knut und Jens an unserem Platz jenseits des Zauns zu entdecken, doch es gelang mir nicht. Dabei hatten sie mir versprochen, dort unten zu stehen, zu meinem Flugzeug raufzugucken und zu sagen: »Ah, guck mal. Die Zwölf-Uhr-fünf nach Frankfurt.«

Und ich saß drin. Die Maschine stieg höher und höher, tauchte ein in die Wolken, die, wenn man mittendrin war, eigentlich nur nach Nebel aussahen, in meinem Bauch kribbelte es, ich bekam Druck auf den Ohren, hatte nicht die geringste Ahnung, was mich erwarten würde, wenn ich ausstieg, aber ich flog. Und ich fand es wunderbar!

Falls jemand nach der Lektüre des Romans das dringende Bedürfnis verspürt, Schokoladenmalheur zu essen – hier ist das Rezept:

Schokoladenmalheur

(für 4 Portionen)

Zutaten

100 g Zartbitterschokolade (mindestens 70 % Kakaoanteil)
100 g Butter
2 Esslöffel Zucker
2 Eier
2 Eigelb
2 gehäufte Teelöffel Mehl

Zubereitung

- 4 Souffléförmchen gut einfetten (wichtig) und mit Mehl bestäuben. Als Alternative kann man auch ein Muffinblech nehmen.
- Schokolade und Butter im Wasserbad bei niedriger Temperatur schmelzen lassen und verrühren.
- Ei, Eigelb und Zucker mit dem Schneebesen (also von Hand, so viel Mühe muss sein) aufschlagen, bis die Mischung dickflüssig und hell ist.
- Die Schokoladenmasse langsam unter ständigem Rühren in die Eimasse einlaufen lassen.
- Mehl hineinsieben und unterheben.
- Masse in die Förmchen geben und mindestens 30 Minuten kalt stellen.
- Nicht erschrecken und/oder in Panik geraten, wenn die Masse im Kühlschrank erst mousseartig und später buttrig wird. Das verschwindet beim Backen wieder.

- Ofen auf 200 bis 230 Grad vorheizen, Schokoladenmalheurs viereinhalb bis sechs Minuten, je nach Temperatur und Ofen, backen. Die Oberfläche muss fest sein.
- Die Schokoladenmalheurs circa eine Minute ruhen lassen und sehr vorsichtig aus den Förmchen lösen.
- Auf einen Teller geben, mit Puderzucker bestäuben und genießen.

Ich mag Schokoladenmalheur gerne in Kombination mit möglichst sauren Früchten, am liebsten roten Johannisbeeren. Man kann sie aber natürlich auch, à la Isabelle, sehr gut ganz ohne störendes Beiwerk genießen.

Das Beste an diesem Rezept ist: Macht nix, wenn was schiefgeht. Es ist ja ein Malheur, man kann sich also immer damit rausreden, dass das so sein sollte.

Danksagungen

Es heißt ja, dass viele Köche den Brei verderben, aber bei meinem Brei ist das ganz sicher nicht so. Daher möchte ich an dieser Stelle meinen allerherzlichsten Dank aussprechen an alle, die auf ihre Art an diesem Roman mitgekocht haben.

Wie immer zuerst: Tausend Dank an den Mann meines Herzens, der zwar nicht das beste Schokoladenmalheur, aber dafür die besten Kartoffelpuffer und das beste Chili macht. Für deine Unterstützung und vor allem für: »Beeil dich, die Story will ich unbedingt lesen!«

An meine Familie und Freunde: Danke für euer Verständnis und sorry für all die in der Schreib-Endphase abgesagten und vergessenen Verabredungen – dass ihr alle überhaupt noch mit mir redet, ist ein Wunder!

An Iris Geisler und Nancy Wittenberg, die beiden besten Probeleserinnen, die sich eine Autorin wünschen kann: Vielen Dank für eure Ehrlichkeit, eure konstruktive Kritik und euer Lob.

An Isabelle, die ich auf der LoveLetter Convention in Berlin getroffen habe. Beim Anblick ihres Namensschildes wusste ich sofort: So und nicht anders soll meine Hauptfigur heißen. Vielen Dank, dass ich mir deinen Namen leihen durfte.

Tausend Dank an mein »Kompetenz-Team«: Sascha-Le-Chef-Suntinger, Petra-die-Blumenfee-Kobs und Manuel-Lord-of-the-Trains-Scholz. Dass ihr mir so bereitwillig und geduldig jede auch noch so blöde Frage beantwortet habt, war nicht nur sehr, sehr nett, sondern auch noch überaus hilfreich. Dass die ein oder andere Sache nun doch nicht zu hundert Prozent der Realität entspricht, liegt nicht an euch, sondern einzig und alleine an mir.

Vielen Dank an das Team der literarischen Agentur Thomas Schlück – vor allem an Franka Zastrow, für deine unermüdliche Unterstützung.

Ein großes Dankeschön an Stefanie Kruschandl für die tolle Zusammenarbeit beim »Abschmecken« des Romans. Und sorry noch mal für den *Roxette*-Ohrwurm! Das wollte ich nicht.

An alle bei Bastei Lübbe, die dazu beigetragen haben, dass diese Geschichte den Weg aus meinem Kopf auf die gedruckten Seiten über die Buchhandlungen bis in die Hände der Leserinnen und Leser gefunden hat: Vielen, vielen Dank dafür! Allen voran an meine großartige Lektorin Friederike Achilles: Tausend Dank für deine aufbauenden Worte, Autorinnenstreicheleinheiten und vor allem deine unendliche Geduld.

Und an euch, liebe Leserinnen und Leser: Vielen, vielen Dank dafür, dass es euch gibt! Danke für eure lieben, aufmunternden und motivierenden Nachrichten, die auf wundersame Weise vor allem immer dann kommen, wenn ich sie am nötigsten habe. Ihr seid die Besten! Ich weiß, das behauptet wahrscheinlich jede Autorin von sich, aber bei mir stimmt es.